KB122992

신이 쉼표를 넣은 곳에
마침표를 찍지 말라

인도 우화집

신이 쉼표를 넣은 곳에
마침표를 찍지 말라

류시화

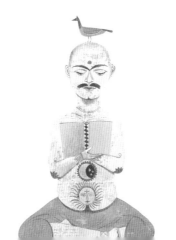

차례 ⌒⌒

진리에 옷을 입히는 이야기

나는 이야기를 수집하며 살고 싶었다. 멋진 이야기들을. 수집한 이야기들을 가방에 넣고 다니다가 적당한 순간이 오면 주의 깊게 듣는 귀에게 선사하고 싶었다. 마법에 홀린 듯 빠져드는 눈을 보고 싶었다. 모든 이의 귓가에 이야기의 씨를 뿌리고 싶었다. ─마리암 마지디. 이란 출신의 프랑스 소설가

오래전, 글을 어떻게 쓸 것인가에 대해 고민하고 있을 때 인도의 스승이 들려준 이야기가 있다.

어느 마을에 두 여인이 살았다. 한 여인은 아름다운 데다가 옷을 잘 입어서 가는 곳마다 관심을 집중시켰다. 모두가 그녀와 얘기하고 싶어 하고, 그녀에게 질문을 던지고, 그녀의 말에 귀를 기울였다. 또 다른 여인 역시 매력적인 면이 있었지만 사람

들은 그녀의 존재를 알아차리지 못했다. 아무도 가난한 그녀에게는 관심이 없었다. 초라한 옷차림을 한 그녀는 좋은 옷을 입은 아름다운 여인이 모두에게 주목받는 모습을 외롭게 쳐다보았다. 그녀에게도 사람들과 나누고 싶은 것이 많았다.

어느 날 가난한 여인은 용기를 내어 아름다운 여인에게 다가가 말을 걸었다.

"한 가지 부탁이 있는데 들어주실 수 있으세요?"

아름다운 여인이 친절하게 물었다.

"무슨 도움이 필요하신가요?"

가난한 여인이 머뭇거리며 말했다.

"당신은 아름다울 뿐 아니라 좋은 옷을 입어서 모든 사람의 주목을 받습니다. 하지만 나는 가난하고 초라한 옷차림이어서 누구의 관심도 받지 못해요. 하루만 당신의 옷을 빌려 입고 당신과 함께 거리를 걸으면 안 될까요? 그러면 당신에게 관심을 갖고 다가온 사람들이 나에게도 관심을 가질 것이고, 나도 사람들에게 내가 가진 것을 나눠 줄 수 있거든요."

아름다운 여인은 그녀의 청을 기꺼이 들어주었고, 다음 날 두 여인은 매력적인 옷을 입고 함께 거리를 나섰다. 평소처럼 사람들이 걸음을 멈추고 아름다운 여인에게 찬사를 보냈으며, 그 옆의 멋진 옷을 입은 가난한 여인에게도 관심을 가졌다.

함께 거닐면서 아름다운 여인은 가난한 여인과 대화를 나눴고, 그녀에게 많은 질문을 던지면서 가난한 여인이 세상 사람들에게 말하고 싶어 하는 것들에 깊은 흥미를 느꼈다. 그리고 그 여인이 매우 지혜롭다는 것을 발견했다. 그날 이후 두 여인은 가장 친한 친구가 되었으며, 떨어질 수 없는 관계가 되었다. 오늘날까지도 그 둘은 함께 세상을 걸어가고 있다.

초라한 옷을 입은 여자의 이름은 '진리truth'이다. 그리고 모두가 좋아하는, 매력적인 옷을 입은 여자는 '이야기story'이다. 이야기는 진리에 생명을 불어넣는 숨과 같다. 그리고 진리 역시 이야기에 생명을 불어넣는 숨이다. 그래서 우리는 '진실한 이야기true story'라고 부른다.

이 예화를 들려주며 스승은 말했다.

"그대는 그대의 이야기이다. 그대가 세상에 말하고 싶은 진리를 그대의 이야기에 담아야 한다. 그대의 진리를 곧바로 주장하면 사람들은 관심 갖지 않을 것이다. 고집 세고 에고가 강한 사람으로 여길 것이다. 그대의 진리에 그대만의 이야기로 옷을 입혀라. 그때 그 진리는 설득력을 지닐 것이고, 사람들이 귀를 기울일 것이다. 그러기 위해서 그대는 먼저 삶을 경험해야 한다. 이야기는 경험에서 나오기 때문이다."

나는 이야기를 지어내는 작가가 아니라 이야기를 모으는 작가이고 싶었다. 소박한 문체로 인간과 삶에 대한 통찰을 전하는 이야기들을. 나로서는 큰 행운이었지만, 인도에 처음 갔을 때 만난 영적 스승은 진리의 가르침을 다양한 이야기에 담아 전하는 데 뛰어났다. 그가 들려주는 이야기를 듣기 위해 전 세계에서 수만 명의 구도자가 모였다. 삶에 대한 의문의 실타래를 풀면서 이야기의 실 하나를 풀어내면 또 다른 이야기의 실이 따라 나오곤 했다.

이 책에는 '인도 우화집'이라는 부제목이 붙었으나 더 정확히는 '인도에서 온 이야기들'이 더 맞을 것이다. 또한 서지 정보에 내가 이 책의 저자로 분류되겠지만, 엄밀히 말해 나는 이 우화와 이야기들의 저자가 아니다. 각각의 이야기들을 구전으로 전하고 종이에 기록한 인도인들, 그 이야기를 다시 풀어 쓴 사람이 저자이다. 나는 한 사람의 엮은이, 혹은 내가 원해 왔듯이 이야기 수집자에 불과하다.

우화의 기원이 고대 인도로 거슬러 올라갈 정도로 인도는 우화와 이야기들의 나라이다. 인류의 유산 중에서 가장 방대한 대서사시 『마하바라타』와 『라마야나』는 이야기의 집대성이다. 기원전 5세기경, '쓸모없는' 자식들을 가진 왕은 학식이 풍부한 바라문에게 왕자들을 가르쳐 달라고 부탁했다. 그 바라문은 왕자들에게 인생을 지혜롭게 살아가는 법을 가르치기 위해 기원전 1500년부터 전해져 온, 오랜 세월의 검증을 거친 우화들을 모아 『판차탄트라』(다섯 장으로 된 이야기)를 집필했다. 가장 오래된 이 우화집에는 인간을 이해하는 법, 믿고 의지할 벗을 찾는 법, 재치와 지혜로 어려움을 이겨 나가는 법, 그리고 위선과 속임수에 대처하면서 평화롭고 조화로운 삶을 살아가는 이야기들이 담겨 있다.

『판차탄트라』에 실린 이야기이다. 한 남자가 시장에서 새끼 염소 한 마리를 사서 어깨에 메고 집으로 돌아가는 중이었다. 근처 숲길을 지날 때 세 명의 동네 건달이 그 염소를 빼앗기로 모의했다.

나무 뒤에서 기다리던 건달 한 명이 남자에게 말을 건넸다.

"안녕하시오. 그런데 왜 개를 어깨에 메고 가시오?"

남자가 말했다.

"이건 개가 아니고 염소요. 보면 모르오?"

건달이 지나가는 말처럼 말했다.

"개를 염소라고 속아서 샀군."

다른 나무 밑에서 기다리던 두 번째 건달도 남자에게 같은 말을 했다.

"안녕하시오. 예쁜 강아지를 어깨에 메고 가시는군요."

남자가 말했다.

"이건 개가 아니고 염소란 말이오."

두 번째 건달도 지나가는 말처럼 말했다.

"어리석게도 개를 염소라고 속아서 산 게 틀림없군."

숲 끄트머리에서 기다리고 있던 세 번째 건달이 말했다.

"어디서 강아지를 구했길래 개를 어깨에 메고 가시오?"

계속 똑같은 말을 듣자 남자의 믿음이 크게 흔들렸다. 결국 그는 자신이 어깨에 메고 있는 염소를 개라 여기고 길에 버리고 달아났다. 그리하여 염소는 건달들의 차지가 되어 버렸다. 자신의 판단력을 믿지 않고 남의 조언에 흔들려 자신이 가진 것을 잃는 사람에 대한 우화이다.

『판차탄트라』만이 아니라 수많은 인도의 우화가 아랍과 그리스의 번역자들과 집시들에 의해 서양으로 전파되었고, 이것이 『이솝 우화』의 모태가 된 것은 널리 알려진 사실이다. 17세기 『우화』의 저자 라 퐁텐은 "나는 인도의 우화 작가 필페이('비드페이'의 오류)에게 큰 빚을 졌다."라고 고백했다. 그래서 세상의 모든 이야기의 원조는 인도라는 이론도 등장했다.

시대가 변해도 남아 있는 것이 있다. 우화는 삶에서 무엇이 더 소중한지 일깨우고, 인간의 본성을 이해시킨다. 그래서 세상을 더 경이롭게 여기도록 인도한다. 여행하던 마법사가 개울에서 보석을 발견했다. 도중에 그는 허기진 여행자를 만났고, 보따리를 풀어 음식을 나눠 주었다. 여행자는 보석을 보더니 그것을 달라고 했다. 마법사는 주저하지 않고 주었다. 여행자는 자신의 행운을 기뻐하며 떠났다. 그 보석이면 평생 걱정 없이 살 수 있을 터였다. 그러나 여행자는 며칠 뒤에 돌아와 마법사에게 보석을 돌려주며 말했다.

"이 보석이 얼마나 값진지 알지만 당신이 내게 훨씬 더 귀중한 무엇인가를 줄 수 있다는 생각이 들었습니다. 보석을 선뜻 내어 줄 수 있게 만든 당신 안의 그 무엇을 내게 주세요."

보석에 대한 또 다른 우화도 있다. 한 여행자가 큰 보석 가게에 들어가게 되었다. 그는 진열장 안의 보석들을 하나하나 자세히 들여다보았다. 비취색 에메랄드, 붉은빛 루비, 무색투명하지만 아름다운 다이아몬드 등이 유리 진열장 안에서 눈이 부시게 빛난다. 그런데 화려한 보석들 속에서 전혀 광택이 없는, 칙칙해 보이기까지 하는 돌 하나가 눈에 띄었다.

"이 돌은 다른 보석들만큼 아름답지는 않군요."

보석상이 반짝이는 보석들 옆에 그 평범한 돌을 놓아둔 사실에 놀라며 여행자는 소리치듯 말했다.

그러자 보석상이 미소 지으며 말했다.

"잠깐만요."

보석상은 진열장에서 그 돌을 꺼내 손바닥 안에 감싸 쥐었다. 잠시 후 그는 손을 펴서 돌을 보여 주었다. 놀랍게도 형언할 수 없는 광채를 지닌 보석으로 변해 있었다. 여행자가 그 변화에 경탄하며 신비해하자 보석상이 설명했다.

"이것은 우리가 '예민한 보석'이라 부르는 오팔입니다. 사람의 체온에 따라 빛이 변하지요. 이 보석의 빛나는 아름다움을 끌어내기 위해서 필요한 것은 오직 사람의 손으로 고이 잡는 것 뿐입니다."

한 개의 평범해 보이는 돌이 보석으로 변화하기 위해 필요한 것은 그것을 바닥에 내버려 두는 것이 아니라 손으로 고이 감싸는 것, 그것이 진귀한 보석임을 아는 것이다.

우리는 저마다 독특한 이야기들이다. 주장이나 이론보다는 가슴속에 보석 같은 이야기를 간직한 사람이 더 온전하게 인간적이다. 그 이야기가 잊혀지지 않으면 우리도 죽지 않는 것이다. 언젠가 한 영적 스승이 호박벌의 예를 인용하는 것을 들은 적이 있다.

"한번은 호박벌이 날아다니다가 열려 있는 꿀단지를 보았다. 흥분한 벌은 꿀단지에 뛰어들어 한껏 꿀을 맛보았다. 꿀단지 밖으로 날아가면서 그 벌은 다른 벌들에게 무슨 일이 일어났는지 알려주었고, 그 과정에서 몇 방울의 꿀이 그의 입에서 다른 모든 벌들에게 튀기 시작했다. 다른 벌들에게는 믿을 수 없는 일이었다. 벌들은 그저 한 마리 벌의 열정과 행동 때문에 꿀을 얻고 있었다. 마찬가지로 우리가 무엇인가에 대해 깊은 애정을 갖고 있을 때 그것을 모든 사람과 나누고 싶은 것은 자연스러운 일이다."

나는 그 호박벌이고 싶다. 꿀단지처럼 생긴 내 서재 안에서, 인도의 오래된 책방에서 얼굴을 파묻고 음미한 이야기들을, 입에서 달콤한 꿀방울들을 튀기듯이 즐겁게 들려주고 싶다. 그것이 작가라는 호박벌의 부단한 역할일 테니.

진리에 이야기의 옷을 입힌 것이 인도에서 온 이야기들의 특징이다. 마술적인 이야기꾼들, 현명한 조언자와 어리석은 왕, 잘난 체하는 학자, 성자와 도둑, 인간과 동물이 교대로 개인기를 뽐내며 보석 같은 이야기를 펼쳐 나간다. 내가 '인도 우화'라는 큰 틀 안에 모은 이 우화들, 이야기들, 신화 속 사건들과 실화들은 인간 세상과 삶에 대한 진리를 담고 있다. 내가 그렇게 했듯이, 당신이 자신의 진리를 말할 때 이 이야기들이 훌륭한 은유의 옷이 되기를. 그리고 나에게도 그러했듯이, 이 이야기들이 당신 안의 지혜를 당신에게 열어 주기를. 왜냐하면 뛰어난 이야기꾼은 잘 듣는 사람이기도 하니까.

류시화

날지 않는 매를 날게 하는 법

　어떤 왕이 특별한 선물을 받았다. 지금까지 본 것 중에서 가장 아름다운 두 마리의 매였다. 이웃 나라의 군주가 우호의 상징으로 보내온 것이었다. 등은 푸른빛을 띤 회색이고, 강력한 날개 아래 흑백의 깃털이 부드럽게 몸을 감싸고 있었다. 그 위엄 있는 눈빛과 자부심 넘치는 자태에 매혹된 왕은 시간 가는 줄도 모르고 매들을 감상했다. 그런 기품을 능가할 만한 새는 지금까지 본 적이 없었다.

　마침내 왕은 자신이 직접 선정한, 나라 안에서 가장 실력이 뛰어난 매 조련사에게 새들을 맡기기로 결정을 내렸다. 그 맹금류의 품위에 걸맞은 훈련을 받도록 하기 위해서였다.

　왕은 세상에서 가장 멋진 새를 기대하며 두세 달을 참고 기다렸다. 그 기다림이 인내를 잃기 시작할 무렵 조련사가 와서 보고했다. 그는 한 마리의 매가 훈련을 아주 잘 받아서 놀라운 진전을 이루게 되었다고 왕에게 말했다. 아름답고 거대한 날개를 좌우로 펼치고 산과 들 위를 장엄하고 당당하게 날게 되었다고. 매는 끝없이 솟구치며 날아올라 구름 한 점 없는 날에도 모습이 보이지 않을 정도였다. 태풍과 폭우도 그 비상의 방향이나 끈기를 방해할 수는 없었다.

왕은 새가 나는 모습에 말할 수 없이 깊은 인상을 받았다. 궁전 뜰에 모인 인파도 매의 아름다운 자태와 창공을 가르는 우아함에 박수갈채를 멈추지 않았다.

하지만 조련사는 사람들의 열광적인 반응에 전적으로 기뻐할 수만은 없었다. 또 한 마리의 새 때문이었다. 그는 왕에게, 다른 한 마리의 매는 전혀 날려고 하지 않는다고 보고했다. 훈련을 시작한 첫날 내려앉은 나뭇가지에서 전혀 움직이지 않는다는 것이었다.

어떤 방법을 써도 그 매는 날개를 펼치려는 시도조차 하지 않았다. 조련사의 명령과 애원과 도발에도 불구하고 나는 것에 무관심했다. 왕이 놀라서 이유를 물었지만, 정말로 이유를 알고 싶은 사람은 조련사 자신이었다. 실력 있는 조련사로서 처음 겪는 무력감에 자신에게나 왕에게나 고개를 들 수가 없었다.

조련사가 최선을 다한 것을 이해한 왕은 소중하고 멋진 매가 날 수 있도록 온 나라의 소문난 조류 전문가들을 불러들였다.

심지어 조류 심리학자와 주술사까지 초대되었다. 하지만 어떤 시도에도 매는 날기를 거부했다. 전문가들은 그 새가 갑자기 새로운 장소로 옮겨 온 것에 정신적 충격을 받은 듯하다고 해석했다. 어미 새가 둥지 밑으로 떨어뜨렸던, 어린 새였을 때의 깊은 트라우마 때문이라는 주장도 있었다. 모든 치료법과 먹이에 섞어 먹인 진정제에도 불구하고 매는 미동도 하지 않았다. 철학자는 정해진 때가 되면 매가 날 것이라고 주장했고, 성직자는 종교 의식을 거행하며 주문과 기도문을 외웠지만 매의 행동에는 아무 변화가 없었다.

끝없는 진단과 처방에 지친 왕은 마침내 수석대신에게 이 문제를 풀기 위해서는 어쩌면 현자가 필요할지 모른다고 말했다. 동물과 자연의 본성에 관한 지혜를 가진 자만이 해답을 알 것이라고. 왕의 지시를 받은 대신이 그런 인물을 찾아 나라 안을 수소문하고 다니기 시작했다.

그로부터 며칠 후, 왕은 그 두 번째 매가 장엄하게 날개를 펼치고 왕궁 위 높은 하늘을 유유히 나는 광경을 보고 전율했다. 나뭇가지를 움켜쥐고 날기를 거부하던 모습은 온데간데없이, 우아한 날갯짓으로 활강과 상승을 즐기고 있었다. 기품과 당당함에 있어서 첫 번째 매와 차이가 없었다.

왕궁의 드넓은 정원에서 매의 비상을 지켜보던 왕은 자신의 눈을 믿을 수 없었다. 그래서 곧바로 대신을 불러, 이 기적을 행한 현자를 데려오라고 일렀다. 잠시 후 대신은 현자와 함께 나타났다. 그런데 대신이 왕 앞에 데려온 사람은 놀랍게도 평범한 농부였다.

왕이 놀라서 물었다.

"어떻게 이 매를 날게 할 수 있었는가?"

농부가 말했다.

"아주 간단한 일이었습니다."

왕이 다시 물었다.

"간단한 일이었다니, 무슨 뜻인가? 모든 전문가와 조련사들이 오랫동안 실패한 일을 어떻게 성공할 수 있었는가?"

농부가 대답했다.

"제가 한 일은 단순했습니다. 새가 앉아 있던 나뭇가지를 잘라 버렸을 뿐입니다."

지금 내가 움켜쥐고 있는 나뭇가지는 무엇인가? 높이 날지 못하도록 나를 붙잡고 있는 것은? 새로운 차원으로 날아오르기 위해 언제 그 나뭇가지를 자를 것인가?

내가 날지 않으면 어느 날 삶이 강제로라도 날게 할 것이다. 내가 앉아 있는 나뭇가지를 부러뜨려서라도. 스스로 자를 것인가, 아니면 부러뜨림을 당할 것인가?

진실한 한 문장

고대 서사시 『마하바라타』의 주인공 중 한 명인 유디슈티라의 어린 시절에 관한 이야기다. 장차 왕권을 물려받게 될 유디슈티라는 4명의 남동생을 비롯해 많은 사촌 동생들과 함께 구루쿨(제자들이 스승과 함께 생활하며 학문과 지혜를 배우는 고대 인도의 학교 제도)에서 개인 지도를 받았다.

어느 날 교사들의 감독관인 구루(영적 스승)가 소년들의 수업 진도를 점검하러 왔다. 구루는 학생들에게 어디까지 배웠는지 물었고, 동생들은 자신이 공부한 내용을 열심히 구루 앞에 내놓았다.

유디슈티라의 차례가 되었을 때 구루가 같은 질문을 던졌다. 그러자 소년은 초급 읽기 책을 펼치며 조금도 부끄럼 없이 밝고 행복하게 대답했다.

"저는 글자를 익혔고, 이제 첫 문장을 배웠습니다."

구루가 놀라서 물었다.

"그게 전부인가? 그 이상은 배운 것이 없는가?"

그러자 유디슈티라는 약간 주저하며 말했다.

"어쩌면 두 번째 문장도……."

구루는 화가 났다. 맏이인 유디슈티라가 누구보다 부지런히 높은 지식과 위대한 지혜를 배우기 위해 공부에 전념하리라 기대했기 때문이다. 달팽이처럼 굼뜬 것은 예상 밖의 일이었다.

구루는 소년에게 당장 자리에서 일어서라고 명령했다. 그는 '매를 아끼는 것은 아이를 망치는 길'이라고 굳게 믿는 사람이었다. 더 많은 매를 댈수록 아이가 더 나은 인간이 된다는 철학을 가진 구루는 소년에게 사정없이 회초리를 후려쳤다.

구루가 잔인할 정도로 매를 휘둘렀지만 소년의 모습은 이상할 만큼 평온했다. 매를 맞기 전과 다름없이 밝고 행복한 표정이었다. 구루가 스스로 지칠 때까지 매질을 가해도 소년의 얼굴에는 분노나 두려움, 억울함 같은 감정이 보이지 않았다. 그런 소년의 얼굴을 보면서 구루의 마음도 차츰 진정되었다.

구루는 생각했다.

'말 한마디로 나를 파면할 수 있고 언젠가는 나를 다스리고 인도 전체를 통치할 이 소년이 어찌 이리 평온한가? 가혹하게 매질을 당하면서도 조금도 분노하지 않는다. 다른 형제들은 내

25

가 엄하게 대할 때마다 분개하고, 내 회초리를 잡아채 나를 때리기까지 했다. 하지만 이 소년은 전혀 화를 내지 않는다. 변함없이 명랑하고 침착하고 차분하다.'

그때 구루의 시선이 소년이 배웠다고 말한 첫 번째 문장에 꽂혔다. 인도의 초급 교과서는 '개'나 '고양이' 같은 단어들로 시작하지 않는다. 인생의 조언으로 시작한다. 산스크리트어로 된 책의 알파벳 뒤에는 다음과 같은 첫 문장이 적혀 있었다.

'화내지 말라. 결코 흥분하지 말라. 이성을 잃지 말라.'

그리고 두 번째 문장은 이것이었다.

'진실을 말하라. 언제나 진실만을 말하라.'

소년은 첫 번째 문장을 배웠다고 말했었다. 그리고 약간 망설이며 두 번째 문장을 배웠다고 말했었다. 지금 구루의 눈은 첫 번째 문장을 다시 읽고 있었다.

'화내지 말라. 결코 흥분하지 말라. 이성을 잃지 말라.'

그는 다시 소년의 얼굴을 바라보았다. 하지만 구루의 한쪽 눈은 소년을, 다른 쪽 눈은 문장에 가 있었다. 순간 그 문장의 뜻이 그의 마음을 번개처럼 스쳤다. 소년의 얼굴이 문장의 의미를 말하고 있었다. 소년의 얼굴은 '절대 화내지 말라.'는 문장의 화신 그 자체였다. 침착하고 차분하며 밝고 순수한 소년의 얼굴이 스승의 가슴에 '절대 화내지 말라.'는 문장의 의미를 온전히 전해 주고 있었다.

본질에서 벗어난 것은 자신이었음을 구루는 깨달았다. 자신은 단지 입술을 통해서만 문장의 의미를 배운 것이다. 이제 구루는 이 문장이 앵무새처럼 떠드는 것이 아니라 얼마든지 살아 있는 문장이 될 수 있고 실행에 옮겨질 수 있다는 것을 알았다. 자신의 지식이 얼마나 짧았는지도 깨달았다. 한 소년이 진정으로 첫 문장을 배운 반면에 자신은 그것을 배우지 못한 것에 대해 마음 깊이 부끄러움을 느꼈다.

그 소년에게 있어서 배운다는 것은 기계적으로 외워서 알게 된다는 의미가 아니었다. 그것을 실행에 옮기고 깨닫고 느끼고 그것과 하나가 되는 것을 뜻했다. 이것이 이 소년에게는 진정한 배움의 의미였다.

구루는 회초리를 손에서 내려놓았다. 그리고 소년을 들어 올려 꼭 껴안고 이마에 입을 맞추었다. 그리고 나서 자신의 무지와 부족함을 부끄러워하며 소년에게 말했다.

"적어도 한 문장을 진정으로 배운 것을 축하한다. 경전의 단 한 문장이라도 제대로 배운 것을 축하한다. 나는 그 한 문장조차 제대로 배우지 못했고 알지 못했다. 쉽게 화를 내고 흥분하며 냉정과 이성을 잃기 때문이다. 어떤 것이든 나를 화나게 할 수 있다. 나를 불쌍히 여겨다오. 네가 더 많이 알고 있다. 네가 나보다 더 많이 배웠다."

구루의 말을 듣고 소년이 말했다.

"아네요. 저 역시 아직 이 문장을 완전히 배우지 못했어요. 마음속에서 억울함과 분노가 조금 올라오는 걸 느꼈기 때문이에요. 5분 동안 매를 맞으면서 마음에서 이따금 화가 나는 것을 느꼈어요. 그리고 칭찬을 들을 때는 다시 마음이 흔들려 저 자신의 허약함을 감추려는 유혹을 느꼈어요. 첫 문장을 완전히 배웠다고 말하기에는 아직 부족해요."

바로 그렇기 때문에 소년은 두 번째 문장, '오직 진실만을 말하라.'를 배웠다고 말할 때 약간 주저한 것이었다. 첫 번째 문장을 완벽하게 배웠다고 말하는 것이 아직은 진실에 조금 못 미쳤기 때문이었다.

어쩌면 그 두 문장만으로도 충분한지 모른다. 역사가 증명하듯이 유디슈티라는 이후의 삶을 통해 첫 번째 문장과 두 번째 문장을 살았다. 그리고 하스티나푸르 왕국(대서사시 『마하바라타』에 등장하는 쿠르족의 수도. 갠지스강의 상류)의 강력한 왕이 되었을 때에도 두 문장 중 어느 것도 잊지 않았다.

내가 배운 한 문장은 무엇인가? 머리로 암기한 지식이 아니라 어떤 살아 있는 깨달음을 얻고 그것을 삶 속에서 실천하는가? 세상과 나를 연결하는 진정한 앎은 무엇인가?

꽃과 돌멩이

한 사두(힌두교의 방랑 수행자)가 갠지스강 강둑에 앉아 명상에 잠겨 있었다. 붉게 떠오르는 아침 해를 배경으로 새들이 무리 지어 날고, 강 건너 모래사장에서는 소몰이꾼이 물소들을 몰고 오면서 새된 소리를 내질렀다. 원숭이들은 성스러운 목욕을 하러 온 사람들의 옷가지를 뒤져 과일 하나라도 훔치려고 기회를 엿보고 있었다. 때문은 염주 목걸이 외에 아무것도 가진 것 없는 사두에게는 원숭이들도 흥미가 없었다. 명상을 하기에 더없이 평화로운 장소였다.

사두가 앉아 있는 곳에서 멀지 않은 곳에 도비 왈라(빨래꾼)가 아침마다 빨래를 하는 장소가 있었다. 그날도 도비 왈라는 이른 시간부터 당나귀 등에 옷가지며 이불이며 위탁받은 세탁물을 산더미처럼 싣고 와서 바닥에 부려 놓고 일을 시작했다.

대충 비누칠한 빨래를 둘둘 말아 물가의 평평한 돌에 내리칠 때마다 청명한 대기로 파열음이 울려 퍼졌다. 그런 다음에는 물에 헹궈 강변에 작대기 두 개로 임시 설치한 밧줄에 널었다.

그렇게 아침도 먹지 못한 채 한참 동안 일을 한 도비 왈라는 잠시 짜이(차와 우유와 향신료를 함께 넣어 끓인 인도식 홍차) 한 잔을 마시며 숨을 돌리고 싶었다. 하지만 물가에서 풀을 뜯고 있는 당나귀가 걱정되었다. 잠시 고민하던 중 강둑에 하릴없이 앉아 있는 사두를 발견하고 큰 소리로 말했다.

"내가 짜이 한 잔 마시고 오는 동안 당나귀를 부탁해요."

그런 다음 사두가 듣는 둥 마는 둥 해도 상관하지 않고 강둑을 올라가 골목의 짜이 가게로 향했다.

얼마 후 다시 강으로 내려온 도비 왈라는 아무리 둘러봐도 그새 마른 빨래들만 펄럭일 뿐 당나귀가 눈에 띄지 않자, 놀라서 사두에게 다가가 큰 소리로 물었다.

"내 당나귀가 어디로 간 거요?"

도비 왈라의 고함 소리에 사두가 눈을 뜨고 물었다.

"무슨 일인데 이렇게 고함을 치는가?"

도비 왈라가 다시 소리쳤다.

"무슨 일이냐고요? 당나귀를 잠깐만 봐 달라고 부탁했는데 사라지고 없잖아요. 내 당나귀가 어디로 간 거요?"

사두는 어처구니가 없어 무시하는 투로 말했다.

"네 눈에는 내가 너의 당나귀나 봐 주는 사람으로 보이나? 내가 신을 추구하는 성스러운 사두라는 것이 안 보이는가?"

사두의 말투에 화가 치민 도비 왈라도 물러서지 않았다.

"당신이 여기 앉아서 하는 일 없이 빈둥거릴 때 내가 당나귀를 지켜봐 달라고 부탁했잖아."

모욕을 당한 사두는 장발을 둘둘 말아 얹은 머리끝까지 화가 치밀었다.

"뭐라고? 내가 하는 일 없이 빈둥거린다고?"

그렇게 해서 두 사람 사이에 격한 실랑이가 벌어졌다. 사두가 먼저 도비 왈라를 뒤로 밀쳤고 도비 왈라가 몸을 피하면서 사두를 앞으로 자빠뜨렸다. 욕설이 난무하고 오기에 찬 헛발질과 주먹질이 허공을 갈랐다.

싸움은 이내 일방적으로 흘렀다. 오랜 세탁일을 통해 근육이 단련된 도비 왈라가 불규칙한 식사에 제대로 먹지도 못한 말라깽이 사두를 찍어 눌렀다. 사두는 빠져나올 수도 없이 버둥거리며 신의 이름을 소리쳐 부르며 도움을 청했다. 아무리 불러도 신은 무응답이었다.

순식간에 사람들은 물론, 원숭이들까지 몰려와 나무 위에서 구경했다. 몇몇 사람이 뜯어말리고 나서야 싸움은 가까스로 끝이 났다. 도비 왈라는 다시 당나귀를 찾아 떠나고, 얼굴에 피멍이 든 사두는 우울하게 앉아 신에게 기도했다. 이때 신이 그의 눈앞에 나타났다.

신을 보자 사두가 울부짖으며 말했다.

"이렇게 나타나 주시니 얼마나 기쁜지요. 하지만 저 천민 빨래꾼에게 얻어맞으면서 그토록 애타게 신의 이름을 부를 때는 왜 도움을 주러 오지 않으셨나요? 오랜 세월 당신에게 헌신했는데, 왜 저를 잊고 사람들이 보는 앞에서 수모를 당하게 내버려 두셨나요?"

신이 말했다.

"내 아들아, 그대가 나를 부를 때 나는 곧바로 달려왔다. 그런데 도착해서 보니 두 사람이 똑같이 서로에게 주먹을 날리고 몸싸움을 하면서 바닥을 뒹굴고 있었다. 그래서 누가 수행자이고 누가 빨래꾼인지 분간할 수 없었다. 분노와 복수심에 차서 둘 사이에 아무 차이가 없었다. 그래서 나는 생각했다. 두 빨래꾼이 싸우게 그냥 둬서 스스로 문제를 해결하게 하자고."

세상은 언제나 싸우는 사람들로 가득하다. 꽃과 돌멩이의 온기는 다르다고 서로 소리치지만 누가 꽃이고 누가 돌멩이인지 신조차 둘의 차이를 분간할 수 없다. 나는 꽃이고 상대방은 돌멩이라는 신념하에 우리 모두가 꽃임을 망각하고 서로에게 돌멩이를 던지는 사람들. 나는 지금 누구와 싸우고 있는가?

조각가와 죽음의 사신

　오래전, 어느 도시에 이름난 조각가가 살았다. 동물이나 새뿐만 아니라 인체상을 조각하는 능력이 매우 뛰어나서 그의 작품을 보고 있으면 마치 실존 인물이 눈앞에 나타난 것처럼 느껴졌다. 감정과 표정까지 섬세하게 표현되어서 언제라도 살아 움직일 것만 같은 인상을 주었다.

　수많은 비평가의 인정을 받고 예술 단체들이 주는 상을 독차지했기 때문에 조각가는 자신의 성취에 대한 자부심이 컸다. 자신의 조각 작품이 완벽에 가까우며, 누구도 결함을 발견할 수 없을 것이라고 자신 있게 말하곤 했다.

　하지만 그도 서서히 나이가 들어 갔고, 자신이 늙고 허약해져 가고 있음을 깨달았다. 높은 명예와 인기를 누리던 터라서 죽는다는 생각만으로도 마음이 불안했다. 누구나와 마찬가지로 그도 결코 죽고 싶지 않았다.

오늘날에는 사람들이 심장마비 같은 증세로 갑자기 죽기도 하지만, 그 황금빛 시절에는 죽음이 갑작스러운 현상이 아니었다. 그 시대에는 야마라자(염라대왕)가 보낸 사신이 영혼을 데려가기 위해 죽음을 앞둔 사람을 개인적으로 방문하곤 했다. 그래서 지상에서의 시간이 끝나고 죽음이 임박했음을 충분히 알아차릴 수 있었다.

명성과 부를 누리는 데 익숙해진 조각가는 죽음에 대한 생각으로 근심이 깊어졌다. 만족스러운 삶을 더 즐길 수 없고 지금까지 쌓아 올린 전부를 잃는다는 상상만으로도 두려움이 앞섰다. 그래서 죽음의 사자를 속일 한 가지 계획을 세웠다.

그는 자신의 모습을 본뜬 백 개의 조각상을 공들여 만들었다. 자신의 신체와 똑같은 크기, 똑같은 모습, 얼굴 윤곽과 표정, 주름살까지 생생하게 새겼다. 완성된 조각상 모두가 너무도 그의 모습과 정확히 일치해서 그가 조각상들 속에 서 있으면 어느 것이 사람이고 어느 것이 조각 작품인지 가족조차 분간하기 어려울 정도였다. 그는 그 조각상들을 자기 집 거실에 빼곡히 세워 놓았다.

때가 되어 죽음의 사신이 정확한 시간에 조각가의 영혼을 데리러 왔다. 집 안 가득 세워져 있는, 똑같은 모습의 101개의 조각상과 맞닥뜨린 사신은 모든 조각상이 너무도 생생히 살아 있어서 당황하고 말았다. 그는 단 한 명의 영혼을 데리러 온 것인데 그곳에 똑같이 생긴 101명이 있었다. 죽음의 사신은 혼란에 빠져 그냥 돌아갈 수밖에 없었다.

빈손으로 돌아온 사신을 보고 야마라자는 불같이 화를 내었다. 사신은 벌벌 떨며 자신이 찾아간 집에서 한 명이 아니라 조각가를 정확히 닮은 101명의 사람과 맞닥뜨렸기 때문에 누구를 데려와야 할지 결정할 수 없었다고 설명했다. 엉뚱한 영혼을 데려오는 실수를 저지를까 봐 빈손으로 올 수밖에 없었다고. 야마라자는 사신에게 얼른 다시 가서 조각가의 영혼을 데려오라고 명령했다.

죽음의 사신이 다시 찾아오는 것을 느낀 조각가는 다시금 거실에 세워 둔 100개의 조각상 속에 몸을 숨겼다. 사신 역시 이번에는 반드시 조각가의 영혼을 데려갈 것이라고 결심했다. 또다시 빈손으로 돌아가면 저승의 질서에 교란이 일어나 야마라자가 큰 벌을 내릴 게 분명했다.

사신은 조각가가 자신을 혼란시키기 위해 조각상들 속에 몸을 감추고 있음을 알았다. 숨을 참고 미동도 하지 않고서. 그것은 의심할 여지가 없었다. 조각상 하나하나를 자세히 확인했지만 눈앞에 있는 101개의 조각상 모두 너무도 정교하게 실물과 똑같아서 조각가가 그것들 속 어디에 서 있는지 도무지 찾아낼 수 없었다. 할 수 없이 또다시 포기하고 떠나려는 순간, 죽음의 사신은 한 가지 영감이 떠올랐다. 그는 큰 소리로 말했다.

"조각가여, 그대는 의심할 여지 없이 천재적인 예술가이며 뛰어난 조각가이다. 하지만 그대가 만든 이 조각상들 중 하나는 결함이 두드러져서 완벽한 작품이라고 할 수 없다. 삼류 예술가의 작품만도 못하다."

숨어 있던 조각가는 자신의 작품에 대한 비난을 듣자 화를 참지 못하고 소리쳤다.

"내가 삼류 예술가보다 못하다고? 내 작품의 어디가 문제라는 건가?"

조각가의 목을 움켜잡으며 사신이 소리쳤다.

"찾았다!"

그러고는 그의 영혼을 데리고 떠났다.

조각상들은 비난에 흔들림이 없었지만, 조각가는 사소한 비난에도 에고의 상처를 입어 결국 죽음의 사신에게 들킬 수밖에 없었다.

완벽을 추구하는 것은 좋은 일이다. 하지만 에고를 비우는 것은 자아의 완성에 더없이 중요한 일이다. 사람들이 나에게 무엇을 하는가는 그들의 카르마가 되지만, 그것에 대해 내가 어떻게 반응하는가는 나 자신의 카르마가 된다.

라스굴라 드세요

벵골 지역의 왕 크리슈나찬드라는 무굴제국에 맞서 끝까지 저항한 통치자로 유명하다. 또한 예술을 이해하고 적극 후원한 인물이다. 하지만 누구나 그렇듯 완벽한 인물은 아니어서, 주변 사람들을 두려움에 떨게 하는 한 가지 미신을 철저히 믿었다.

다름 아니라, 아침에 눈을 떴을 때 맨 먼저 얼굴을 마주친 사람이 그날 하루 자신의 운을 좌우한다고 믿었다. 그래서 그날 일이 잘 풀리면 행운을 가져다준 그 사람에게 상을 주었다. 하지만 만약 불운한 일이 일어나거나 뜻한 대로 되지 않으면 재수 없는 사람이라고 벌을 내리고, 심한 경우에는 나라를 위태롭게 한 자라고 여겨 그 이상의 처벌도 서슴지 않았다.

과학의 시대가 아니었기 때문에 당시는 그런 미신들이 유행했다. 또한 이슬람 침략자뿐 아니라 영국 식민지 정부도 상대해야 하는 불안한 정세 탓에 기이한 믿음을 갖게 되었을 수도 있다. 하지만 아무리 미신이라도 막강한 권력을 가진 왕의 신념이었기 때문에 사람들에게 미치는 영향은 적지 않았다.

왕의 이런 기이한 믿음을 아는 왕궁 안 사람들은 아침에 왕과 맨 먼저 마주치는 것을 결코 원하지 않았다. 운이 좋아 금화 몇 개나 암소 한 마리나 땅 한 뙈기를 상으로 받을 수도 있었지만, 잘못했다가는 곤장을 맞거나 나라 밖으로 추방될지도 모를 일이었다. 굳이 그런 모험을 감수할 이는 아무도 없었다.

하지만 아침에 왕과 대면해야 하는 사람들은 주로 수행원이나 호위대, 왕비와 후궁, 중요한 국사를 의논하러 오는 대신들이었기 때문에 일반인들은 크게 염려할 필요가 없었다. 그들은 중요한 측근들이어서 왕은 그들에 대해서는 문제 삼지 않았다.

왕궁 안에는 익살꾼이 몇 명 있었는데, 이발사 계급 출신인 고팔도 그중 하나였다. 고팔은 재치 있는 말과 예상치 못한 행동으로 사람들을 늘 웃게 했다. 또한 모두를 어리석은 자로 만들고 때로는 왕까지도 바보로 만드는 재주가 있었다. 다들 그의 익살에 화를 내면서도 그를 좋아했다. 왕조차도 고팔을 만나면 복잡한 정세를 잊고 즐거워했다. 어떤 상황도 반전시키는 임기응변 능력이 있는 고팔은 왕의 변덕을 두려워하지 않았고, 왕이 내리는 처벌에도 개의치 않았다.

모두가 자신을 피했기 때문에 왕은 아침이면 조금 외로웠다.

그래서 가끔 혼자서 왕궁 밖을 산책하곤 했다. 강둑이나 근처 과수원을 거닐고, 시장을 걷기도 했다. 왕의 미신에 대해 온 나라가 알고 있었기 때문에 왕과 우연히 맨 먼저 마주친 사람들은 겁을 먹고 왕의 하루가 어떻게 될 것인지, 자신이 상을 받게 될지 벌을 받게 될지 하루 종일 마음을 졸여야 했다.

익살꾼 고팔은 천성이 태평하고 느긋해 늦게까지 잠을 자는 것이 습관이었다. 하지만 그날은 웬일로 일찍 눈이 떠져 허기를 느끼고 강가에 있는 어부의 집 쪽으로 걸어갔다. 갑자기 생선이 먹고 싶었기 때문이다. 새벽마다 어부가 물고기를 잡아오는 것을 알고 있었다. 그런데 그날따라 어부들이 어디로 숨었는지 한 사람도 보이지 않았다. 그 대신 강둑을 산책하고 있는 왕을 발견했다.

왕도 고팔을 보고 놀라서 물었다.

"고팔! 그대처럼 해가 중천에 뜰 때까지 늦잠 자는 자가 어인 일로 이렇게 일찍 일어났는가?"

고팔이 말했다.

"좋은 아침입니다, 폐하. 맞습니다, 저는 늘 늦게 일어나는 편인데 오늘 아침에는 문득 저의 운을 시험해 보고 싶은 생각이 들어 일찍 강으로 나왔습니다."

왕이 물었다.

"무슨 말인지 이해가 안 가는군. 어떻게 강가에서 자신의 운을 시험한단 말이지?"

입심 좋은 고팔이 말했다.

"이곳에서 다른 어떤 사람보다 먼저 폐하를 만나게 되리라는 걸 알았으니까요."

왕이 놀라서 물었다.

"어떻게 그것을 알 수 있었지?"

"직감이라고나 할까요? 누구나 그럴 때가 있죠. 말로는 설명 드리기 어렵습니다. 아무튼 오늘 저는 매우 운 좋은 하루가 되리라고 확신합니다. 다른 누구도 아닌, 행운을 가져다주는 폐하의 얼굴을 맨 처음 마주쳤으니까요."

왕이 즐거워하며 말했다.

"당연히 그렇겠지."

두 사람은 함께 왕궁을 향해 걸어갔다. 도중에 생각난 듯이 왕이 말했다.

"그런데 고팔, 그대가 오늘 내가 처음 마주친 사람이라는 사실을 잊지 말기 바라네. 오늘 나의 하루가 어떨지 지켜보겠네. 저녁때가 되면 그대가 행운을 가져다주는 사람인지 불운을 불러오는 사람인지 밝혀지겠지. 그것에 따라 그대에게 상을 주든지 벌을 내리든지 하겠네."

고팔이 공손하게 말했다.

"물론입니다. 문제는 폐하와 저 중에서 누가 더 행운을 가져다주는 사람인가 하는 것이겠죠."

"대체 무슨 말을 하는 거지? 그렇게 말하는 건 조금 무례하지 않은가?"

이마를 찡그리며 왕이 물었다.

고팔이 두 손을 모으며 말했다.

"저는 한낱 익살꾼에 불과합니다. 익살꾼의 말을 너무 심각하게 받아들이실 필요는 없습니다."

오래 걷지 않아 두 사람은 왕궁에 도착했다. 도중에 마주친 사람들 모두 왕 옆에 있는 고팔을 보고는 자신이 그날 아침 왕과 처음 마주친 사람이 아니라는 사실에 안도의 숨을 내쉬었다. 아이들까지도 이제 안심하고 뛰어다녔다.

왕은 고팔을 안으로 불러 곧 있을 대신들과의 회의에 참석하라고 일렀다. 고팔이 늘 우스갯소리를 해서 웃게 하기 때문에 일부러 심각한 자리에 참석시키려는 것이었다.

회의가 시작되기 전에 먼저 왕실의 이발사가 들어왔다. 매일 아침 일과 시작 전에 면도를 하는 것이 왕의 습관이었다. 이발사는 고팔을 보고는 왕이 그날 처음 마주친 사람이 자신이 아닌 것을 신에게 감사드렸다. 사실 그 자리를 피하기 위해 왕실 이발사들은 서로에게 미루기까지 했다.

"면도할 시간입니다, 폐하."

이발사가 말하자 왕이 의자에 비스듬히 앉았다.

"그렇게 하라. 지금 면도하는 것이 좋겠다."

그러면서 왕은 고팔에게 전날 밤 참석한 결혼식 잔치가 어떠했는지 물었다. 고팔은 평소대로 익살과 헛소리를 섞어 가며 결혼식 잔치의 우스꽝스러운 장면들을 묘사해 호위대와 수행원들을 웃게 만들었다. 왕도 참지 못하고 웃음을 터뜨렸다. 이발사도 웃었다. 그 바람에 이발사가 들고 있던 면도칼이 미끄러지면서 왕의 뺨에 금을 그었다.

피가 흐르고 순식간에 아수라장이 되었다. 수행원들이 달려들어 지혈을 하고, 호위대는 이발사를 제압했다. 피는 곧 멎었지만, 이발사는 두려움에 떨었다. 왕의 얼굴에서 피를 흘리게 한 것은 결코 가벼운 죄가 아니었다. 틀림없이 처형되거나 영원히 나라 밖으로 추방될 것이었다.

모두 당황하고 긴장했지만 한 사람만은 예외였다. 고팔은 여전히 웃고 있었다.

머리끝까지 화가 난 왕이 소리쳤다.

"웃지 마라, 고팔! 오늘 아침 내가 처음 마주친 자가 너라는 사실을 잊지 않았겠지?"

고팔이 대답했다.

"그렇습니다, 폐하. 그리고 제가 오늘 아침 처음 마주친 사람도 폐하이십니다."

왕이 짜증을 내며 물었다.

"그것이 뭐가 중요하단 말이냐? 나는 지금 나의 오늘 운에 대해 말하는 것이다. 너는 지금까지 내가 마주친 가장 재수 없고 불길한 사람이다. 오늘 내가 맨 처음 본 것이 너의 얼굴인데 궁으로 돌아오자마자 피를 흘리게 되다니! 너에게 어떤 처벌을 내릴지 지금 생각 중이다."

"처벌이라고요?"

고팔은 일부러 놀란 시늉을 하며 울부짖었다.

왕이 말했다.

"당연하지! 나는 여태까지 오늘처럼 피를 흘린 적이 없다. 그러니 오래 생각할 필요 없이 너에게는 사형이 적합하다. 왕에게 피를 흘리게 한 자는 죽어 마땅하다."

고팔은 두 손을 하늘로 쳐들며 애원했다.

"전혀 공평하지 않은 처사입니다!"

왕이 눈썹을 찌푸리며 물었다.

"무엇이 공평하지 않지?"

고팔이 말했다.

"왜냐하면 저보다 더 불행을 가져다주는 사람은 폐하이기 때문입니다."

왕이 고함쳤다.

"어떻게 감히 그런 말을 지껄이지? 왕권에 도전하는 너는 두 번 처형을 받아 마땅하다!"

고팔은 결연히 맞섰다.

"그것이 진실이기 때문에 감히 말씀드리는 겁니다."

"어째서 그렇지?"

화가 치미는 중에도 왕은 호기심을 느꼈다.

고팔이 말했다.

"제가 재수 없는 사람이라는 것은 부인할 길 없습니다. 오늘 아침 폐하가 처음으로 마주친 사람은 저인데 폐하는 얼굴에 약간의 상처를 입으셨으니까요. 그런데 저 역시 오늘 아침 처음으로 마주친 사람은 폐하인데, 저는 목숨을 잃게 되었습니다. 우리 둘 중 누가 더 불길하고 불운을 가져다주는 사람인지 제 입으로 말할 필요가 있을까요?"

왕은 순간 말문이 막혔다. 그러고는 이내 한바탕 웃음을 터뜨렸다.

"그대의 말이 옳다, 고팔. 아무리 상처가 나서 피를 흘린다 한들 목이 달아나는 것에 비할 수 있겠느냐. 그렇다, 그대보다 내가 더 재수 없는 사람임에 틀림없다. 그대는 지금 나의 그런 믿음이 얼마나 어리석은 미신인지 깨닫게 해 주었다. 정확히 핵심을 지적해 주었다."

그러자 고팔이 말했다.

"그렇다면 폐하, 저에게 라스굴라 정도는 선물하셔야 하지 않으신가요? 아침부터 지금까지 아무것도 먹지 못해 쓰러질 지경이거든요."

왕은 다시 웃음을 터뜨리며 말했다.

"좋은 생각이다. 우리 모두 라스굴라를 먹도록 하자."

왕은 그 자리에서 라스굴라를 몇 상자 주문했고, 고팔과 이발사와 호위대 모두 마음껏 라스굴라를 먹었다.

매일 우유를 마시는 인도인들은 더운 날씨에 우유가 상하는 것을 방지하기 위해 불에 끓이는데 그 과정에서 달콤한 유제품들이 많이 탄생했다. 그중 하나가 부드럽고 폭신폭신한 스펀지 같은 질감의 수제 커드 치즈볼인 라스굴라이다. 벵골 지방의 대표적인 디저트이며, 인도 대륙 전역에서 결혼식, 생일, 축제 때 널리 사랑받는다. 인도인 가정을 방문할 때 라스굴라를 사 가면 크게 환영받는다. 인도 여행에서 라스굴라를 먹어 본 적 없다면 운 나쁜 사람인지도 모른다.

우리는 누군가를 재수 없는 사람이라고 여기는 편견에 쉽게 사로잡힌다. 하지만 그 누군가에게 내가 더 재수 없는 사람인지 누가 아는가. 인간에 대한 자기중심적인 판단과 편견의 방에 갇혀 살기보다는 매일 아침 달콤한 라스굴라를 나눠 먹는 것이 더 행복하지 않을까?

명의의 병은 누가 치료하는가

인도 의학의 아버지이며 수술의 선구자인 수슈루타는 기원전 6세기경 인류 최초로 성형수술과 이식수술을 집도한 외과 의사이다. 당시에는 범죄를 저지른 자의 코를 자르는 형벌이 있었는데, 수슈루타는 코가 잘린 사람의 다른 쪽 피부를 떼어 코 부분에 접합하는 데 성공했다.

명성이 높아 대서사시 『마하바라타』에까지 이름이 등장하는 수슈루타는 무슨 병이든 치료해 마법의 손길로 소문난 내과 의사이기도 했다. 뇌 수술과 백내장 수술에도 성공해 인도의 히포크라테스로도 불린다. 그가 야자수 잎사귀에 저술한 『수슈루타 상히타』는 아유르베다(허브와 약초를 이용하는 인도의 전통의학)의 기본 교과서로 해부학뿐 아니라 심장병, 피부병, 안질환, 부인과 질환, 이비인후과 등의 다양한 질병과 치료 방법을 상세하게 설명하고 있다.

"수슈루타, 당신은 보통 인간이 아니라 신들의 의사인 단반타리(힌두 의학의 신)의 화신이 틀림없어요!"

많은 사람이 경탄했지만 수슈루타는 차분한 어조로 말할 뿐이었다.

"어떤 의사도 나만큼의 의학 지식은 가지고 있습니다. 내 치료가 효과가 있다면 그건 사람들이 나를 신뢰하기 때문입니다. 이 모든 것이 신의 은총이라고 말할 수밖에요."

그의 실력과 지식과 지혜, 그리고 겸손함에 사람들은 깊이 감명받았다. 주변의 모든 마을과 도시마다 그에게서 극적으로 병을 치료받은 이가 한둘이 아니었다.

그러던 어느 날 수슈루타 자신이 병에 걸려 심한 기침으로 고통받았다. 여러 달이 지나도 좀처럼 기침 증세가 가라앉지 않았다.

한 친구가 말했다.

"약초가 필요하면 말하게. 우리가 구해다 주겠네."

수슈루타는 그저 미소로 답할 뿐이었다.

또 다른 친구는 말했다.

"아무리 능력이 뛰어난 의사라도 자기 자신은 치료할 수 없다는 말이 있지 않은가. 그러니 아유쉬만의 치료를 받아 보면 어떨까?"

수슈루타가 말했다.

"그렇지 않아도 그렇게 할까 생각하고 있었네."

치료사로 명성이 높은 아유쉬만에 대해서는 수슈루타도 익히 들어서 알고 있었다. 그래서 그날로 친구 몇 명과 함께 아유쉬만을 만나러 떠났다.

하지만 하루 종일 걸어 아유쉬만의 집에 도착한 수슈루타 일행은 그를 만날 수 없다는 얘기를 들어야만 했다. 아유쉬만이 한 달 넘게 아팠기 때문에 또 다른 유능한 의사인 베디야만에게 상담을 받으러 갔다는 것이었다. 베디야만은 걸어서 하루 걸리는 도시에 살고 있었다.

수슈루타는 생각했다.

'나 역시 베디야만을 만나러 가는 것이 좋겠어. 의심할 여지 없이 그가 우리 중에서 가장 뛰어난 의사이니까.'

일행은 길가의 여인숙에서 하룻밤을 보내고 다음 날 아침 일찍 길을 나섰다. 해가 질 무렵에야 도시에 당도할 수 있었다. 그런데 놀랍게도 시장 골목에 있는 사람들 모두가 슬픈 얼굴이었다. 베디야만의 집이 가까워 오자 군중이 모여 있고, 그들 중 많은 사람이 눈물을 흘리고 있었다.

"베디야만의 환자 중에 신분이 높은 누군가가 죽었나요?"

존경받는 의사의 집 앞에서 울고 있는 행인에게 수슈루타가 물었다.

그러자 그 사람이 말했다.

"환자가 아니라 베디야만이 세상을 떠났습니다. 지난 보름 동안 아파서 누워 있었습니다. 내일 그는 실력 있는 의사 수슈루타를 만나러 가서 치료를 받을 예정이었습니다. 하지만 갑자기 죽음이 찾아왔습니다. 그래서 우리 모두 안타까워서 울고 있는 것입니다."

수슈루타는 세상을 떠난 위대한 영혼에 대한 존경의 표시로 두 손을 모아 이마에 올렸다. 그러고는 돌아가기 위해 발길을 돌렸다.

동행한 친구들이 의미심장한 시선으로 그를 바라보았다. 수슈루타는 고개를 끄덕이며 말했다.

"돌아가지. 걱정하지 말게. 나는 곧 좋아질 걸세."

그의 동행들이 물었다.

"어떻게?"

수슈루타가 설명했다.

"모두가 나를 믿었지만, 나는 나 자신에 대한 믿음이 부족했었어. 이제 그 믿음을 다시 얻었네. 나를 향한 믿음, 내 안에 깃든 치료의 힘에 대한 신뢰, 그것이 최고의 약이지! 나는 이제 충분히 나 자신을 치료할 수 있네."

내가 날지 않으면 삶이 강제로라도 날게 할 것이다.

앉아 있는 나뭇가지를 어느 날 부러뜨려서라도.

악기 하나만 있어도 세상은 음악이 된다

　북인도 전통음악의 아버지라 불리는 탄센은 어려서부터 목청이 남달랐다. 들판에서 소리라도 지르면 마치 호랑이가 포효하는 것처럼 들렸고, 야생 코끼리가 미쳐 날뛸 때 노래를 불러 진정시킨 적도 있었다. 이런 놀라운 일화들이 사람들의 입에서 입으로 퍼져 나갔고, 그의 노래와 뛰어난 악기 연주 실력이 무굴제국(이슬람 세력이 북인도에 세운 왕국)의 통치자 아크바르 왕에게까지 전해져 궁정 악사로 초대되었다.

　탄센은 특히 전통음악인 라가에 뛰어났다. 그가 비의 라가를 부르면 비구름이 찾아왔고, 등불의 라가를 부르면 궁전 안의 모든 등불이 켜졌으며, 봄의 라가를 부르면 꽃들이 앞다퉈 피었다고 한다. 라가는 인간의 감정과 분위기를 표현하는 선율 음악으로, 자연계의 파장을 인간의 의식과 조화시키는 명상 음악의 특징을 가지고 있다. 그래서 해 뜨기 전, 아침, 낮, 황혼, 밤에 듣는 라가, 또 보름달 떴을 때와 비 내릴 때 듣는 라가 등이 따로 있다.

어느 날 저녁, 왕이 탄센에게 새로운 노래 한 곡을 부탁했다. 탄센이 네 줄짜리 저음 현악기 탐푸라를 들고 '궁정의 라가'를 부르기 시작하자 궁전 전체가 깊은 고요와 명상에 잠겼다. 사람들은 주위 세계를 잊고 노래에 젖어 들었다.

한참 후 왕이 고개를 들고 감동한 눈빛으로 환호했다.

"훌륭해! 정말 황홀한 음악이네! 그대의 노래를 매일 듣지만, 지금 이 곡이 가장 뛰어나네."

탄센이 감사 표시로 왕에게 절을 했다.

왕이 다시 말했다.

"이 세상에서 그대보다 뛰어난 음악가는 없네."

탄센이 미소 지으며 말했다.

"그렇지 않습니다. 저보다 위대한 이가 있습니다."

왕이 믿기지 않는다는 듯 물었다.

"정말인가? 그렇다면 그 사람을 궁전에 불러 노래를 들어봐야겠군. 그대가 주선해 줄 수 있겠지?"

탄센이 고개를 저었다.

"죄송하지만, 그분은 왕궁으로 오지 않을 겁니다."

"뭐라고? 왕인 내가 직접 초청하는데도?"

"그렇습니다, 그렇게 해도 소용없습니다. 그분이 무엇 때문에 이곳에 오겠습니까? 그분은 자유로운 분이어서 자신의 뜻이 아니면 아무것도 하지 않습니다. 그분을 만나려면 폐하가 직접 가셔야 합니다."

아크바르 왕은 점점 더 그 음악가를 만나고 싶었다. 그래서 탄센의 눈을 바라보며 말했다.

"그가 이곳에 오지 않는다면 내가 그를 만나러 가겠네. 그가 있는 곳으로 나를 데려다주겠나?"

탄센이 말했다.

"모셔다드릴 수는 있습니다. 하지만 왕으로서 그곳에 가시면 안 됩니다."

왕이 말했다.

"알겠네. 그저 음악을 사랑하는 한 사람으로 그를 만나러 가겠네."

아크바르 왕은 수행원들에게 마차를 준비시켰다. 그러자 탄센이 말했다.

"수행원들을 데리고 가면 그분은 만나려 하지 않을 것입니다. 그분은 자유롭고 검소한 분입니다."

그 사람은 바로 탄센에게 음악을 가르친 스승, 하리다스였다. 탄센은 그에 대해 왕에게 설명했다. 시인이며 음악가인 하리다스는 매우 단순한 삶을 살고 있었다. 세상의 눈으로 보면 늙은 걸인에 불과했다. 왕궁에서 그리 멀지 않은 야무나 강변의 작은 오두막이 그의 거처였다.

탄센과 왕이 그 장소에 도착했을 때, 하리다스는 하루 일과를 하느라 분주히 움직이다가 두 사람을 맞이했다. 그들이 노래를 청하자 그는 미소 지으며 대답했다.

"나는 훌륭한 음악가가 아닙니다. 내 노래는 그저 평범할 뿐입니다. 그리고 나는 누가 부탁한다고 해서 노래를 부르지는 않습니다. 내 안에서 무엇인가가 터져 나올 때, 그때 노래가 저절로 불릴 뿐입니다."

하리다스는 부드럽지만 단호히 거절했고, 탄센조차 스승의 마음을 바꾸도록 설득할 수 없었다. 하지만 탄센은 하나의 방법을 알고 있었다. 탄센은 갑자기 자신이 스승 앞에서 노래를 부르겠다고 제안했다. 그러고는 노래를 시작했는데 몇 군데에서 계속 음을 틀리게 불렀다.

스승이 말했다.

"그 부분은 그렇게 부르면 안 되네, 탄센. 그동안 무슨 일이 있었나?"

탄센은 스승의 말을 이해하지 못하는 척 같은 실수를 반복했다. 마침내 참다 못한 하리다스가 제자를 꾸짖으며 탐푸라를 빼앗아 들었다. 그런 다음 곡조를 바로잡아 노래를 부르기 시작했다. 그는 그렇게 한 곡 다음에 또 한 곡을 계속 불렀다.

말로 표현할 수 없이 아름답고 그윽한 목소리의 선율이 강과 숲 사방에 울려 퍼졌다. 왕과 탄센은 자신들이 어디에 있는지조차 잊었다. 생애 최초로 아크바르 왕은 음악을 들으며 눈물을 흘리기 시작했다. 환희의 눈물이 얼굴을 타고 흘러내렸고, 탄센의 말이 무슨 의미였는지를 깨달았다. 이토록 아름다운 음악은 들어본 적이 없었다.

왕이 탄센을 돌아보며 말했다.

"그대의 말이 옳았네. 나는 그대보다 뛰어난 음악가는 없다고 생각했었네. 그런데 이 사람, 하리다스야말로 실로 위대한 음악가야. 그를 뛰어넘을 사람은 아무도 없네."

두 사람은 조용히 왕궁으로 돌아왔다. 잠시 후 왕이 침묵을 깨며 탄센에게 물었다.

"그런데 그대는 왜 그대의 스승처럼 노래할 수 없지?"

탄센이 미소 지으며 말했다.

"저는 아무리 노력해도 그분처럼 부를 수 없습니다. 저는 왕을 즐겁게 하기 위해, 왕의 명령에 따라 노래하기 때문입니다. 저의 노래와 연주에는 아직도 욕망과 기대가 있습니다. 하지만 그분의 노래는 존재의 근원에서 우러나옵니다. 그의 노래는 순수 그 자체입니다."

하리다스에게는 탄센 외에 또 한 명의 제자 베주 바와라(미치광이 베주)가 있었다. 베주 역시 뛰어난 음악가였다. 하지만 그는 왕에게 인정받는 탄센을 뛰어넘고 싶은 욕망에 사로잡혀 있었다. 그리고 그것을 위해 평생을 분투노력했다.

어느 날, 자신의 노력이 충분하다고 생각한 베주는 스승 하리다스를 찾아가 자신의 노래를 들려주었다. 노래를 다 들은 후 하리다스는 재능과 노력은 인정하지만 결코 탄센을 이길 수 없다고 그에게 조용히 말했다. 이유를 묻자 하리다스는 말했다.

"그대에게는 뛰어난 음악적 소질이 있는데, 단 한 가지가 문제다. 누군가를 이기려는 욕망이 그것이다. 훌륭한 음악성과 재능을 가졌음에도 그대의 가슴은 음악이 아니라 다른 사람을 이기겠다는 일념으로 가득 차 있다. 이 욕망은 그대를 음악과 완전히 하나가 되지 못하게 하는 장애물이다. 이 생각을 버리지 않는 한 결코 탄센과 같은 경지에 오르지 못할 것이다. 탄센에게는 남을 이기려는 마음이 없다. 이것이 그가 계속 이기는 이유이다."

하지만 베주 바와라는 그 욕망을 버리기가 매우 어려웠다. 바로 그 욕망이 있기에 전 생애 동안 음악에 헌신할 수 있었기 때문이다. 스승의 말을 이해한 베주는 경쟁하는 마음을 내려놓았다. 그리고 서서히 탄센을 잊어 갔다.

그러는 사이 하리다스는 늙어 갔고 병이 들었다. 다리에 마비가 와서 사원은 물론 오두막 밖으로도 나갈 수 없었다. 어떤 의

사도 그를 치료하지 못했다. 소식을 듣고 베주 바와라가 어둠 속을 한달음에 달려왔다. 그리고 이른 새벽 하리다스가 눈을 뜨자 그의 곁에서 노래를 부르기 시작했다. 노래의 가사는 이런 내용이었다.

'내 눈은 당신을 보고 싶은 갈망으로 차 있네. 내 다리에 힘을 주소서. 내가 당신을 볼 수 없다면 그것은 오로지 당신 책임. 나를 버리지 마소서.'

천상의 음악과 같은 선율이 오두막을 가득 채웠고, 아름다운 노래를 들은 하리다스는 자리에서 일어나 사원으로 걸어갔다. 그리고 사원 계단에 앉아 신을 찬양하는 노래를 불렀다. 오두막으로 돌아온 하리다스는 베주에게 말했다.

"이제 그대는 진정으로 탄센을 이길 수 있는 무심의 경지에 이르렀다. 가서 탄센과 겨뤄 보라."

그러나 베주 바와라는 탄센에게 가지 않았다. 탄센에 대해 완전히 잊은 것이다. 그는 진정으로 음악과 신성한 사랑에 빠져 있었다. 그의 음악은 더 이상 세속적인 명성을 추구하는 것이 아니라 명상이 되었다. 그렇게 해서 베주 역시 탄센과 더불어 북인도 음악의 전설적인 거장이 되었다.

바가바드기타와 숯 바구니

늙은 농부가 산속 농장에서 어린 손자와 단둘이 살았다. 그는 매일 아침 일찍 일어나 부엌 식탁에서 오래된 경전 『바가바드기타』(전투를 앞둔 제자 아르주나에게 스승 크리슈나가 들려주는 삶과 죽음에 대한 지침서)를 몇 장씩 읽었다.

손자는 할아버지를 닮고 싶어서 모든 것을 따라 했다. 밭에서 일할 때도 할아버지의 걸음마다 따라다니고, 동물들을 보살필 때도 할아버지의 행동을 모방했다. 아직 어려서 대부분의 일들이 서툴렀지만, 그럼에도 소년은 포기하지 않고 할아버지를 따라 했다. 『바가바드기타』를 읽을 때도 마찬가지였다. 할아버지 옆에 앉아 함께 읽었다.

하루는 손자가 물었다.

"할아버지, 저는 할아버지처럼 매일 『바가바드기타』를 읽으려고 노력해 왔어요. 하지만 아직도 이해하지 못하는 내용이 대부분이에요. 이해한다 해도 책을 덮으면 금방 잊어버려요. 그러니 『바가바드기타』를 읽는 것이 저에게 무슨 의미가 있을까요?"

난로 속에 숯을 던져 넣던 할아버지가 손자를 돌아보았다. 조용히 소년을 바라보다가 난로 옆에 놓여 있던 작은 대바구니를 건네며 말했다.

"이 숯 바구니를 들고 강에 가서 바구니 한가득 물을 떠 오너라."

소년은 할아버지가 시키는 대로 강으로 내려갔다. 하지만 물을 떠서 몇 걸음 걷기도 전에 바구니 틈새로 물이 다 새어 나가 버렸다.

그 사실을 이야기하며 빈 바구니를 보여 주자 할아버지는 웃음을 터뜨렸다. 그리고 소년을 다시 강으로 보내며 말했다.

"바구니가 새니까 좀 더 빨리 뛰어야 물을 가져올 수 있을 것이다."

소년은 다시금 강으로 내려가 바구니 한가득 물을 떠서 재빨리 뛰었다. 하지만 문 앞에 도달하기도 전에 바구니는 다시 텅 비고 말았다. 숨을 헐떡이면서 소년은 할아버지에게 바구니로 물을 나르는 것은 절대 불가능한 일이라 말하고 물통을 가지러 가려 했다.

노인이 말했다.

"물통으로 떠오는 것은 내가 원하는 것이 아니다. 내가 원하는 것은 바구니에 가득 물을 떠오는 것이다. 너는 아직 최선을 다해 뛰지 않는 것 같구나."

그는 문밖으로 나와서 소년이 세 번째로 시도하는 것을 지켜보았다. 소년은 다시 강으로 내려갔다. 하지만 자신이 목적을 이루는 것이 불가능하다는 사실을 이미 알고 있었다. 바구니를 손에 들고 가면서도 할아버지가 자신에게 이 일을 시키는 이유를 이해할 수 없었다. 두 손으로 바구니의 틈새들을 다 막을 수도 없었다. 어떻게 바구니에 물을 담아 온단 말인가? 그래서 이번에는 아무리 빨리 달려도 집에 도착하기 전에 물이 바구니에서 다 빠져나간다는 사실을 할아버지에게 확실히 보여 주기로 마음먹었다.

할아버지는 문 앞에 서서 소년이 강물 깊이 바구니를 담갔다가 숨이 턱에 찰 정도로 달려오는 것을 지켜보았다. 그가 서 있는 곳까지 왔을 때 소년의 손에 들린 바구니는 물이 다 새어 나가고 역시 텅 비어 있었다.

소년이 숨을 몰아쉬며 말했다.

"보셨죠, 할아버지? 아무리 해도 소용없는 일이에요!"

노인이 애정 어린 눈길로 어린 손자를 바라보며 부드럽게 물었다.

"너는 이것이 무의미한 일이라고 생각한다는 것이지? 그렇다면 그 바구니를 잘 보거라."

할아버지의 말에 소년은 바구니를 살펴보았다. 늘 숯을 나르는 데 사용해 온 바구니였다. 그때 처음으로 소년은 바구니가 완전히 달라져 있는 것을 알아차렸다. 언제나 숯 검댕이로 더럽던 바구니가 어느새 안과 밖이 햇빛에 빛이 날 만큼 깨끗해져 있었다. 그동안 바구니 안에 남아 있는 물만 생각하느라 바구니 자체에 대해서는 관심 갖지 않았던 것이다.

할아버지가 말했다.

"네가 『바가바드기타』를 읽을 때 일어나는 일도 이와 같다. 너는 내용을 이해 못할 수도 있고, 자신이 읽은 것을 기억하지 못할 수도 있다. 경전 내용이 너의 마음 틈새로 다 빠져나가 버릴 수도 있다. 하지만 그 행위가 너의 안과 밖을 서서히 변화시킬 것이다. 이것이 꾸준한 수행이나 명상이 우리 삶에서 하는 일이다."

99클럽

　어느 나라에 왕이 있었다. 누구보다도 많은 부를 가지고 안락한 삶을 누렸지만 그는 그다지 행복하지도 만족스럽지도 않았다. 그 자신도 뚜렷한 이유를 알 수 없었다. 어느 날 왕은 변장을 하고 신하와 함께 나라 안을 시찰하다가 논에서 일하는 한 농부 가족을 보았다. 겉보기에도 허름한 옷을 입은 가난한 사람들이었다. 그런데 그들은 즐겁게 노래하며 일하고 있었다. 잠시 일을 멈추고 참을 먹는 시간에도 보잘것없는 음식을 서로의 입에 넣어 주며 행복해했다.

　우울하고 불행한 절대 권력자가 신하에게 물었다.

　"왜 저들은 저토록 행복한가? 저들이 가진 행복의 비밀이 무엇인가?"

　현명한 신하가 말했다.

"이유는 간단합니다. 저들은 아직 99클럽에 가입하지 않았기 때문입니다."

왕이 놀라서 물었다.

"99클럽? 그것이 무엇인가?"

신하는 말했다.

"저에게 금화 동전 99개를 주시면 99클럽이 무엇인지 알려 드리겠습니다."

왕에게서 금화 99개가 든 자루를 받아든 신하는 다음 날 아침 일찍 그것을 농부의 집 앞에 가져다 놓았다.

밭일을 하러 문을 나서던 농부가 뜻밖의 자루를 발견하고는 그것을 집 안으로 들여갔다. 열어 보니 놀랍게도 금화가 가득 들어 있었다!

농부는 기쁨의 환성을 지르며 떨리는 손으로 금화를 세기 시작했다. 그런데 몇 번을 다시 세어도 금화는 99개였다. 농부는 이해할 수 없었다. 문밖으로 나가 주위를 샅샅이 살펴봐도 마지막 1개의 금화가 보이지 않았다.

'왜 99개인 걸까? 마지막 한 개는 어떻게 된 거지? 100개면 100개여야지 99개라니. 그럴 리 없어.'

그는 아내를 소리쳐 불러 금화를 세게 했다. 아내가 세어도 마찬가지로 금화는 99개였다. 이번에는 아들에게 세게 했다.

"얼른 네가 세어 봐. 너는 수학을 잘하잖아."

아들이 세어도 숫자는 달라지지 않았다.

농부는 결심했다. 금화 1개를 채워 100개를 만들겠다고. 이제부터 더 열심히 일하고 더 아껴서 빠른 시일 내에 금화 1개를 채우자고 그는 가족들에게 선언했다. 그래야만 행복한 삶을 누릴 수 있다고.

그날부터 그들의 삶이 달라졌다. 전보다 두세 배로 일했으며, 서로를 돌보거나 함께 노래할 여유조차 없었다. 오히려 서로를 상처 입히는 말만 주고받을 뿐이었다. 잠과 행복을 잃었으며, 그 자리를 욕망과 불만이 채웠다.

그렇게 밤낮없이 일하던 어느 날, 농부의 아내는 회의가 들었다. 신이 금화 99개를 주셨는데 왜 여전히 누더기 옷을 입고 소처럼 일해야만 하는가. 이튿날 그녀는 남편 몰래 금화 3개를 꺼내 그 마을에서 가장 비싸고 고운 옷감과 굽 높은 신발을 사들고 돌아왔다.

농부는 돈에 대한 개념이 없는 아내에게 불같이 화를 내며 금화가 96개로 줄어든 것에 절망했다. 그는 가족들에게 정신 차리지 않으면 영원히 금화 100개를 모을 수 없다고 다그쳤다.

이번에는 아들이 아버지의 침대 밑 자루에서 몰래 금화 3개를 꺼내 그동안 일하느라 만나지 못한 친구들과 함께 밤새 먹고 마시는 데 다 쓰고 돌아왔다.

현실 개념이 희박한 가족 때문에 금화는 어느새 93개로 줄고 절망감과 박탈감에 빠진 농부는 더욱더 가족들을 훈계하고 독려했다.

한 달 후 왕이 신하와 함께 다시 그 마을로 가서 농부 가족을 보았다. 이제 그들은 노래를 잃었으며, 성격이 거칠어져 있었다. 더 이상 서로를 배려하지도 않았다. 한눈에 봐도 불행감에 젖은 빈자들이었다.

왕이 물었다.

"도대체 무슨 일이 저들에게 일어났는가?"

신하가 말했다.

"이제 저들은 공식적으로 99클럽에 가입했습니다. 그들의 목표는 한 개의 금화를 더 채워 100클럽에 소속되는 일입니다. 99클럽은 충분히 가졌지만 결코 만족하지 않는 사람들의 모임입니다. 행복의 조건을 충분히 갖추었음에도 여전히 불행한 사람들의 모임입니다. 그들은 금화 한 개를 더 가져야만 행복할 수 있다고 믿기에 지금 이 순간 행복할 수 없습니다."

그날 이후 왕은 더 이상 불행하지 않았다.

삶은 공평한가

한 농부가 밭에서 일을 마치고 집으로 돌아가는데 어디서 신음 소리가 들렸다.

"사사살려 주세요."

주위를 돌아보니 아무도 없었다. 그래서 다시 걸어가자 같은 소리가 또 들렸다.

"사사사살려 주세세요."

자세히 다가가 살펴보니 뱀 한 마리가 큰 돌에 눌려 옴짝달싹 못하고 있었다. 그 상태로 오랫동안 갇혀 있었는지 지치고 기진맥진해서 곧 죽을 것처럼 보였다.

농부는 뱀을 그다지 좋아하지 않았지만 연민심에 돌을 치워 주었다. 뱀이 얼른 기어 나오며 말했다.

"사사살려 주셔서 감사사해요."

농부가 "감사하긴 뭘. 당연히 해야 할 일인데." 하고 말하는 순간 뱀이 재빨리 농부의 목을 휘감으며 말했다.

"배가 고파서 당신을 먹어야겠어."

농부가 말했다.

"잠깐! 내가 목숨을 구해 줬는데 나를 잡아먹겠다고? 이건 공평하지 않아."

뱀이 말했다.

"삶은 원래 불공평한 거야. 그리고 무엇보다 나는 몹시 배가 고파."

농부가 물었다.

"삶이 불공정하다면 열심히 살아야 할 의미가 없잖아."

뱀이 말했다.

"당신도 오래 살았으니까 삶이 불공정하다는 것을 잘 알 텐데."

하지만 뱀은 잠시 고민 끝에 농부가 자신을 살려 주었으므로 기회를 주기로 했다. 세 종류의 동물에게 "삶은 공평한가?"라는 질문을 해서 한 마리라도 "그렇다."고 대답하면 농부를 놓아 주기로 했다.

뱀에게 목이 감긴 채 농부는 들판을 가로질러 세 마리의 동물을 찾아 나섰다. 맨 먼저 만난 동물은 암소였다. 농부가 소에게 물었다.

"삶이 공평하다고 생각해?"

소가 말했다.

"움메에에. 사람들이 나한테 언제나 맛있는 풀을 먹게 해 주니까 아주 좋아아아. 하지만 나도 매일 우우유를 주잖아. 만약 내가 늙어서 더 이상 우유가 안 나와도 나를 먹여 줄까? 아니잖아아아. 나를 잡아먹을 거잖아. 삶은 공평하지 않아아아."

농부는 얼굴이 하얗게 변하고 뱀은 "헤헤헤!" 하고 혀를 날름거렸다.

두 번째 만난 동물은 닭이었다. 농부가 "삶이 공평해?" 하고 묻자 닭이 대답했다.

"꼬꼬꼭 그렇진 않아. 사람들은 나에게 모이를 주고 들짐승으로부터 안전할 수 있게 닭장을 만들어 주고 지켜 주지. 하지만 나도 매일 달걀을 주잖아. 삶이 공평하냐고고고? 잔칫날이 되면 내가 맨 먼저 목을 내놔야 할 걸걸걸."

농부는 얼굴이 더 하얘지고 뱀은 "헤헤헤!" 하고 날름거리며 이제 한 번의 기회가 남았다고 일깨웠다.

뱀에게 목이 휘감긴 채로 농부는 들판 너머로 마지막 동물을 찾아 나섰다. 마침 그곳을 어슬렁거리는 당나귀를 만났다. 농부가 자신이 처한 상황을 설명하자 당나귀가 말했다.

"당신이 목숨을 구해 줬는데 뱀이 당신을 잡아먹으려 한다고? 나는 그저 한낱 당나귀에 불과해서 삶이 공평한지 아닌지는 잘 모르겠어. 하지만 내가 엄마에게 똑같은 질문을 한 적이 있어. 그때 엄마가 뭐라고 했는지 알아? 삶이 공평하든 공평하지 않든, 그것에 상관없이 넌 춤을 출 수 있다고 하셨어."

"춤을 춘다고?" 하고 농부가 물었다.

"추추춤?"

뱀도 물었다.

"맞아, 춤 말야!"

그렇게 말하고 나서 당나귀는 엉거주춤 춤을 추기 시작했다. 그 춤이 너무 웃겨 암소도 큰 엉덩이를 들썩이며 춤을 추기 시작했다. 닭도 한쪽 다리를 뻣뻣하게 휘저으며 춤을 추었다. 그 장단에 맞춰 농부도 춤을 추고, 뱀도 더 참지 못하고 혀를 날름거리며 춤을 추었다.

뱀이 춤을 추느라 몸이 풀린 사이 농부는 재빨리 목을 빼고 달아났다. 그러면서 옆에서 뛰어오는 당나귀에게 말했다.

"네 말이 맞아. 삶이 공평하든 공평하지 않든 우리는 춤을 출 수 있어!"

천국으로 가는 장소

　인도에서 갠지스강 다음으로 긴 고다바리강 부근 마을에 도카 시탐마라는 여인이 살았다. 그녀의 이름이 기억되는 이유는 그녀가 특별한 가문 출신이거나 훌륭한 수행자이거나 왕의 아내이기 때문이 아니다. 그녀는 평범한 바라문 계급의 여성이었으며 불행한 과부였다. 점성학자였던 남편은 병으로 일찍 세상을 떠났고 자식도 없었다. 과부가 된 그녀는 관습에 따라 흰색 사리를 입었고 집 밖 출입이 제한되었다. 하지만 천성적으로 연민심이 강해서 가난한 사람들에게 늘 음식을 나눠 주었다.

　시탐마가 낮은 계급의 사람들을 가족처럼 집 안에 들이자 자존심 강한 바라문들은 그녀를 비난했다. 이웃과 친척들은 그녀가 사회 질서를 무너뜨리고 상류 계급에 수치심을 안겨 준다고 여겼다. 비난과 협박 속에 더욱 고립되었지만 시탐마는 굶주리는 사람들을 외면할 수는 없었다. 한끼 밥을 얻어먹기 위해 찾아오는 이들을 거부하지 못하고 언제나 문을 활짝 열었다.

"들어와요! 어서 들어와요! 마침 이제 막 음식을 만들었는데 함께 먹어요. 그럼 나도 외롭지 않아서 좋아요."

음식을 구걸하는 이들이 수치심을 느끼지 않도록 일부러 밝은 표정을 지으며 그렇게 말했다. 소문을 듣고 허기에 지친 사람들이 먼 곳에서도 찾아와 그 숫자가 갈수록 늘어 갔다. 그들에게 한끼 밥을 해먹이기 위해 그녀는 소유했던 논밭을 비양심적인 이웃들에게 헐값에 넘겼고, 채소 심을 텃밭밖에 남지 않았다. 하지만 시탐마는 사람들을 먹이는 일을 중단하지 않았다. 마을에 기근이 닥쳤을 때도 사람들을 돌려보내지 않았다. 나날이 줄어드는 살림이었지만 어떻든 배불리 먹여서 보냈다.

그녀에 대한 소문이 고다바리강을 따라 남인도 전역에 퍼졌고, 찾아오는 사람들이 점점 많아져서 어떤 날은 그녀 자신이 굶어야 할 때도 있었다. 그럼에도 그녀는 배고픈 사람들을 먹일 수 있다는 사실에 행복했다.

어느 날 밤, 시탐마는 홀로 앉아 생각에 잠겼다.

'지금까지 40년을 사람들에게 음식을 주었다. 이제 나는 늙고 기운이 없다. 죽을 시간이 가까워졌으니 바라나시로 떠나 그곳에서 평화롭게 생을 마치리라.'

힌두교도들은 갠지스강이 흐르는 성지 바라나시에서 죽으면 모든 카르마를 지우고 천국으로 곧바로 간다는 믿음을 가지고 있다. 시탐마 역시 그 성스러운 도시에서 생의 마지막을 보내고 싶었다. 자신의 삶이 얼마 남지 않았음을 느꼈으며, 사람들에게 음식을 줄 경제적 여력도 거의 바닥난 상태였다.

그러나 출발이 계속 미루어졌다. 떠나려고 마음먹으면 새로운 사람들이 먹을 것을 청하며 문을 두드렸기 때문이다. 그러면 다시 부엌으로 달려갈 수밖에 없었다. 그렇게 몇 달을 미룬 끝에 시탐마는 자신의 남은 소유물을 가난한 사람들에게 나눠 주고 길을 떠났다.

바라나시까지는 열흘이 넘는 여정이었다. 뼈밖에 남지 않은 몸을 소달구지에 싣고 뙤약볕 아래 거친 길을 달렸지만 그녀는 행복했다. 이제 평화롭게 생을 마칠 수 있게 된 것이다.

온종일 달려 순례자들을 위한 무료 숙소에 도착한 그녀는 소달구지 안에서 담요를 덮고 잠을 청했다. 그때 옆에 세워 둔 소달구지 안에서 아이들이 부모에게 보채는 소리가 들렸다.

"엄마, 배가 고파서 잠을 잘 수가 없어요. 먹을 것 좀 없어요? 이틀 동안 우리는 아무것도 먹지 못했어요."

아이들의 부모가 안타까운 목소리로 말했다.

"미안하다, 얘들아. 지금은 먹을 게 아무것도 없구나. 하지만 내일 저녁이면 우리는 시탐마의 집에 도착할 수 있어. 그곳에 가면 시탐마가 우리를 배불리 먹게 해 줄 거야."

아이들이 물었다.

"왜 꼭 시탐마의 집에 가야 해요? 다른 곳에서도 음식을 구걸할 수 있잖아요."

부모가 설명했다.

"우리는 거지가 아니란다. 길에서 구걸하느니 차라리 굶는 게 낫다. 하지만 시탐마는 누구도 돌려보낸 적이 없고, 음식을 청하는 사람들을 결코 무시하지 않고 존중한다고 들었어."

그 가족이 허기를 안고 잠이 들자 시탐마는 더 이상 누워 있을 수 없었다. 그녀는 수레 *끄는* 사람을 깨워 서둘러 출발하자고 재촉했다.

수레 *끄는* 사람이 이해하지 못하고 투덜거렸다.

"이 밤중에 떠나자고요? 그건 무모한 짓이에요. 길도 보이지 않고 도중에 강도라도 만나면 어쩌려고요? 바라나시가 아니라 길에서 죽고 싶어요?"

그러나 시탐마는 단호했다.

"어서 출발해요. 내가 수레 삯을 냈으니 내 말에 따라 줘요."

그래서 두 사람은 지체 없이 어둠 속으로 떠났다.

이튿날, 그 가족은 허기를 견디며 소달구지를 타고 시탐마가 지나간 비포장 흙길을 온종일 달려 저녁 무렵 고다바리강 부근 마을에 도착했다.

사람들에게 물어 시탐마의 집에 도착한 그들은 불 꺼진 작은 집을 보고 절망에 빠졌다.

아이들의 아버지는 생각했다.

'창문 안에서 비치는 희미한 불빛은 등잔불일까, 달빛이 반사된 걸까? 안에서 들리는 이 소리는 냄비들이 부딪치는 소리일까, 아니면 달구지 끄는 소의 목에서 나는 방울 소리일까?'

아이들의 어머니는 두려웠다.

'시탐마는 집에 없을지도 몰라. 만약 있다고 해도 이 늦은 시각에 우리를 맞아 줄까? 오늘 밤도 이대로 굶으면 어떻게 하지? 이 먼 길을 며칠째 아무것도 먹지 못하고 달려왔는데 아이들이 허기를 견디지 못하고 죽기라고 하면 어쩌지?'

하지만 그 모든 의심은 아이들의 아버지가 문을 두드리기도 전에 현관문이 활짝 열리며 어디론가 날아갔다. 그러고는 달(콩, 녹두, 팥 등을 오래 끓여 향신료를 가미한 수프)과 사브지(각종 채소 요리)와 향긋한 커리 냄새가 그들을 맞이했다. 차파티(통밀가루를 반죽해 둥글고 얇게 펴서 구운 빵)와 밥도 접시 위에서 뜨거운 김을 내고 있었다.

"들어와요! 어서 들어와요! 마침 이제 막 음식을 만들었는데 함께 먹어요. 그럼 나도 외롭지 않아서 좋아요."

시탐마가 즐거운 목소리로 그들을 안으로 맞아들였다.

그 가족이 허겁지겁 밥을 먹는 데 정신이 팔리지 않았다면 그들은 알아차렸을 것이다. 소달구지를 타고 비포장 흙길을 급히 달려오느라 시탐마의 사리가 다 찢어졌다는 것을. 한숨도 자지 못하고 밤새 달려와 이 모든 음식을 만드느라 그녀의 심신이 무척 지쳐 있다는 것을. 또한 그녀의 집 안에 아무 가구도 없고 부엌에는 한두 개의 조리 도구밖에 없으며 집 옆 텃밭도 텅 비어 있다는 것을. 이제 아무것도 가진 것 없는 그녀가 부끄러움을 무릅쓰고 이웃 사람들에게 사정하고 구걸해서 쌀과 밀가루와 콩과 녹두와 채소들을 얻어 왔다는 것을. 그리고 그녀 자신도 이틀 동안 아무것도 먹지 못해 허기져 있다는 것을.

시탐마는 결국 바라나시에서 생을 마치지 못했다. 며칠 뒤 그녀는 그 마을에서 숨을 거두었으며, 평화로운 죽음이었다고 기록되어 있다.

어떤 특별한 장소에서, 혹은 어떤 성스러운 도시에서 생을 마쳐야만 카르마를 정화하고 천국에 가는 것은 아닐 것이다. 타인의 고통을 덜어 주고 힘들어하는 한 영혼을 달래 줄 수 있다면, 그곳이 바로 특별한 장소이고 구원의 장소일 것이다.

말년에 영국 정부가 시탐마의 자선 행위를 알고 에드워드 7세의 즉위 기념일에 그녀를 델리로 초청했지만 그녀는 거부했다. 주지사가 그녀의 사진을 들고 가서 행사 내내 의자에 올려놓았다. 현재 시탐마가 살던 집은 기념관이 되었으며, 그녀는 안나푸르나 여신의 화신인 아파라 안나푸르나로 불린다.

깨달은 이와 소녀

어느 날 붓다가 북인도 어느 도시로 설법을 하러 가던 중, 길에서 열다섯 살 소녀와 마주쳤다.

소녀가 물었다.

"궁극의 깨달음을 얻었다는 그분이신가요? 저도 소문을 들어서 알고 있었어요. 가르침을 펴기 위해 이곳에 오신다는 걸."

붓다가 그렇다고 대답하자 소녀가 다시 말했다.

"제가 갈 때까지 법문을 시작하지 말고 기다려 주시겠어요? 지금은 밭에서 일하는 아버지에게 음식을 갖다 드리러 가는 중이거든요. 일을 마친 후에 최대한 빨리 갈게요. 잊지 말고 꼭 기다려 주세요."

붓다는 미소 지으며 그렇게 하겠다고 약속하고는 도시로 발길을 향했다. 마침내 설법 시간이 되고, 왕을 비롯해 도시의 귀빈과 철학자와 구경꾼들이 발 디딜 틈 없이 자리를 메웠다. 하지만 붓다는 설법을 시작하지 않은 채 길 쪽만 바라보았다.

시간이 마냥 흐르자 기다리다 못한 원로들이 물었다.

"누구를 기다리시나요? 중요한 사람들이 모두 참석했는데 어서 법문을 시작하시죠."

붓다는 말했다.

"내가 기다리는 사람이 아직 오지 않았소. 나는 기다려야만 하오."

그러고는 계속 길 쪽을 바라보았다. 마침내 소녀가 가쁜 숨을 몰아쉬며 도착했다.

"조금 늦었어요. 하지만 제가 분명히 온다고 했죠? 그리고 약속을 지키실 줄 알았어요. 당신에 대한 얘기를 들은 첫 순간부터 만남을 기다렸거든요. 지금보다 훨씬 어렸을 때 처음 당신의 이름을 들었어요. 그 이름만으로도 가슴이 뛰었어요. 그때부터 당신을 기다렸어요!"

붓다가 소녀에게 말했다.

"너의 기다림은 헛되지 않았다. 나를 이 도시로 끌어당긴 것은 바로 너였다."

그러고 나서 붓다는 비로소 법문을 시작했다. 법문이 끝난 후, 제자가 되겠다고 붓다 앞에 나선 사람은 그 소녀가 유일했다. 도시 전체 사람이 가르침을 들었지만 소녀 외에는 단 한 명도 진리를 추구하기 위해 붓다를 따라나서지 않았다. 소녀는 말했다.

"저를 제자로 받아 주세요. 저는 충분히 기다렸어요. 이제 당신을 따르고 싶어요."

붓다가 말했다.

"네가 사는 마을은 너 혼자 돌아가기에는 여기서 너무 멀다. 날도 이미 어두워졌다. 그러니 내 제자로 입문하거라. 나는 이제 늙어서 이곳에 다시 올 수 없을 것이다."

그날 잠자리에 들 무렵, 수제자 아난다가 붓다에게 물었다.

"스승님, 한 가지 질문이 있습니다. 어떤 장소에 갈 때 혹시 그 장소가 스승님을 자석처럼 끌어당기는 것을 느끼기 때문에 그곳으로 가시나요?"

붓다가 대답했다.

"그대의 말이 옳다, 아난다여. 그것이 내가 여행 장소를 선택하는 방식이다. 누군가가 나를 간절히 만나고 싶어 할 때, 그 간절한 마음이 내게 전해진다. 그러면 나는 그 방향으로 가야만 한다."

존재 깊은 곳에서부터 만나고 싶어 하는 사람은 언젠가는 만나게 되어 있다. 그런 사람들은 무의식적으로 서로에게 끌린다. 그 만남은 두 에고의 만남이 아니라 영혼의 만남이 된다.

꽃이 피면 알게 될 것이다

어느 스승에게 네 명의 제자가 있었다. 모두 나름의 판단력과 뛰어난 지식을 지닌 젊은이들이었다. 그들을 세상으로 떠나보내기 전에 스승은 깨달음을 가르치기 위해 여행을 보내기로 결심했다. 먼 곳에 있는 배나무 한 그루를 만나고 오는 여정으로, 각자 한 명씩 차례대로 다녀온 후 여행에서 자신이 본 것을 이야기해 보라고 했다.

스승의 의도를 잘 이해하지 못했지만 네 명의 제자들은 스승의 말씀에 따라 각자 다른 계절에 여행을 떠났다.

첫 번째 제자는 겨울에 가서 배나무를 보았다. 나무는 차가운 눈바람 속에 잎사귀도 없이 헐벗음 자체였다. 껍질 속 중심부까지 메말라 있었다. 제자는 돌아와서 스승에게 나무가 못생기고, 굽었으며, 아무 쓸모없어 보인다고 설명했다. 성장을 암시하는 생명의 힘을 전혀 느낄 수 없으며, 혹독한 겨울을 넘길 수 있을 것 같지도 않다고.

석 달 뒤 봄에 가서 나무를 살펴보고 온 두 번째 제자는 그 의견에 동의할 수 없었다. 그가 본 나무는 가지마다 새 움이 파릇파릇 돋아나고 있었다. 뿌리는 끊임없이 생명수를 길어 올리고, 마치 봄과 사랑에 빠진 무언의 몸짓처럼 움마다 봄기운을 단단히 오므려 쥐고 있었다. 단 어떤 열매도 달려 있지 않아 관상용으로만 적합할 뿐 실제적인 가치는 없어 보인다고 제자는 주장했다.

세 번째 제자는 초여름에 나무를 보러 갔다. 그를 맞이한 나무는 온통 흰 꽃으로 뒤덮여 있었다. 뿌리는 단단히 땅을 움켜쥐고 있고, 수술과 암술을 보듬어 주는 꽃들에서는 감미로운 향기가 퍼져 나갔다. 그 만개한 세계에 이끌려 벌과 새 같은 숲의 다양한 생명들이 모여들었다. 제자는 여태껏 본 가장 우아하고 아름다운 나무라고 말했다. 하지만 나무에 달린 열매는 너무 써서 먹을 수 없기 때문에 인간에게 쓸모가 있을 것 같지는 않다고 설명했다.

마지막으로 여행을 떠난 네 번째 제자는 어떤 평가에도 동의하지 않았다. 가을에 나무와 만난 그는 가지가 휘어질 만큼 매달린 황금빛 열매들을 목격했다. 열매들은 태양과 비바람에 자신을 내맡긴 믿음의 결과였다. 제자는 열매 하나를 따 가지고 돌아와서, 햇빛과 비를 당분으로 바꿔 풍요와 결실을 이뤄 내는 나무의 연금술에 깊이 감동했다고 말했다. 누구나 과즙 풍부한 열매를 맛볼 수 있게 되었다고.

스승은 네 명의 제자를 불러 모두의 의견이 그 자체로는 틀리지 않지만 전적으로 옳지는 않다고 말했다. 각자가 본 것은 그 나무의 한 계절에 불과했기 때문이다.

스승은 말했다.

"나는 이 여행을 통해 그대들에게 자신과 타인에 대해 성급하게 판단하지 않아야 함을 배우게 하고 싶었다. 그럼으로써 갇히거나 단절되지 않고 매 순간 신선함이 샘솟는 삶을 살게 하고 싶었다. 나무의 상태에 대한 그대들의 관찰은 훌륭했으나, 그것은 어디까지나 한 계절에만 해당하는 것이다. 나무든 사람이든 한 계절의 모습으로, 단 한 번의 만남으로 전체를 판단해서는 안 된다. 그것은 공정하지도 지혜롭지도 않은 일이다. 나무와 사람은 모든 계절을 겪은 후에야 결실을 맺을 수 있기 때문이다. 마찬가지로 가장 힘든 계절만으로 자신의 인생을 판단해서는 안 된다. 한 계절의 고통 때문에 나머지 계절들이 가져다줄 기쁨을 잃어서는 안 된다. 겨울만 겪어 보고 무의미한 삶이라고 포기하면 봄의 약속도, 여름의 아름다움도, 가을의 결실도 놓칠 것이다."

모든 것을 잃고 서리와 얼음으로 덮인 나무일 때, 헐벗은 가지에 바람 소리만 가득할 때, 그것으로 자신의 전 생애를 판단해선 안 된다. 연약한 움을 틔운 시기에는 그 연약함이 오므려 쥔 기대를 무시하지 말아야 한다. 우리는 모든 계절을 다 품고 한 계절씩 여행하는 중이기 때문이다. 어떤 계절도 영원히 지속되지 않음을 나무는 잘 안다. 꽃을 피우고 열매를 맺기 위해서는 어떤 겨울도 견딜 만하다는 것을.

힌디어에 '킬레가 또 데켕게'라는 격언이 있다. '꽃이 피면 알게 될 것이다.'라는 뜻이다. 지금은 나의 미래를 장담할 수 없고 설명할 길이 없어도 언젠가 내가 꽃을 피우면 사람들이 그것을 보게 될 것이라는 의미이다. 자신의 현재 모습에 대해, 자신이 통과하는 계절에 대해 굳이 타인에게 설명할 필요가 없다. 타인이 아니라 자신에게 증명하면 된다. 시간이 흘러 결실을 맺으면 사람들은 자연히 알게 될 것이므로.

바깥의 계절과 상관없이, 지금 나는 어느 계절을 살아가고 있는가?

목발 없이 걷기

숲으로 사냥을 나간 왕이 사냥감을 뒤쫓다가 바위투성이 절벽 아래로 말과 함께 추락했다. 호위대가 황급히 달려왔기에 목숨은 건졌으나 다리에 큰 부상을 입었다. 명의들이 심혈을 기울였지만 결국 한쪽 다리를 못 쓰게 되었다. 목발에 의지할 수밖에 없게 된 왕은 자신의 불구를 인정할 수 없었다. 최고 권력자로서 신하들과 국민 앞에 나약한 모습을 보이기 싫었던 왕은 나라 전체에 포고령을 내렸다.

"오늘부터 모든 국민은 목발을 짚고 다닌다. 이를 어기는 자는 사형에 처한다."

다음 날부터 이 왕국은 역사상 유례없는 목발 국가가 되었다. 왕의 장애가 가려지도록 모든 사람이 목발을 짚고 다녀야 했다. 노인과 아이도 예외가 아니었다. 누구든 두 발을 땅에 대는 것이 엄격히 금지되었다. 처음에는 몇몇 진보적인 젊은이들과 저항 세력이 목발을 거부했지만 처형당하거나 추방되었다. 경찰과 군대도 특수 훈련을 거듭한 끝에 세상에서 가장 강력한 목발 부대가 되었다. 나라가 자랑하는 미인 대회 참가자들도 알록달록한 목발을 짚고 나와 박수갈채를 받았다.

부모들은 자식의 안전과 성공을 위해 갓난아기 때부터 걸음마 대신 목발 짚는 법을 가르쳤으며, 학교에서는 목발의 역사와 중요성을 주입했다. 목발에 대한 연구로 학위를 취득한 전문가까지 등장해 목발의 가치와 역사성을 강조했다. 이제 목발 없이 두 다리로 걷는 것은 위험한 욕망이 되었다. 그 욕망을 발설하는 자는 정신병원에 갇히거나 현실 부적응자로 낙인찍혔다. 이제 목발은 모두에게 존재의 일부가 되었다.

불행한 일은 왕이 매우 오래 살았다는 것이다. 세월이 흐르고 세대가 바뀌자 이제 인간이 두 다리로 자유롭게 걸을 수 있다는 사실을 모두가 까마득히 잊어버렸다. 목발을 짚은 상태에서 농사를 짓고, 음식을 만들고, 춤을 추고, 더 어려운 기능까지 선보이는 목발의 달인들이 생겨났다. 젊은 시절 목발 없이 살던 노인들은 자식과 손자들의 인생을 망치지 않기 위해 그 기억을 꺼내지 않았다.

더 불행한 일은 왕이 죽은 후에도 상황이 전혀 달라지지 않았다는 사실이다. 어릴 때부터 목발에 익숙해진 사람들은 두 다리로 걸을 생각조차 하지 않았다. 설령 목발을 본래적인 것이 아닌 후천적인 굴레로 여겨 벗어던지려 시도해도 이미 다리가 허약해져서 군중의 조롱을 사며 넘어질 뿐이었다. 이제는 나라에서 강제하지 않아도 목발 없이 똑바로 서 있는 것 자체가 힘들었다. 모든 이가 그것을 인간의 불가피한 조건이라 여겼다. 목발 이론과 사상으로 기득권을 차지한 사람들도 이 상황에 한몫을 했다.

이는 왕의 뒤를 이은 통치자들에게도 유리한 조건이었다. 목발을 짚은 시민들은 무엇보다 통제가 쉬웠다. 외부에서 강요하기 전에 스스로를 자기 한계에 가둬 자유를 포기했기 때문이다. 왕의 죽음과 함께 강제 법령이 자연히 폐지되었음에도 불구하고 목발에 의존하지 않는 삶을 말하는 것 자체가 비현실적인 망상으로 비난받았다.

한편 왕이 사냥 중에 절벽으로 추락한 지점에서 그리 멀지 않은 곳에 한 사람이 살고 있었다. 그는 일찍이 목발의 부당성과 어리석음을 깨닫고 숲으로 들어와 살기 시작했다. 가난하고 위험한 생활이었지만, 온전하게 걷는 기쁨을 안전이 보장된 삶과 맞바꾼 것이다. 그의 행복은 목발에 의존하지 않고 숲을 거니는 일이었다. 그에게 그것은 기쁨 자체였고 신의 축복이었다. 목발에 대한 환멸, 두 다리로 온전히 걷는 기쁨이 그를 세상과 거리를 두게 했다. 가끔 생필품을 구하기 위해 도시로 내려갈 때만 목발을 사용했으며, 왕이 죽자 그 즉시 목발을 불 속에 던져 버렸다.

두 발로 자유롭게 걷는 것을 보고 사람들은 그를 세상을 현혹하는 인물로 여겼다. 그의 자유로움은 굴레에 적응된 이들에게는 무언의 위협이었다. 목발 짚은 이들은 드러내 놓고 적대감을 표시하거나 목발을 쓰라고 강요했다. 하지만 그는 개의치 않았다. 오히려 연민을 느꼈다. 그들을 그렇게 만든 것은 이미 사문화된 왕의 명령이 아니라 그들 마음 깊이 뿌리내린 고정관념임을 남자는 알고 있었다. 목발에 익숙해진 나머지 목발 없는 삶을 상상할 수 없게 된 것이다.

어느 날 이 현자의 거처로 젊은이 몇 명이 찾아왔다. 허약한 하체와 빈약한 폐활량을 때 묻은 목발에 의지한 채 그들은 부탁했다.

"두 다리로 걷는 법을 가르쳐 주십시오. 당신처럼 자유롭게 걸으며 살고 싶습니다."

그는 말했다.

"나는 특별한 진리나 비법을 아는 사람이 아니다. 그저 목발을 집어던지고 두 다리로 걷는 사람일 뿐, 그 이상도 이하도 아니다. 그대들도 나처럼 목발을 내려놓으면 된다. 나에게 배울 것은 아무것도 없다. 그것은 쉽고 간단한 일이다."

젊은이들이 다시 말했다.

"목발에서 벗어나는 것은 어려운 일입니다. 이제는 목발과 한 몸이 되어 있어서 자유가 한순간에 가능하지 않습니다. 부디 저희를 제자로 받아들여 주십시오. 목발의 허구와 환상을 깨닫고 싶습니다."

젊은이들의 간절한 눈빛을 보고 그는 더 이상 물리칠 수 없었다. 하지만 가르쳐 줄 것은 많지 않았다. 그저 지금 당장 목발을 내려놓으라는 것, 그리고 다시는 목발에 의존하지 말라는 것, 목발 없이 두 다리로 자유롭게 걷는 것이 인간 본연의 모습이라는 것이 전부였다. 그리고 그것이 가능한 일임을 그는 직접 보여 주었다.

몇 달 동안 젊은이들은 그에게서 걷는 법을 배웠다. 어떤 제자는 그의 말을 꼼꼼히 받아 적었다. 그러는 사이 차츰 더 많은 사람이 집을 떠나 숲으로 와서 그의 제자가 되었다. 고행과 금욕을 실천하며 목발 없이 걷는 수련을 하고, 계율과 교리를 만드는 이들도 있었다.

현자가 세상을 떠날 때까지 그렇게 수만 명의 추종자들이 '목발에서 해방되는 법'을 배웠다. 전설까지 가미된 그의 생애가 책으로 만들어졌으며, 그가 한 말들은 중요한 경전이 되었다. 그의 사후에 사람들은 목발에서 벗어나기 위한 특별 수련법과 기도문을 개발했으며, 그가 살던 숲속 오두막 순례도 필수였다. 이들을 따르는 사람에게는 사후 세계에서의 보상까지 약속되었

다. 그 보상은 다름 아닌 '목발 없이 자유롭게 걷는 내세의 삶'
이었다.

한 가지 미스터리로 남은 것은, 이 수많은 추종자 중에 초기
의 몇몇 사람을 제외하고는 목발을 내던지고 자유롭게 걷는 사
람을 찾기 힘들었다는 점이다. 그들은 매주 기도회를 열고 경
전을 암송하고 목발교 창시자를 찬양했지만 여전히 모두 목발
을 짚은 상태였다. 군중 앞에서 설교하는 지도자들도 목발을
짚고 있기는 마찬가지였다.

오히려 이 무리에 합류하지 않은 사람들 중에 자유로워진 이
들이 더 많았다. 그들은 목발의 어리석음을 깨닫고 그 자리에
서 집어던진 사람들이다. 하지만 목발교 추종자들은 자신들의
교리와 가르침 밖에서는 진정한 자유를 실현할 수 없다고 주장
했다. 그들이 가장 중요하게 여기는 성스러운 물건은 황금 유리
관에 소장된, 현자가 불 속에 던져 버렸던 타다 남은 목발의 잔
해였다.

네 통의 편지

지상에 아므리타(산스크리트어로 '불멸'의 뜻)라는 이름의 남자가 살고 있었다. 그가 살면서 가장 두려워하는 것 한 가지는 죽음이었다. 그는 죽음을 피하기 위해 금욕 생활을 실천하면서 죽음의 신 야마라자에게 열심히 기도했다. 아침부터 밤까지 야마라자의 이름을 암송하면서 필요한 의식을 빼놓지 않았다. 그의 태도에서 겸손함을 느낀 야마라자는 기분이 좋아져서 그에게 선물로 앞날을 내다보는 눈을 주기로 했다.

야마라자가 말했다.

"나는 곧 죽기로 되어 있거나 이미 죽은 자만을 데리고 올 수 있다. 그러나 그대의 정성에 내 마음이 움직였다. 그래서 그대가 아직 살아 있는 동안 나의 예지력을 주겠다."

아므리타가 말했다.

"그렇다면 한 가지 부탁드리고 싶습니다. 죽음이 불가피하다면 제가 죽어야 할 때 적어도 미리 편지를 보내 주십시오. 세상을 떠나기 전에 아내와 자식들을 위해 적절히 재산을 정리할 수 있도록 말입니다. 또 신에게도 필요한 의식을 올리고 명상을 해서 저의 다음 생을 준비하고 싶습니다."

"반드시 그렇게 하겠다. 하지만 내가 보낸 편지를 받자마자 곧바로 준비를 시작해야 한다."

그렇게 말하고 야마라자는 사라졌다.

그 일이 있은 후 여러 해가 흘렀다. 아므리타는 머리가 차츰 희끗희끗해졌지만 죽음에 대해 잊고 바쁘게 일하면서 세상의 즐거움을 좇는 삶을 살았다. 어떤 마음의 변화도 없었다. 아직까지 죽음의 신에게서 편지가 오지 않아 기쁠 따름이었다. 몇몇 성직자가 그에게 늦기 전에 종교적인 삶을 살라고 충고했지만, 많은 시간이 남아 있다고 생각했기에 귀를 기울이지 않았다. 오히려 전에 하던 금욕 생활이나 명상도 중단했다. 무엇보다 자신이 만족스러운 삶을 살고 있다고 느꼈다.

몇 년의 시간이 더 흘렀다. 이 무렵 아므리타는 치아가 한두 개 흔들리기 시작했다. 성직자들이 그에게 다시금 곧 닥칠 생의 마무리에 대해 일깨웠다. 하지만 그는 야마라자에게서 편지가 오지 않았기 때문에 크게 신경 쓰지 않았다. 삶에는 아직 즐길 것들로 넘쳐 났다.

세월이 흐르면서 아므리타의 시력은 점점 흐릿해졌다. 그러나 편지를 보내지 않는 야마라자에게 감사해하며 눈앞에 있는 감각적인 즐거움을 찾아 두리번거리는 생활을 멈추지 않았다.

몇 년이 더 흘렀다. 이제 아므리타는 누가 봐도 늙었으며, 등이 앞으로 굽어 지팡이를 짚지 않고는 걷기조차 힘들었다. 피부는 검버섯과 주름투성이였다. 어느 날은 뇌졸중이 와 몸이 마비되었다. 사람들은 그의 상태가 아주 위태롭다고 말했다.

하지만 아므리타는 야마라자로부터 아무런 편지도 받지 않았기 때문에 여전히 자신의 삶을 되돌아보지 않았다. 마침내 운명의 시간이 되어 죽음의 신 야마라자가 방에 들어왔다.

아므리타는 깜짝 놀라 공포에 사로잡혔다.

야마라자가 그를 불렀다.

"친구여, 이제 가자. 그대는 많은 고통에 시달려 왔다. 오늘 내가 그대를 데리러 왔다."

아므리타는 두려움에 떨며 말했다.

"당신은 나와의 중요한 약속을 어기고 나를 배신하는군요. 나를 데리러 오기 전에 미리 편지를 보내기로 분명히 약속하지 않으셨나요? 갑자기 나타나 나를 데려가려 하다니, 당신은 거짓말쟁이이고 사기꾼이에요."

야마라자가 말했다.

"아므리타, 그대는 이전과는 달리 감각적인 것에 탐닉하며 평생을 보냈다. 그러니 어찌 내가 보낸 편지를 알아차릴 수 있겠는가? 나는 한 통도 아니고 네 통이나 보냈다. 하지만 그대는 모든 편지를 무시했다."

아므리타는 몹시 어리둥절했다.

"네 통이나 보냈다고요? 한 통도 오지 않았어요. 그렇다면 배달부가 착오를 일으켜 편지 전달을 잊은 게 분명해요."

야마라자가 말했다.

"친구여, 설마 내가 그대에게 종이와 연필을 가지고 편지를 쓸 거라고 생각한 건가? 아니다. 나는 그대의 몸을 종이로, 신체의 변화라는 펜으로 편지를 썼다. 그리고 배달부는 잊지 않고 편지를 건넸다. 그 편지를 전달한 배달부는 '시간'이다. 몇 년 전, 그대의 머리가 희끗해졌다. 그것이 내가 보낸 첫 번째 편지였다. 그대는 그 편지를 무시했다. 치아가 흔들린 것이 내가 보낸 두 번째 편지였다. 세 번째 편지는 그대의 시력이 떨어졌을 때 보냈다. 그리고 네 번째 편지는 몸이 마비되었을 때이다. 그대는 이 모든 편지를 무시했다. 이제 나는 신이 정한 법의 집행자로서 그대를 데려가는 일 외에는 다른 선택이 없다. 자, 어서 따라오라. 그대가 떠날 시간이다."

그 순간이 되어서야 비로소 아므리타는 이해했다. 그는 야마라자가 이끄는 곳으로 순순히 따라갈 수밖에 없었다.

설명할 길이 없어도 언젠가 내가 꽃을 피우면

사람들이 그것을 보게 될 것이다.

무슨 짐을 지고 가는가

한 수행자가 한 손에는 지팡이를 짚고 다른 손에는 카만달 (인도의 수도승들이 들고 다니는 원통형의 물통)을 들고 혼자서 산을 오르고 있었다. 자신이 새로 머물게 될 사원으로 처음 가는 중이었다.

사원은 산 정상에 있었다. 아직 직접 경험한 적은 없지만 전통적이고 엄격한 수행 공동체라고 익히 들어 왔었다. 산은 가파르고 높았으며, 뜨겁게 내리쬐는 햇빛에 한 걸음 한 걸음이 몹시 지치고 힘들었다. 한낮의 무더운 열기에다가 습도까지 높아 온몸이 땀범벅이었다. 몇 안 되는 개인적인 물품이 든 배낭마저 무겁게 어깨를 짓눌렀다. 그래서 그늘을 발견할 때마다 앉아서 숨을 돌려야 했다.

그다지 많은 나이도 아닐뿐더러 의지 약한 신참내기 수행자도 아니었지만 무엇인가가 그의 마음을 짓누르고 발길을 무겁게 했다. 그것이 무엇인지 알 수 없었다.

생각에 잠겨 산길 중간쯤에 다다른 수행자는, 사방에서 불어오는 강한 바람 때문에 오랜 세월 뒤틀리고 구부러진 작은 나무 아래서 잠시 걸음을 멈추었다. 그리고 배낭을 내려놓고 바위에 기대 앉았다.

숨을 몰아쉬며 아래쪽을 내려다보는데 나무 사이로 한 소녀의 모습이 보였다. 소녀는 등에 포대기로 아이를 업고 가파른 길을 올라오고 있었다. 나이도 어리고 키가 작은데도 얼굴에 지친 기색이 전혀 없었다. 그렇다고 힘들지 않은 것이 아니었다. 몰아쉬는 가쁜 숨과 땀에 흠뻑 젖은 머리카락은 소녀의 현재 상태를 고스란히 보여 주었다. 그럼에도 표정은 환하게 웃고 있었다. 산악 지방의 노래를 흥얼거리며 산길을 오르는 모습이 무척 즐거운 듯 보였다.

처음에는 잘못 본 것이 아닌가 생각했지만, 소녀의 반짝이는 검은 눈이 밝은 빛을 반사하고 있었다. 얼굴은 햇빛에 그을렸지만 볼에 홍조를 띠고 있었다.

수행자가 앉아 있는 곳까지 다가온 소녀는 미소 지으며 인사를 건넸다. 수행자는 손짓으로 옆에 와서 잠시 쉬라고 권했다. 언뜻 보기에도 소녀는 체구가 작고 남루한 차림의 가난한 아이였다.

연민의 마음이 든 수행자가 말했다.

"해가 이렇게 뜨겁고 산이 가파른데 등짐까지 지고 있으니 얼마나 힘들겠니. 그늘에서 잠깐 쉬었다 가거라."

소녀는 놀란 표정으로 수행자를 쳐다보며 말했다.

"나는 짐을 지고 가는 게 아녜요. 이 아이는 내 귀여운 동생이지 짐이 아녜요. 그래서 나한테는 전혀 무겁지 않아요. 나는 동생을 짐이라고 생각하지 않아요."

그러고 나서 소녀는 다시 콧노래를 부르며 아이를 업고 뜨거운 해가 내리쬐는 산길을 따라 올라갔다.

멀어져 가는 그 모습을 바라보며 수행자는 할 말을 잃고 숙연해졌다. 소녀의 말은 진리 그 자체였다. 기쁨으로 임했을 때 어떤 것도 짐이 아닌 것이다. 비록 그것이 뜨거운 태양 아래 산길을 오르는 일일지라도. 설렘과 행복 대신 무거운 짐을 지고 오르막길을 오르는 것은 소녀가 아니라 수행자 자신이었다. 자신의 짓누르던 무게에 대한 의문이 풀렸다.

나의 언어는

벵골 지역의 통치자 크리슈나찬드라 왕에게 어느 날 낯선 이 방인이 한 사람 찾아왔다. 머리에 커다란 터번을 쓰고 꼬부라 진 팔자수염을 한 남자는 왕 앞에 서자마자 자신이 매우 학식 있는 사람이며 여러 언어를 할 줄 안다고 주장했다. 왕의 호기 심을 눈치챈 그는 『바가바드기타』와 『우파니샤드』를 비롯한 여 러 경전에 대한 해박한 지식을 자랑하며 고대 언어인 산스크리 트어에 대한 실력도 과시했다. 이야기를 듣고 보니 점성학에도 전문 지식이 있는 사람이었다.

지식인을 편애하고 후원해 온 크리슈나찬드라 왕은 의심스러 워하는 대신들의 질투 어린 시선을 물리치고 그 자리에서 이방 인을 대신으로 임명했다.

며칠 지나지 않아서 그가 매우 지적이며 많은 언어에 능통한 자라는 사실이 여실히 증명되었다. 그는 토론 주제에 따라 다양한 서적을 인용하고 뛰어난 논리를 전개하면서 영어, 프랑스어, 스페인어, 독일어 등 여러 나라의 언어를 자유자재로 구사했다. 자신이 알고 있는 사실들에 대한 기억력도 모두가 경탄할 정도였다.

하지만 그 이방인에게는 한 가지 못내 수상쩍은 점이 있었다. 자신의 가족이나 출생지에 대해 물으면 화제를 돌리거나 수염을 꼬아 댈 뿐 전혀 밝히지 않았다. 옷차림이나 말투만으로는 그의 국적을 섣불리 판단하기 어려웠다. 행동 자체가 그만큼 세련되고 국제적이었다.

왕궁 전체가 이 이방인에게 흥미를 느끼고 그가 본래 어느 왕국의 어느 지역 출신인지 알아맞히는 데 열을 올렸다. 특히 그의 능력을 시기한 대신들은 이 낯선 자가 갑자기 왕궁에 나타난 진짜 연유가 수상쩍다며 의심하는 말들을 왕의 귀에 속삭였다. 북인도 전역을 장악한 이슬람 정부의 첩자인지 모른다고 의심하는 이도 있었다.

수군거림에 지친 왕은 대신들에게 근거 없는 비방을 중단하고 직접 이방인의 출신 배경을 알아내라고 지시했다. 하지만 그가 병법과 술책에도 뛰어난 인물인지라 온갖 방법을 동원해도 대신들은 그의 본색을 알아내는 데 실패했다.

모든 시도가 허사로 돌아가자, 왕은 기발한 생각으로 유명한 궁정 익살꾼 고팔을 불렀다.

왕이 지시했다.

"고팔, 여기 있는 이 대신들은 잘난 체하는 데는 일가견이 있으면서도 나의 새로운 대신이 어느 지역 출신인지 알아내는 데는 실패했네. 그 단순한 일조차 말이네. 그러니 그대가 그의 정체를 알아맞혀 보게."

잠시 생각한 후 고팔이 대답했다.

"하루만 시간을 주시면 지시하신 대로 그의 근본을 밝혀내겠습니다."

곧바로 이방인의 소재를 찾아 나선 고팔은 그 이방인이 다음날 궁중 회의에 참석하기로 되어 있다는 사실을 알게 되었다. 그래서 그가 오기 전에 왕궁 입구로 가서 커다란 기둥 뒤에 몸을 숨겼다.

이윽고 이방인이 정문에 나타나 왕궁 안으로 걸어 들어왔다. 그 순간 고팔이 기둥 뒤에서 뛰어나와 전속력으로 그에게 몸을 부딪쳐 그를 나동그라지게 만들었다. 분홍색 터번을 쓰고 팔자수염을 매만지며 우아하게 등장하다가 갑자기 바닥에 자빠진 이방인은 고팔에게 입에 담을 수 없는 심한 욕설을 퍼부었다. 그러면서 지방 사투리로 소리쳤다.

"이 멍청한 놈이 눈이 멀었나, 아니면 머리가 돌았나? 사람이 오는 게 안 보여?"

고꽈리이 미소 지으며 말했다.

"나는 단지 당신이 어디 출신인지 알고 싶었을 뿐이오. 이제 그것을 알게 되었소. 말투를 들으니 당신은 오리사(동인도 벵골 지역에 인접한 주) 출신이군. 사람은 화가 나거나 감정적이 되거나 몹시 다급하면 자신도 모르게 본성이 드러나 자기 본래의 언어로 말하게 되거든."

이방인은 아무 말도 할 수 없었다. 고꽈리은 왕에게 가서 그동안 비밀로 감춰져 온 이방인의 출신을 고하고 사실을 밝혀낸 과정을 들려주었다. 왕은 웃음을 터뜨리며 고꽈리의 뛰어난 재치를 칭찬했다.

우리는 많은 것을 아는 것처럼 연기하고, 지적이고 교양 있고 세련되게 행동한다. 하지만 그 이면에 있는 우리의 본성, 본래 언어는 무엇인가? 화가 나고 불쾌하고 마음에 들지 않을 때의 우리의 언어는 행복하고 만족스럽고 기분 좋을 때의 그것과 얼마나 다른가?

성자가 된 도둑

　북인도 미르자푸르에 한 남자가 살았다. 그는 여러 세대에 걸쳐 도둑이었던 집안에서 태어났으며, 그가 아는 것은 훔치는 것이 전부였다. 어느 날 밤, 그는 이웃 마을로 가서 부잣집 담을 뛰어넘었다. 그런데 소득을 올리기도 전에 집주인에게 발각되었고, "초르! 초르!(도둑이야! 도둑이야!)" 하고 외치는 소리에 놀라 전속력으로 달아났다. 집주인과 마을 사람들이 몽둥이를 들고 추격해 왔다. 잡히면 죽음뿐이라는 생각에 도둑은 온 힘을 다해 도망쳤다.

　두세 개의 마을을 지날 때까지 계속된 공포의 추격전은 도둑이 부근의 밀림 속으로 뛰어들면서 중단되었다. 칠흑 같은 어둠 속에서 도둑은 나뭇가지와 덤불에 찢겨 거의 나체가 되었다. 신발도 벗겨지고 머리카락은 헝클어졌다. 그 밀림은 코브라와 독충들로 유명해 고행 수련을 하는 수도승들이 고도의 영적 능력을 얻기 위해 찾아오는 곳이기도 했다.

밤새 숲을 헤치고 나아가, 동틀 무렵 건너편 마을에 다다른 남자는 기진맥진해서 큰 바니안나무 아래 주저앉았다. 잠시 숨을 고른 후 그는 아름드리 나무둥치에 지친 몸을 기대고 눈을 감았다. 위험하고 아찔한 밤이 그렇게 지나갔다.

얼마 후, 염소젖을 짜러 나온 한 소녀가 바니안나무 아래 머리를 산발한 채 반나체로 앉아 있는 성자를 발견했다. 총명한 소녀는 금방 알아차렸다. 그가 밀림에서 고행을 마치고 나온 성자라는 걸. 그래서 존경하는 의미에서 방금 짠 염소젖을 성자에게 바쳤다. 졸음에 빠져들다가 인기척에 놀란 남자는 얼른 자세를 바로 하고 명상에 잠긴 척했다.

집으로 돌아간 소녀는 부모에게 소식을 전했고, 위대한 성자가 마을에 찾아왔다는 이야기를 들은 사람들이 하나둘 나무 아래로 모였다. 그들은 남자의 발에 이마를 대며 축복을 청하고, 돈과 음식을 바쳤다.

남자는 당황했지만 눈을 감고 미동도 하지 않았다. 만약 이들이 자신의 정체를 안다면 목숨을 내놔야 할지도 모를 상황이었다. 그래서 더욱더 명상에 잠긴 성자 흉내를 냈으며, 자신에게 바쳐지는 돈과 음식을 거들떠보지도 않았다. 그 모습을 본 사람들은 그를 성스러운 현자로 확신했다.

'영원한 삶'을 상징하는 바니안나무는 인도인들이 가장 성스럽게 여기는 나무 중 하나이다. 어느 마을에나 큰 바니안나무가 있어서 힌두교도들은 해마다 수차례 금식을 행하며 이 나무 밑에서 기도를 올린다. 오래된 나무는 줄기에서 공기뿌리가 늘어져 이것이 땅에 닿으면 뿌리가 된다. 이 뿌리가 나무를 지탱하고 거기서부터 다시 옆으로 퍼지는 불가사의한 나무가 바니안나무이다. 이 공기뿌리의 수가 수백 개나 되는 나무도 있고, 가지가 퍼진 영역이 4백 미터에 이르는 것도 있다. 신성한 나무라고 믿기 때문에 인도인들은 나무가 아무리 넓게 퍼져도 가지를 자르지 않는다.

바니안나무 아래서 남자는 실눈을 뜨고 자신에게 닥친 새로운 상황을 관찰했다. 도둑으로 살아온 그때까지의 삶은 불안과 긴장의 연속이었고, 노고에 비해 소득이 보잘것없었다. 지난밤만 해도 아무 수확 없이 가시나무에 찢기며 도망쳐야만 했다. 그런 생활과 비교하면 새롭게 열린 이 삶은 비록 일말의 불안감은 동일하다 해도 훨씬 편안하고 매력적으로 느껴졌다. 눈을 감고 앉아 있는 것만으로도 저절로 돈과 음식이 들어왔다.

사람들이 바친 오렌지색의 사두 복장을 하자 그가 성자라는 사실을 누구도 의심하지 않았다. 설법을 할 필요도 없었다. 전통에 따라 '모우니 사두', 즉 묵언 수도자 흉내를 내면 되었다.

새로운 생존법을 터득한 남자는 그 일에 매진하기로 결심했다. 이전의 도둑으로 돌아가기에는 이미 너무 멀리 와 있었고 가고 싶지도 않았다. 사람들은 자신들의 마을을 찾아 준 위대한 성자에게 정성을 다했고, 부근 마을까지 소문이 퍼져 날마다 더 많은 이들이 축복을 받으러 왔다.

자신에게 찾아온 행운을 마냥 기뻐할 수만은 없었다. 한 번의 실수로 정체가 탄로 나기라도 하면 모든 것을 한꺼번에 잃을 수 있다는 생각에 한순간도 집중을 흐트릴 수 없었다. 다행히 오랫동안 도둑으로 살아왔기 때문에 기민하게 깨어 있는 데는 일가견이 있었다. 작은 기척과 움직임도 놓치지 않고 자각하는 것이 그의 전문이었다. 또한 도둑답게 자신의 모든 행동에도 예민하게 깨어 있었다. 그의 이런 특성들은 뛰어난 수행자에게도 요구되는 사항들이었다.

미천한 정신세계를 들키지 않도록 남자는 최선을 다했다. 감은 눈꺼풀 위로 드러날까 봐 눈동자를 굴리지도 않았으며, 누가 어떤 질문을 해도 평화로운 미소로 답했다. 침묵 성자의 명성은 마을들을 넘어 온 나라에 퍼졌다. 사업가와 권력자와 유명 인사들까지 축복과 침묵의 조언을 받기 위해 찾아왔다.

그러나 남자는 자신이 원래 도둑이며 미천한 자라는 사실을 망각하지 않았다. 다시 밑바닥 삶으로 돌아가지 않기 위한 유일한 길은 혼신을 기울여 성자 흉내를 내는 길밖에 없었다. 이제 그는 꽃과 재물 따위에는 관심이 없었다. 이것은 생사가 달린 일이었다. 눕지도 않았고, 최소한의 신체적인 욕구 해결에 만족했으며, 가짜 성자라거나 심지어 '도둑'일지 모른다는 비난의 말에도 흔들리지 않았다. 어떤 상황에서도 자비의 미소를 잃지 않는 그를 보며 사람들은 전율했다.

도둑의 발아래 모인 이들은 어리석은 사람들의 행렬일 수도 있었다. 하지만 무엇인가가 조금씩 남자의 내면을 채우기 시작했다. 성자인 체하는 가식만이 아닌 무엇인가. 태양과 구름과 우기의 빗줄기가 여러 해 지나가자 바니안나무의 공기뿌리들이 더 늘었다. 그것들은 전보다 더 신성한 색채를 띠었다.

그렇게 여러 해에 걸쳐 온 존재를 다해 성자 연기를 한 결과 남자는 정말로 성자가 되어 갔다. 불안감이 사라지고, 마음이 고요해졌으며, 생존에 대한 두려움도 없어졌다. 더 이상 성자 흉내를 낼 필요조차 없었다. 그의 존재 자체가 변화했기 때문이다. 그렇게 그는 길고 긴 무지와 어둠에서 깨어나 새로운 존재의 시작을 맛보았다. 도둑은 사라지고 '산트 마하데브(평화로운 성자)'가 남았다. 그리고 그것은 이후 바니안나무가 간직한 하나의 전설이 되었다.

이번 생에서 나는 어떤 연기를 하고 있는가? 지금 내가 무엇을 연기하고 있는지 살펴볼 일이다.

가난한 자를 위한 축복

크리슈나(비슈누 신의 화신으로 숭배되는 인물)가 제자 아르주나와 함께 밀림 속을 여행하고 있었다. 낮이 밤으로 바뀌자 그들은 머물 장소를 찾기 시작했다. 야생의 숲은 밤을 지내기에 안전한 장소가 아니었다.

우거진 숲을 벗어나는 데만 한참의 시간과 노력이 들었다. 지칠 대로 지친 두 사람이 거의 포기하기 직전, 다행히 커다란 저택이 시야에 들어왔다. 한눈에 보기에도 부자가 사는 집이었다. 거리도 멀지 않았기 때문에 두 사람은 마지막 남은 힘을 내어 그 집을 향해 걸어갔다. 그리고 현관문을 두드렸다.

문이 워낙 두껍고 무거운 목재로 되어 있어서 두드리는 소리가 들리는지 의문이었다. 한참을 시도하고 나서야 문이 열리고 지친 두 여행자 앞에 거만한 집주인이 모습을 드러냈다.

크리슈나와 아르주나는 하룻밤 재워 줄 것을 부탁하며 날이 밝자마자 떠날 것을 약속했다. 남자는 잠시 위아래를 훑어보더니 단호하게 거절하며 거지 취급하듯 손을 내저었다. 두 사람은 몹시 지쳐서 한 걸음도 발을 옮기기가 힘들었다. 하지만 집주인은 단호했다.

"낯선 자들에게 자선을 베풀었다면 지금의 나는 없었을 것이오. 나의 행운을 내 집 문을 두드리는 모든 사람과 나눠야 했다면 내가 무엇이 되어 있을지 상상해 보시오."

아르주나는 냉정하게 거절하는 남자에게 사정을 이야기하며 여러 차례 간청했고, 어떤 문제도 일으키지 않겠다고 다짐한 후에야 겨우 집 한쪽 귀퉁이에서 밤을 보낼 수 있었다.

아침에 그 집을 떠나기 전에 크리슈나는 집주인을 축복하며 말했다.

"당신의 말이 옳소. 부는 더 많은 부를 필요로 하는 법이오. 당신은 이미 부자이지만, 내 축복에 의해 앞으로 더 많은 부를 얻게 될 것이오."

부자의 집을 나온 그들은 다시 하루 종일 걸었고, 해 질 무렵 지친 발걸음을 이끌고 또 다른 숙소를 찾아 나섰다. 다행히 얼마 걷지 않아 집 한 채를 발견할 수 있었다. 오랫동안 관리를 하지 않은 것처럼 다 쓰러져 가는 오두막이었다. 문도 반쯤 부서진 상태였다.

그들이 다가가 문을 두드리기도 전에 이번에는 집주인 남자가 그들을 맞이하러 나왔다. 부서진 문 앞에서 두 사람은 하룻밤 머물 곳을 청했다. 가난한 남자는 기꺼이 그들을 안으로 맞아들였다.

그들이 잠자리에 들기 전에 남자는 집에 있는 몇 안 되는 음식 재료로 간단한 저녁을 차려 주었다. 오두막 한켠에 살고 있는 늙은 암소에게서 짠 우유도 대접했다. 비와 야생동물의 공격으로부터 보호하고 서로 추위를 막아 주기 위해 농부의 가족은 소와 집 안에서 함께 살고 있었다. 그 가족에게는 암소와 허름한 오두막이 전 재산이었다.

다음 날 아침, 크리슈나는 떠나면서 집주인 남자에게 축복을 내리며 기원했다.

"이 오두막이 곧 불에 타고, 암소는 병들어 죽게 되기를!"

아르주나는 스승의 기원을 듣고 경악했다. 신의 화신이 하는 말이기에 그대로 이루어지리라는 걸 알기 때문이었다. 그토록 무례했던 부자에게는 더 많은 부를 가질 수 있도록 축원해 주면서, 따뜻한 마음으로 맞이한 가난한 남자에게는 저주에 가까운 기원을 하는 이유가 무엇인가?

아르주나의 의심에 찬 생각을 알아차린 크리슈나가 말했다.

"나는 두 사람 모두를 위해 그렇게 한 것이다. 부자인 사람은 부에 중독되어 있다. 나는 그의 물질적인 욕망이 채워지도록 더 많은 부를 그에게 주기로 했다. 더 많은 부를 가질수록 그는 더 외로워질 것이다. 그리고 어느 날인가 돈으로는 진정한 행복을 살 수 없음을 깨닫고 눈물 흘릴 것이다. 그제야 비로소 자신의 삶을 돌아보며 후회하기 시작할 것이고, 더 의미 있고 영속적인 무엇인가를 갈구할 것이다."

아르주나가 가난한 사람에 대해서도 묻자 크리슈나는 미소 지으며 말했다.

"그 선하고 친절한 마음씨의 남자가 언제까지나 외딴곳의 다 쓰러져 가는 오두막에서 늙은 암소에 의지해 가난하게 살도록 내버려 둘 수는 없다. 그는 다른 가능성이 없다고 생각하지만, 그 가능성을 가로막는 것이 바로 그 오두막과 암소이다. 그것들을 버리고 세상 속으로 들어가 새로 시작해야 한다. 그가 새로운 도전을 거부하고 지금의 보잘것없는 삶에 매달려 있을 때, 그것을 파괴하는 것이 신이 하는 일이다. 그는 그 장소를 떠나 새로운 삶을 시도할 수밖에 없을 것이고, 그것이 그를 진정으로 위한 일이다."

신이 감동한 노래

　북인도 우타르프라데시주에 있는 브린다반에는 비슈누 신의 화신 크리슈나를 숭배하는 크고 작은 사원들이 곳곳에 세워져 있다. 크리슈나가 어린 시절을 보낸 장소답게 동화 속 성 같은 10층 규모의 사원도 있다. 16세기 말 붉은색 사암으로 지어진 여러 개의 사원들은 북부 힌두교 건축에서 가장 뛰어난 사원으로 꼽힌다.

　이 도시의 어느 크리슈나 사원을 지키는 야간 경비원이 있었다. 그의 임무는 사원 안에 모셔진 크리슈나 신상의 머리 장식에 돋을새김으로 장식된 보석을 지키는 일이었다. 밤새 사원을 경비하는 동안 그는 졸음을 쫓기 위해 소리 높여 '바잔(신에게 바치는 노래)'을 부르곤 했다.

　어느 날 밤, 성직자 한 사람이 우연히 그 사원 앞을 지나다가 음정이 전혀 맞지 않는, 귀에 거슬리는 노래가 흘러나오는 것을 들었다. 인도 전통음악 전공자이며 성악가이기도 한 그는 사원 안으로 뛰어들어가 화를 내며 소리쳤다.

"그 소음을 당장 중단해! 너의 그 음정도 안 맞는 듣기 싫은 목소리가 사원의 고요와 정적을 깨뜨리잖아! 이 시간에는 크리슈나 신이 안식을 취하고 있다는 걸 모르는가? 당장 사라져서 다시는 나타나지 마."

충격을 받은 경비원은 즉시 사원을 떠났으며, 성직자의 분노도 이내 가라앉았다. 잠시 후 성직자는 자신이 성급했음을 깨달았다. 이제 그곳에는 자신 말고는 사원을 경비할 사람이 없었다. 그래서 이튿날 아침 새로운 경비원을 구할 때까지 그곳에서 밤을 새우기로 했다.

그가 경비원 의자에 앉아 자리를 지킨 지 반 시간도 지나지 않았을 때였다. 사원 안 크리슈나 신전에서 무거운 발소리가 들렸다. 신전 문을 살폈지만 문은 자물쇠로 잠겨 있었다. 그의 앞을 통과해 안으로 들어간 이는 아무도 없었다.

성직자는 문에 귀를 대고 안의 동정을 살폈다. 수상쩍은 발소리가 계속 이어졌다. 영리한 도둑이 다른 통로를 발견하고 안으로 침입했을지 모른다고 추측한 그는 서둘러 자물쇠를 열고 안으로 뛰어들어갔다. 놀랍게도 크리슈나 신상이 어슬렁거리며 신전 안을 걸어 다니고 있었다.

얼마나 축복받은 밤인가! 성직자는 생각했다. 자신의 높은 수행과 공덕을 알아본 크리슈나 신이 그의 앞에 현현한 것이다. 그는 신상 앞에 무릎을 꿇으며 울부짖듯 말했다.

"오, 신이시여! 어인 일로 미천한 제 앞에 나타나셨는지요?"

크리슈나 신상이 화가 나서 소리쳤다.

"잠을 잘 수가 없잖아! 밤마다 나한테 자장가를 불러 주던 사람을 어디로 내쫓았느냐?"

성직자는 한순간 당황했지만 곧 정신을 수습하고 말했다.

"제가 노래를 불러 드리겠습니다. 저는 모든 사원 예배에 초청받는 뛰어난 음악가입니다."

성직자는 서둘러 옆방에서 탐부라를 가져다가 연주하며 밤의 라가를 부르기 시작했다. 물론 경비원이 노래한 바잔보다 훨씬 수준 높은 곡이었다. 연주는 완벽했으며, 목소리는 정확한 음정을 짚었다.

두세 소절 듣기도 전에 크리슈나 신상이 손을 내저으며 중단시켰다.

"나는 이런 음악을 수십 세기 동안 들어왔으며, 그대보다 훨씬 잘 부를 수 있다. 내가 원하는 것은 이런 노래가 아니다. 나는 그 야간 경비원이 부르는 노래를 원한다. 지난 15년간 들어왔기 때문에 나를 잠재울 수 있는 노래는 오직 그가 부르는 노래뿐이다."

성직자가 말했다.

"하지만 그는 음치입니다. 음정도 틀리고 목소리는 째지는 소리가 납니다. 이 고귀한 사원에 전혀 어울리지 않습니다. 신께서 고요히 휴식을 취할 수 있도록 제가 탐부라를 연주해 드리겠습니다."

크리슈나 신상이 소리쳤다.

"나를 더 이상 괴롭히지 말고 얼른 그 경비원을 불러오라! 그는 그대처럼 다듬어지고 훈련된 목소리가 아니라 나를 향한 진실한 가슴으로 노래하는 사람이다. 그대는 최고의 가수를 내쫓은 것이다."

두려움에 사로잡힌 성직자는 서둘러 경비원의 집을 향해 달려갔다. 그는 모든 도시를 돌아다니며 공연을 하고, 수많은 청중 앞에서 노래했었다. 그런데 이제야 그 경비원의 쇳소리 나고 불안한 음정의 목소리에 담긴 어떤 진실성을 어렴풋하게나마 느낄 수 있었다.

경비원이 다시 돌아와 노래를 하자, 크리슈나 신상은 만족한 얼굴로 자신의 자리로 돌아가 편안히 잠들었다.

진실한 감정은 누구나 느낀다. 들숨과 날숨에 혼이 담긴, 가슴으로 부르는 노래는 어디에나 가닿는다. 인간의 가슴뿐 아니라 돌로 만든 신상에게도.

문제를 발견하는 문제

인생과 세상에 대해 끊임없이 불평을 늘어놓는 제자가 있었다. 그는 '인간은 문제와 고통에서 벗어날 수 없다'고 주장하면서 생로병사는 말할 것도 없고 불만족, 분노, 온갖 장애물 등 많은 것이 불행의 원인이라고 주장했다. 따라서 매사에 우울하고 전혀 행복하지 않았다.

이를 지켜보던 스승이 하루는 그를 불러 물 한 잔을 가져오게 하고는, 소금 한 줌을 타서 마시게 했다.

그러고는 물었다.

"물맛이 어떤가?"

제자가 얼굴을 찡그리며 말했다.

"너무 짜서 마실 수가 없습니다."

이번에는 스승이 그를 근처 맑은 호숫가로 데리고 가서 호수에 똑같은 소금 한 줌을 뿌리고는 호수의 물을 한 모금 맛보게 했다. 그러고는 물맛이 어떠냐고 다시 물었다.

제자가 미소 지으며 말했다.

"시원합니다."

스승이 "소금 맛이 나느냐?"고 묻자 제자는 "나지 않는다."고 대답했다.

스승은 제자의 손을 잡고 말했다.

"그 차이를 이해하겠느냐? 불행의 양은 누구에게나 비슷하다. 다만 그것을 어디에 담는가에 따라 불행의 크기가 달라진다. 유리잔이 되지 말고 호수가 되라."

소금의 양은 같지만, 얼마만 한 넓이의 마음으로 그것을 받아들이는가에 따라 짠맛의 정도가 다른 것이다.

오래된 이야기가 있다. 한 농부가 현자를 찾아왔다. 농부는 현자의 명성을 듣고 그가 자신의 문제들을 해결해 주리라 기대했다.

농부가 말했다.

"나는 농사짓는 일을 좋아합니다. 하지만 때로는 비가 충분히 내리지 않아서 농사를 망칩니다. 지난해에는 거의 굶어 죽을 뻔했습니다. 올해는 또 비가 너무 많이 와서 걱정입니다. 그래서 농사를 포기할까 생각 중입니다."

현자는 참을성 있게 남자의 얘기를 들어 주었다.

"내 아내는 좋은 여자이고, 그녀를 정말 사랑합니다. 하지만 때로는 잔소리가 너무 심해 피곤합니다. 나는 아이들도 있습니다. 모두 잘 컸지만, 아버지인 나를 존중하지 않을 때가 있습니다. 또 내 기대에서 어긋나기 일쑤입니다……."

현자는 아무 말도 하지 않았고 농부가 말을 이었다.

"최근에 나는 집을 새로 지었습니다. 크고 편안한 집입니다. 하지만 겨울에는 다른 집보다 춥습니다. 관리하기 편하게 집을 조금 작게 지을 걸 그랬나 싶어 후회됩니다."

남자는 이런 식으로 자신의 문제들을 하나씩 나열해 나갔다. 마침내 말을 마친 그는 현자가 그 문제들을 해결해 주리라 믿으며 답을 기다렸다.

그러나 현자는 말했다.

"나는 그대를 도와줄 수 없다."

남자가 놀라서 물었다.

"무슨 말씀이시죠?"

현자가 말했다.

"모든 사람이 각자 100가지 문제를 가지고 있다. 이 문제들에 대해 우리가 할 수 있는 일은 없다. 열심히 노력하면 한두 가지는 해결할 수 있겠지만, 또 다른 문제가 그 자리를 대신할 것이다. 예를 들어, 우리는 결국 사랑하는 이들을 잃을 것이고, 늙을 것이고, 언젠가는 죽을 것이다. 이런 문제들에 대해서는 어느 누구도 할 수 있는 것이 없다."

남자가 화를 내며 항의했다.

"나는 당신이 위대한 스승이라고 들었고, 그래서 도움이 될 것이라 믿고 찾아왔습니다. 아무 문제도 해결할 수 없다면 당신의 가르침이 무슨 의미가 있나요?"

현자가 말했다.

"한 가지 방법이 있기는 하다. 사실 그대가 100가지의 문제들로부터 벗어나지 못하는 것은 그대가 가진 101번째 문제 때문이다. 이 101번째 문제를 해결하면 된다."

"101번째 문제라고요? 100가지 문제로도 부족해서 나는 한 가지를 더 가지고 있단 말인가요?"

현자가 말했다.

"그렇다. 그대의 101번째 문제는 삶에서 아무 문제도 없기를 바라는 마음이다. 더불어 모든 것에서 문제를 발견하는 마음이다. 만약 그대가 이 마음을 자각하고 그것에서 벗어난다면 100가지의 문제에서도 해방될 수 있을 것이다. 마음의 평화는 그곳에서 시작된다."

바늘 한 개

라호르(원래는 인도 펀자브주에 속했으나 지금은 파키스탄의 영토가된 역사 도시) 부근 마을에 두니찬드라는 부유한 상인이 살았다. 어렸을 때부터 그는 성자 나나크(힌두교의 불평등한 카스트 제도와 바라문들의 종교 독점을 배척한 시크교 창시자)에 대한 이야기를 많이 들으며 자랐다. 젊었을 때부터 여행을 좋아한 나나크는 아무것도 가진 것 없이 수천 킬로미터를 다녔다고 했다. 그리고 중요한 네 차례의 여행에서 영적인 시인 까비르를 비롯한 여러 스승들과의 만남을 통해 서른 살에 큰 종교적 깨달음을 얻었다고 했다.

그 위대한 성자가 라호르를 방문했다는 소식을 듣고 두니찬드는 한달음에 그를 만나러 갔다.

이른 시간인데도 많은 사람들이 성자의 가르침을 듣기 위해 모어 있었다. 오전 설법이 끝난 후 두니찬드는 성자 나나크에게 다가가 점심 식사에 초대했다. 뜻밖에도 성자는 흔쾌히 그의 초대를 받아들였다.

성자가 자신의 집에 도착하자 두니찬드는 마음이 들뜨고 매우 행복했다. 그는 위대한 종교적 성인을 편안하게 모시며 정성껏 점심을 대접했다. 두니찬드는 사실 매우 자부심 많고 잘난 체하는 사람이었다. 성자 나나크가 음식을 먹기 시작하자 그는 말했다.

"저의 집에는 특별한 손님이 오실 때만 내놓는 값나가는 식기류가 많습니다. 이 그릇들은 라호르에는 없는 것들입니다. 델리에서도 구할 수 있을까 말까 하는 것들이라서 모두 저를 부러워합니다."

성자는 아무런 반응도 보이지 않고 계속 음식을 먹었다.

두니찬드가 다시 말했다.

"식사하신 후에 제가 소유하고 있는 동물들을 구경하러 가시죠. 모두 어디에서도 보기 힘든 최고의 품종들입니다. 꼭 보여드리고 싶습니다."

성자는 여전히 아무 말도 하지 않고 식사에만 집중했다.

두니찬드가 또 말했다.

"당신도 보다시피 저의 집에 있는 신상들은 값을 매길 수 없는 보물들입니다. 모두 황금으로 도금되어 있고, 귀한 보석들로 장식되어 있습니다."

그때까지도 성자는 침묵을 지켰다. 마침내 점심 식사를 마친 뒤 성자가 두니찬드에게 바늘 하나를 주었다.

두니찬드가 물었다.

"이것은 무슨 용도인가요?"

성자 나나크가 말했다.

"죽으면 이 바늘을 가지고 천국으로 나를 만나러 오게."

두니찬드가 놀라며 물었다.

"하지만 성자님, 죽은 뒤에 어떻게 이 바늘을 갖고 갈 수 있을까요?"

성자 나나크는 잠시 그를 쳐다보고 나서 말했다.

"죽을 때 아무것도 가져갈 수 없음을 안다면 그렇게 많은 재산을 쌓아 둘 필요가 무엇인가? 그리고 자랑스러워할 것은 또 무엇인가? 오직 다른 사람들에 대한 사랑만이 그대가 떠난 뒤에도 그대를 따라갈 것이네. 두니찬드, 이제는 그 일부만이라도 쌓아 나갈 때이네. 너무 늦을 때란 없네."

그 이름 바마티

바차스파티라는 이름의 젊은 학자가 있었다. 그는 인도 사상의 근본 경전 중 하나인 『브라흐마 수트라』 연구에 몰두해 있었다. 개별적인 영혼과 절대자 브라흐마가 하나라는 사상이 담긴 『브라흐마 수트라』는 간결하고 압축된 555개의 경구가 매우 난해해 다양한 주석서가 존재한다. 그 주석서들조차 난해하기로 유명해 주석서에 대한 주석서가 따로 있을 정도이다.

학문에 열중하는 바차스파티와는 달리 혼자서 힘들게 그를 키운 어머니는 바차스파티를 위한 다른 계획을 가지고 있었다. 때가 되자 어머니는 이웃 마을에서 온 중매를 받아들여 아들을 결혼시키려고 했다.

결혼 생활을 무의미하게 생각하는 바차스파티는 처녀의 아버지에게 편지를 썼다.

"제 삶의 단 하나 목표는『브라흐마 수트라』의 주석서를 쓰는 일입니다. 그것이 인류를 위해 제가 할 수 있는 유일한 기여입니다. 그 경전에 담긴 메시지는 저에게 세상 어떤 것보다 소중합니다. 따라서 저는 가장으로서의 책임을 다할 수 없을 것입니다. 좋은 남편이 될 수 있을지도 의문입니다. 저의 머릿속에는 오로지『브라흐마 수트라』의 주석서를 쓰는 일밖에 없습니다. 그리고 주석서를 완성하면 출가해서 구도자가 되기로 이미 서약했습니다."

처녀의 아버지는 촉망받는 젊은 학자의 솔직함이 마음에 들었지만, 딸 바마티를 그와 결혼시키는 것은 불안했다. 그래서 혼담을 취소하려고 했으나 딸이 말했다.

"나는 어떤 조건이든 받아들일 거예요."

장차 출가수행자가 되겠다는데도 불구하고 그와 결혼하겠다는 것이었다.

처녀의 아버지가 이 얘기를 전하며 바차스파티에게 물었다.

"내 딸을 만나 보겠는가?"

바차스파티가 미소 지으며 말했다.

"따님께서 이미 저와 결혼하기로 마음을 정했으니 저에게는 그녀의 선택을 물리칠 권한이 없습니다."

결국 바차스파티는 7월 보름날 바마티와 결혼했다. 마침 그날은 바차스파티가 자신의 기념비적인 주석서 작업을 시작하기에 가장 적합한 길일이었다. 신부의 집에서 결혼식을 올리고 신부와 함께 집에 돌아온 그는 곧바로 작은 방 책상에 앉아 집필을 시작했다.

그렇게 그는 밤낮없이 주석서 집필에 매달렸다. 달이 지나고 계절이 바뀌고 주위의 모든 것이 계속 변해 갔지만, 바차스파티는 아니었다. 마치 현실 차원의 사람이 아닌 듯했다. 목욕, 최소한의 음식, 잠깐의 수면을 제외하고는 오로지 『브라흐마 수트라』 해석에만 몰입했다.

바차스파티가 주석서를 쓰는 동안 아내 바마티는 어떤 기대나 요구 없이 그림자처럼 뒷바라지했다. 글쓰기에 열중한 나머지 바차스파티는 자신이 결혼한 사실도, 자신에게 아내가 있다는 사실조차 잊었다. 다만 언제든 야자 잎으로 만든 종이가 옆에 준비되어 있었고, 등잔에는 기름이 가득 채워져 있었으며, 옷은 깨끗이 개켜져 있었고, 정확한 시간에 음식이 차려져 있었다. 식사를 마치면 조용히 그릇이 치워졌다. 그리고 매일 아침 그의 발 아래에는 새 꽃이 놓여 있었다.

바차스파티는 어떻게 그런 일이 가능한지 그동안 전혀 관심 갖지 않았었다. 여러 해 동안 다른 어떤 것도 생각하지 않았고, 보지도 않았으며, 듣지도 않았다. 한 번도 아내의 존재를 자각하지 못했다. 바마티 역시 자신이 그곳에 있음을 그에게 알리려는 어떤 노력도 하지 않았다. 남편의 중요한 집필을 조금이라도 방해하고 싶지 않았다.

달 밝은 어느 밤, 마침내 주석서가 완성되었다. 집필을 끝내고 의자에서 일어나 침대로 향하던 바차스파티는 문득 한 여인이 조용히 등불을 들고 발 앞을 비춰 주는 것을 보았다.

그가 놀라서 물었다.

"당신은 누구요? 이 시간에 여기서 무엇을 하는 거요? 어떻게 이 집에 들어온 거요?"

그녀가 대답했다.

"주석서 쓰는 일에 깊이 몰두한 나머지 자신이 여러 해 전에 나와 결혼했다는 사실을 잊은 듯하군요. 나는 당신이 이 집으로 데려온 당신의 아내 바마티입니다."

바차스파티는 큰 충격을 받았다. 아내가 충실하게 자신을 위해 헌신했지만 자신은 전혀 알아차리지 못한 것이다. 무려 12년이었다. 필요한 모든 것을 뒤에서 보살펴 준 그녀인데도 그녀의 얼굴을 쳐다본 적도 없었다. 하지만 바마티는 불평하지 않았다. 눈물이 그의 얼굴을 타고 흘러내렸다. 그녀는 말했다. 당신을 남편으로 둔 것이 자랑스러우며, 당신이 위대한 작업을 완성할 수 있도록 도운 것 자체가 축복이었다고.

바차스파티가 말했다.

"이제 기억이 나오. 내가 알아볼 수 있게 당신의 손을 보여 주시오."

그녀가 손을 내밀었다.

"그렇소, 바로 이 손이 날마다 해가 지면 등잔을 내 옆에 가져다 놓았고, 내가 먹을 음식을 가져다주었소. 이 손을 나는 알고 있소."

바차스파티는 어린아이처럼 울음을 터뜨렸다.

"아침마다 내 발밑에 신선한 꽃을 가져다 놓은 것이 당신이었소? 매 끼니마다 내 앞에 음식 접시를 가져다주고, 매일 저녁 등잔에 불을 켜 준 것이 당신이었소? 그런데 어떻게 내가 당신을 보지 못할 수가 있었소? 하지만 이미 늦었소. 주석서를 끝내는 날 집을 떠나 구도자의 길을 걷기로 나는 이미 서약했소. 왜 더 일찍 당신의 존재를 일깨워 주지 않았소? 날이 새면 나는 떠나야만 하오."

바마티가 말했다.

"당신을 방해했다면 애정이 부족한 행동이었을 것입니다. 나는 그저 기다렸습니다……. 하지만 걱정하지 않아도 됩니다. 나는 결코 당신의 길을 막지 않을 것입니다. 아무 죄책감 없이 떠나십시오. 내가 이보다 더한 성취를 어떻게 얻을 수 있을까요? 당신에게 도움이 될 수 있었고, 당신이 나를 알아본 것만으로 충분합니다. 당신의 눈에 가득한 이 눈물만으로도 다 보상받았습니다. 평생 그 마음을 간직하며 살겠습니다."

바차스파티는 넋을 잃고 말했다.

"당신은 실로 위대한 여성이오. 나 같은 주석자가 수없이 많겠지만, 이토록 무조건적인 사랑과 인내와 위대한 가슴을 지닌 당신 같은 아내를 가진 주석자는 아무도 없을 것이오. 나는 이 주석서의 제목을 '바마티'로 하겠소. 앞으로 누구든 이 책을 읽는 사람은 당신을 기억할 것이오!"

훌륭한 아내의 헌신을 기리기 위해 바차스파티는 자신의 주석서에 '바마티'라는 제목을 달았다. 그 제목은 인도 역사상 가장 뛰어난 철학적인 주석서의 내용과는 아무 관계없는 것이었다. 그것은 단지 주석자 아내의 이름일 뿐이었다.

그는 아내에게 말했다.

"당신이 없었다면, 당신의 사랑과 인내심이 없었다면, 그리고 당신의 말 없는 기다림이 아니었다면 나는 이 주석서를 완성하지 못했을 것이오. 내가 당신을 위해 해 줄 수 있는 것은 아무것도 없소. 하지만 세상이 나에 대해서는 잊어도 당신만은 기억하게 할 것이오. 내가 가진 모든 것, 내 삶의 목표와 평생의 작업 모두를 당신의 발 아래 바치겠소. 당신의 사랑에 필적할 만한 것은 아무것도 없소."

그 말은 사실이 되었다. 바차스파티라는 이름을 아는 사람은 없어도 '바마티'라는 이름은 수많은 사람에 의해 기억되었다. 『브라흐마 수트라』에 관한 많은 주석서가 발표되었지만, 헌신적인 아내의 사랑이 담긴 〈바마티 주석서〉가 가장 뛰어난 주석서로 여겨지고 있다. 바차스파티는 위대한 학자였지만, 바마티는 그보다 훨씬 더 성스러운 사람이었다.

바차스파티가 물었다.

"내가 떠나면 당신은 무엇을 할 것이오? 혼자서 어떻게 살아가겠소?"

바마티가 미소 지으며 말했다.

"나를 당신에게로 이끌고 당신을 보살필 기회를 준 운명의 힘이 나를 보살펴 주겠지요. 당신의 진실하고 헌신적인 추구가 나에게도 영감을 주겠지요."

그 후 바차스파티는 히말라야로 떠나 수행자가 되었지만 바마티를 잊지 않았다. 그녀의 헌신과 여신에 가까운 아름다운 마음을. 그것은 평범한 인간의 속성을 뛰어넘은 어떤 것이었다. 훗날 바차스파티의 불이일원론(절대자는 본질적으로 개별적인 영혼과 동일하다는 사상)을 따르는 사람들에게 붙여진 이름도 '바마티학파'이다.

석류의 웃음

어느 마을에 오랜 가뭄이 지속되었다. 고통을 견디다 못한 사람들은 마침내 이름난 기우사(비를 내리는 주술사)를 불렀다. 그런데 기우사는 그곳에 비가 오게 하기 위해 아무 일도 하지 않았다. 그저 그 마을에 와서 머물기만 할 뿐이었다. 그런데도 얼마 후에 비가 내렸다. 그는 비가 오게 강요한 것이 아니었다. 다만 자연과 하나된 마음으로 자신의 내면에서 비가 내리는 기후를 창조해 냈다. 따라서 그가 그곳에 있음으로써 자연이 그의 마음에 반응한 것이다.

어느 왕이 원정 사냥을 하러 숲으로 갔다. 사냥감을 놓고 열띤 추격전을 벌이던 중 일행과 떨어져 혼자가 된 왕은 뜨거운 태양 아래서 심한 갈증을 느꼈다.

숲속을 헤매던 그는 잘 가꾼 정원을 발견했다. 인적이 끊긴

곳에 위치한 그 정원은 평화롭고 풍성해 보였다. 초록의 나무들은 그늘진 곳으로 들어와 잠시 쉬라고 유혹했다. 놀라서 안으로 들어가니 정원사가 나타났다. 사냥꾼 복장을 하고 있어서 정원사는 그 방문객이 왕이라는 사실을 알지 못하는 듯했다.

왕이 마실 것을 부탁하자 늙은 정원사는 곧장 정원으로 들어가 석류를 몇 개 따서는 큰 컵 가득 즙을 짜서 왕에게 가져다주었다.

'얼마나 친절하고 배려심 많은 사람인가! 그런 사람이 이 아름다운 정원을 가꾸고 있구나.'

왕은 고맙게 생각하면서 맛있는 석류 주스를 한껏 들이마셨다. 하지만 타는 듯한 갈증을 해소하기에는 아직 부족했다. 그래서 친절한 정원사에게 석류 주스를 한 잔 더 달라고 요청했다. 정원사가 석류를 따러 다시 정원으로 들어갔다.

정원사의 모습이 보이지 않게 되었을 때 왕은 마음속으로 생각했다.

'이 농부는 매우 부자인 것 같아 보이는군. 잠깐 만에 큰 컵으로 신선한 주스를 가득 채워서 가져다주지 않았는가? 이토록 풍요로운 토지를 소유한 사람에게는 당연히 많은 세금을 물려야만 해.'

정원사는 어찌 된 일인지 한 시간이 지나도 돌아오지 않았다. 마침내 왕은 의아한 생각이 들었다.

'처음에 마실 것을 갖다 달라고 했을 때는 5분도 채 안 돼 석류 주스를 가져왔는데, 지금은 한 시간 가까이 석류 알갱이들을 짜고 있는데도 아직 잔이 채워지지 않았단 말인가? 이것이 어찌 된 일일까?'

한 시간이 훌쩍 지나 정원사가 돌아왔지만 컵은 가득 채워져 있지도 않았다. 왕이 물었다. 처음에는 석류 주스가 금방 채워졌는데, 이번에는 시간이 오래 걸렸는데도 절반밖에 채워져 있지 않은 이유를.

사람의 마음을 꿰뚫어 보는 눈을 가진 정원사가 대답했다.

"내가 처음 석류 주스를 가져다주러 갔을 때 당신은 자연스럽고 선한 마음을 갖고 있었습니다. 하지만 두 번째 석류 주스를 만들러 갔을 때는 당신의 선하고 친절한 본성이 변했음이 분명합니다. 이 정원에 있는 석류나무의 풍요로운 성질이 이렇게 갑자기 달라진 것에 대해서는 그것 말고는 달리 설명할 길이 없습니다."

왕은 정원사의 말이 완벽하게 옳다는 것을 깨달았다. 처음 그 정원으로 들어갔을 때 왕의 생각은 순수하고 다정했었다. 인간 본연의 마음 그대로였다. 그러나 농부가 그토록 짧은 시간에 석류 주스가 가득 든 컵을 가져오자 왕이 마음이 변했고 의도가 개입했다. 왕의 마음이 순수함을 잃자 그것은 정원의 석류나무들에도 영향을 미쳐 석류들의 웃음이 사라졌다. 왕이 순수한 사랑의 법칙을 훼손한 순간, 석류나무들은 그에게 자신을 내어주기를 주저했다.

눈에 보이는 세상은 보이지 않는 내 의식이 만들어 낸 결과이다. 이 우화를 들려주며 20세기 초의 영적 스승 람 티르타는 말한다. 우리의 삶이 자연과 조화를 이루고 우리의 마음이 우주의 리듬과 일치할 때, 모든 환경과 상황이, 심지어 바람과 파도까지도 우리에게 유리하게 전개된다고. 반면에 우리가 그 모든 것들과 불화를 겪는 순간, 동물과 식물도 우리에게서 등을 돌릴 것이고, 그 순간 온 세상이 우리와 맞서게 된다고.

들숨과 날숨에 혼이 담긴,

가슴으로 부르는 노래는 어디에나 가닿는다.

내일은 없다

북인도 아요디아는 고대 코살라 왕국의 수도로 매우 발전했던 도시이다. 고대 베다서는 아요디아를 '신이 세운 도시이며 천국처럼 번성한 곳'이라 묘사했다.

아요디아는 인도의 대서사시 『라마야나』의 주인공인 라마의 탄생지이다. 『라마야나』는 아요디아를 통치하던 다사라타 왕의 이야기에서부터 시작된다. 다사라타는 열 군데 방향으로 동시에 싸울 수 있을 만큼 뛰어난 전사여서 그가 전투를 할 때는 마치 열 명의 전사가 열 대의 전차를 타고 싸우는 것처럼 보였다. 그래서 '열'이라는 뜻의 '다스'와 '전차'라는 뜻의 '라타'가 합쳐져 다사라타라는 이름을 갖게 되었다.

악마와 싸울 때 신이 도움을 청할 정도로 뛰어난 전사였으나 다사라타에게는 왕위를 계승할 아들이 없었다. 그래서 아들을 낳게 해 달라고 희생물을 바치며 신에게 간청했고, 그 결과 세 명의 왕비에게서 장남 라마를 포함한 네 왕자가 태어났다.

왕과 왕비들과 아들들은 아요디아에서 평화롭고 행복한 나날을 보냈다. 그러던 어느 날 다사라타는 거울을 보다가 자신이 쓰고 있는 왕관이 약간 기울어진 것을 발견했다. 기울어진 왕관은 왕의 자리를 물려주고 물러나야 함을 암시하는 징조였다. 고민 끝에 왕은 후계자에게 왕위를 계승하고 자신은 명상에 노년을 바치기로 결심했다. 그는 첫 번째 왕비 카우살리아에게 말했다.

"우리는 이 왕국에서 할 일을 다했소. 장남 라마 왕자에게 나라를 맡기고 물러납시다."

라마의 어머니 카우살리아 왕비도 동의했다.

"당신은 지혜롭고 판단력이 뛰어난 분이니 당신의 뜻을 따르겠습니다. 라마의 즉위식을 가능한 한 빨리 거행하도록 하시지요. 그러나 먼저 우리 아들이 왕좌에 오르기에 가장 적합한 날이 언제인지 바쉬스트 현자에게 물어보셔야 합니다."

왕은 즉시 현자를 초청해 조언을 구했다.

"라마의 즉위식을 거행하기에 어느 날이 길일이고, 어느 시간이 길시인지 알려 주시오."

점성학의 대가인 바쉬스트가 말했다.

"왕위를 물려주는 것 같은 중요한 일에는 길일이 따로 없습니다. 바로 오늘 왕위를 물려주십시오. 라마 왕자가 왕관을 쓰는 그 순간이 가장 좋은 시간이고, 그날이 바로 길일입니다."

왕은 말했다.

"그대의 말이 옳소. 라마가 왕이 되는 날이 바로 길일이고 최고의 순간이라는 말에 나도 동의하오. 하지만 아요디아 왕의 즉위식답게 성대하게 치를 수 있도록 준비가 필요하오. 즉위식에 이웃 나라의 왕들을 초청하는 것은 내 의무이기 때문이오."

현자가 다시 말했다.

"길일이란 다른 개념이 아닙니다. 사람들이 해야 할 일을 뒤로 미루지 않도록 '오늘이 바로 그 일을 하기에 길일'이라고 말해 온 것입니다. 오늘 하지 않으면 내일 무슨 일이 일어날지 아무도 알 수 없습니다. 지금 곧 라마 왕자의 즉위식을 거행하십시오."

그러나 왕은 말했다.

"무슨 말인지 이해하오. 그렇다면 하루만 시간을 주시오. 내일 즉위식을 거행하겠소."

그 후 무슨 일이 일어났는지는 『라마야나』를 읽은 사람이면 알 것이다. 왕이 '내일' 열려고 했던 라마 왕자의 즉위식은 14년이나 미뤄졌으며, 왕은 그 즉위식을 보지도 못하고 세상을 떠났다. '내일'은 존재하지 않는다는 현자의 충고를 받아들이지 않은 결과였다.

『라마야나』는 그 일을 이렇게 기록한다. 그날 다사라타 왕은 아요디아의 거리를 아름답게 장식하고 이웃 나라 왕들을 모두 초청했다. 그런데 그날 밤, 그때까지 질투하지 않던 세 번째 왕비 카이케이가 왕에게 억지를 부렸다. 결혼할 때 왕이 자신에게 무슨 소원이든 두 가지를 들어주겠다고 한 약속을 거론하며, 자신이 낳은 아들 바라트에게 왕위를 물려줄 것과 라마 왕자를 14년 동안 밀림으로 추방할 것을 요구했다. 왕은 그런 약속을 한 것을 뒤늦게 후회했지만 약속을 어길 수는 없었다.

이 사실을 안 라마는 자신의 운명을 받아들이고 아내 시타와 함께 밀림으로 떠났다. 맏아들이 죄 없이 추방당한 후 다사라타 왕은 가슴이 무너져 얼마 못 살고 죽었다. 그 후 라마는 파란만장한 사건들을 겪은 후 14년 만에 아요디아로 돌아와 왕위에 올랐다. 단 하루를 미룸으로써 일어난 그 '파란만장한 사건들'이 대서사시 『라마야나』의 내용이다. 우리에게 가장 중요한 날은 다름 아닌 '바로 오늘'이라는 것을 『라마야나』의 저자는 말하고 있다. 하루를 미룸으로써 끝내 하지 못한 일들이 우리의 삶에 얼마나 많은가.

바라볼 때는 다만 바라보라

    뭄바이 부근 어느 해안에 바히야 다루찌리야라는 어부가 살았다. 진실한 삶과는 거리가 먼 인물인데도 사람들은 그를 순결한 마음을 가진 성자이며 은둔자로 여겼다. 그가 사람들을 속일 수 있었던 데는 그럴 만한 이유가 있었다. 그가 탄 배가 고기잡이를 나갔다가 풍랑을 만나 다른 어부들은 모두 목숨을 잃었으나 그는 나뭇조각을 붙잡고 필사적으로 헤엄쳐 육지에 닿았다.

    뭍에 기어오른 그는 벌거벗은 상태였기 때문에 해안에서 주운 나무껍질로 몸의 일부를 가리고 먹을 것을 구걸하러 다녔다. 인도에는 나체 상태로 수행하는 전통이 있기 때문에 벌거벗은 상태로 다니는 그를 보고 사람들은 고결한 성자가 왔다며 음식과 거처를 제공했다.

바히야는 명상 수행을 한 적도, 경전을 읽은 적도 없었다. 하지만 옷을 입으면 성자 대접을 받을 수 없을 뿐 아니라 다시 고된 어부 생활로 돌아가야 한다는 것을 알았기에 사람들이 선물하는 옷을 마다하고 계속 나무껍질 옷만 고집했다. 그래서 사람들은 더욱 존경심을 갖고, '나무껍질을 입은 사람'이라는 뜻의 '다루찌리야'라는 이름으로 그를 불렀다.

본래는 겸손한 성품이었지만 사람들이 그를 성스러운 인물로 여기자 자연히 이렇게 생각하곤 했다.

'어쩌면 내가 정말로 모든 것으로부터 자유로워진 사람이 되었는지도 몰라. 아무것도 소유하지 않고 이렇게 벌거벗고 살아가잖아.'

물론 내면에 아직 불순한 면이 남아 있음을 그 스스로 알고 있었지만, 하늘이 준 자유로운 삶을 즐기기로 했다. 그런 무위도식하는 생활은 어느 날 한 진실한 구도자를 만나면서 중단되었다. 구도자는 바히야의 거짓된 삶을 금방 알아차리고, 더 늦기 전에 참된 수행자가 되라고 충고했다.

거짓된 삶에 마음이 자유롭지 않던 바히야는 진심 어린 지적에 정신을 차리고, 구도자가 알려 준 대로 슈라바스티라는 곳에서 가르침을 펴고 있다는 영적 스승을 찾아가기로 마음먹었다. 서인도 뭄바이에서 동인도 슈라바스티까지는 오늘날도 기차로 수십 시간이 걸리는 거리이다. 바히야는 그 먼 길을 한숨도 자지 않고 걸어서 며칠 만에 주파했다. 그 속도와 지구력이 상상을 초월해서 책에는 천신들이 그를 들어 올려 공중이동을 시킨 것이라고 기록할 정도였다.

아침 무렵 슈라바스티에 도착한 바히야는 곧바로 위대한 스승이 머물고 있다는 숲으로 찾아갔다. 하지만 그곳에 있는 제자가 말했다.

"스승님은 지금 탁발을 하러 마을에 가셨습니다. 먼 길을 온 듯하니, 여기서 쉬면서 기다리면 곧 오실 겁니다."

바히야는 고개를 저으며 말했다.

"나는 기다릴 수 없소. 나에게는 그럴 시간이 없소. 그 스승이 언제 세상을 떠날지 모르고, 나 역시 언제 죽을지 모르는 일이오. 그렇기 때문에 이곳까지 오면서 단 한 번도 쉰 적이 없소. 스승을 만나면 그때 쉬겠소. 그분이 어느 쪽으로 갔는지 말해 주시오."

제자는 스승이 간 방향을 일러 주었고, 바히야는 지체하지 않고 그곳을 향해 달려갔다. 그곳에서는 한 수도자가 집집마다 다니며 음식을 얻고 있었다. 그 수도자를 감싼 평화와 고요를 감지한 바히야는 영적 깨달음에 이른 사람임을 한눈에 알아차렸다. 그에게 다가가 길 한가운데서 큰절을 올리며 바히야는 말했다.

"당신이 완전한 자유에 이르렀다고 들었습니다. 저에게도 그 길을 가르쳐 주십시오."

스승이 말했다.

"지금은 알맞은 때와 장소가 아니다. 탁발을 하러 다니는 중이니 내 거처로 가서 기다리라. 곧 탁발을 마치고 돌아가서 그대를 만나리라."

바히야는 고개를 저으며 말했다.

"안 됩니다. 기다릴 수 없습니다. 죽음이 우리 둘 중 누구에게 먼저 올지 알 수 없습니다. 그러니 지금 대자유에 이르는 길을 가르쳐 주십시오."

스승이 미소 지으며 다시 말했다.

"지금은 그럴 때가 아니다. 지금은 음식을 탁발해야 하는 시간이다."

바히야는 포기하지 않았다.

"다음 순간이란 없습니다. 어떤 위험이 당신을 기다리고 있고, 저를 기다리고 있을지 알 수 없습니다. 지금이 아니면 안 됩니다. 지금 진리를 가르쳐 주십시오."

바히야가 세 번이나 간청하자 스승은 그의 절실한 마음을 이해했다. 하지만 길 한가운데 서서 진리를 전하려면 단 몇 줄의 문장으로 진리 전체를 압축해야만 했다.

스승은 말했다.

"바히야여, 그렇다면 이와 같이 해야 한다. 어떤 것을 바라볼 때는 다만 바라보라. 어떤 것을 들을 때는 다만 들으라. 어떤 것을 감각할 때는 다만 감각하고, 인식할 때는 다만 인식하라. 그것들에 나의 마음을 개입시키지 않으면 어떤 것에도 흔들리지 않을 것이다. 나의 마음을 개입시키지 않는 것이 바로 괴로움의 끝이고, 자유의 시작이다. 그러므로 볼 때는 오직 바라봄만이 있어야 한다. 들을 때는 오직 들음만이 있어야 한다. 감각할 때는 오직 감각만이 있어야 하고, 인식할 때는 오직 인식함만이 있어야 한다."

'나'의 해석과 판단을 개입시키지 말고, 세상을 있는 그대로 투명하게 바라보고 듣고 감각하고 인식하라는 것이었다. 보는 나는 사라지고 단지 바라봄만이 있을 때 외부의 어떤 일에도 동요하지 않는 마음을 가질 수 있기 때문이다.

자유에 대한 간절한 열망을 품고 있던 바히야는 이 몇 문장의 가르침을 마음 깊이 새기고 길가에 앉아 깊은 명상에 잠겼다. 그리고 몇 분 만에 집착에서 벗어나고 번뇌로부터 완전히 자유로워졌다.

스승이 그 장소를 떠난 지 얼마 되지 않아 바히야는 새끼 밴 암소에 받혀 목숨을 잃고 말았다. 불교 경전 『우다니경』에 실린 실화로, 그 스승은 붓다이다. 바히야가 죽은 것을 알고 붓다는 제자들에게 바히야의 시신을 거두어 화장하게 하고 그곳에 작은 탑을 세웠다. 그리고 말했다.

"수행자들이여, 바히야는 지혜로운 사람이었다. 그는 진리에 따라 수행했으며, 진리에 대해 나와 논쟁하지 않았다. 그의 마음은 죽기 전에 자유를 얻었다."

바히야는 붓다의 제자도 아니고 승려도 아니었으며 계율을 지킨 것도 아니었다. 그럼에도 단 한 번의 가르침으로 깨달음을 얻은 것에 의문을 갖는 사람들은 그가 전생에 많은 수행을 했기에 가능한 일이었다고 설명한다. 그러나 심리학자 알프레드 아들러도 말했듯이, 진정한 변화는 백 번 각오하고 다짐하는 것보다 한 번 제대로 깨달을 때 찾아온다.

'단지 바라봄만이 있을 뿐, 보는 나는 없다. 단지 들을 뿐, 듣는 나는 없다.' 붓다가 어부 바히야에게 준 이 아름다운 가르침은 오늘날 명상 수행에서 자주 인용된다. 보고 듣는 것에 '나'라는 해석자가 개입할 때 왜곡이 시작되고 허구의 세계가 창조된다. 그 해석자는 세상을 있는 그대로 보는 것이 아니라 자신의 해석대로 믿는다. 그때 우리는 한 그루 나무, 한 송이 꽃, 한 사람의 인간에게서 멀어진다.

이 숲도 한때는 백단향 나무

왕이 사냥을 하러 깊고 울창한 숲에 들어갔다. 하지만 하루 종일 달려도 좋은 사냥감을 발견하지 못했을뿐더러 숲에서 나오는 길마저 잃었다. 수행원들과도 멀리 떨어진 왕은 혼자서 밀림 지대를 벗어나는 방향을 찾느라 헤매고 있었다.

극심한 피로와 공복감으로 더 이상 앞으로 나아가기 힘들 때쯤 오두막 한 채가 시야에 들어왔다. 마지막 남은 기운을 내어 오두막에 다가가 보니 안에는 부족민이 살고 있었다. 너무도 반가워 왕은 문을 두드리고는 그 부족민에게 물과 음식을 좀 달라고 부탁했다.

부족 남자는 친절하고 좋은 사람이었다. 그는 왕을 자신의 작은 오두막 안으로 안내해 직접 만든 나무 의자에 앉게 했다. 그러고는 먼저 야생 열매들과 물을 가져다주었다. 그런 다음 정성껏 음식을 요리해 왕에게 내놓았다. 갈증과 허기에 지쳐 있던 왕은 서둘러 음식을 먹은 뒤 편안하게 누워 있다가 이내 잠이 들었다.

잠에서 깬 왕은 기운이 났고 활기를 되찾았다. 그는 부족민에게 거듭 감사해하며 왕궁으로 돌아가는 길을 물었다. 그리고 헤어지기 전에 말했다.

"나는 이 나라의 왕이며, 그대의 친절함과 환대에 감동했다. 그대의 도움에 대한 고마움의 표시로 내 소유의 백단향 숲 한 곳을 그대에게 주겠다. 며칠 후 왕궁으로 오라. 그러면 관리들에게 지시해 소유권을 그대에게 넘겨주겠다."

며칠 후 부족 남자가 왕궁으로 찾아왔고, 왕은 약속대로 그에게 백단향 숲의 소유권을 건네주었다.

부족 남자는 백단향 나무의 특성이나 중요성, 가치를 전혀 알지 못했다. 그의 눈에는 그냥 평범한 나무일 뿐이었다. 그는 백단향 나무를 베어 불에 태워서 숯을 만들었다. 그리고 그 숯을 시장에 내다 팔아 먹고살았다.

그 일이 오랜 기간 지속되었다. 마침내 한 그루를 제외하고는 모든 백단향 나무가 숯으로 사라졌다.

그가 마지막 남은 한 그루 나무를 베려던 날, 비가 내리기 시작했다. 비는 며칠 동안 계속해서 내렸고, 나무가 온통 비에 젖었기 때문에 부족 남자는 숯을 만들 수 없었다. 그래서 이번에는 나무 자체를 그냥 내다 팔기로 결정했다.

그는 백단향 가지들을 여러 단으로 묶어 왕궁 앞 시장으로 향했다. 그가 나뭇단들을 내려놓자 시장 전체가 백단향 향기로 진동했다. 백단향 나무 다발의 매혹적인 향기에 이끌려 많은 사람들이 그를 에워쌌다. 시장에 있는 사람들 모두가 신기해하며 백단향을 사고 싶어 했다.

부족 남자는 곧 매우 좋은 가격에 백단향 나무 다발 모두를 팔았고, 똑같은 나무로 만든 숯을 팔았던 때보다 비교가 안 될 정도로 많은 돈을 벌었다. 지금까지 값비싼 백단향을 숯으로 만들어 싼 가격에 판 자신의 어리석음을 깨달았지만 이미 너무 늦은 뒤였다. 자신의 무지로 인한 행동을 후회하고 자신을 비난해도 소용없는 일이었다.

원산지가 인도인 백단향 나무는 고대로부터 동서양의 신성한 의식에 사용될 만큼 깊고 은은한 향을 가진, 신들이 가장 사랑한다고 알려진 매우 귀한 향나무이다. 그래서 인도인들은 천상계에서는 백단향의 향이 난다고 믿는다. 자신을 팔아 인생을 살아가고 있는 우리도 혹시 백단향 나무인 것은 아닐까?

거울에 비친 너와 나

　북인도 우타르프라데시주의 갼푸르(산스크리트어로 '지혜의 마을'이라는 뜻)에 현명한 스승이 살았다. 그에게 오랜 제자가 한 명 있었다. 제자는 스승을 헌신적으로 따랐으며, 스승 역시 제자를 자식처럼 소중히 여기며 삶의 진리와 앎을 전수했다.

　제자는 진실로 스승의 발자취를 따르고 싶어 했다. 그에게 스승은 세상 그 자체였으며 존경하는 마음으로 스승의 지시에 복종했다. 날마다 시간을 늘려 가며 스승의 지도 아래 명상 수행에 전념하면서 스승과 같은 존재가 되기로 마음먹었다.

　하지만 다른 사람들과 마찬가지로 제자는 완벽한 존재가 아니었다. 에고에 좌우되는 감정과 생각들로 집중이 자주 흐트러졌으며, 지식이 늘수록 독선적이 되어 가는 것을 피할 수 없었다. 스승은 제자의 이 약점을 알아차리고 그것을 바로잡아 줄 기회를 기다렸다.

어느 날, 스승이 제자의 방으로 가서 말했다.

"너는 잘해 오고 있다. 그래서 너에게 특별한 선물을 하나 주고 싶다."

그 말을 하며 제자에게 거울을 건네주자 제자는 의아해했다.

"스승님, 이것이 특별한 것인가요? 제가 보기엔 단지 거울일 뿐인데요."

스승이 대답했다.

"이것은 평범한 거울이 아니다. 이 거울은 밖에 보이는 것을 비춰 주기보다는 내면의 것을 비춰 줄 것이다. 또한 이 거울은 소유한 사람의 마음과 특유의 감정을 보여 줄 것이다. 이제 세상으로 가서 이 거울을 현명하게 사용하라."

제자는 약간 놀랐지만 스승의 선물에 감사드리며 거울을 들고 고향의 집으로 떠났다. 가는 길 내내 생각했다.

'식구들이 나를 만나서 좋아할까? 내가 집에 없었을 때 나를 보고 싶어 했을까? 나는 그들에게 어떤 존재일까?'

하지만 바로 다음 날 그는 마음이 몹시 동요되어서 돌아왔다. 제자는 스승을 만나자마자 거울을 돌려주었다.

"왜 이런 것을 주셨나요? 이건 선물이 아니라 일종의 저주예요! 저에게 기쁨이 아니라 고통만 안겨 주었어요. 도로 가져가세요. 전 이런 거울은 원치 않아요."

스승이 물었다.

"무슨 일이지? 왜 그렇게 마음이 상해 있는가?"

"이 거울은 아무 쓸모가 없어요. 어제 거울을 가지고 집에 돌아가서 거울에 비친 식구들을 보니 저에 대한 이기적인 생각들만 거울에 비칠 뿐이었어요. 아버지는 제가 어서 직장을 구해 집으로 돈을 가져오기만을 바라고 있었어요. 거울에 비친 어머니의 생각도 별로 다르지 않았어요. 그래서 집을 나와 친구들을 만나러 갔는데, 거울에 비친 그들 내면은 온통 다른 친구들에 대한 질투와 부러움으로 가득 차 있었어요. 다시 그 자리를 떠나 내가 아는 사람들을 모두 찾아가 보았지만, 여전히 제가 본 것은 그들 자신의 삶을 망치고 있는 자기중심적인 생각과 부정적인 감정들이었어요. 이 거울은 저에게 슬픔만 가져다주었어요. 제발 도로 가져가세요. 저는 갖고 싶지 않아요!"

이런 일이 일어나리라는 것을 정확히 알고 있던 스승은 제자에게 다시 거울을 건네며 물었다.

"이 특별한 선물을 현명하게 사용하라고 너에게 말한 것을 기억하느냐?"

제자가 말했다.

"네, 기억합니다."

스승이 다시 물었다.

"그래서 그렇게 했는가?"

제자는 스승의 말에 담긴 의미를 이해하려고 노력하며 침묵에 잠겼다.

잠시 후 스승이 말했다.

"너는 이 거울을 가져가서 다른 사람들을 전부 비춰 보았다. 하지만 사실 이 거울은 너 자신을 비춰 보는 데 사용했어야 했다. 겉모습에 가려진 너의 내면, 너의 감정과 생각들을. 그리고 내가 말했듯이 이 거울은 다른 사람들을 바라보고 판단할 때의 너의 내면도 비춰 준다. 네가 거울 속에서 본 다른 사람들의 마음과 생각은 사실은 너의 마음과 생각이 반영된 것이다. 이 세상에서 네가 보는 모든 것은 너의 생각이 반영된 것이다. 이 거울이 특별한 선물인 이유가 그것이다."

아무것도 아닌 것에 대한 소동

가네샤 신(코끼리 머리를 한, 인도 신화에 나오는 지혜와 학문의 신)을 헌신적으로 숭배하는 조각가가 있었다. 해마다 많은 사람들이 다양한 축제 기간에 그가 만든 신상을 사 가곤 했다.

한번은 가네샤 축제 기간에 마을의 지도자가 3미터 높이의 가네샤 신상을 만들어 달라고 의뢰했다. 조각가에게 그런 종류의 주문은 처음이어서 그는 무척 흥분했다.

가족 모두가 힘을 합해 일을 거들었다. 조각가는 먼저 거푸집을 만들어 조각상 형태를 완성한 후 위쪽에 창문이 난 벽에 세워 놓았다. 그리고 뒤로 물러서서 신상을 바라보았다. 자신도 모르게 스스로의 솜씨가 자랑스러웠다. 그는 작업실 문을 잠그고 잠자리에 들었다.

다음 날 아침 작업실 문을 여는 순간 그는 놀라서 소리를 지르고 말았다. 너무나 충격적이게도 가네샤 신상의 몸통이 부서져 있는 것을 발견했다. 원래 세워져 있던 곳에서 조금 떨어진 바닥에 나동그라져 있었다.

조각가는 겁에 질려, 밤새 무슨 일이 일어난 것인지 곰곰이 생각해 보았다. 질 낮은 재료를 사용한 것인가? 준비한 혼합물이 너무 두껍거나 너무 얇았나? 답을 찾지 못한 채 그는 다시 작업에 열중했고 밤이 될 무렵 신상을 완성했다. 그리고 다시 작업실 문을 잠그고 잠자리에 들었다.

다음 날 아침 또다시 신상의 몸통이 부서진 것을 발견했을 때 그가 받은 충격은 이루 말할 수가 없었다. 눈물이 날 지경이었다. 그는 온 가족을 불러 이틀 동안 벌어진 일에 대해 설명하며 부서진 신상의 몸통을 보여 주었다. 함께 도와준 가족 또한 괴로워했다.

이 일들에 대해 점성학자에게 문의한 그의 어머니가 말했다.

"아들아, 너의 사데사티(토성이 개인의 별자리를 통과하는 7.5년의 기간)가 바로 지금 진행되고 있다. 하누만 신(악을 물리치고 고난을 물리치는, 인도 신화에 나오는 원숭이 신)에게 사데사티의 나쁜 파장을 줄여 달라고 기도하는 게 좋겠다."

조각가는 조언에 따라 하누만 신에게 기도했다. 조각가의 아들은 기도하는 아버지의 모습을 조용히 지켜보았다. 또다시 조각가는 가네샤 신의 몸통을 고정했고, 다음 날 아침 다시 한 번 부서진 몸통을 마주해야 했다. 이제 그는 말할 수 없이 고통스러웠다.

그의 어머니가 시바 신에게 한탄하며 기도했다.

"오, 시바 신이시여! 저의 아들이 이 고통에서 벗어나게 해 주시고 그의 모든 죄에 대해서는 저를 벌해 주소서!"

그의 아내 역시 남편을 도와달라고 크리슈나 신에게 조용히 기도했다. 조각가가 말했다.

"가네샤 신이시여! 왜 이토록 저를 벌하십니까? 제가 얼마나 멋진 신상을 만들었는지에 대해 스스로 자랑스러워했기 때문입니까? 저의 오만함에 대해 벌주고 계신 건가요? 아니면 저의 신상 만드는 방법이 잘못된 건가요? 저는 알고 있습니다. 저의 손재주는 확실하고 당신의 신상을 조각한 방식에는 실수가 없음을요. 신이시여, 저를 굽어살피소서!"

"오늘은 비슈누 신에게 빌기 위해 특별 푸자(힌두교의 예배의식)를 올리자."

어머니가 말했다. 그래서 특별 푸자가 행해졌다.

저녁에 이 모든 일을 지켜본 조각가의 아들이 말했다.

"아버지, 오늘 밤 작업실에서 기다리며 무슨 일이 일어나는지 지켜봐요."

조각가는 좋은 생각이라고 여겼다. 그래서 모두가 잠자리에 든 뒤 조각가는 아들과 함께 무슨 일이 일어나는지 보기 위해

어두운 작업실에서 숨죽이며 쪼그려 앉아 있었다. 새벽 2시가 될 때쯤이었다

창문에서 어떤 소리가 들리더니 무엇인가가 창을 통해 들어와 조각상의 몸통 위로 뛰어내리는 것이 보였다. 그 순간 몸통이 둘로 부서져 바닥에 나동그라졌다. 조각가와 그의 아들은 서로를 보며 미소 지었다. 몸통이 부서진 원인이 고양이라는 것을 알았기 때문이다. 고양이는 가네샤 신상 아래에 있는 쥐에게 관심이 있었다. 그래서 창문으로 넘어와 처음에는 몸통으로 뛰어내린 다음 바닥으로 뛰어내렸고, 이 과정에서 몸통이 부서진 것이었다.

자신과 가족들이 생각했던 것처럼 신들이 자신에게 화를 낸 것이 아님을 깨닫고 조각가는 행복한 미소를 지으며 쥐를 밖으로 쫓아냈다. 그리고 창문을 단단히 막은 뒤 새로운 가네샤 신상을 만들기 시작했다.

어떤 문제를 이성적으로 해석해 원인을 발견할 것인가, 아니면 두려움과 부정적인 생각에 사로잡혀 더 큰 이유를 끌어들일 것인가는 우리 자신에게 달린 일이다.

죽음의 신을 이긴 사람

어느 오후, 궁정에서의 공식적인 활동과 회의 등 하루 일과를 마쳐 갈 무렵이었다. 판다바 가문의 유디슈티라 왕은 네 명의 남동생들, 그리고 아내 드라우파디와 함께 대화를 나누고 있었다. 중요한 문제들이 많았다. 특히 100명의 사촌들인 카우라바 형제가 그들 소유의 영토와 심지어 아내 드라우파디까지 넘보고 있었다. 그들이 전쟁을 모의한다는 소문까지 들렸다.

그때 왕궁 경비병이 와서 어떤 억울한 일을 겪은 두 사람이 도움을 청하기 위해 찾아와 왕궁 앞에서 기다리고 있다고 전했다. 유디슈티라는 자선을 많이 베풀고 다른 사람들의 행복을 위해 헌신하는 인물로 유명했다. 하지만 이미 하루의 업무를 마치고 마무리 대화를 나누는 중이었기 때문에 그는 경비병에게 지시했다.

"그 사람들에게 내일 오라고 전하라. 그때 원하는 것을 들어 주겠다고 하라."

경비병은 지시를 받고 돌아갔다.

이 대화를 들은 유디슈타라의 동생 비마가 자리에서 일어나 곧바로 왕궁 정문이 있는 곳을 향해 달려갔다. 그곳에 큰 종이 걸려 있었다. 옛날의 왕들은 왕궁 정문에 큰 종을 걸어 놓고 부당하거나 억울한 일을 겪은 사람들이 그 종을 쳐서 왕에게 알리도록 했다. 혹은 전쟁에 승리했거나 중요한 일이 있는 경우에만 종을 칠 수 있었다.

비마는 주저하지 않고 힘껏 그 종을 치기 시작했다. 레슬러이기도 한 비마는 체구가 워낙 크고 기운이 세서 그가 연거푸 종을 치자 온 왕궁 안이 귀가 멍멍할 정도였다. 갑자기 종소리가 나자 여기저기서 소동이 일었다. 사람들은 어떤 행사나 승리를 거둔 일에 대해 전혀 듣지 못했기 때문에 모두가 종소리가 난 이유를 알기 위해 몰려왔다. 유디슈타라도 놀라서 종이 걸려 있는 문으로 달려갔다.

유디슈타라를 비롯해 왕궁 문으로 모여든 사람들에게 비마가 큰 소리로 말했다.

"여러분, 축하해 주십시오! 방금 전에 우리는 위대한 승리를 거두었습니다. 우리의 왕 유디슈타라는 앞으로 스물네 시간 동안 죽음의 신 야마라자보다 더 강한 존재가 되었습니다. 이보다 큰 승리는 이 세상에 없습니다."

당황한 유디슈티라는 비마에게 즉시 해명을 요구했다.

비마가 말했다.

"조금 전 당신은 당신을 만나러 온 어떤 억울한 사람들에게 내일 오라고 하면서 그때 그들이 원하는 것을 주겠다고 약속했습니다. 그 말은 당신이 내일까지는 절대로 죽지 않을 것이라는 의미입니다. 실제로는 누구도 내일 일을 예측할 수 없습니다. 무슨 근거로 당신은 내일 일에 대해 그토록 확신할 수 있습니까? 그것은 당신이 야마라자보다 더 힘센 존재여서 그의 계획을 물리칠 수 있다는 뜻 아닌가요?"

유디슈티라는 즉시 자신의 어리석음을 깨닫고 곧바로 경비병에게 그 사람들을 다시 불러오라고 지시했다. 그리고 그 자리에서 그들의 사정을 들어주고 억울한 일을 해결해 주었다. 대서사시 『마하바라타』에 실려 있는 일화이다.

황금 자루

시바 신이 아내 파르바티 여신과 함께 자신들의 거처인 카일라스 히말라야 정상에서 세상을 내려다보고 있었다. 시바 신의 엄격한 성격을 잘 아는 파르바티는 그의 부드러운 면을 이끌어 내려고 언제나 노력했다. 시바 신은 세상일에 거리를 두고 주로 명상에 잠겨 있는 시간이 많았기 때문에 지상의 인간들이 겪는 사소한 일들을 살펴 시바 신에게 알려 주는 일은 파르바티의 역할이었다.

파르바티는 시바 신에게 말하곤 했다.

"당신은 인간들의 고통에 대해 거의 관심을 갖지 않아요. 그들의 기도를 무시하는 것은 옳지 않아요. 세상에는 먹을 것조차 없는 사람들이 많아요."

이날도 파르바티는 인간계를 내려다보면서 각각의 인생에 던져지는 도전들과 그것들에 대한 사람들의 다양한 반응에 깊은 인상을 받았다. 지상에서 인간 존재로 살아간다는 것은 결코 쉬운 일이 아니었다. 파르바티의 성화에 못 이겨 시바 신도 그녀의 시선으로 인간들이 끝없이 겪어야 하는 고통스러운 경험들을 내려다보았다.

자애 어린 눈으로 인간 세상을 관찰하다가 파르바티는 지친 발걸음으로 흙먼지 길을 걷고 있는 한 가난한 남자의 모습을 발견했다. 옷은 남루하고 수심 가득한 얼굴은 아픈 사람처럼 수척했다. 뜨거운 태양이 그를 더욱 힘들게 했다. 더 이상 삶을 견딜 수 없을 정도로 궁핍하고, 지치고, 의지할 데 없음을 알 수 있었다.

파르바티의 가슴은 연민심과 동정심으로 가득해졌다. 그 남자의 힘겨운 삶에 마음이 이끌린 파르바티는 시바 신에게 고개를 돌려 그 남자에게 약간의 재물을 선물하자고 간청했다.

"저 불운한 남자의 고뇌를 봐요. 선한 마음으로 지금까지 얼마나 힘겹게 삶을 버텨 왔을지. 그를 위해 우리가 뭔가를 할 수 있지 않을까요? 더 늦기 전에 그의 고통을 조금이나마 덜 수 있도록 그에게 약간의 황금을 던져 주면 어떨까요? 그러면 저 남자가 얼마나 행복해할까요!"

파르바티의 말을 들으며 시바 신은 한동안 남자를 지켜보았다. 그러고는 말했다.

"사랑하는 부인, 당신이 원한다 해도 그렇게는 할 수 없소."

파르바티가 놀라서 물었다.

"뭐라고요? 그게 무슨 말이에요? 당신은 우주를 관장하는 신이에요. 그런데 이 간단한 일을 할 수 없는 이유가 뭐예요?"

시바 신이 말했다.

"내가 무엇을 준다 해도 그는 받아들이지 않을 거요. 그러니 아무 소용이 없소. 그는 아직 신의 선물을 받아들일 준비가 되어 있지 않소."

파르바티가 화가 나서 소리쳤다.

"그래서 당신은 그가 걸어가는 길 앞에 황금 자루 하나를 떨어뜨려 주는 일조차 할 수 없다는 뜻이에요? 그렇다면 신이 가진 전지전능한 능력이 무슨 의미가 있죠?"

시바 신이 냉정을 유지하며 말했다.

"그것은 얼마든지 할 수 있소. 하지만 이건 다른 얘기라는 걸 이해해야……."

하지만 파르바티는 더 이상 남편의 말을 듣고 싶지 않았다. 그녀는 다시 애원했다.

"제발 한 번만 그렇게 해 줘요."

파르바티를 계속 설득하는 것이 더 이상 의미가 없다고 판단한 시바 신은 고개를 끄덕였다. 그리고 남자가 걸어가는 길 앞쪽에 황금이 가득 든 자루 하나를 떨어뜨려 주었다.

그러는 동안에도 남자는 계속 생각에 잠겨 흙먼지 이는 길을 걷고 있었다.

'오늘 저녁은 어디서 음식을 구할 수 있을까? 아니면 또다시 허기진 배를 끌어안고 잠들어야 할까? 언제까지 이렇게 불행하게 살아야 할까?'

그렇게 고뇌에 차서 걷고 또 걸었다. 그 순간 그는 길 앞쪽에 떨어진 장애물 하나를 보았다.

그는 혼잣말로 중얼거렸다.

"어? 큰 돌이 떨어져 있네. 미리 발견하길 다행이야. 하마터면 돌에 걸려 넘어질 뻔했어."

남자는 조심스럽게 그 황금 자루 옆을 돌아서 자기 갈 길을 갔다. 그것을 지켜보며 안타까워하는 파르바티에게 시바 신이 말했다.

"우리 신들은 인간들이 걷는 길 앞에 자주 황금 자루를 떨어뜨려 주고 있소. 그러나 그들은 그것을 단지 장애물이나 시련으로 여기고 안을 열어 보려고도 하지 않소. 그것이 황금인 것을 알면 삶이 달라질 텐데 말이오."

용서

왕의 셋째 부인 카이케이의 이기심 때문에 14년 동안 먼 밀림으로 추방당한 『라마야나』의 주인공 라마 왕자는 혼자 떠나지 않았다. 그의 사랑하는 아내 시타와 충성스러운 동생 락슈만이 기꺼이 그를 따라나섰다.

세 사람이 밀림에서 생활한 지 몇 년째 되던 어느 날, 꽃을 따 모으고 있던 시타는 몸이 황금색으로 빛나고 은색 반점들이 있는 독특한 사슴 한 마리가 뛰노는 것을 보았다. 수백 개의 보석이 반짝이는 듯한 사슴의 아름다움에 매혹된 그녀는 라마와 락슈만에게 그 사슴을 잡아다 달라고 간청했다.

락슈만은 그 사슴이 악마가 변장한 모습임에 틀림없다고 말했다. 라마도 자신들을 제거하려는 악마의 계략을 눈치챘지만 계속 애원하는 아내를 설득하기란 불가능함을 알았다. 그래서 동생 락슈만에게 시타를 잘 지키라 이르고는 사슴을 잡기 위해 달려갔다.

잠시 후 숲속에서 "시타! 나를 구해 줘!" 하고 외치는 소리가 울려 퍼졌다. 이내 숲의 고요가 그 소리를 삼켰다. 곧이어 "락슈만, 얼른 나를 도와줘!" 하고 두 번째로 외치는 소리가 들렸다. 락슈만과 시타는 당황한 얼굴로 서로를 쳐다보았다.

분명 라마의 목소리처럼 들렸지만 라마는 그런 식으로 도움을 청한 적이 지금까지 단 한 번도 없었다. 용맹한 전사인 라마가 정말로 곤경에 빠졌을까?

"락슈만, 얼른 가서 라마를 도와줘요. 당신이 형을 구해야만 해요."

걱정이 된 시타가 말했다. 하지만 락슈만은 형이 무사하다는 것을 직감적으로 알았다. 땀 한 방울 흘리지 않고 숲에서 방금 수천 명의 악마를 물리친 라마가 아닌가. 고작 사슴 한 마리가 어떻게 라마를 해칠 수 있겠는가.

"얼른 가서 라마를 도와줘요! 이것은 당신의 의무예요."

시타는 거의 공황 상태였다. 사랑하는 사람이 위험에 처해 있다는 생각만으로도 모든 감정이 터져 나왔다.

"걱정하지 말아요. 형은 스스로를 지킬 수 있어요."

어둠 속을 응시하며 락슈만이 말했다. 뱀이 스르르 미끄러져 가고, 각양각색의 날개 달린 생물체들이 휙 지나갔다.

"형수님은 스스로를 지킬 수 없어요. 내 의무는 당신을 보호하는 거예요. 어둠 속에 온갖 위험한 존재들이 도사리고 있는데 취약한 당신을 여기에 남겨 두고 떠나면 라마는 결코 나를 용서하지 않을 거예요."

어둠 속에 숨어 있는 정체 모를 것들을 감시하며 락슈만은 궁전 호위병처럼 왔다 갔다 했다. 더구나 그곳은 궁전이 아니었다. 축축한 흙과 짚으로 만든 오두막이었다. 누구라도 접근할 수 있었다.

시타가 주장했다.

"여기는 우리가 잘 모르는 곳이에요. 얼른 달려가서 형을 구해 줘요. 이것은 내 명령이에요. 나는 라마가 정말로 위험에 처해 있다는 느낌이 들어요."

시타는 자신이 연장자이며 지위 높은 왕자비임을 강조하며 거듭 명령을 내렸다. 고요 속에 몇 분이 흘렀다.

"도와줘, 제발! 누구 없어?"

멀리서 또다시 외치는 소리가 들렸다.

시타가 흥분해서 비명을 질렀다.

"당신의 형이 우리에게 도움을 청하고 있어요! 어떻게 아무것도 안 할 수 있죠? 그래, 이제 알겠어. 라마가 제거되면 당신이 왕국을 혼자 독차지할 수 있다고 생각하는군."

시타 자신도 그것이 사실이 아니며, 락슈만이 라마를 위해서

라면 어떤 일이든 하리라는 것을 잘 알고 있었다. 하지만 어떻게든 락슈만을 움직이고 싶었다. 락슈만은 슬픔에 잠겨 고개를 숙이고 발아래 흙에 시선을 고정했다. 헌신적으로 봉사하며 평생을 바친 사람에게서 이런 비난을 받다니, 가슴이 무너지고 부서졌다.

"제발 가서 형을 구해요."

시타가 다시 애원했다.

락슈만은 형수 둘레에 원을 긋고는 절대로 그 금을 넘지 말라고 일렀다. 짐승이든 귀신이든 악마든 누구든 넘어 들어오면 즉시 목숨을 잃는 강력한 선이었다. 그렇게 형수의 안전을 확보한 다음 락슈만은 형 라마를 찾아 숲으로 달려갔다. 결국 홀로 남겨진 시타는 탁발 수도승으로 변장하고 나타난 악마에게 보시를 하려고 다가가다가 금을 넘는 바람에 납치되고 만다.

이 일화를 들려주며 영적 교사 가우르 고팔 다스는 '용서'에 대해 이야기한다. 시타는 가혹한 말의 화살로 락슈만의 가슴을 관통하고 상처를 입혔다. 삶에서 우리는 때로 시타 역을, 때로 락슈만 역을 맡는다. 어떤 때는 화살을 쏘는 사람이고, 또 어떤 때는 화살을 가슴에 맞는 사람이다.

시타의 말은 사실이 아닐뿐더러 시동생에게 그런 비난을 한 것은 몰지각한 행위였다. 하지만 그 상황을 돌아보면 왜 그런 말을 했는지 이해할 수 있을 것이다. 시타는 크나큰 혼란에 빠져 있었다. 그 사슴이 라마를 따돌린 악마가 변장한 것이라는 사실을 전혀 알지 못했다. 그래서 사랑하는 남편이 겪고 있을 지도 모를 고통을 생각하며 감정이 소용돌이쳤다. 우리 역시 감정 때문에 이성이 흐려지는 상황에 처하면 무슨 말이든 내뱉는다.

화가 날 때 한순간의 인내심이 이후 천 번의 후회를 구할 수 있음을 알지만, 극심한 고통을 겪고 있을 때 우리의 마음은 미친 듯이 날뛰지 않을 수 없다. 따라서 누군가가 우리에게 상처를 줄 때, 그 상황 너머를 보며 이렇게 생각할 수 있어야 한다고 고팔 다스는 권한다.

"얼마나 고통이 심하면 그렇게 말할까? 삶에서 얼마나 혼란을 겪었으면 나에게 그런 말을 할까?"

다른 사람들이 상처 주는 말들을 할 때, 그들로 하여금 그 말을 하게 만든, 그들이 겪고 있는 상황이 무엇인지 보려고 노력해야 한다. 그때 분노에서 자비로 옮겨 가게 된다. 이것이 용서의 필수적인 요소인 공감이다.

끌어당김의 법칙

비슈누 신의 화신으로 일컬어지는 크리슈나는 어려서부터 일가친척의 살해 위협에 시달렸다. 외삼촌인 캄사왕은 훗날 크리슈나가 자신을 죽일 것이라는 점술가의 예언을 믿고 갓 태어난 크리슈나를 제거하려고 했다. 그래서 크리슈나는 태어나자마자 은밀히 목동 부부에게 보내져 가난한 어린 시절을 보내야 했다.

고모의 아들로 작은 왕국의 통치자가 된 시수팔라도 자신의 명성과 권력에 해가 될 것으로 여겨 일생 동안 크리슈나를 증오했다. 크리슈나의 신적인 힘을 알고 있는 고모는 시수팔라가 어떤 짓을 하든 용서해 달라고 조카인 크리슈나에게 사정했다.

크리슈나는 미소 지으며 고모를 안심시켰다.

"걱정하지 말아요. 시수팔라가 나에게 잘못을 해도 백 번은 용서해 줄게요."

자신이 강제로 결혼하려고 했던 공주를 혼인식 직전 크리슈나가 구출해 아내로 삼자, 시수팔라의 적개심은 하늘을 찔렀다. 하지만 그것은 사악한 시수팔라와의 결혼을 원치 않은 공주의 부탁으로 이루어진 일이었으며, 원래 크리슈나와 공주는 사랑하는 사이였다.

한번은 신성한 종교의식에 주변 왕국의 왕들이 초대되었다. 시수팔라도 그 자리에 참석했다. 의식의 중요한 귀빈으로 크리슈나가 선정되어 의식을 주관하는 이가 크리슈나의 발을 씻겨주자 시수팔라의 얼굴이 흙빛이 되었다. 그는 격렬히 항의하며 크리슈나를 향해 심한 욕설을 퍼붓기 시작했다. 모두가 듣는 자리에서 남의 버터나 훔치는 천한 목동이라거나 소몰이 소녀들의 옷이나 감추며 못된 짓이나 일삼는 쓸모없는 존재라는 비난의 말을 중단하지 않았다.

조용히 듣고 있던 크리슈나가 말했다.

"시수팔라, 나는 너의 어머니에게 백 번까지는 너를 용서해 주겠다고 약속했다. 지금까지 나는 네가 하는 99번의 욕설을 못 들은 체하고 넘겼다. 하지만 100번을 넘기지는 말라. 만약 선을 넘으면 내가 너를 죽일 것이다."

하지만 시수팔라는 듣지 않고 또다시 욕을 퍼부었다. 그가 101번째로 모욕적인 말을 내뱉는 순간, 크리슈나는 자신의 상징 무기인 원반 표창을 날렸다. 시수팔라는 목이 잘려 그 자리에서 즉사하고 말았다.

놀라운 일은 그다음에 일어났다. 그 자리에 모인 사람들은 죽은 육체를 빠져나온 시수팔라의 영혼이 크리슈나의 영혼과 하나로 합쳐지는 것을 목격했다. 모두가 크게 놀랄 수밖에 없었다. 오직 경건한 마음으로 끝없이 헌신하는 사람만이 크리슈나 신과 하나가 될 수 있는데 시수팔라는 정반대였기 때문이다. 신을 사랑하지도 않고 줄곧 증오한 사람이 신과 하나가 된다는 것은 말도 안 되는 일이었다.

이 일화가 실린 『마하바라타』의 저자는 그 이유를 이렇게 설명한다. 시수팔라는 평생 동안 밤낮으로 크리슈나만 생각했다. 마음이 크리슈나에 대한 증오와 분노로 가득했다. 끊임없이 그에 대해 생각하고 신의 이름을 암송하듯 그의 이름을 계속 상기할 수밖에 없었다. 그래서 결국 크리슈나와 하나가 되었다.

좋아하며 생각했든 미워하며 생각했든 그것은 중요하지 않다. 부정적이든 긍정적이든 관심을 쏟을수록 마음은 그 대상을 자신에게 끌어당기며 그리하여 마침내는 그 대상과 하나가 된다는 것이다.

그 끌어당김의 법칙에 의해, 시수팔라는 결국 자신이 계속 미워했던 대상과 하나가 된 것이다.

멍청아, 호박이야

뱀에 물리는 것이 사망의 주된 원인일 만큼 남인도 케랄라주는 뱀이 많은 지역이다. 여러 해 전에 그곳에 뱀에 물린 사람을 전문적으로 치료하는 이름난 치료사가 살았다. 그는 모든 치명적인 뱀독에 대한 전문가일 뿐 아니라 해독제를 연구 개발하는 데도 뛰어났다. 하지만 전해져 내려오는 관례에 따라 어떤 치료비도 청구하지 않았고 환자들이 자발적으로 내는 돈도 받지 않았다. 그럼에도 목숨을 구해 준 것에 대한 감사 표시로 사람들이 어떻게든 사례를 하고 갔기 때문에 여러 해 동안 그럭저럭 재산을 모을 수 있었다.

치료사의 저택 바로 옆에 한 농부가 살았다. 나뭇가지에 진흙을 발라 지은 오두막에 살 정도로 가난했던 이 농부에게는 코추라만이라는 아들이 있었다. 코추라만은 약간 모자랐지만,

자신도 이웃처럼 부유하고 유명한 치료사가 되고 싶었다. 그래서 하루는 치료사의 제자를 찾아가 자신의 포부를 밝히며 치료사가 되려면 어떻게 해야 하는지 물었다.

제자는 얼간이의 터무니없는 야망을 재미있어하며, 스승에게 약간의 선물을 바치면서 제자로 받아들여 달라고 부탁하기만 하면 된다고 말해 주었다.

"그렇게 하면 스승님께서 너에게 비밀 만트라를 알려 주실 거야. 그 만트라를 음절마다 각각 십만 번씩 헌신적으로 암송해야만 해."

그렇게 하면 치료사가 될 충분한 자격을 갖추게 되며, 만트라를 암송한 물이나 신성한 재를 환자에게 뿌려 주면 환자가 치료될 것이라고 제자는 장담했다.

코추라만은 치료사가 되는 것이 그토록 쉽다는 말을 듣고 크게 기뻐했다. 하지만 한 가지 문제가 있었다. 스승에게 선물로 바칠 마땅한 물건이 없었다. 집에는 귀중품이나 현금이 아무것도 없었다. 눈에 띄는 것이라곤 쓰러져 가는 오두막 지붕 위에 매달린 잘생긴 호박 두 개가 전부였다. 그것을 바치면 되겠다고 그는 결심했다.

어느 이른 아침, 코추라만은 다른 사람들이 잠에서 깨기 전에 호박을 따서 치료사의 집으로 갔다. 문을 두드리니 마침 치료사가 나왔고, 코추라만은 호박 두 개를 그의 발밑에 내려놓고 경건하게 두 손을 모으며 인사를 했다.

"이게 뭔가?"

호박을 가리키며 치료사가 어리둥절해서 물었다.

코추라만이 말했다.

"저는 뱀에 물린 상처를 치료하는 만트라를 배우고 싶습니다. 부디 저를 제자로 받아들여 주십시오."

치료사가 퉁명스럽게 물었다.

"하지만 왜 빗디, 쿠쉬만담이지?"

케랄라에서 사용하는 말라얄람어로 '빗디'는 '멍청이'이고, '쿠쉬만담'은 '호박'이라는 뜻이다.

코추라만은 치료사가 무슨 말을 하는지 이해할 수 없었지만, 불안하고 초조한 나머지 '빗디 쿠쉬만담'이라는 말을 비밀 만트라로 받아들였다. 그리고 치료사의 근엄한 태도에 만트라 전수 의식이 끝났다고 생각하고는 겸허하게 절을 올리고 서둘러 집으로 돌아왔다. 그는 곧바로 목욕재계한 후 불 밝힌 기름등잔 앞에 책상다리를 하고 앉아 스승의 제자가 알려 준 대로 6음절로 된 만트라를 60만 번 암송했다. 만트라 암송을 마친 후 코추라만은 자신이 정말로 뱀독 치료하는 치료사가 되었다고 굳게 믿으며 자리에서 일어났다.

케랄라 지역에는 뱀독 치료하는 치료사와 뱀이 서로 협약을 맺으며, 이에 따라 뱀은 일부러 사람을 물지 않기로, 치료사는 뱀에 물린 사람들을 치료하기 위해 집 밖으로 나가지 않기로 약속한다는 설이 있다. 따라서 치료를 위해서는 환자를 의사에게 데려가야 했다. 게다가 치료사들은 치료비 받는 것도 금지되어 있었다.

그러나 이런 관례를 알 리 없는 코추라만은 뱀에 물린 사람이 있다는 얘기를 들을 때마다 서둘러 달려가 환자를 치료했으며, 어떤 사례비든 사양하지 않았다. 그의 만트라 치료법은 종종 효과가 있었다. 차츰 명성이 알려져 생활도 넉넉해졌고, 어느덧 마을의 다른 지역으로 옮겨 가서 새 집을 지었다.

일이 그렇게 진행되어 갈 즈음, 그 나라의 왕이 뱀에 물리는 사건이 벌어졌다. 코추라만의 스승을 비롯한 많은 뱀독 치료사들이 왕궁으로 불려 왔지만 아무도 왕을 낫게 하지 못했다. 사흘째 되던 날, 모든 희망이 사라지자 마지막 의식을 위해 왕은 침대에서 내려져 바닥에 눕혀졌다. 그때 누군가가 코추라만을 떠올렸고, 서둘러 가마를 보내 그를 데려왔다.

도착하자마자 왕을 진찰한 코추라만은 왕실 요리사를 불러 쌀죽 한 그릇을 준비하라고 지시했다. 이유를 묻자 왕이 2~3일 동안 아무것도 먹지 못했으니 회복하고 나면 배가 고파서 죽을 찾을 것이라고 대답했다. 함께 있던 치료사들은 코추라만을 돌팔이 의사 취급하며 왕은 이미 죽은 것이나 다름없는데 쌀죽이 무슨 소용이냐고 비웃었다.

코추라만은 어떤 수군거림에도 동요하지 않았다. 그는 치료사의 자세를 갖춰 자리에 앉은 다음 물 한 그릇을 갖다 달라고 청했다. 그리고 물 위에 만트라를 108번 암송하고는 왕의 얼굴에 그 물을 뿌렸다. 곧 왕이 눈을 떴다. 다시 만트라를 암송하고 물을 뿌리자 이번에는 몸을 움직이기 시작했다. 세 번째 물을 뿌렸을 때는 자리에서 일어나 앉더니 코추라만이 예언한 대로 죽 한 그릇을 달라고 했다.

죽을 먹은 뒤 왕은 코추라만에게 영웅을 상징하는 한 쌍의 팔찌를 수여하고, 금화 만 냥과 비단 열 필을 사례로 주었다. 그리고 왕실 악단을 앞세우고 왕실 근위대의 호위를 받으며 가마로 집까지 모시고 가게 했다. 다른 치료사들도 젊은 뱀독 치료사의 불가사의한 능력에 대해 궁금해하며 행렬을 따라갔다. 그들 중에는 자신도 모르는 사이에 코추라만의 스승이 된 치료사도 있었다.

궁전에서는 왕을 치료하느라 분주해 스승을 알아보지 못했지만, 집으로 돌아오는 길에 코추라만은 군중 속에서 자신을 뒤따르고 있는 스승을 발견했다. 그는 즉시 가마에서 내려 스승에게 가서 절하며 왕이 자신에게 하사한 모든 선물을 스승의 발치에 내려놓았다. 그러면서 인생에서 자신이 이룬 모든 것은 스승의 조언과 축복 덕분이라고 말했다.

"내 조언?"

스승이 어리둥절해하며 물었다.

"나는 그대에게 어떤 조언도 한 기억이 없네. 오히려 죽은 사람을 되살리는 주문을 가르쳐 달라고 그대에게 부탁하려던 참이었네."

코추라만이 말했다.

"제가 아는 유일한 주문은 당신이 가르쳐 준 비밀 만트라뿐입니다."

"무슨 만트라?"

코추라만이 스승의 귀에 대고 속삭였다.

"빗디 쿠쉬만담(멍청아, 호박이야)."

만트라는 신비한 힘이 깃들어 있다고 믿는 음절이나 단어를 반복해서 암송함으로써 명상 수행시 마음의 집중력을 얻는 수련 도구이다. 수행뿐 아니라 삶에서도 우직하고 순수한 믿음이 때로는 다른 무엇보다 더 큰 힘을 발휘한다. 비록 그것이 '빗디 쿠쉬만담'일지라도.

파란 자칼

"평범한 자칼로 살아가는 것은 지루해."

한밤중 숲을 벗어나 도회지 변두리를 배회하던 자칼은 생각했다.

"내가 다른 존재이면 좋겠어. 예를 들어 이렇게 평범하고 보기 싫은 갈색 털 말고 더 멋진 색깔의 털을 갖는다면 얼마나 좋을까?"

생각에 몰두하느라 자칼은 자신이 어디로 가고 있는지도 몰랐다. 그러다가 사납게 짖어 대는 개들에 둘러싸였다. 개들은 당장 물어뜯을 기세로 날카로운 이빨을 드러내며 덤벼들었다. 근처 염색 공장으로 도망친 자칼은 공장 안에 있는 큰 통 속으로 뛰어들어 몸을 감췄다.

그 통에는 파란색 쪽 염료가 가득 들어 있었다. 개들을 무사히 따돌린 자칼은 통에서 빠져나오기 위해 온 힘을 다해 기어올랐지만 통이 미끄러워 아무리 해도 나올 수가 없었다. 그래서 밤새 차가운 염료통 속에 앉아 있어야 했다.

다음 날 아침, 공장에 출근한 염색업자는 염료통 속에 들어 있는 자칼을 보고는 아연실색했다. 그는 화를 내며 파란 물감이 뚝뚝 떨어지는 동물을 꺼내 밖으로 내쫓았다.

자칼은 자신의 처지를 불쌍히 여기며 숲을 지나 굴로 향했다. 얼마 가지 않아서 코끼리와 마주쳤다. 코끼리는 자칼을 보자마자 가던 길을 멈추고 빤히 쳐다보았다.

자칼이 말했다.

"왜 쳐다보는 거야?"

그러다가 문득 자신을 내려다본 자칼은 소스라치게 놀랐다. 코부터 꼬리 끝까지 온통 파랗게 염색이 되어 있었던 것이다.

코끼리가 나지막이 속삭이며 물었다.

"너는 무슨 종류의 생명체지?"

"파란 생명체지."

자칼은 풀이 죽어 신음하듯 말하고는, 고개를 떨어뜨리고서 코끼리가 웃음을 터뜨리기를 기다렸다. 하지만 코끼리는 웃지 않았다. 그 대신 자칼에게 고개 숙여 공손히 절을 하고는 가던 길을 계속 갔다.

숲속 깊은 곳에서 이번에는 호랑이와 맞닥뜨렸다. 놀랍게도 호랑이도 자신에게 절을 하는 것이었다.

자칼은 총총걸음으로 걸어가며 생각했다.

'어쩌면 파란색 털을 갖게 된 것이 그리 나쁜 일만은 아닌 것 같아. 나는 확실히 달라 보여!'

자칼은 자신의 파란색 털을 자랑하고 싶은 마음에 바람을 가르며 달렸다. 쪽빛 염료는 한번 달라붙으면 쉽게 떨어지지 않기 때문에 힘껏 달려도 털이 제 색깔로 돌아오지는 않았다. 자칼이 굴에 도착했을 때 다른 자칼들 사이에 큰 파문이 일었다. 처음 보는 신비한 빛깔의 동물에 눈이 휘둥그레진 자칼들이 주위에 모여들며 물었다.

"도대체 어떻게 된 거야?"

자칼은 자부심을 느끼며 미소 지었다. 이런 종류의 관심을 받기를 오랫동안 원했었다. 그래서 속으로 생각했다.

'이제 나는 정말로 우월한 자칼이 될 수 있어.'

파란 자칼은 거드름을 피우며 가슴을 크게 부풀리고 앉았다. 그리고 말했다.

"두려워하지 말고 내 말을 들으라. 지난밤, 숲의 여신이 내게 왔다. 여신은 나를 숲의 왕으로 앉히고, 나에게 쿠쿠드루마(하늘에서 보낸 자)라는 이름을 하사했으며, 내가 왕족임을 표시하기 위해 나를 파란색으로 만들었다. 그리고 세상으로 가서 동물들을 보호하라고 일렀다."

쿠쿠드루마는 말을 이었다.

"그런 이유로 내가 여기에 내려오게 된 것이니, 나의 보호 아래 각자의 삶을 살아가도록 하라. 이제부터 이 숲에 있는 모든 동물은 나의 명령을 따라야 한다."

자칼들은 서로를 쳐다보았다. 누구도 숲의 여신에 대해 들어 본 적이 없었다. 하지만 파란 자칼을 본 적 없기는 마찬가지였다. 그래서 파란 자칼을 자신들의 왕으로 받아들였다.

숲에 빠르게 소문이 퍼졌다. 곧 모든 동물이 새 왕에게 경의를 표하러 왔다. 원숭이들은 넓은 잎으로 부채질을 해 주었다. 코끼리들은 파란 자칼이 머무는 곳을 편안히 지켰으며, 호랑이와 사자들은 사냥해서 잡은 저녁 식사를 갖다 바쳤다. 어떤 동물도 쿠쿠드루마가 그저 평범한 자칼이라는 사실을 깨닫지 못했다.

이 모든 관심을 받자 파란 자칼은 금세 거만해져서 다른 자칼들을 무시하고 깔보기 시작했다. 그는 으스대며 말했다.

"나는 이제 너희 같은 평범한 존재들에게 신경 쓸 필요가 없어. 너희 대신 시중들어 줄 코끼리와 호랑이들이 있어."

그러면서 다른 자칼들을 발로 차서 쫓아냈다.

"내 왕국에서 모두 사라져."

자칼들은 자신들의 귀를 믿을 수 없었다. 파란 자칼이 다시 소리쳤다.

"얼른 떠나지 않으면 내 호랑이들이 너희를 덮칠 거야."

파란 자칼이 손가락을 튕겨 신호를 보내자 호랑이들이 위협적으로 으르렁거렸다. 자칼들은 황급히 숲을 떠나야만 했다.

도망치던 자칼들은 파란 자칼이 자신들을 대하는 방식에 분해하며 들판에 멈춰 섰다.

가장 나이 많은 자칼이 목소리를 높여 말했다.

"나한테 한 가지 생각이 있어. 다른 동물들이 파란 자칼의 시중을 드는 건 그가 우리와 같은 자칼일 뿐이라는 사실을 알아차리지 못하기 때문이야. 어떻게 하면 그의 진짜 모습을 보여줄 수 있는지 나는 알고 있어."

날이 어두워지고 달이 하늘 높이 떠오르자 자칼들은 숲 가장자리에 모였다.

"지금이야!"

연장자 자칼이 소리치자 자칼들은 일제히 코를 허공으로 들어 올리고 길게 울부짖기 시작했다.

파란 자칼은 왕인 척하기 시작한 이래 한 번도 자칼의 울음을 운 적이 없었다. 자칼의 목소리로 울부짖는 것은 왕이 하기에는 적절한 행동이 아니었기 때문이다. 그러나 지금 나무들 꼭대기 위로 울려 퍼지는 형제들의 울음소리를 듣자 타고난 본능을 어찌할 수가 없었다. 자신의 지위도 잊은 채 알지 못할 마력에 홀린 파란 자칼은 머리를 뒤로 젖히고 달을 바라보며 온 힘을 다해 울부짖었다.

자칼의 울음소리를 들은 호랑이와 코끼리를 비롯한 충성스러운 신하들은 의심스러운 눈으로 파란 자칼을 바라보았다.

호랑이 한 마리가 역겨워하며 말했다.

"꼭 자칼처럼 울부짖네."

코끼리가 말했다.

"그 말을 듣고 보니 내 눈에도 저 친구가 꼭 자칼처럼 보여."

모든 동물의 시선이 일제히 파란 자칼을 향했다.

호랑이가 분개하며 소리쳤다.

"저 비열한 자칼이 우리를 속였다! 지금까지 우리는 평범한 자칼 녀석을 왕처럼 대했어!"

모든 동물이 분노하고 으르렁거리고 꽥꽥거리고 딱딱거리고 울부짖으며 당장에 파란 자칼을 숲에서 쫓아냈다. 파란 자칼은 황급히 도망쳤고 그 후 어디에도 얼굴을 내밀 수 없었다.

털에 염색한 물감이 자칼의 진정한 색깔을 감출 수 없듯이, 자신을 있는 그대로 사랑하지 못하고 가짜 모습을 추구하는 것은 결국 더 불행해지는 일이다. 본성은 오래 숨길 수 없다. 이 이야기는 세상에서 가장 오래된 우화집 『판차탄트라』에 실린 글이다.

삶에서도 우직하고 순수한 믿음이

때로는 다른 무엇보다 더 큰 힘을 발휘한다.

전투의 신이 패배한 이유

힌두교 경전에 등장하는 세 명의 아수라들은 처음에는 생명과 기운을 관장하는 선한 신들이었으나 차츰 브라흐마, 비슈누, 시바 신들에 밀려 이들과 대립하는 악신으로 여겨지게 되었다. 인도 신화는 이 신들과 아수라들의 전쟁이 중요한 줄거리를 이룬다.

전쟁이 끊이지 않는 아수라계에 사는 귀신들의 왕이기도 한 이 세 아수라들은 불가사의한 능력을 지닌 무적의 전사들로, 누구도 그들을 무찌를 수 없었다. 세 명이 합체하면 세 개의 얼굴과 여섯 개의 팔이 되어 백전백승이었다. 얼굴들이 삼면을 향해 있거나, 어떤 때는 얼굴 위에 얼굴을 얹어 놓고서 싸웠다. 각각 다른 무기를 휘두르는 팔이 여덟 개로 늘어날 때도 있어서 누구든지 금방 패배했고, 집단으로 덤벼도 이들을 이길 수 없었다. 수천 명의 병사가 덤벼도 결과는 마찬가지였다.

너무도 빈번히 패배하자 아군 쪽 전사들은 어떻게 그런 일이 가능한지 이해할 수 없었다. 다양한 전술을 시도해 보기도 하고, 힘을 모아 함께 기습 공격을 하기도 했으며, 병력을 나눠 차례로 공격을 퍼붓기도 했다. 새로운 무기를 발명해 덤비기도 하고, 더 뛰어난 사령관을 고용하기도 했다. 어떻게 해도 소용이 없었다. 마침내 그들은 현자를 찾아가 어떻게 하면 아수라들을 이길 수 있는지 물었다.

현자는 병법에 대해서는 많이 알지 못했지만 '자기 정복의 기술'에는 전문가였다. 그는 모든 문제의 원인은 내면에 있으며, 외부에서는 해결 방법을 찾을 수 없다고 믿었다. 따라서 아수라들이 천하무적인 이유를 먼저 찾아야 하며, 그러기 위해서 아수라들의 측근이 되어 그들의 행동을 관찰하고 가까이서 그들의 내면을 들여다볼 사람이 필요하다고 조언했다.

여러 가지 이유를 대며 아수라들에게 많은 사람을 보냈지만 누구도 받아들여지지 않았다. 몇 달이 지난 후에야 비로소 의심 없이 마부 한 명이 아수라들에게 고용되었다.

아수라들 곁에서 말을 돌보며 많은 노력과 고생을 한 끝에 마부는 한 가지 중요한 사실을 알게 되었다. 아무리 큰 전투 중에도 아수라들은 자신들이 하는 행위가 일종의 노동이라고 느끼지 않았고 자신들의 행동을 즐긴다는 생각조차 없었다. 승리를 거두어도 그 결과에 대해 아무 생각이 없었다. 승리를 즐기기 위해 감정을 허비하지 않았다. 전투를 벌이는 중에는 '이 육체인 내가 싸우고 있다.'는 생각이 사라지고 없었다. 아예 '내가 싸운다.'는 생각이 조금도 없었다.

그들은 싸울 때는 완전히 몰입해 싸움 그 자체가 되었다. '나'가 싸우는 것이 아니었다. '나'는 전적으로 행동 그 자체가 되었다. 싸우는 사람은 사라지고 싸움만이 남아 상대방과 싸웠다. 거기 '내가 한다.'는 생각이 끼어들 여지가 전혀 없었다. 이것이 누구도 그들을 이길 수 없는 승리의 비밀이었다.

아수라들이 천하무적인 비밀이 밝혀지자 현자는 아군 쪽 전사들에게 아수라들을 정복할 방법을 일러 주었다. 아수라들과 전투를 개시한 뒤 얼른 도망치라고 말했다. 아수라들을 전투로 불러낸 다음 아수라들이 공격을 시작하면 그들에게 패한 것처럼 후퇴하는 것이다. 그들이 승리한 것처럼.

현자의 말을 주의 깊게 들은 전사들은 아수라들을 불러내 싸움을 건 뒤 그 즉시 도망쳤다. 그렇게 몇 번을 패한 척 도망치고 다시 싸움을 걸었다가 또 도망치기를 반복했다. 그러자 아수라들은 서서히 에고가 부풀어 자신들이 정복자라고 믿게 되었다. 연이은 승리로 자신들이 누구보다 우월한 존재이며 승리자라고 자부했다. 그럼으로써 쉽게 감정적이 되고, 자만심이 생기고, 허점이 드러나 결국 쉽게 무너져 천하무적의 자리에서 끌어내려지게 되었다.

'내가 한다.'라거나 '나는 우월하다.'라는 생각이 그들을 사로잡아 스스로 에고의 감옥에 갇혀 버린 것이다. 그렇게 해서 신적인 존재가 작은 자아로 바뀌었다. 그러자 그들을 이기고 붙잡아 가두는 것은 조금도 어려운 일이 아니었다. 그 즉시 그들은 패배했으며, 그 즉시 포로가 되었다.

마지막 전투가 끝난 뒤, 승리를 거둔 아군 쪽 전사들은 승리의 진정한 공로자인 현자에게 감사 인사를 드리러 갔다. 그들을 맞이하며 현자가 물었다.

"이제 그대들은 무엇을 할 것인가?"

전사들의 지휘관이 말했다.

"승리를 즐길 시간이 아닌가요?"

"그렇다면 가지고 온 선물은 도로 가져가고, 가서 그대들의 승리를 즐기게나. 나한테 감사해할 필요는 없네. 내가 가르쳐 준 것은 아무것도 없네."

그렇게 말하고 현자는 오두막 안으로 사라졌다.

누가 더 영리한가

인도 중부 차티스가르주는 전체 면적의 절반 정도가 숲으로 덮여 있고, 숲에는 많은 수의 토착 부족민이 살고 있다. 먼 옛날부터 그 지역에 정착해 살아온 사람들로 힌두인들과는 생김새와 풍습이 사뭇 다르다. 이들의 생활 방식은 이웃한 농촌 마을들과도 같지 않다. 농촌 사람들은 주로 농사를 짓지만, 이들은 숲의 생활에 더 가깝다. 자신들의 연장과 도구를 만들어 사용하며, 바구니를 짜고, 작은 동물들을 사냥한다. 숲과 밀림에 대한 지식은 이들을 능가할 이가 없다. 숲에는 구리, 망간, 다이아몬드 등 각종 광물자원이 풍부하다.

이 부족민들은 자신들만의 고유한 언어와 노래와 춤을 가지고 있다. 자연을 통해 신을 숭배하며, 이들이 행하는 의식도 현대인들이 절이나 교회에서 행하는 의식들과 다르다. 순진하고 때로는 어린아이처럼 보이기 때문에 농촌 사람들과 도시 사람들은 이들을 쉽게 속일 수 있다고 생각한다. 이런 편견은 때로는 심각한 문제를 안겨 주기도 한다. 차티스가르주의 한 상인이 겪은 것처럼.

참팍 랄은 라이푸르(차티스가르주의 주도)에서 멀지 않은 마을의 상인이었다. 집이 마을에서 가장 클 만큼 장사로 많은 돈을 벌었다. 그의 가게는 쌀과 잡곡, 콩류, 향료, 비누, 성냥 등 생필품들을 팔았다. 저울에 달아 팔 때는 단 한 개의 낟알도 더 얹지 않도록 세심한 주의를 기울였다. 손님들은 참팍 랄이 야박하리 만큼 계산에 철저하며, 이익을 남기는 데 있어서는 감정도 연민심도 없다는 사실을 잘 알았다.

어느 봄날 아침, 참팍 랄은 베란다에 앉아 있다가 한 남자가 거리에서 목청껏 외치는 소리를 들었다.

"까마귀 사세요! 살지고 맛있는 까마귀요!"

참팍 랄은 귀를 의심했다. 까마귀를 파는 사람이 있다니! 과연 누가 까마귀를 산단 말인가? 호기심을 느낀 그는 의자에서 일어나 길 아래쪽을 내려다보았다.

웃통을 벗은 한 남자가 머리에 바구니를 이고서 그의 집 쪽으로 걸어오고 있었다. 때묻은 천이 허리춤에 묶여 있고, 낡은 트럭 타이어로 만든 고무 슬리퍼를 신고 있었다. 그 부족민의 어깨에 걸쳐져 있는 손도끼는 그가 사냥꾼임을 말해 주었다.

그가 가까이 다가오자 참팍 랄이 그를 소리쳐 불렀다. 그러고는 물었다.

"무엇을 팔고 있는 건가?"

그 부족민이 대답했다.

"까우아(까마귀)입니다, 선생님."

참팍 랄이 지시하듯이 말했다.

"보여 주게."

남자는 베란다 계단을 올라와 바구니를 내려놓았다. 그런 다음 그 옆에 앉아 상인을 올려다보며 활짝 미소 지었다.

"보세요, 살지고 군침 도는 까마귀입니다."

참팍 랄은 눈을 의심하지 않을 수 없었다. 바구니 안에는 통통하게 살진 회색 꿩 한 쌍이 들어 있었다. 부드러운 살코기로 특히 인기 있는 새였다. 다리가 묶인 채 작은 반점이 있는 깃털들이 햇빛에 빛나고 있었다.

'정말 어리석은 원주민이군. 이 귀하디 귀한 새를 까마귀라고 부르다니!'

그렇게 생각하며 그는 큰 소리로 물었다.

"값이 얼마지?"

부족민이 대답했다.

"한 쌍에 20루피입니다."

"15루피에서 한 푼도 더 줄 수 없네."

그렇게 말하며 참팍 랄은 집 안으로 들어갈 것처럼 몸을 돌렸다.

그러자 원주민 남자가 새들을 꺼내 베란다 계단 맨 위쪽에 올려놓으며 말했다.

"친절하고 자비로운 선생님, 그 값에 가져가세요. 어서 받으세요."

참팍 랄은 만족스러운 미소를 지으며 다시 몸을 돌렸다. 그리고 15루피를 꼼꼼히 세어 남자에게 주었다. 남자는 얼굴 가득 미소를 머금고 감사의 인사를 하며 돈을 받았다.

참팍 랄이 물었다.

"자네 이름이 뭔가?"

부족 남자가 말했다.

"나투입니다."

참팍 랄이 인색한 미소를 지으며 말했다.

"어서 가게, 나투. 다음에도 꿩을…… 아니 까마귀를 잡으면 나한테 가져오게."

그날 저녁, 참팍 랄은 집 중앙의 네모난 안마당에 화덕을 피워 꿩을 요리했다. 채식주의자인 아내는 두 마리의 꿩을 보고 놀라서 눈이 휘둥그레졌다.

"이것들을 얼마에 샀다고 했죠?"

참팍 랄이 기분 좋게 웃으며 말했다.

"단돈 15루피야."

열흘 뒤, 그가 다시 베란다에 앉아 있는데 멀리서 외침 소리
가 들렸다.

"랑그나 사세요!"

남자의 머리에 반짝이는 구리 냄비가 얹혀 있었다. 부족민들
이 사용하는 전통적인 요리 도구였다.

남자는 목청껏 소리쳤다.

"랑그나아아아! 아름다운 랑그나 사실 분 없으세요?"

"이리로 오게, 나투!"

남자의 이름을 어렵지 않게 기억해 내고 참팍 랄이 소리쳐
불렀다.

"랑그나가 뭐지? 얼른 이리 가져와 보게."

나투가 베란다로 달려와 계단에 앉았다. 그리고 옆에 냄비를
내려놓았다. 참팍 랄은 냄비를 유심히 관찰했다. 한눈에 봐도
아주 잘생기고, 묵직한 물건이었다. 사용하던 것이고 몇 군데
흠집이 있긴 하지만 골동품 가치로도 전혀 손색이 없었다. 저
정도로 오래되고 무게 있는 그릇이라면 천 루피는 쉽게 받을
수 있었다.

그가 부족 남자에게 물었다.

"이것을 뭐라고 부른다고?"

"랑그나입니다, 선생님."

나투가 행복한 미소를 지으며 말했다.

"저의 어머니가 사용하시던 오래된 랑그나입니다. 보세요, 아직도 튼튼해요."

그러면서 그는 손바닥으로 그 금속 냄비를 탕탕 두드렸다.

참팍 랄이 물었다.

"값이 얼마인가?"

나투가 말했다.

"백 루피밖에 안 됩니다, 선생님."

참팍 랄이 입술 양쪽을 내려뜨리며 고개를 저었다.

"말도 안 되게 비싸군. 다른 사람을 알아보게."

"아닙니다, 선생님! 친절하시고 자비로운 선생님! 그럼, 얼마를 주시겠습니까?"

나투가 다급히 물었다.

참팍 랄이 확고한 어조로 말했다.

"80루피 이상은 못 주네."

나투의 얼굴에서 미소가 사라졌다. 하지만 그는 냄비를 들어 몇 계단 위 베란다 안쪽으로 올려놓았다. 그러면서 손을 내밀었다. 참팍 랄이 80루피를 세어 그에게 건넸다.

그날 저녁, 자신이 얼마를 주고 그 랑그나를 구입했는지 아내에게 자랑하면서 참팍 랄은 연신 기분 좋은 웃음을 터뜨렸다. 아내는 냄비를 이리저리 뒤집어 보면서 결함이 전혀 없는 냄비의 무게와 모양에 감탄을 거듭했다. 그러면서 말했다.

"이 냄비는 돈 주고 산 물건이라기보다는 마치 선물을 받은 것 같아요."

이제 참팍 랄은 아침마다 베란다에 앉아서 귀를 세우고 부족 남자의 외침 소리를 기다리는 것이 중요한 일과가 되었다. 또다시 좋은 물건을 싼값에 살 수 있기를 마음 졸이며 기대했다. 집에 오는 사람들마다 랑그나를 보고 찬사를 보내며 그것의 가치를 높이 평가했다.

냄비를 손에 넣은 지 일주일도 지나지 않았을 즈음, 그날도 참팍 랄은 베란다에 앉아 나투를 기다리고 있었다. 저 멀리서 나투가 걸어오는 것이 보였다.

"라플라우스!"

두 팔을 휘두르며 성큼성큼 걸어오면서 나투가 소리 높여 외쳤다.

"값으로 매길 수 없는 라플라우스 사실 분 없으세요?"

참팍 랄이 소리쳐 부르자, 남자는 즉각적으로 베란다 계단의 그 자리로 달려와 앉았다.

"이번에는 라플라우스를 팔러 왔단 말이지? 라플라우스라는 게 뭔가?"

참팍 랄이 조바심을 감추지 못하고 묻자 나투가 말했다.

"여기 있습니다, 선생님. 지금까지 한 번도 못 보신 귀한 라플라우스입니다."

그러면서 나투는 허리에 두른 천에 매달린 작은 가죽 주머니를 풀었다. 그리고 주머니 입구를 열어 더러운 손바닥 위에 반짝이는 다이아몬드 한 줌을 쏟았다.

참팍 랄은 놀라서 말이 나오지 않았다. 보석들이 얼마나 영롱하게 반짝이는지 눈이 부실 정도였다. 크기가 콩알만 한 것에서 구슬만 한 것까지 모두 스물두 개였다. 얼른 다 갖고 싶어 입이 바싹 마를 정도였다.

참팍 랄이 물었다.

"이 다이아…… 아니 라플라우스가 전부 얼마인가?"

나투가 조금도 망설임 없이 말했다.

"백만 루피입니다, 선생님."

"뭐라고? 백만 루피라고? 그건 너무 센……."

참팍 랄이 흥정을 채 시작하기도 전에 나투가 잘라 말했다.

"가격이 세다는 건 저도 잘 압니다. 하지만 이번에는 이 가격에서 일 루피도 깎아 드릴 수 없습니다. 이 라플라우스는 전부제 것이 아닙니다. 부족 전체의 소유라서 모두에게 돈을 나눠 줘야만 합니다."

참팍 랄은 잠시 생각했다. 차티스가르주에는 오늘날까지도 개발되지 않은 다이아몬드 광산이 많이 있다. 부족민들은 숲의 비밀을 속속들이 알기 때문에 수년에 걸쳐 이 보석들을 모을 수 있었을 것이다. 게다가 참팍 랄은 두 번의 경험을 통해 나투의 서투른 물건 계산법을 잘 알고 있었다. 천 루피짜리 골동 냄비를 단돈 80루피에 파는 친구라면, 백만 루피에 파는 물건의 진짜 가치가 얼마나 될지 상상이나 하겠는가? 상인은 속으로 계산에 열중하느라 머리꼭지에서 연기가 피어오를 정도였다.

마침내 참팍 랄은 결정을 내렸다.

"좋아, 내가 자네의 라플라우스를 전부 사겠네. 하지만 돈을 마련해야 하니 저녁때까지 시간을 주게. 그 사이에 절대로 다른 사람에게 팔면 안 되네."

"친절하고 자비로우신 선생님! 정말 말할 수 없이 좋으신 분이십니다. 제 아내의 삼촌을 방문했다가 해 질 녘에 다시 오겠습니다."

부족 남자는 그렇게 말하고 떠났다.

그날 오후, 참팍 랄은 자신이 가진 모든 돈을 긁어모으고, 아내의 보석들을 처분하고, 형제자매에게 빌려서 나투가 다시 나타나기 불과 몇 분 전에야 백만 루피를 마련할 수 있었다. 거금을 보자 나투의 미소가 돌아왔으며, 다이아몬드들은 아침보다 더 빛나 보였다. 등잔 불빛에서도 눈이 부실 정도였다.

참팍 랄은 보석의 숫자를 세고 다시 한 번 상태를 점검한 후에 돈을 건넸다. 부족 남자는 허리에 둘렀던 천으로 돈을 싸서 손도끼와 함께 어깨에 둘러메고는 작별 인사와 함께 어두운 숲으로 사라졌다.

다음 날, 참팍 랄은 다이아몬드를 팔러 도시로 갔다. 보석상은 하나하나 세밀하게 살펴보더니 고개를 저으며 말했다.

"반짝이기는 하지만, 다이아몬드가 아닙니다. 유리입니다. 그냥 유리 조각들입니다."

참팍 랄은 자신의 귀를 믿을 수 없었다. 다시 한 번 확인해 보라고 보석상에게 소리쳤지만 유리 조각이 다이아몬드로 바뀌지는 않았다. 가짜 다이아몬드에 전 재산을 날린 것이다! 그는 자신이 부족 남자를 속여 왔다고 줄곧 생각했었다. 그런데 실제로 영리한 덫을 놓은 것은 나투였다.

차티스가르주 사람들은 이 일화를 이야기하며 다음의 노래를 부른다.

그 사람은 까마귀라고 속은 척하며 꿩을 샀지.

그다음에는 랑그나 냄비를 샀지.

하지만 라플라우스 유리알들이 그를 망하게 했지.

널따란 집도, 아름다운 안마당도 위로가 되지 못했네.

만트라의 힘

만트라는 힘이 담겨 있다고 믿어지는 특정한 단어나 음절을 반복함으로써 마음을 다스리고 집중력을 키워 각성의 상태로 들어가는 명상 수행의 한 방식이다. '참된 말'이라는 뜻의 '진언'으로도 번역되며, 다양한 영적 전통에서 실천되어 왔다.

"저에게 여섯 달만 휴가를 허락해 주시기를 간청드립니다."

대신 중 한 명이 머리를 숙이며 말하자, 왕이 물었다.

"가족을 데리고 먼 곳으로 긴 휴가를 갈 계획인가?"

대신이 말했다.

"아닙니다, 폐하."

왕이 다시 물었다.

"그렇다면 성지 순례를 떠나는가?"

"순례는 아니지만, 성스러운 장소에 가서 위대한 스승과 함께 지내며 배우고 싶은 것이 있습니다."

호기심을 느낀 왕이 물었다.

"그것이 무엇이지?"

대신이 대답했다.

"특정한 만트라 한 가지를 배우려고 합니다."

왕이 웃으며 말했다.

"만트라를 여섯 달 동안 배우다니? 힌두교 경전을 송두리째 외우는 것도 아니고 만트라 하나를 배우는 데 그렇게 긴 기간이 필요한 이유가 무엇인가? 게다가 그대는 뛰어난 기억력으로 유명하지 않은가?"

대신이 진지한 얼굴로 말했다.

"제가 배우려는 만트라는 단순하지만 심오한 의미가 담겨 있습니다."

"그것이 무슨 만트라인데 그러는가?"

왕의 물음에 대신이 대답했다.

"가야트리라고 알려진 만트라로, 태양의 신에게 드리는 진언입니다."

모든 존재의 깨달음을 위한 기도라고 여겨지는 가야트리는 인도에서 암송되는 수많은 만트라 중 옴 나마 시바야와 함께 가장 유명한 만트라로, 몸과 마음의 치유를 위한 정화와 해탈의 만트라이다. 이 만트라를 반복해서 암송하면 현재의 고통과

무지가 제거되고 지혜를 얻는다고 알려져 있다. 고대 인도 철학의 핵심이 담긴 『리그 베다』에서 가장 신성시하는 주문이다. 왕이 잠시 생각하더니 말했다.

"이 문제는 내일 결정하기로 하지."

다음 날 아침 궁전 뜰에서 왕을 만났을 때 대신은 왕의 눈빛이 왠지 의기양양하게 빛나는 것을 보았다. 대신이 오는 것을 본 왕은 산책을 멈추고 대신의 인사를 받기도 전에 가야트리 만트라를 소리 내어 외우기 시작했다.

"옴 부르 부바 스와하, 탓 싸비툴 바렌얌……."

그러고는 말했다.

"자, 어떤가? 우리의 바라문 사제가 나한테 가야트리 만트라를 적어 주었네. 이것을 외우는 데 몇 분밖에 걸리지 않았어. 그대는 이토록 쉬운 만트라를 배우는 데 왜 여섯 달이 필요하단 말인가? 설마 농담이거나, 다른 의도가 있어서 거짓말을 하는 건 아니겠지?"

대신이 평온한 목소리로 말했다.

"말씀드리기 송구하지만, 폐하는 아직 그 만트라를 배우지 못하셨습니다."

당황한 왕이 물었다.

"내가 단어를 빠뜨렸는가? 아니면 발음에 문제가 있는가?"

"아닙니다, 폐하. 어떤 단어도 빠뜨리지 않았고 발음이 부정확한 것도 아닙니다. 하지만 아직 그 만트라를 배우지 못하셨습니다."

왕이 다시 한 번 가야트리 만트라를 소리 내어 암송하고는 근엄한 목소리로 말했다.

"이제는 내가 이 만트라를 제대로 배웠다는 걸 확신할 수 있겠는가?"

대신이 말했다.

"죄송합니다. 폐하께서는 그 만트라를 배우려면 아직 멀었습니다."

왕이 어처구니없어하며 말했다.

"혹시 하룻밤 사이에 머리가 어떻게 된 건 아닌가?"

"그렇지 않기를 바랄 뿐입니다."

"그렇다면 내가 제정신이 아니길 바라는가?"

"그런 마음은 조금도 없습니다."

왕이 요구했다.

"그렇다면 내가 이 만트라를 배우지 못했다는 것을 증명해 보라. 그대가 원하는 어떤 학자나 성직자를 불러도 좋다. 그 앞에서 다시 암송해 보이겠다."

대신이 말했다.

"어떤 권위자도 부를 필요 없습니다. 제가 이 자리에서 바로 증명해 보일 수 있습니다. 단, 저의 말과 행동이 무례하게 보일 수도 있으니 폐하께서 그것을 참으셔야 합니다."

왕이 참지 못하고 말했다.

"어떻게 하든 좋으니 어서 증명해 보라."

대신은 주위를 돌아보았다. 두 명의 호위병이 나무 아래서 경계를 서고 있었다. 대신이 그들을 소리쳐 부르자 무슨 일인가 하고 다가왔다.

대신이 말했다.

"밧줄을 가져다주겠나?"

그들 중 한 명이 달려가 굵은 밧줄을 가져왔다.

대신이 명령했다.

"좋아. 이제 그 밧줄로 왕을 저 나무에 꽁꽁 묶게."

호위병들은 자신들의 귀를 믿을 수 없었다. 그들은 놀라서 왕과 대신을 번갈아 쳐다보았다.

대신이 다시 명령했다.

"내 말이 안 들리는가? 왕을 나무에 묶으라고 하지 않았느냐? 얼른 묶도록 하라."

이제 왕은 대신이 정말로 머리가 이상해졌다고 확신했다. 그는 호위병들을 향해 명령했다.

"이 대신을 당장 저 나무에 묶으라!"

왕의 명령이 떨어지자마자 호위병들이 즉시 달려들어 대신을 제압했다. 아무 저항 없이 순순히 나무에 묶인 대신이 미소 지으며 왕에게 말했다.

"폐하, 이제 제가 꾸민 이 작은 연극의 의미를 이해하시겠습니까?"

왕이 어리둥절해하며 물었다.

"내가 무엇을 이해하기를 바라는가?"

"폐하와 저는 똑같은 단어들을 사용해 똑같은 명령을 똑같은 병사들에게 내렸습니다. 하지만 제가 한 말은 아무 효력이 없었습니다. 반면에 폐하의 말은 즉각적으로 효력이 나타났습니다."

대신이 하는 말을 어렴풋이 이해하기 시작한 왕이 물었다.

"그래서?"

대신이 말했다.

"폐하가 하는 말은 그 뒤에 강력한 권위를 지니고 있었지만 제가 하는 말에는 그것이 없었습니다. 만트라도 마찬가지입니다. 단어와 구절을 외우는 것만으로는 충분하지 않습니다. 그것들이 효력을 가지려면 그것들 뒤에 있는 힘을 체득해야 합니다. 그러기 위해서는 집중적인 수련과 규율이 요구됩니다. 오직 그때만이 만트라에 힘과 의미가 실릴 수 있습니다."

얼굴이 붉어진 왕은 호위병들이 밧줄을 푸는 동안 대신을 껴안으며 사과의 말을 했다. 단순한 지식과 진정한 앎의 차이를 이해한 것이다.

원숭이가 공을 떨어뜨린 곳에서 다시 시작하라

영국인들의 인도 식민 지배 시절에 일어난 일이다.

인도를 손에 넣고 사업이 정착하자 영국인들은 식민지에서의 골치 아픈 생활도 잊고 여가도 즐길 겸 콜카타 외곽에 '로열 콜카타'라는 인도 최초의 골프장을 만들었다. 초록색 잔디가 잘 가꾸어진 멋지고 아름다운 골프장이었다. 그런데 그것이 별로 좋은 발상이 아니라는 사실이 금방 드러났다. 그 지역에 집단으로 거주하는 원숭이들이 문제였다.

사람들이 골프를 칠 때마다 원숭이들은 골프공에 무한한 관심을 보이며 경기에 참가했다. 골퍼가 필드 안으로 공을 날려 보내면 나무에서 기어 내려온 원숭이들이 재빨리 필드를 달려가 공을 집어 들었다. 원숭이들은 골프공을 갖고 장난치다가 엉뚱한 곳에 던지고 달아나곤 했다. 당연히 경기가 지연되거나 무효화되고, 골퍼들 간에 시비가 붙기 일쑤였다. 그래서 매번 경기를 원점에서 다시 시작할 수밖에 없었다.

예상하지 못한 장애였다. 처음에 골프장 운영자는 원숭이들을 통제하려고 많은 시도를 했다. 먼저 골프장 둘레에 높은 울타리를 설치했다. 기대에 부풀게 한 이 시도는 나무 타기 명수인 원숭이들을 막기에는 역부족이었다. 바나나와 사과 등의 과일로 원숭이들을 다른 숲으로 유인하기도 했지만 원숭이들은 허기를 채우자마자 그 숲의 다른 무리들까지 이끌고 골프장으로 되돌아왔다.

총소리를 내어 쫓아내려고도 해 봤지만 원숭이들은 여간해서는 속지 않았다. 덫을 놓아 생포하기도 했지만, 한 마리를 잡으면 또 다른 원숭이가 나타났다. 그 수많은 원숭이를 잡아 먼 지역으로 이동시킨다는 것은 물리적으로 불가능한 일이었다. 어떤 방법도 영리한 원숭이들에게 통하지 않음을 깨달을 수밖에 없었다. 모처럼 골프를 즐기고자 했던 영국인들은 절망했다. 사람들이 작은 골프공에 그토록 집착하는 것을 보고 원숭이들은 더욱 신이 나서 이리저리 공을 던지고 다니며 즐거운 비명을 질렀다.

원숭이들의 훼방에 골머리를 앓던 영국인들은 마침내 그 골프장에만 해당하는 특별한 규칙 한 가지를 만들었다.

'원숭이가 공을 떨어뜨린 자리에서 경기를 다시 시작한다.'

더할 나위 없이 지혜로운 결정이었다. 원숭이들로 인한 장애물에 화를 내고 경기를 포기하기보다 상황을 받아들여 새로운 놀이 규칙을 창조한 것이다.

그 결과 로열 콜카타 골프장의 골퍼들은 한층 재미있는 골프를 즐길 수 있게 되었다. 아름다운 궤적을 그리며 페어웨이의 잔디밭에 안착한 공을 원숭이가 집어 기다란 풀밭에 던지기도 했다. 정반대의 상황도 일어났다. 원숭이라는 예상 밖의 변수가 경기에 뒤지고 있던 사람을 승리하게 만들기도 했고, 이기고 있다고 자만하는 사람을 무릎 꿇게 하기도 했다. 잘못 쳐서 엉뚱한 방향으로 날아간 공을 원숭이가 주워다가 홀컵에 정확히 떨어뜨리는 행운을 맛보는 사람도 생겼다. 원숭이들 덕분에 경기가 묘미를 더해 갔다.

'원숭이가 공을 떨어뜨린 자리에서 다시 시작하라.'

삶에서 일어나는 일들이 이 특별한 골프장에서 일어나는 일들과 별반 다르지 않음을 사람들이 깨닫는 데 오래 걸리지 않았다. 좋은 운도 있고, 나쁜 운도 있다. 삶이라는 놀이의 결과를 완전히 통제하는 것은 불가능하다.

삶은 우리가 의도한 대로 진행될 의무가 없다. 기차는 지연되고, 차는 진창길에서 고장 나며, 면접 일정은 틀어지고, 멋진 계획은 엉망이 된다. 잘나가고 있던 중에 갑자기 원숭이가 튀어나와 공을 홀컵에서 멀리 던져 버리고 그동안의 노력이 무효화된다. 그럴 때 우리는 절망하고, 자신과 타인을 비난하며, 운명을 탓한다. 자신이 이 경기에 적합하지 않기 때문이라며 포기하려는 마음까지 먹는다.

그러나 삶은 우리의 계획을 따르지 않기 때문에 오히려 놀라운 일이 가능하다. 어느 소설가가 썼듯이, 지금보다 더 나빠질 수는 없다고 생각할 때 더 나빠지고, 더 좋아질 수는 없다고 생각할 때 더 좋아지는 것이 인생이다. 신이 쉼표를 넣은 곳에 마침표를 찍지 말아야 한다.

코스마다 매번 긴꼬리원숭이가 튀어나와 골프공을 엉뚱한 곳으로 던져 놓는다. 불공정해 보이지만 그것이 인생이라는 경기이다. 그럴 때, 우리가 해야 할 일은 이것이다.

'원숭이가 공을 떨어뜨린 지점에서 다시 시작하자.'

어쩌면 그 지점이 최선이자 최고의 시작점인지도 모른다. 무작위로 보이는 그 자리가 바로 신이 정해 준 자리일지 누가 아는가? 신화에서 원숭이는 신의 심부름꾼이다.

이루어지지 못한 결혼식

인도는 채식주의 개념이 최초로 시작된 곳이다. 인도인들이 '인류의 시조'라고 생각하는 마누가 쓴 '인간이 실천해야 할 행위 규범'을 모은 『법전』도 '고기를 먹지 말라.'고 명시하고 있다. 불살생은 고대부터 인도 사회의 대표적인 윤리 원칙이었다. 명상가와 사상가들은 종교적 금욕과 아힘사(비폭력)를 실천하는 수행의 한 방법으로 채식을 지켰다. 오늘날 전 세계 채식주의자의 70퍼센트가 인도인이며, 인도의 채식주의자 비율은 40퍼센트에 이른다. 먹을 것을 선택하기 어려운 빈곤층은 육식을 하지만 정통 힌두교인, 불교인, 자이나교인들은 엄격한 채식을 실천한다.

북인도 야다브족 왕국에 네미 쿠마르라는 이름의 왕자가 살았다. 크리슈나의 사촌인 그는 맏아들이었지만 어려서부터 방랑 수행자로 사는 것이 꿈이었다. 어느 날 친구가 화살로 새 한 마리를 쏘아 맞추는 것을 보고 그 꿈이 더 확고해졌다. 고통으로 경련하며 죽어 가는 새를 보면서 자신의 심장이 관통당하는 아픔을 느꼈으며, 자신은 결코 어떤 생명도 해치지 않으리라 마음먹었다. 그리고 수행승으로 삶을 보내며 고통으로부터의 해방을 추구하리라 다짐했다.

그러나 성년이 되자 왕과 왕비를 비롯한 야다브 왕족은 네미 쿠마르에게 첫째 왕자로서의 의무를 다할 것을 요구했다. 그리고 왕위를 물려주기 위해 서둘러 결혼을 주선했다. 네미 쿠마르는 처음에는 관심을 보이지 않았지만 자기 개인의 구원을 위해 언제까지나 왕국의 미래를 외면할 수는 없었다. 어머니 시바데비가 아름다운 처녀 라지마티를 배필로 정하자 마지못해 결혼을 받아들였다.

봄이 오고 결혼식 날이 되자 이웃 왕국들에서도 하객이 몰려오고, 거리는 온갖 꽃으로 장식되었다. 왕국 전체가 축하 행렬로 들썩였다. 네미 쿠마르는 화려하게 장식한 코끼리 위의 하우다(코끼리나 낙타 위에 얹는 가마)에 올라앉아 신부가 기다리는 곳으로 향했다. 야다브족의 모든 왕과 왕비들, 사촌들과 수행원들이 행렬에 참가했으며 높은 휘장들이 뒤따랐다.

가마를 장식한 비단 천을 보며 네미 쿠마르는 모든 것이 꿈처럼 느껴졌다. 선하고 지혜로운 라지마티와 살면 아마도 행복한 삶을 누릴 수 있을 것이다. 그녀와 함께라면 세상의 잔인함과 야만성을 잊을지도 모른다.

하지만 행렬이 목적지에 이르렀을 무렵, 네미 쿠마르는 수많은 동물들이 울부짖는 소리에 현실로 돌아왔다. 닭과 염소를 비롯한 동물들이 길가의 커다란 우리에 갇혀 몸부림치고 있었다. 모든 사람이 귀를 닫은 것처럼 그 옆을 지나갔지만 동정심을 느낀 왕자는 코끼리 조련사에게 동물들이 왜 그곳에 갇혀 있는지 물었다. 코끼리 조련사는 결혼식에 참석한 대규모 하객들의 음식을 마련하기 위해 그 동물들을 잡아 온 것이라고 설명했다.

네미 쿠마르가 놀라서 물었다.

"이 모든 동물이 정말로 나의 결혼식 때문에 죽임을 당한다는 말인가?"

조련사는 고개를 끄덕였다.

가까이 다가간 네미 쿠마르는 우리에 갇힌 동물들의 불안과 닥쳐올 죽음에 대한 두려움을 느낄 수 있었다. 어미에게 매달리는 새끼 염소의 눈에서 생명의 연약함과 신성함을 동시에 보았다. 자신의 행복한 결혼식을 위해 신성한 생명들이 이유를 모른 채 죽임을 당해야 한다는 생각에 역겨움을 느꼈다. 주위를 돌아보았지만 누구도 그 사실에 대해 혐오감을 느끼는 것 같지 않았다. 모두가 즐겁게 웃고 떠들었다.

네미 쿠마르는 생각했다.

'동물을 죽이는 것에 너무나 익숙해져서 우리 모두가 그것의
잔인성을 더 이상 느끼지 못하는 걸까? 생명을 죽이는 일에 이
토록 무관심하기 때문에 아무렇지 않게 전쟁을 일으키고, 병자
와 노인들을 내다 버리고, 온갖 잔인한 행위들을 하는 것이 아
닐까? 모든 존재 안에 신성한 자아가 있다는 사실을 느끼지 못
해 우리 자신도 파멸을 향해 나아가는 것이 아닐까? 다른 생명
체에게 슬픔이나 불행을 안겨 줘도 되는 권리가 우리에게 있기
나 한 걸까?'

마침내 네미 쿠마르는 코끼리 조련사에게 말했다.

"만약 내가 저토록 많은 생명을 도살하는 원인이 된다면 내
삶은 결코 행복할 수 없을 것이다. 틀림없이 많은 고통과 불행
으로 채워질 것이다. 따라서 나는 결혼하지 않을 것이다. 저 죄
없는 동물들을 즉시 풀어 주라. 그리고 우리는 왕궁으로 돌아
가자."

놀란 조련사가 주저하자 왕자는 말했다.

"이것은 나의 명령이다. 만약 그대가 하지 않는다면 내가 직
접 풀어 줄 것이다."

조련사는 하는 수 없이 우리의 문을 열어 주었다. 자유를 얻
은 동물들은 재빨리 숲으로 달아났다. 죽음의 고통에서 해방
된 것이다. 조련사는 코끼리를 돌려 왕궁으로 향했다. 도중에

네미 쿠마르는 몸에 걸친 장신구와 보석을 전부 떼어 조련사에게 주었다.

소식을 들은 결혼 행렬은 공황 상태에 빠졌다. 신부 옷을 입고 있던 라지마티는 소식을 듣고 슬픔을 가누지 못하고 쓰러졌다. 야다브족 연장자들이 왕자를 설득하려고 했지만 소용없었다. 크리슈나조차 그의 결심을 되돌릴 수 없었다.

어머니 시바데비가 달려와 물었다.

"아들아, 이게 무슨 일이니?"

네미 쿠마르는 말했다.

"나는 이 동물들을 죽이는 일에 가담할 수 없어요. 그들의 죽음이 평생 나를 따라다닐 거예요. 이 결혼을 받아들일 수 없어요."

"네 말뜻을 알겠다. 왕국의 모든 동물을 풀어 주마. 그러니 어서 코끼리에 올라타고 신부가 기다리는 곳으로 가자."

하지만 왕자는 어머니와 주위에 모인 사람들에게 말했다.

"나는 왕족의 의무를 다하기 위해 잔인하고 야만적인 행위에 내 영혼을 잃어버릴 수는 없어요. 라지마티에게도 나와의 가식적인 결혼보다 이 결정이 더 나을 거예요. 동물들이 우리에 갇힌 것과 마찬가지로 우리 자신도 카르마의 우리에 갇힌 존재들이에요. 우리에서 해방된 동물들이 기뻐하는 모습을 보세요. 행복은 우리 안이 아니라 그런 자유에 있어요. 나는 카르마의 우리를 부수고 영원한 행복을 발견하는 길을 걸을 거예요. 나를 가로막지 마세요."

어머니 시바데비가 울음을 터뜨리며 말했다.

"너의 결정이 너의 신부와 우리 가문에 큰 상처를 주지만, 그럼에도 너를 막을 순 없구나."

네미 쿠마르는 어머니를 껴안고 눈물을 닦아 주었다. 그리고 왕국을 떠났다. 멀리서 그는 다시 한 번 어머니와 형제자매들을 돌아보았다. 그러고는 영원히 자신의 길을 떠났다. 그의 결의에 감동한 크리슈나도 사촌 동생의 앞날을 축복해 주었다.

그후 네미 쿠마르는 오랜 명상과 금욕 생활 끝에 자이나교의 22대 티르탕가르(자이나교에서 영적 깨달음에 도달한 성자)가 되었으며, 그의 비폭력과 불살생 가르침으로 인해 인도 대륙에 채식주의가 퍼지는 계기가 되었다. 그와 결혼하기로 되어 있던 라지마티도 슬픔과 충격에서 벗어난 후 네미 쿠마르의 길을 따라 수행자가 되었다.

이런 한 사람을 가졌는가

고대 그리스의 장편 서사시 『일리아스』와 『오디세이아』에 비견되는 인도의 국민적 서사시 『마하바라타』는 기원전 10세기경에 일어난 실제 사건을 바탕으로 긴 세월에 걸쳐 완성된 작품이다. "인생의 모든 질문에 대한 해답이 『마하바라타』에 있다."라고 할 만큼 인간과 신, 삶과 죽음, 선과 악에 관한 내용이 『일리아스』와 『오디세이아』를 합친 것의 10배 넘는 분량으로 기록되어 있다.

중심 이야기는 오늘날의 델리 주변 지역을 통치하던 하스티나푸라 왕국의 왕좌를 놓고 벌어진 친족 간의 다툼으로 시작된다. 왕에게 두 아들이 있었는데, 형은 태어나면서부터 장님이었기 때문에 동생이 왕위를 물려받았다. 형 드리타라슈트라는 100명의 아들(카우라바)을 낳았고, 동생 판두는 다섯 아들(판다바)을 낳았다.

　형과 동생의 아들들이 장성하면서 '장남이 왕위를 계승한다.'는 원칙을 놓고 갈등이 일어났다. 판두가 죽자 카우라바 형제들은 자신들의 아버지가 원래 장남이었으니 자신들이 왕좌를 물려받아야 한다고 주장했고, 판다바 형제들은 선왕이 자신들의 아버지이므로 왕위를 물려받을 자격은 자신들에게 있다고 물러서지 않았다.

　원로들과 친척들의 중재로 왕국을 반으로 나눠 통치하기로 합의했으나 판다바 형제들에게는 뱀들이 장악한 황야 지대가 주어졌다. 하지만 판다바 형제들은 불만 없이 그 땅으로 가서 온 힘을 쏟아 훌륭한 도시와 멋진 장소들을 건설했다. 한때 사막이었던 곳이 이내 부유하고 아름다운 왕국으로 변했다.

　질투를 느낀 카우라바 형제들은 그들을 제거할 계획을 세웠고, 그들의 계략에 말려 판다바 형제들은 주사위 놀이에서 왕국을 포함해 모든 것을 잃었다. 그리고 내기의 조건대로 왕국에서 추방되어 12년 간 온갖 시련을 겪으며 떠돌아야 했다.

　마침내 정해진 유배 기간이 끝나고 판다바 형제들이 돌아올 시기가 되자 카우라바 형제들의 장남 두르요다나는 다시 위기감을 느끼고 형제들에게 말했다.

　"사촌들이 돌아오면 그들은 분명 복수를 시도할 것이고, 왕위를 되찾으려 할 것이다. 모두 힘을 합해 그들을 없애야 한다."

다섯 명의 판다바 형제들은 주변 왕국들에 친구들이 있었기 때문에 곧 사촌들의 사악한 계획을 알았다. 두르요다나가 압도적으로 많은 군대를 모으는 동안 몇몇 왕들은 판다바 형제들을 돕기 위해 모였다. 양쪽 모두 최대한의 동맹군을 모으는 데 주력했다. 단순히 숫자 싸움이 아니라 죽느냐 사느냐의 문제가 달려 있었기 때문이다.

마침내 양측은 델리 부근의 쿠루크세트라 들판에 진영을 갖추었다. 전투가 며칠 앞으로 다가왔을 무렵, 판다바 형제 중 셋째인 아르주나는 도움을 요청하기 위해 외사촌이자 스승인 크리슈나를 찾아갔다. 때마침 적장 두르요다나도 자신들 편을 들어줄 것을 부탁하러 크리슈나를 찾아왔다. 비슈누 신의 화신으로 숭배받는 크리슈나는 왕은 아니었지만 잘 훈련된 병사 만 명을 가지고 있었다.

크리슈나는 두 사람이 올 것을 알고서 오후인데도 나무 침대에 누워 잠을 자는 체했다. 그의 방으로 들어온 두르요다나는 미소 지은 채 잠들어 있는 크리슈나를 보고 바닥에 앉아 기다리기로 했다. 하지만 크리슈나의 발이 자신을 향해 있는 것을 보고 불쾌감을 느꼈다.

'그는 왕도 아니고 소 치는 목동일 뿐이다. 나는 위대한 왕인데 왜 그의 발치에 앉아야 하지?'

그래서 자리를 옮겨 크리슈나의 머리맡으로 가서 앉았다.

그때 아르주나가 들어와 두르요다나가 처음에 앉았던 자리에 앉았다. 크리슈나의 발이 자신을 향해 있었다. 아르주나는 그것을 축복의 의미로 받아들였다(인도에서는 연장자나 영적 스승을 만나면 발에 이마를 댄다).

잠시 후 크리슈나가 잠에서 깨어난 척하며 눈을 떴다. 잠든 척했다면 깨어나는 척하는 수밖에 없다. 크리슈나는 발밑에 앉은 아르주나를 보며 말했다.

"오, 그대가 왔군."

아르주나가 말했다.

"네, 제가 왔습니다."

두 사람이 더 이야기를 나누기 전에 두르요다나가 뒤에서 자신의 존재를 알리기 위해 헛기침을 했다.

다 알면서도 크리슈나가 놀란 척을 했다.

"오, 두르요다나, 그대까지? 무슨 일로 두 사람이 나를 만나러 왔지?"

두 사람이 전투에서 그의 도움을 얻기 위해 왔노라고 말하자, 크리슈나는 말했다.

"그대들은 모두 나의 친척들이다. 어느 한쪽만 도와주고 다른 쪽을 외면할 수는 없다. 그러니 이렇게 하자. 한쪽에게는 나의 병사 만 명을 주겠다. 그리고 다른 쪽에게는 나 자신을 줄 것이다. 단, 나는 무기를 들고 싸우지는 않을 것이다. 단지 전차를 모는 마부로만 참가할 것이다."

그리고 나서 크리슈나는 말했다.

"아르주나에게 먼저 선택권을 주겠다. 내가 잠에서 깨었을 때 아르주나를 먼저 보았기 때문이다."

두르요다나가 항의했다.

"제가 먼저 왔는걸요!"

크리슈나가 말했다.

"그래도 어떻게 하겠는가? 내 눈이 아르주나를 먼저 보았는데. 아르주나여, 그대가 원하는 것을 선택하라."

아르주나는 말했다.

"나는 크리슈나 당신을 원합니다. 병사들은 중요하지 않습니다. 우리 형제는 다만 당신이 우리와 함께 있기를 원합니다."

크리슈나가 다시 말했다.

"나는 전투에 참가해 그대들을 위해 싸우지는 않을 것이다. 단지 함께 참가하기만 할 것이다."

아르주나가 말했다.

"당신은 아무것도 하지 않아도 됩니다. 우리와 함께 있기만 하면 됩니다."

두르요다나는 안도의 숨을 내쉬었다. 판다바 형제들이 바보들이라는 것은 이미 알고 있었지만, 만 명의 훈련된 병사를 마다하고 한 사람을 선택하리라고는 생각하지 못했었다. 게다가 그 한 사람도 무기를 들고 함께 싸우는 것이 아니라 마부로만 참가한다는데, 얼마나 어리석은 선택인가? 두르요다나는 아르주나를 비웃으며 크리슈나의 백만 병사를 데리고 기쁘게 돌아갔다. 그리고 자신의 형제들에게 말했다.

"승리는 우리의 것이다!"

크리슈나는 아르주나에게 말했다.

"나는 전투에 가담하지 않을 텐데 왜 나를 선택했는가?"

아르주나가 말했다.

"당신이 아무것도 하지 않는다 해도, 당신의 존재만으로 충분합니다."

그 선택이 모든 차이를 만들었다. 약속한 대로 크리슈나는 아르주나의 마부와 조언자로만 참가했다. 18일 동안 벌어진 대전투에서 두르요다나의 형제들과 병사들은 모두 죽고 크리슈나의 지지를 받은 판다바 형제들이 승리를 거두었다.

신화는 말한다. 온 마음을 다해 당신을 지지하고 당신의 마부가 되어 주는 한 사람, 마치 전생부터 이어져 온 것처럼 변함없이 당신 편인 사람을 단 한 명이라도 갖고 있으면 어떤 고난도 물리칠 수 있다고. 당신은 누구의 한 사람인가? 혹은 당신의 한 사람은 누구인가?

신에게 가는 길을 춤추며 가라

성자 나라다는 가난한 가정에서 태어났으며, 그의 어머니는 숲속 은둔자들을 섬기곤 했다. 뱀에게 물려 세상을 떠나기 직전에 어머니는 아들에게 자신이 해 온 것처럼 은둔자들을 따르라고 부탁했다. 어머니의 유언에 따라 나라다는 은둔자들에게서 기도하고 명상하는 법을 배웠다. 그리고 온 생애를 통한 수행과 금욕 생활로 특별한 힘을 갖게 되었다고 전해진다. 그의 능력 중 하나는 천상과 지상 사이를 오가며 이 세계와 저 세계를 이어 주는 메신저 역할을 한 것이었다.

어느 날 나라다는 여느 때와 마찬가지로 천국 가는 길에 나무 아래 앉아 기도문을 외고 있는 나이 든 수행자를 만났다. 그는 몇 년 동안 기도문을 외워 온 사람이었다. 나라다가 그에게 물었다.

"혹시 물어보고 싶은 것이 있나요? 신에게 전하고 싶은 메시지가 있나요?"

수행자가 눈을 뜨고 말했다.

"그럼 한 가지만 알아봐 주시오. 내가 얼마나 더 기다려야 하는지, 얼마나 더 오래 기도문을 외워야 깨달음을 얻고 천국에 갈 수 있는지. 여러 해 동안, 아니 여러 생 동안 기도문을 외워 왔소. 얼마나 더 계속해야 하는지, 이제 나는 지쳤소."

그 나이 든 수행자 바로 옆 또 다른 나무 밑에는 외줄짜리 악기를 연주하며 춤추는 젊은이가 있었다. 나라다는 그에게도 농담 삼아 물었다.

"그대도 깨달음에 도달하려면 얼마나 걸릴지 물어보겠나?"

젊은이가 대답도 하지 않고 계속 춤만 추자 나라다가 다시 물었다.

"나는 지금 신에게 가는 길이네. 전할 메시지가 있나?"

하지만 젊은이는 웃으며 계속 춤을 추었다.

나라다가 며칠 뒤 돌아와 그 나이 든 수행자에게 말했다.

"신은 당신이 적어도 세 번의 생은 더 기다려야 할 거라고 말씀하셨습니다."

수행자는 화가 나서 들고 있던 염주를 던져 버렸다. 하마터면 나라다를 칠 뻔했다.

"이건 말도 안 돼! 기도문을 외우고 금식을 하고 온갖 의식을 올리면서 기다리고 기다려 왔어. 나는 모든 자격을 갖췄어. 그런데 세 번의 생이라니, 이건 불공정해!"

젊은이는 여전히 나무 아래서 기쁘게 춤을 추고 있었다. 나라다는 겁이 났지만 그래도 다가가서 말했다.

"그대는 묻지 않았지만 신이 저 수행자에 대해 세 번의 생은 기다려야 할 것이라고 말했을 때, 내가 궁금해서 물어보았네. '근처에서 춤을 추며 외줄짜리 악기를 연주하는 젊은이는 얼마나 기다려야 할까요?' 그러자 신이 말하셨네. '그 젊은이는 춤추고 있는 나무에 매달린 잎사귀만큼의 생을 기다려야 할 것.'이라고."

그러자 젊은이는 더 신나게 춤을 추기 시작했다. 이렇게 말하면서.

"이 나무에 매달린 잎사귀들만큼만요? 그럼 그리 멀지 않군요. 나는 이미 목적지에 도착한 것이나 다름없어요! 전 세계에 얼마나 많은 나무와 잎사귀가 있는지 생각해 보세요. 그러니 얼마 안 남은 거예요. 물어봐 주셔서 고맙습니다."

그는 다시 춤추기 시작했다. 이 이야기는 말한다. 젊은이가 바로 그 순간 즉각 깨달음을 얻었다고. 삶에 감사하며 춤추는 사람에게는, 먼 미래가 아니라 지금 이 순간에 살아 있는 사람에게는 천국이 멀지 않다.

삶은 우리의 계획을 따르지 않기 때문에

오히려 놀라운 일이 가능하다.

어떤 인생

밀림이 울창한 북인도 히말라야 지역 우타라칸드주에 강도 짓을 일삼으며 살아가는 도둑이 있었다. 그것이 그의 직업이었다. 배운 것이 아무것도 없는 대신 매우 힘이 세었다. 길에서 그와 마주치면 누구든지 가진 것을 전부 내놓든지, 아니면 목숨을 내놓아야만 했다. 그렇게 벌어들인 수입으로 그의 가족은 호화롭게 살았다.

원래 최상 계급인 바라문 출신이었으나 운명이 짓궂게도 그를 다른 삶 속으로 던져 넣었다. 어렸을 때 그는 숲에서 놀다가 길을 잃고 헤매던 중 사냥꾼에게 발견되었다. 마침 자식이 없던 사냥꾼 부부는 아이를 데려다 친자식처럼 키웠고, 아이는 그들을 친부모로 믿고 자랐다. 숲에서 커 가면서 아이는 아버지로부터 모든 사냥 기술을 전수받았으며, 머지않아 다른 사냥꾼

집안의 딸과 결혼해 자식들을 낳았다.

부양할 가족이 늘어나자 사냥만으로는 생계를 잇기가 어려웠다. 결국 그는 이웃 마을을 돌며 도둑질을 하거나 숲을 통과하는 사람들을 습격해 금품을 빼앗았다. 그 지역으로 오는 순례자와 외지인들이 표적이었다.

이때까지도 운명의 신은 그를 도둑으로 생을 마치게 할지 영웅으로 변신시킬지 결정을 내리지 못한 듯하다. 그는 서서히 다쿠(노상강도)로 악명을 떨쳤으며, 숲속의 새와 동물들도 그가 나타나면 모습을 숨길 정도였다.

어느 날, 현악기 비나를 들고 세상을 방랑하는 현자 나라다가 그 지역을 지나다가 그와 맞닥뜨렸다. 나라다가 비나를 연주하며 신을 찬양하는 노래에 몰입해 있을 때 갑자기 강도가 칼을 들고 달려들었다.

"가진 것 다 내놓으라. 안 그러면 목숨을 빼앗겠다."

현자는 오히려 반가워하며 말했다.

"친구여, 내가 가진 것은 이 낡은 악기와 몸에 걸친 누더기 옷뿐이라네. 유목민처럼 세상을 떠도는 나 같은 사람에게 무슨 소유물이 있겠는가? 원한다면 얼마든지 가져가게. 굳이 나를 죽일 필요가 무엇인가? 내 목숨을 원하면 그것마저 주겠네."

도둑은 멈칫했다. 나라다의 얼굴에는 두려움도 저항도 없었다. 오직 평화뿐이었다. 이토록 맑고 순수한 얼굴을 마지막으로 본 것이 언제였던가. 도둑은 몹시 당황했으며, 당혹감을 숨기기 위해 더 강하게 현자를 윽박질렀다. 그리고 그 당혹감 때문에 잘못된 단어를 선택하고 말았다.

"머리를 부숴 놓기 전에 어서 네가 가진 '소중한 것'을 내놓지 못할까?"

현자는 미소 지으며 말했다.

"이 얼마나 반가운 말인가! 이제야 내가 가진 '소중한 것'을 알아보는 이가 내 앞에 나타났으니. 그대가 그렇게 할 수만 있다면 얼마나 감사한 일인가. 부디 내 존재 깊은 곳에 있는 '소중한 것'을 가져가라."

뜻하지 않은 대답에 도둑은 다시 움찔했다. 영혼이 혼란스러웠다. 어쩌면 강도인 자신이 두려움을 느꼈을지도 모른다. 그러나 악명 높은 강도답게 쉽게 물러서지는 않았다.

"나는 마음속 소중한 것에는 관심이 없다. 오직 바깥의 물건에만 관심이 있을 뿐이다."

강한 어조였지만 단어들의 조사와 어미가 미세하게 떨리는 것을 현자는 느꼈다. 그렇게 인도의 현자와 도둑의 대화가 이어졌다.

"나의 친구여, 이 덧없는 삶에서 바깥의 물건이 무슨 소용인가? 왜 더 소중한 것을 찾지 않는가? 강도 짓을 하고 사람과 동물을 죽이는 것은 죄악이다. 왜 고귀한 인생을 그런 행위와 맞

바꾸는가?"

자신을 계속 '친구'라고 부르는 노인 앞에서 도둑은 지금까지 자신과 이런 대화를 나눈 사람이 아무도 없었다는 사실을 깨달았다.

도둑이 말했다.

"그럼 어떻게 하란 말인가? 나에게는 늙은 어머니와 아내, 자식들이 있다. 나는 그들을 먹여 살리기 위해 이런 짓을 할 뿐이다. 이것은 내 잘못이 아니다. 내가 아는 것은 사냥과 강도질이 전부이다. 그런 내가 다른 무엇을 할 수 있겠는가?"

현자는 비나를 들고 나무 밑에 앉으며 말했다.

"그대는 가족을 위해 악행을 저지른다고 말한다. 그렇다 해도 모든 행위의 결과는 그대 혼자 받아야 한다는 사실을 알고 있는가? 집으로 가서 가족들에게 물어보라. 그들이 그대의 업보를 함께 나눌 준비가 되어 있는지. 신 앞에 나아가 그대를 대신해 벌을 받고 다음 생에 고통을 겪을 각오가 되어 있는지. 돌아와서 내게 그들의 답을 말해 달라."

도둑은 현자가 상황을 벗어나기 위해 속임수를 쓴다고 여겼다. 그 생각을 알아차린 현자가 말했다.

"친구여, 내 말을 신뢰할 수 없다면 나를 이 나무에 묶어 놓고 다녀오라."

그러면서 현자는 평화롭게 비나를 연주하기 시작했다. 도둑은 난폭하긴 했지만 순수했다. 그는 생각했다.

'어쩌면 이 사람의 말이 옳을지 모른다. 나 혼자 이 악행의 결과를 다 짊어져야 할지 모른다. 집에 가서 가족들에게 물어 봐야겠다. 나의 고통을 함께 짊어질 것인지.'

그는 현자를 나무에 묶어 놓고 집으로 달려갔다. 그리고 자신의 어머니에게 물었다.

"어머니, 저는 가족 모두에게 좋은 옷과 음식을 제공하기 위해 강도 짓을 하고 사람들을 해쳤어요. 이 죄로 인한 업보를 어머니가 함께 나눠 지실 수 있으세요?"

그것은 이제 그의 영혼의 문제였고, 단지 이 생에만 한정된 문제가 아니었다. 노상강도였지만 자신의 행위의 결과가 내세에까지 영향을 미친다는 것을 그는 알고 있었다.

어머니가 화를 내며 말했다.

"그런 말도 안 되는 소리 하지 마라. 나는 너를 키우느라 내 의무를 다했다. 이제 네가 나를 먹여 살리는 것은 자식 된 도리로서 당연한 일이다. 나에게 너의 죄를 대신 책임지라고? 늙은 나를 보살피기 위해 네가 무슨 일을 한다 해도 그것은 전적으로 너의 일이고 너의 책임이다."

놀란 그는 현자의 말이 진실일지도 모른다는 생각이 스쳤다. 그러나 희망을 놓지 않고 아내에게 물었다.

"당신은 내가 가족을 부양하느라 지금까지 온갖 악행을 저지른 것을 알고 있을 것이오. 그 모든 일이 당신과 자식들을 위한 것이었소. 그러니 그 죄로 인한 업보를 당신도 함께 나눠 질 수 있소?"

아내의 반발은 더 심했다.

"지금 무슨 말을 하는 거예요? 왜 내가 당신과 함께 벌을 받아야 하죠? 가난한 집에 시집와서 온갖 고생을 하며 산 것도 억울한데 벌까지 받으라고요? 내가 저지른 죄가 대체 뭐죠? 당신이 한 행위는 당신이 책임져야 해요. 당신은 가장이니까 나와 아이들을 먹여 살리는 것은 당신의 의무예요. 그 의무를 이쯤에서 중단하기 위해 이런 말을 하는 거라면 각오해요. 당장이 집을 떠날 테니까."

자식들 역시 대답은 다르지 않았다.

"우리가 언제 호의호식한 적 있어요? 아버지가 되어서 우리한테 무슨 안락과 사치를 선사했다고 우리더러 지옥에 함께 가라는 거죠? 노상강도의 자식으로 살아가는 것만으로도 우리는 이미 충분히 고통받고 있어요. 우리에게 옳고 그른 것을 가르치는 것은 아버지의 의무예요. 따라서 잘못한 일에 대한 책임도 아버지가 져야 해요. 그리고 인생은 각자의 힘으로 살아가는 것이라고 아버지도 늘 말했잖아요. 그러니 업보도 각자 짊어져야지요."

도둑은 눈물을 흘리며 돌아와 현자 앞에 무릎 꿇었다. 그의 눈물은 참회의 눈물이었고, 깨달음의 눈물이었으며, 인과의 법칙 앞에 홀로 선 절대 고독의 눈물이었다. 그는 자신의 행위를 누구도 책임져 줄 수 없음을 깨달았다. 그것은 가혹한 진실이었고, 이제야 그는 그 진실에 눈을 떴다.

그는 현자에게 말했다.

"이제 알았습니다. 모든 것이 분명해졌습니다. 아무도 내 행위의 결과를 대신 짊어질 사람은 없습니다. 오직 나 자신뿐입니다. 이제 저는 어떻게 하면 좋을까요? 어떻게 해야 이 죄에서 벗어날 수 있을까요? 당신의 내부에 있는 그 '소중한 것'을 저에게 나누어 주십시오."

태양과 구름과 우기의 빗줄기가 여러 해 지나가자 현자는 그 자리에서 그에게 명상하는 법을 가르쳐 주었고, 그는 숲으로 들어가 명상을 시작했다. 그가 잠도 자지 않고 먹지도 않고 나무 밑에서 명상하는 동안 꽃과 비의 계절들이 지나가고, 철새들이 연이어 날아갔다. 그리고 그가 명상을 하는 사이, 수많은 개미가 그의 주위에 높은 개미총들을 쌓았다. 몇 해가 지나 그곳으로 돌아온 현자는 개미총들에 둘러싸인 채 명상에 잠긴 그를 발견하고는 그에게 '발미키'라는 새로운 이름을 지어 주었다. 발미카(개미총)에서 새로 태어난 사람이기 때문이었다.

발미키는 그 후 시인이 되었다. 그리고 『마하바라타』와 함께 세계 최장편 서사시이자 인도의 2대 서사시의 하나인 『라마야나』를 집필했다. 2만 4천 편의 산스크리트어 시구로 구성된, 인도의 보물 중의 보물인 『라마야나』는 인도 문화가 전파된 태국, 베트남, 캄보디아, 라오스, 인도네시아에 전해져 번역되었으며, 각 나라의 무용, 문학, 예술, 종교에 큰 영향을 미쳤다. 아시아에서 가장 매력적인 이야기 중 하나가 된 것이다. 『라마야나』의 내용은 캄보디아의 앙코르와트 대사원 벽에도 장엄한 조각품들로 새겨졌다.

고대 인도의 가장 뛰어난 시인으로 추앙받는 발미키. 그에게는 '아디 카비', 즉 '최초의 시인'이라는 칭호가 붙었다. 전설에 의하면 창조신 브라흐마는 시인 발미키에게 이렇게 약속했다고 한다.

"대지에 산이 우뚝 서고 강물이 흐르는 한, 너의 시는 이 세상에 오래도록 남아 있을 것이다."

보석을 숨긴 장소

　라자스탄주의 주도 자이푸르는 영국 왕가의 방문을 환영하는 의미에서 시내 건축물의 벽과 지붕을 핑크색으로 칠한 이래 현재까지 그 색으로 단장하고 있다. 그래서 '핑크 시티'라는 별명이 붙었다.

　자이푸르 인근 소도시에 한 보석상이 살았다. 열심히 일해 마련한 커다란 핑크색 저택에서 아내와 자식들과 행복하게 살았다. 가족을 데리고 자주 외식을 하고, 축제 때가 되면 그의 아내는 아름다운 사리를 입고 한껏 멋을 냈다. 저녁이면 거실 바닥에 돗자리를 깔고 온 가족이 둘러앉아 맛있는 음식을 먹으며 이야기꽃을 피웠다. 사람들은 그를 보면 "사히브(어르신)! 사히브!"하고 존경을 표했다.

　그 소도시의 빈민가에 모한이라는 이름의 남자가 살았다. 물려받은 재산이 없어 광주리를 머리에 이고 과일과 채소를 팔아 어렵사리 생계를 이었다. 새벽부터 밤늦게까지 일해도 아내와 자식을 먹여 살리기 힘들었다. 아침은 짜이 한 잔이 전부였으며, 저녁에 집에 와도 굶을 때가 많았다. 아이들은 맛있는 음식은커녕 허기진 배를 끌어안고 잠들곤 했다. 밤이 되면 너무 피곤해서 아이들과 놀거나 대화를 할 기운조차 없었다. 모한의 아내는 축제 때는 고사하고 몇 해째 낡은 사리를 입었다.

보석상 집 앞을 지날 때마다 모한은 부러움으로 그 집을 바라보았다. 집 마당에서 뛰어노는 아이들을 보면 자신의 자식들에게도 행복한 삶을 선물하고 싶었다. 날마다 맛있는 음식을 주고 싶었고, 함께 놀고 이야기하며 하루를 마무리하고 싶었다. 하지만 지금으로서는 이룰 수 없는 꿈이었다. 결국 그는 소원을 이루기 위해 물건들을 훔치거나 사람들을 속이기 시작했다. 채소 시장에서 과일을 몇 개 더 집어넣기도 하고 저울 눈금을 속였다. 손님들의 거스름돈도 제대로 계산해 주지 않았다. 그렇게 자신도 모르는 사이에 서서히 도둑이 되어 갔다.

모한은 그 지역에서 몇 년째 행상을 했기에 보석상이 정기적으로 자이푸르에 있는 큰 보석상을 방문한다는 사실을 알았다. 그가 들고 가는 가방 속에는 값나가는 보석이 담겨 있다는 것도. 그래서 모한은 한 가지 계획을 세웠다. 다음번에 보석상이 출장 갈 때 자신도 상인으로 변장하고 따라가기로 했다.

디왈리 축제(부와 풍요의 여신 락슈미에게 기도를 올리는 연중 최대 축제)를 며칠 앞둔 어느 날, 예상대로 보석상은 가방을 들고 집을 나섰다. 그가 가족들과 작별 인사를 하는 것을 보고 모한은 잰걸음으로 자신의 집으로 향했다. 그리고 미리 준비해 둔 좋은 옷을 꺼내 입고 아무도 자신의 정체를 알아차리지 못하도록 머리에는 큰 흰색 터번을 둘렀다. 그런 다음 자신도 식구들에게 작별 인사를 하고 부지런히 길을 나섰다.

얼마 가지 않아 보석상을 따라잡은 모한은 그의 기분을 맞춰 환심을 샀으며, 어느덧 함께 자이푸르의 번화가에 이르렀다. 축제를 앞두고 있어 여인숙마다 만원이었다. 그래서 가까스로 구한 방 하나에서 함께 묵을 수밖에 없었다. 모한에게는 더없이 좋은 기회였다.

처음에는 의심하지 않았지만, 보석상은 모한의 눈빛과 표정 등을 통해 그가 자신의 보석을 노리는 도둑이라는 사실을 알아차렸다. 그래서 모한이 결코 찾을 수 없는 곳에 보석을 숨기기로 마음먹었다.

보석상이 방을 비울 때마다 모한은 재빨리 보석상의 가방을 뒤졌다. 하지만 양말과 속옷 외에는 아무것도 발견할 수 없었다. 밤에 잠든 틈을 타 또다시 뒤졌지만 마찬가지였다. 아침에 상인이 욕실에 들어가 있는 동안 그의 옷가지와 이불과 베개 밑까지 샅샅이 살펴도 보석은 온데간데없었다. 도둑의 직감으로 그 방 어딘가에 보석이 있는 것이 분명했다. 하지만 그곳이 어디인지 도무지 알 수 없었다.

수색은 그렇게 번번이 허사로 끝났다. 아무리 뒤져도 보석은 나오지 않았다. 마지막 날 보석상은 무사히 보석들을 가방에 넣고 가서 도시의 보석상에게 전달할 수 있었다.

헤어지기 전, 모한의 눈에 어린 실망감을 보고 보석상이 말했다.

"당신이 내 보석을 훔치기 위해 나를 따라온 것을 아네. 그렇지만 끝내 보석을 찾는 데 실패했지. 당신이 모르는 비밀 한 가지를 알려 주겠네. 당신은 모든 곳을 찾아보았다고 생각하겠지. 하지만 당신이 찾아보지 않은 곳이 한 군데 있네."

보석상의 말이 끝나기가 무섭게 모한이 물었다.

"대체 그곳이 어디죠?"

보석상이 대답했다.

"보석은 줄곧 당신의 베개 속에 있었네."

모한은 할 말을 잃었다. 밤마다 값비싼 보석 위에 머리를 얹고 잠을 자면서도 자신의 베개 속은 살펴보지 않았던 것이다.

이 우화는 우리에게 묻는다. 숨겨진 부를 발견하기 위해 우리가 확인해 보지 않은 곳은 어디인가? 혹시 자기 자신을 제외한 모든 곳에서 찾아 헤매고 있지는 않은지.

연필 우화

인도의 대표적인 종교 중 하나인 시크교는 힌두교의 박티(신에 대한 헌신) 신앙과 이슬람교의 수피 신비 사상이 결합된 종교로, '시크'는 '제자'를 의미한다. 모든 신도는 영적 스승 나나크를 비롯한 10대 스승들의 제자라는 뜻이다. 이들은 신이 인간에게 준 것을 훼손하지 않고 간직한다는 의미에서 머리카락을 자르지 않으며, 외출 시에 터번을 두르고 공공장소에서는 벗지 않는다.

모한 싱은 펀자브 지방의 평범한 시크교도로 세상일에 몰두하느라 마음의 세계에는 큰 관심이 없었다. 무엇보다 사업적인 성공에 몰두했으며, 미래를 위해 많은 일을 구상하느라 바빴다. 하지만 집안 대대로 이어져 온 시크교라는 영적 전통에 완전히 등을 돌리지는 않았다. 그래서 이따금 영적 스승 리쉬 싱을 찾아가 가르침을 듣곤 했다.

그에게 비극이 닥친 것은 그 무렵이었다. 아내가 폐렴에 걸려 갑자기 세상을 떠난 것이다. 그가 슬픔에서 헤어나지 못하는 사이 사업도 점차 기울었다.

어느 날 스승이 암리차르(편자브주 서부의 도시)에 있는 시크교 의 중심지 황금 사원으로 순례를 떠나면서 모한에게 동행해 줄 것을 부탁했다. 그것은 뜻밖의 제안이었다. 왜냐하면 모한은 스승과 순례의 길을 떠날 만큼 그렇게 열성적인 제자가 아니었 기 때문이다. 그럼에도 리쉬 싱은 모한에게 말했다.

"나는 황금 사원에 들렀다가 내 고향으로 돌아갈 것이네. 이 것이 그대가 나와 함께할 마지막 여행이 될 것이네."

스승은 암리차르까지의 먼 길을 여러 날에 걸쳐 도보로 걸어 가겠다고 선언했다. 연로한 스승을 차마 혼자 떠나보낼 수 없어 모한은 동행을 수락했다. 여행 도중에도 스승은 고향에 돌아갈 것이라는 말을 여러 차례 했다. 제자들을 가르치는 생활을 접 고 고향에서 여생을 보낼 계획인 듯했다. 하지만 모한은 아내의 죽음으로 인한 절망과 사업을 다시 일으킬 구상들로 생각이 복 잡해서 그 이상은 묻지 않았다.

마침내 황금 사원에 도착했을 때 스승은 모한에게 시크교의 본질을 설명하고 진정한 영적 수행이 무엇인가에 대해 많은 이 야기를 들려주었다. 그러나 닷새 후, 몸에 열이 나면서 노쇠한

육신이 쓰러졌다. 그제서야 모한은 스승이 고향으로 돌아가겠다고 한 말의 의미를 깨달았다. 세상을 떠나기 전날 스승은 모한을 옆으로 불러 말했다.

"이제 영원한 고향으로 나를 데리고 갈 배가 도착했네. 내가 영원한 집으로 돌아갈 수 있도록 신의 이름을 노래해 주게. 그대는 삶에서 무엇이 중요한가를 잊지 말게. 그러면 그대의 여행이 평화로울 것이네."

스승의 장례를 치르고 돌아온 모한은 완전히 다른 사람이 되어 있었다. 어떤 일에도 감정의 흔들림 없이 평화로웠다. 그를 전에 만난 적 없는 사람들은 그의 성품에 깊은 인상을 받았고, 그를 알던 사람들은 그런 그를 의심스럽게 바라보았다. 왜 갑자기 그토록 정신이 맑아지고 행복해졌을까? 혹시 스승에게서 유산을 물려받은 것은 아닐까?

그의 변화를 설명해 줄 만한 뚜렷한 이유가 없었다. 사랑하는 아내를 잃고, 사업도 기울었으며, 여행에 동행했던 스승마저 세상을 떠난 직후였다. 그가 살던 집과 토지도 채권자의 손에 넘어가기 직전이었다. 불과 1년 사이에 그 모든 일이 일어났다. 오히려 절망감에 젖어 살아야 할 상황이었다. 그러나 모한은 어떤 것에도 동요하지 않았다. 그럼으로써 오히려 절망을 딛고 새롭게 일어설 수 있었다.

어느 날 그를 오랫동안 알아 온 몇몇 사람이 찾아와 물었다.

"무엇이 자네의 마음 상태를 이렇게 변화시켰는가? 자네가 우리에게 하지 않은 이야기가 있는 듯하네. 전에는 작은 일에도 쉽게 흥분하고, 물질을 추구하고, 정신적인 세계와는 거리가 멀지 않았는가? 이렇게 변하게 된 비밀이 무엇인가? 많은 불행한 일들에도 불구하고 행복할 수 있는 이유가 있는가?"

모한은 친구들에게 차를 우려 주었다. 이렇게 설명할 수 있는 기회가 주어진 것이 오히려 감사했다. 그는 말했다.

"스승의 마지막 가르침에 대해 말해 줄 테니 잘 듣게. 그 가르침이 내 삶을 변화시켰네. 자네들의 말대로 나는 세속적인 사람이었어. 신이 내가 가진 것들을 하나씩 가져갔는데도 여전히 물질적인 계획에 대한 집착을 버리지 않고 있었어. 그때 리쉬싱이 나에게 암리차르로 동행해 달라고 제안했고, 나는 노스승의 요청을 거부할 수 없었어. 스승은 우리가 어떤 교통수단에도 의존하지 않고 도보로 여행해야 함을 강조하면서, 또 다른 조건을 이야기하셨어. 어떤 여행 가방도 지참하면 안 된다는 것이었어. 나는 그 조건에 동의하고, '고향'으로 돌아가기 전 스승의 마지막 여행에 동행했네. 모든 소유물을 뒤에 남기고 떠난 여행은 내게 완전히 새로운 경험이었어."

잠시 침묵한 후 그는 말을 이었다.

"스승은 육체를 떠나기 전, 나를 곁으로 불러 봉투 하나를 주셨어. 그리고 자신이 '고향'으로 향하는 배에 올라탄 후에 그것을 열어 보라고 하셨어. 스승의 장례를 치르고 봉투를 확인한 나는 그 안에서 연필 한 자루와 편지 한 통을 발견했네. 그 손 편지에는 다음의 내용이 적혀 있었어.

'사랑하는 제자여, 그대는 내 제자들 중에서 정신적인 깊이가 남다르거나 마음 수행에 관심이 많은 편이 아니었다. 하지만 그대는 선한 가슴을 지니고 있기에 그대를 내 마지막 여행의 동행자로 선택했다. 내가 주는 마지막 선물인 이 연필에 대해 깊이 생각해 보기 바란다. 그러면 그대는 필요한 배움을 얻게 될 것이다.

첫째, 이따금 연필을 뾰족하게 깎을 필요가 있는 것처럼 영적 수행을 통해 우리 자신의 몸, 마음, 영혼을 다듬을 필요가 있다. 자신을 다듬는 것은 고통스러운 경험이지만, 그 과정 속에서 우리는 더 좋은 연필이 될 수 있다.

연필이 주는 두 번째 교훈은, 자신의 가장 중요한 부분은 밖이 아니라 안에 있다는 것이다. 아무리 겉이 아름다운 연필이라도 안의 연필심이 부실하면 좋은 글씨를 쓸 수 없다. 자신이 일시적인 육체에 머무는 영원한 존재임을 잊지 말고, 내면의 성장에 힘을 쏟아야 한다.

연필의 세 번째 교훈은 이것이다. 그대가 실수를 저지를 때마다 즉시 바로잡을 수 있어야 한다. 좋은 연필은 끝에 좋은 지우개를 달고 있다. 글씨가 틀리면 지우개로 지우듯이, 자신의 실수를 바로잡는 것이 결코 불명예스러운 일이 아님을 기억해야 한다. 실수를 알아차리는 순간, 그 즉시 양심이라는 지우개를 사용할 수 있어야 한다.

네 번째 교훈은, 그대가 많은 뛰어난 일들을 할 수 있지만, 더 큰 존재가 인도할 때야 비로소 그 일들이 가능하다는 것이다. 연필로 글을 쓰지만, 결국 훌륭한 글을 쓰는 것은 그 연필을 손에 쥔 작가이다. 그 작가에게 연결되지 않으면 아무리 좋은 연필이라도 글을 탄생시킬 수 없다.

연필이 주는 다섯 번째 교훈은 이것이다. 그대가 지나가는 곳에 그대는 반드시 흔적을 남긴다는 것이다. 그대의 생각, 행동은 필연적인 자국을 남긴다. 그 자국들이 그대의 삶이라는 작품을 이룬다는 것을 잊지 말아야 한다.'

이 가르침이 나의 스승 리쉬 싱이 준 마지막 선물이었어. 그리고 그 단순한 가르침이 나를 변화시켰네."

신은 어린 새를 보호할 것인가

두 가문의 사촌 형제들이 왕권을 놓고 대전투를 벌이기 직전, 양측 부대는 쿠루크세트라 전쟁터에 수많은 병사와 기병대를 배치하기 시작했다. 그들은 싸움에 앞서 코끼리를 이용해 나무들을 뿌리째 뽑고 장애물들을 제거했다.

그 나무 중 하나에 어미 참새가 네 마리의 어린 새끼들을 데리고 살고 있었다. 나무가 쓰러지자 너무 어려 날지 못하는 새끼들과 참새 둥지가 바닥에 떨어졌다. 새끼들은 기적적으로 다치지 않았다.

연약한 어미 참새는 도움을 청하기 위해 주위를 두리번거렸다. 바로 그때 비슈누 신의 화신으로 숭배되는 크리슈나가 제자 아르주나와 함께 들판을 살펴보고 있었다. 전투를 시작하기 전에 장소를 살펴보고 군사 전략을 짜기 위해 온 것이었다.

참새는 있는 힘껏 작은 날개를 파닥이며 크리슈나의 마차까지 날아갔다. 그리고 간청했다.

"크리슈나 님, 제발 내 새끼들을 구해 주세요. 둥지가 바닥에 떨어졌으니 내일 전투가 시작되면 짓밟혀 죽을 거예요."

모든 것을 이미 다 아는 크리슈나가 말했다.

"안다. 하지만 나는 자연의 법칙에 개입할 수 없다."

참새가 다시 애원했다.

"내가 아는 것은 오직 당신만이 나의 구원자라는 사실이에요. 내 새끼들의 운명을 당신 손에 맡깁니다. 당신은 이 아이들을 죽일 수도 있고 구할 수도 있습니다. 이제 그것은 당신에게 달려 있습니다."

"시간의 수레바퀴는 차별 없이 굴러간다."

크리슈나는 평범한 사람들과 마찬가지로 자신도 이 상황에 대해 할 수 있는 일이 아무것도 없음을 암시했다.

참새가 흔들림 없는 믿음을 가지고 말했다.

"나는 철학에 대해선 알지 못합니다. 다만 당신을 믿습니다."

참새와 크리슈나가 계속 대화를 나누고 있는 것을 몰랐던 아르주나는 휘이 하고 참새를 쫓아냈다. 그때 크리슈나가 새를 보며 미소 지었다. 참새는 몇 번 날개를 파닥이고는 바닥에 떨어진 둥지로 돌아갔다.

이틀 뒤, 소라고둥을 불어 전투 시작을 알리기 전에 크리슈나가 아르주나에게 활과 화살을 달라고 했다. 아르주나는 깜짝 놀랐다. 크리슈나는 전쟁에 참가하되 직접 무기를 들고 싸우지는 않고 마부 역할만 하겠다고 약속했기 때문이다. 게다가 아르주나는 활 쏘는 실력으로는 자신이 일인자라고 믿었다. 그래서 확신을 갖고 말했다.

"제게 지시하십시오. 저의 화살이 뚫지 못할 것은 아무것도 없습니다."

말없이 활과 화살을 건네받은 크리슈나는 멀리 있는 코끼리 한 마리를 겨냥했다. 그러나 화살은 그 동물을 쓰러뜨리는 대신 코끼리 목에 달린 쇠 종에 부딪혀 불꽃이 튀었다.

아르주나는 크리슈나가 쉬운 표적조차 못 맞히는 것을 보고는 웃음을 참을 수가 없었다.

"제가 쏠까요?"

크리슈나는 그 말을 무시하고 아르주나에게 활을 돌려주면서 더 이상의 조치는 필요하지 않다고 말했다.

아르주나가 의아해하며 물었다.

"그런데 왜 코끼리를 겨냥해 쏘셨죠?"

"참새 둥지를 보호하고 있던 나무를 쓰러뜨린 코끼리였기 때문이다."

아르주나가 다시 물었다.

"어느 참새를 말씀하시는 거죠? 게다가 코끼리는 화살에 다치지도 않았어요. 목에 달린 종만 떨어졌어요."

아르주나의 질문을 무시하고 크리슈나는 소라고둥을 불라고 지시했다. 전투가 시작되었고 18일간에 걸친 싸움은 수많은 생명의 목숨을 앗아갔다. 승리는 아르주나의 형제들에게 돌아갔다. 전쟁이 끝난 후 크리슈나는 다시 한 번 아르주나와 함께 피로 물든 들판을 살펴보았다.

어떤 지점에 멈춰 선 크리슈나가 바닥에 떨어진 코끼리 종을 사려 깊게 내려다보며 말했다.

"아르주나, 이 종을 들어서 치워 주겠나?"

단순한 지시였지만 아르주나는 이해가 되지 않았다. 치워야 할 것들이 널려 있는 광활한 들판에서 왜 작은 금속 조각 하나를 치우라고 하는 걸까? 그가 의아해하며 쳐다보자 크리슈나가 똑같은 말을 반복했다.

"이 종을 치워 주게. 그렇네, 내가 화살을 쏜 코끼리 목에서 떨어진 바로 그 종일세."

아르주나는 더 이상의 질문 없이 묵직한 쇠 종을 옮기기 위해 몸을 굽혔다. 그가 종을 들어 올리자마자 그의 세계관이 바뀌었다. 하나, 둘, 셋, 넷, 다섯……. 네 마리의 새끼 새들이 어미 참새의 뒤를 이어 연달아 힘차게 날아올랐다. 어미 참새는 기쁨에 겨워 크리슈나 주변을 원을 그리며 날았다. 그 모습을 본 아르주나의 눈에서 눈물이 흘렀다.

처방전

인도의 전통 의학 아유르베다는 '생명에 관한 지식'이라는 뜻으로, 창조신 브라흐마에게서 전수받은 치료 비법들이라는 기록과 함께 기원전 1500년경에 성립되었다. 자연적인 순환을 억압하는 것을 병의 원인으로 보기 때문에 단순히 증상을 완화하는 것만이 아니라 심신의 균형을 중시한다. 오늘날도 동네마다 아유르베다 의원이 있다.

한 남자가 병에 걸려 마을의 아유르베다 의사를 찾아갔다. 의사는 그를 진찰한 후 몇 가지 열매와 허브와 가루, 그리고 다히(플레인 요구르트)를 처방했다. 남자는 평소 아유르베다 의사에 대한 신뢰가 강했으며, 서양 의학보다 전통 의학을 더 높이 여겼다.

처방전을 받아들고 집으로 돌아온 남자는 집 안에 마련된 기도실(대부분의 인도인 가정에는 독립된 기도 공간이 있다) 신상 앞에 의사의 사진을 올려놓고 향과 꽃을 바친 후 세 번 절했다. 그런 다음 작은 종을 흔들며 의사가 써 준 처방전을 소리 내어 읽기 시작했다.

"오전에 다히, 오후에 금불초 가루와 아마록 열매, 저녁에는 빌바 열매와 트리팔라 허브, 밤에 툴시 티……. 오전에 다히, 오후에 금불초 가루와 아마록 열매……."

남자는 쉬지 않고 처방전을 외었다. 전통 의학에 대한 믿음이 그만큼 커서 처방전을 낭송하는 일 외에는 밥도 먹지 않고 산책조차 하지 않았다. 보다 못한 아내가 물이라도 마실 것을 권하자 남자는 '물'은 의사의 처방전에 적혀 있지 않다며 거부했다. 자신의 병을 치료할 수 있는 것은 오직 그 처방전뿐이라고 믿었다.

그런 식으로 밤늦게까지 열심히 처방전을 소리 내어 읽었지만 병은 아무 차도가 없었다. 둘째 날, 그는 더욱 열심히 종을 치며 처방전을 읊었다. 낭송 소리가 집 앞 골목에 메아리치고, 새들이 놀라 날아갔다. 그러나 병의 치료에는 진전이 없었다.

셋째 날도 포기하지 않고 처방전 낭송이 계속되었다. 역시 아무 변화가 없고, 오히려 증상이 심해졌다. 밤사이 열과 오한에 시달린 남자는 처방에 대해 더 알고 싶어서 아침 일찍 의사에게 달려갔다.

남자는 물었다.

"이런 질문을 하는 걸 무례하다고 여기지 마시기 바랍니다. 선생님의 처방을 불신해서 드리는 말이 절대로 아닙니다. 저에게 이 약들을 처방한 이유가 무엇인가요? 며칠 동안 처방전을 끝없이 낭송해도 아무 차도가 없습니다. 혹시 제가 이해하지 못하는 무엇인가가 있는 건가요?"

많은 환자를 경험한 전문의답게 의사는 차분히 설명했다.

"검사 결과에 나와 있다시피 당신은 지금 위장에 심각한 문제가 있습니다. 또한 신경이 쇠약하고 몸의 기력도 매우 약해진 상태입니다. 빌바 열매와 비타민 C가 다량 함유된 아마륵 열매, 금불초 가루, 트리팔라 허브 혼합물 등을 처방한 것도 그 때문입니다. 이것들을 꾸준히 복용하면 증상을 완화시킬 뿐 아니라 병의 원인까지 제거할 수 있습니다. 무엇보다 제때 식사를 해야 하며 독선적인 성격을 고쳐야 신경쇠약에서 벗어날 수 있습니다."

의원을 나서며 남자는 생각했다.

"얼마나 훌륭한 의사인가! 정말 멋진 이론이야! 이런 지혜로운 의사를 만났으니 내 병은 치료가 된 거나 다름없어. 그의 처방만이 유일한 살길이야."

집으로 돌아간 그는 가족과 이웃에게 주장했다.

"이 아유르베다 전문의가 최고의 의사야! 다른 의사들은 환자를 현혹하는 사기꾼들이야!"

그리고 다시금 기도실로 들어가 처방전을 신비의 만트라처럼 큰 목소리로 암송하기 시작했다.

"오전에 다히, 오후에 금불초 가루와 아마륵 열매……. 독선 적인 성격을 고칠 것……."

여전히 식사도 하지 않고, 운동도 하지 않았으며, 주위의 어 떤 조언도 자신의 믿음을 방해하는 것이라 여겼다. 병은 더 심 각해졌으며, 그럴수록 더욱 처방전 외는 일에 집착했고 마침내 는 의사도 손쓸 수 없는 상태가 되었다.

종교와 진리의 가르침은 의사의 처방전과 같다. 많은 추종자 가 그 처방전을 날마다 암송한다. 처방전에는 사랑, 자비, 나눔, 용서, 이타심 등이 적혀 있다. 하지만 영혼의 건강을 회복하려 면 실제로 그 처방을 행동에 옮기는 길밖에 없다. 의학 체계와 의사를 신뢰하는 것과 처방전대로 실천하는 일은 전혀 다른 이 야기이다.

선한 자와 악한 자

대서사시 『마하바라타』는 선과 악의 힘 사이에서 벌어지는 영원한 우주적 싸움과 절대선도 없고 절대악도 없다는 메시지를 던져 준다. 이야기의 주인공들이며 훗날 왕권을 놓고 전쟁을 벌이는 카우라바 형제들과 판다바 형제들로 알려진 사촌들은 성인이 될 때까지 어린 시절 내내 함께 놀고 위대한 스승 드로나차리아가 가르치는 구루쿨에서 같이 공부했다. 성장기의 여러 일화가 등장인물들의 사고방식을 들려준다. 다음은 그 이야기 중 하나이다.

두 가문의 장남들은 두르요다나와 유디슈티라였다. 유디슈티라가 의롭고 진실한 반면 두르요다나는 어릴 때부터 영리하고 책략을 꾸미는 데 능했다. 스승 드로나차리아의 교육은 제자들이 미래에 좋은 통치자가 될 수 있도록 모든 분야의 지식을 전달할 뿐 아니라 인도주의적 접근법을 가르치는 것이었다.

어느 날 스승은 두르요다나에게 나라 곳곳을 다니면서 '진실로 선한 사람'을 한 명 찾아 데려오라고 지시했다.

두르요다나는 스승이 시키는 대로 여행을 시작했다. 다양한 부류의 사람들을 만났고, 그들과 많은 이야기를 나누었다. 그렇게 한 달 동안 여러 만남을 가진 후 두르요다나는 스승에게 돌아와 말했다.

"스승님의 지시대로 진실로 선한 영혼을 찾아 온 나라를 돌아다녔습니다. 하지만 그런 사람을 찾는 일은 불가능했습니다. 만나는 사람마다 이기적이고 악한 마음이 조금씩은 다 있었습니다. 진실로 선한 자는 어디에서도 만날 수 없었습니다."

스승은 이번에는 유디슈티라를 불러 말했다.

"세상으로 가서 '진실로 악한 사람'을 한 명 찾아 데려오라."

유디슈티라가 말했다.

"그렇게 하겠습니다."

그리고 두르요다나처럼 긴 여행을 떠났다.

다시 한 달이 흐른 뒤, 유디슈티라가 마침내 스승에게 돌아와 말했다.

"스승님이 만나고 싶어 한 진실로 악한 사람을 데려오지 못했습니다. 사람들이 실수하는 것을 보았습니다. 다른 사람들에게 속는 모습도 보았습니다. 눈먼 자처럼 엉뚱하게 행동하는 것도 보았습니다. 하지만 진실로 악한 자는 한 명도 발견할 수 없었습니다. 사람들은 결점이 있음에도 불구하고 모두가 선한 면을 지니고 있습니다."

모든 세자가 의아해했다. 유디슈티라가 악한 사람을 찾는 데 실패했는데 두르요다나는 어째서 단 한 명의 선한 사람도 찾을 수 없었던 것일까? 왕국에 선한 사람도 악한 사람도 없다면 왕국에는 어떤 유형의 사람이 살고 있는가?

스승 드로나차리아는 제자들을 안심시키며 이 문제를 분명히 설명했다.

차이는 각 개인의 인식에서 비롯된다. 즉, 우리 각자가 다른 인간을 어떻게 인식하는가에 따라 차이가 일어난다. 이것은 또한 각 개인이 어떤 성품인가에 달려 있다. 선한 사람은 그가 만나는 사람의 선한 자질을 보려 하고, 악한 사람은 다른 사람의 악한 면만 본다. 이것은 각 개인의 타고난 자질이다.

두르요다나와 유디슈티라 둘 다 왕국에 있는 같은 사람들 사이를 여행했다. 두르요다나에게는 모든 이가 조금씩은 교활하고 악하게 보인 데 반해, 유디슈티라는 사람들 모두가 조금씩은 선하고 이타적이라는 사실을 발견했다. 우리는 두르요다나와 유디슈티라 중 누구인가?

왼손으로 잔을 건넨 까닭

『마하바라타』의 비극적 영웅 카르나는 대서사시 속에 나오는 유명한 쿠루크셰트라 전쟁의 모든 전사 가운데 단연코 가장 위대한 전사였다. 앙(오늘날의 벵골 지역) 왕국의 왕이었던 그는 전투 기술에 매우 특출나서 크리슈나조차 뛰어난 궁수인 아르주나에게 카르나를 결코 얕잡아 보지 말라고 경고할 정도였다.

카르나는 원래 왕족의 아들로 잉태되었으나, 미혼모인 공주의 임신을 숨기기 위해 태어나자마자 밀랍으로 틈을 메운 바구니에 담겨 갠지스강에 버려졌다. 바구니는 한참을 흘러가다가 마차 몰이꾼이며 시인인 부부에게 발견되었고 이후 그는 생모를 모른 채 미천한 신분으로 자랐다. 하지만 자라면서 무예의 재능을 드러내 마침내 뛰어난 전사이자 연설가가 되었다. 훗날 생모를 만난 그는 자신이 전투에서 상대해 싸우는 적들이 자신과 배다른 형제들임을 알고 오열한다. 선한 자가 선한 자와 싸워야 할 때의 고통스러운 감정, 의무, 윤리, 의리 등이 담긴 그의 생애는 인도의 수많은 예술, 시, 연극의 주제가 되었다.

고난에 찬 인생 역정을 거쳐서인지 카르나는 진투 실력 외에도 자신의 것을 기꺼이 남에게 베푸는 자비심으로도 유명했다. 자신의 소유물 중에서 가장 소중한 것이라 해도 그것을 원하는 이에게 내주는 것을 조금도 망설이지 않았다. 그래서 가장 위대한 자선가로 지금까지 칭송받고 있다. 그 점에서는 모든 왕들이 질투를 느낄 정도였다.

한번은 크리슈나가 왕궁으로 카르나를 찾아갔다. 때마침 카르나는 몸에 오일을 바르는 중이었다. 목욕을 하기 전에 언제나 오일로 몸을 마사지하는 것이 그의 습관이었다. 오일은 보석과 다이아몬드가 박힌 황금 잔에 담겨 있었다. 카르나는 왼손으로 잔을 들고 오른손으로 오일을 몸에 바르고 있었다.

그 잔을 보자마자 크리슈나는 그것을 자기에게 달라고 요청했다. 그날도 카르나는 미소를 지으며 한순간의 머뭇거림도 없이 크리슈나에게 보석과 다이아몬드가 박힌 황금 잔을 건네주었다.

그러자 크리슈나가 말했다.

"카르나, 당신은 지금 왼손으로 잔을 내게 건넸소. 이것은 올바른 태도가 아니오. 주는 사람은 어떤 물건이든 오른손으로 줘야만 하오. 내 생각에 당신은 이 황금 잔을 내게 주는 것이 별로 내키지 않은 듯하오. 마음을 담아 주는 게 아니라면 나도 이 잔을 받고 싶지 않소."

카르나는 크리슈나에게 자신의 잘못된 행동에 용서를 구하며 이유를 설명했다.

"오해하지 마시오. 나는 온 마음과 진실한 감정을 담아 당신에게 그 잔을 주었소. 지금 내 오른손에는 오일이 잔뜩 묻어 있소. 만약 잔을 주기 전에 먼저 손을 씻어야만 했다면, 그동안 내 마음이 달라질지도 모르는 일이오. 지금은 기꺼이 그 잔을 내주지만 손을 씻는 동안 당신의 청을 거절할 이유와 논리들을 발견할지도 모르오. 그래서 예의가 아닌 줄 알면서도 즉각적으로 당신에게 그 잔을 건넸소. 내 뜻을 이해하고 부디 그 잔을 받아 주시오."

그 이후 크리슈나는 다른 사람들이 갖지 못한 고귀한 성품을 카르나가 가지고 있다고 말하곤 했다. 인간의 마음은 변덕스럽고 일관되기 어렵다. 주어진 환경에서도 처음의 판단과 나중의 생각이 다르다. 옳은 길이고 올바른 계획이라면 즉시 따라야 하고 행해야 할 이유가 거기에 있다. 마음의 다른 요인과 의심들이 고귀한 결정에 영향을 미치기 전에.

독수리들은 그 후 어떻게 되었나

생존을 위해 날마다 자신의 한계까지 밀어붙여 먹이를 찾고 사냥해야만 하는 밀림에 한 무리의 독수리가 살았다. 하늘 높이 비상하는 기술을 연마해 날카로운 시력으로 땅 밑을 응시하며 먹이를 찾아야 했다. 일단 먹잇감을 발견하면 높은 곳에서 화살처럼 내리꽂아 사냥했다. 먹이를 찾아 오랫동안 날아야 했지만, 끊임없는 노력을 통해 생존해 나갈 수 있었다. 자신과 새끼들을 위해 열심히 일했고, 그 결과 더욱 강한 날개를 유지할 수 있었다.

어느 날 먹이를 찾아 독수리 무리가 긴 거리를 두고 연달아 날았다. 그러다 보니 밀림에서 멀리 떨어진 곳까지 날아가게 되었다. 한참을 날다가 독수리들은 우연히 다양한 풀과 나무로 가득한 푸른 섬을 발견했다.

섬 위를 날면서 유심히 관찰해 보니 온갖 종류의 새와 토끼, 설치류, 그 밖에 유사한 작은 생물의 무리들이 평화롭게 뛰어놀고 있었다. 무척 끌리는 섬이었다. 반면에 놀랍게도 그들의 존재를 위협할 수 있는 사자나 호랑이, 표범과 같은 큰 동물은 찾을 수 없었다.

독수리들은 크게 안심했다. 이제부터는 몇 시간 동안 비행하며 힘든 노력을 하지 않아도 그 섬에 머물면서 쉽게 먹이를 사냥할 수 있겠다는 생각이 들었다. 그곳에 오래 머물자는 생각을 좋아하지 않은 늙은 독수리 한 마리만 제외하고 모든 독수리가 행복했다.

그 늙은 독수리는 동료 독수리들에게 말했다.

"우리의 강한 날개와 날카로운 시력은 우리가 가진 가장 큰 장점이다. 그 덕분에 아주 높이 장시간 날 수 있고, 날카로운 눈을 통해 높고 먼 곳에서도 먹이를 찾을 수 있다. 많은 노력 없이 쉽게 먹이를 구할 수 있는 이런 환경에 머물면 우리는 게을러지고 편안하게 놀기만 할 것이다. 이런 자세는 길게 보았을 때 우리의 생존에 도움이 되지 않는다. 수세기 동안 확실하게 익혀 온 사냥 기술과 기량을 차츰 잊어버릴 것이다. 가능한 한 빨리 이곳을 떠나야 한다."

이 말을 들은 많은 젊은 독수리 무리들은 그를 조롱하면서 바보라고 놀렸다. 늙은 독수리가 섬을 떠나면서 함께 가자고 부탁해도 아무도 그 제안을 받아들이지 않았으며 그와 동행하기를 거부했다.

낙담한 늙은 독수리는 나머지 무리들을 뒤에 두고 홀로 섬을 빠져나갔다.

1년쯤 지난 뒤 늙은 독수리는 남아 있던 독수리들의 운명을 알아보기 위해 다시 섬으로 갔다. 많은 독수리가 이미 죽고 여러 마리가 부상을 입어 불구의 몸이 된 것을 보고 그는 놀랐다. 남아 있는 독수리들은 피폐해져서 힘이 없어 보이고 높이 멀리 날 수조차 없었다.

독수리들이 이처럼 불행한 상태에 처한 이유를 묻자 생존자 중 하나가 말했다.

"처음 몇 달 동안 우리는 이곳에 머무는 것이 즐거웠습니다. 먹이를 찾고 사냥하는 데 어떤 어려움도 겪지 않았습니다. 몇 달 동안 우리는 전혀 날 필요가 없었습니다. 주변에서 모든 먹이를 구할 수 있었기 때문입니다. 육체적으로 활동하지 않자 우리의 강력했던 날개가 퇴보하기 시작했습니다. 생물의 수도 서서히 줄어들기 시작했고, 먹이도 부족해졌습니다.

더불어 섬의 저쪽 끝에 서식하고 있던 하이에나, 여우, 자칼, 들개와 같은 중간 크기의 육식동물들이 갑자기 나타나 이곳에서 사냥을 하기 시작했습니다. 일단 가능한 사냥감을 다 먹어 치우자 이 야생동물들은 우리를 표적으로 삼았습니다. 오랫동안 편안하고 느긋한 생활에 익숙해져 있었기 때문에 우리는 쉽게 잡혔습니다. 본래의 민첩성과 기민함, 강하고 빠르게 나는 능력을 잃어 그들의 급습을 피하는 데 어려움을 겪었습니다. 우리 중 많은 독수리가 부상을 입고 죽어 갔습니다. 먹이 부족과 현재의 힘든 환경에서 사냥 능력을 발휘하지 못하는 무능함이 우리를 절망적인 나락에 빠뜨렸습니다. 당신의 조언을 듣지 않고 이곳에서 편안한 삶을 살기 위해 눌러앉은 것을 후회했지만 이미 때는 늦었습니다."

너의 아들과 내 염소의 차이

아내가 세상을 떠나고 늦게 얻은 아들 하나와 단둘이 사는 남자가 있었다. 그는 늙도록 헌신적으로 아들을 키웠다. 세상을 다 준다고 해도 바꾸지 않을 아들이었다. 그런데 어느 날 아들이 열과 두통을 호소하다가 갑자기 숨을 거두었다.

남자는 심한 충격에 눈물을 멈출 수 없었다. 친척들과 친구들의 어떤 위로도 소용없었다. 먹지도 마시지도 않고 울기만 했다. 계속 슬피 울다가는 그 자신도 죽을 것만 같았다.

그 마을에 학자가 살고 있었다. 모든 사람에게 존경받는 수행자이기도 했다. 남자의 친구들이 그에게 가서 도움을 청했다.

"부디 그 친구를 도와주세요. 아들의 죽음으로 상심해서 울음을 그치지 않습니다. 당신이라면 그에게 삶과 죽음의 본질을 설명해 아들과의 작별을 극복하게 할 수 있을 것입니다."

학자가 자신 있는 목소리로 말했다.

"네, 아무 걱정 마세요. 내가 그를 찾아가겠습니다. 그러면 모든 것이 좋아질 것입니다."

남자의 집에 가까워지자 집 안에서 슬픔에 찬 울음소리가 들렸다. 학자가 문을 두드리자 남자는 잠시 슬픔을 멈추고 문을 열었다.

학자가 다정하게 말했다.

"아드님의 죽음은 신의 뜻입니다. 그 뜻을 받아들여야 합니다. 아드님의 영혼은 영원하며 결코 죽지 않습니다. 영혼의 형태로 여전히 살아 있습니다. 이 육신은 옷과 같아서 우리가 옷을 갈아입듯이 죽을 때 우리의 모습이 바뀝니다. 그것이 전부입니다. 아드님은 계속 살아 있고, 다시 만나게 될 것입니다."

학자는 여러 경전에 나오는 구절들을 인용하며 남자를 이해시켰다. 남자는 서서히 마음이 진정되어 울음을 멈추었다.

그로부터 두 해가 흘렀다. 남자는 상실감을 극복하고 일들로 바쁘게 지냈다. 어느 날 그는 학자의 집을 지나가게 되었다. 문밖에 많은 사람이 모여 있었다. 남자가 걸음을 멈추고 물었다.

"무슨 안 좋은 일이라도 있나요? 왜 모두 걱정스러운 표정으로 모여 있지요?"

누가 대답하기도 전에 남자는 집 안에서 목 놓아 우는 소리를 들었다. 다름 아닌 학자의 울음소리였다. 고매한 수행자가 무엇인가를 감당하지 못하고 울고 있는 게 틀림없었다. 남자는 이해할 수 없었다. 그토록 박식하고 지혜로운 사람이 무슨 일이기에 저토록 큰 소리로 울고 있는 것일까? 집 안으로 들어간 남자는 슬픔을 못 이겨 울부짖는 수행자를 발견했다.

남자가 조심스럽게 물었다.

"선생님, 왜 이렇게 울고 계시죠?"

수행자가 눈물을 훔치며 말했다.

"나는 지난 2년간 결핵을 앓았소. 의사가 염소 우유를 마시면 회복될 거라고 해서 염소를 한 마리 샀소. 정말 사랑스러운 염소였소. 그런데 오늘 그 염소가 갑자기 죽고 말았소."

남자가 믿을 수 없다는 듯이 물었다.

"죽은 염소 때문에 우는 건가요? 내 아들이 죽었을 때는 슬퍼하지 말라고 조언하지 않으셨던가요? 죽음은 신의 뜻이며, 영혼은 영원하며 결코 죽지 않는다고요. 옷을 갈아입듯이 죽음도 겉으로 보이는 현상일 뿐이라고. 그런데 염소의 죽음 때문에 이렇게 통곡하며 울다니, 이해가 가지 않는군요."

수행자가 말했다.

"그 죽음과 이 죽음은 엄연히 다르오. 죽은 아들은 당신의 아들이지만 이 염소는 내 염소란 말이오!"

그러고는 다시 목놓아 울기 시작했다.

붓다와 마라의 은퇴 선언

마라는 인도 신화에서 사람의 마음을 유혹해 수행을 방해하는 힘을 지닌 마왕이다. 붓다가 보리수 아래서 명상을 하고 있을 때도 깨달음을 방해하기 위해 나타났었다.

어느 날, 붓다는 동굴 속에 머물고 제자 아난다는 동굴 밖에서 주위를 둘러보고 있을 때였다. 갑자기 앞쪽에서 걸어오고 있는 마라를 발견하고 아난다는 소스라치게 놀랐다. 마라와 대면하는 것을 원치 않았기에 아난다는 마라가 도중에 다른 곳으로 가 버리기를 바랐다. 하지만 마라는 곧장 아난다를 향해 걸어와서는 자신이 온 것을 붓다에게 알리라고 요구했다.

아난다가 분개해서 말했다.

"이곳에 왜 온 것이냐? 전에 보리수 아래에서 붓다에게 패배하고 물러난 일을 잊었느냐? 그런데도 다시 찾아오다니 부끄럽

263

지 않느냐? 얼른 사라져라! 붓다는 너를 만나지 않을 것이다. 너는 사악한 존재이며, 붓다의 적이다."

그 말에 마라가 웃음을 터뜨리며 말했다.

"그대의 스승이 그렇게 말하던기? 자신에게 적이 있다고?"

순간 아난다는 당황했다. 스승은 자신에게 적이 있다는 말을 한 번도 한 적이 없었으며, 또 적이 있을 리도 없었다. 마라와의 첫 대화에서 패배한 아난다는 동굴 안으로 들어가 마라의 방문을 알리면서 붓다가 이렇게 말하기를 기대했다.

'마라에게 가서 내가 이곳에 없다고 하라. 내가 사람들을 만나러 갔다고 말하라.'

하지만 기대와는 달리 붓다는 오랜 친구인 마라가 자신을 만나러 왔다는 말에 무척 흥분했다.

"그 말이 사실인가? 정말로 그가 이곳에 왔는가?"

그렇게 말하고 붓다는 마라를 맞이하기 위해 직접 밖으로 달려 나갔다. 아난다는 이 상황이 몹시 불안했다.

붓다는 곧바로 마라에게 다가가 따뜻하게 손을 맞잡으며 반겼다.

"오랜만이네. 그동안 잘 지냈는가? 별일 없었겠지?"

마라는 아무 대답도 하지 않았다. 붓다는 그를 동굴 안으로 안내해 앉을 자리를 마련해 주었다. 그리고 아난다에게 둘이 마실 허브티를 우려 달라고 부탁했다.

'스승을 위해서는 하루에 백 번이라도 차를 우릴 수 있다. 하지만 마라에게 차를 대접하는 것은 스승의 부탁이라도 전혀 즐겁지 않은 일이다.'

아난다는 혼잣말로 중얼거렸다. 하지만 스승의 명령을 어찌 거절하겠는가? 한쪽 구석에서 불을 지펴 찻물을 끓이면서도 아난다는 그들의 대화를 엿들으려고 귀를 세웠다.

붓다가 다정한 어조로 다시 말하는 것이 들렸다.

"마라여, 그동안 어떻게 지냈는가? 하는 일은 잘돼 가는가?"

마라가 입을 열었다.

"전혀 잘돼 가지 않아요. 마라로 살아가는 데 지쳤어요. 이제는 다른 존재가 되고 싶어요."

그 말에 아난다는 흠칫 놀랐다. 마라가 지쳤다니? 마라가 그동안의 악행을 참회라도 하러 왔단 말인가?

마라가 한숨을 내쉬며 말했다.

"아실지 모르지만, 마라로 산다는 것은 결코 쉬운 일이 아닙니다. 말을 해도 수수께끼처럼 말해서 사람의 마음을 혼란에 빠뜨려야 하고, 무슨 행동으로도 유혹할 수 있어야 해요. 늘 그렇게 사는 것은 말할 수 없이 피곤해요. 하지만 가장 참을 수 없는 것은 한때 나에게 유혹당했던 내 제자들이에요. 그들은 이제 세상 분위기에 휩쓸려 사회 정의와 평화를 말하고, 평등과 해방과 비폭력 같은 것들을 주장해요. 이젠 그들을 방해하는 것도 지긋지긋해요. 그들을 당신에게 전부 입문시키는 것이 훨씬 낫겠다는 생각이 들어요. 나의 전성기도 이제 지났어요. 이제는 다른 존재가 되고 싶어요."

아난다는 스승이 마라의 역할을 맡기로 결정할까 봐 겁이 나서 차를 우리는 손이 덜덜 떨리기 시작했다. 마라가 붓다가 되고 붓다가 마라가 된다면? 생각만 해도 끔찍한 일이었다.

붓다는 온 마음을 모아 마라의 말에 귀를 기울였다. 그리고 수심에 잠긴 마라에게 깊은 연민과 자비심을 느꼈다. 마침내 조용한 어조로 붓다가 말했다.

"그대는 부처로 살아가는 것이 마냥 즐겁기만 하다고 생각하는가? 나의 제자들이 어떻게 행동하는지 그대는 모르고 있다. 그들은 내가 전혀 하지도 않은 말들을 내가 한 말들이라고 선전한다. 큰돈을 들여 알록달록한 절들을 짓고 불단 위에 불상을 높이 세워 돈과 과일과 쌀을 끌어모은다. 모두 자기 자신들을 위해서 그렇게 하는 것이다. 깨달음이 아니라 자신들의 에고와 부를 위해 나를 그럴싸하게 포장하고 내 가르침을 사업 용도로 이용한다. 마라여, 붓다로 살아가는 것이 진정 어떤 것인지 그대가 안다면 그대는 결코 붓다가 되고 싶지 않을 것이다."

그러고 나서 붓다와 마라는 서로 손을 잡고 한탄의 한숨을 쉬었다.

결혼 지참금을 앞당겨 낸 남자

　서벵골주의 대도시 콜카타에서 다르질링 홍차 도매상을 운영하는 남자가 있었다. 해발 2천 미터 고산지대의 차밭들에서 계절마다 생산되는 머스캣 향 나는 최고 품질의 홍차를 구입해 소매상들에게 되파는 것이 그의 직업이었다.

　그의 행복은 늦게 얻은 외동딸 덕분에 더욱 풍요로웠다. 하루가 다르게 이목구비가 뚜렷해지는 딸을 바라보는 것은 무엇과도 바꿀 수 없는 기쁨이었다. 작은 살와르 까미즈(발목에 붙는 긴 바지와 긴 상의로 된 전통 의상)를 처음 입었을 때는 어린 아이슈와라 라이(미스 월드 출신의 인도 국민 배우)를 보는 듯했다.

　하지만 딸이 커 감에 따라 고민도 커졌다. 딸과 결혼시킬 훌륭한 남자를 찾는 일이 쉽지 않다는 것을 잘 알기 때문이었다. 더 큰 걱정은 다우리(결혼 지참금)였다. 지참금이 법으로 금지되어 있긴 하지만 학벌과 집안 배경이 좋은 신랑감을 얻으려면 천문학적인 돈이 필요했다. 평생 고생해서 마련한 집도 팔고 빚까지 얻어야 할지도 모를 일이었다.

다우리는 원래 왕들의 시대에 딸을 다른 왕에게 시집보낼 때 큰 선물을 실어 보낸 전통에서 유래되었다. 상대방 왕국에 자신의 부를 과시하고 딸이 무시당하지 않도록 말, 코끼리, 황금, 보석, 토지 등을 지참금으로 보낸 것이다. 사랑하는 딸을 멀리 보내는 아버지의 애틋한 마음도 그 선물에 담겼다. 이 관습이 점차 일반 가정에까지 자리 잡아 일종의 전통이 되었다. 그리고 오늘날에는 대표적인 악습 중 하나가 되어 딸 가진 부모를 시름에 젖게 하고 결혼 생활을 고통스럽게 만들고 있다.

고민이 깊어진 남자는 삶의 의욕을 잃고 우울증에 걸렸다. 그의 아내는 어떻게든 남편을 설득해 다시금 기운을 되찾게 하려고 노력했다. 미래의 일은 미래에 맡기고 현재에 충실하자는 것이 그녀의 생각이었다. 그러나 남편은 그녀의 말을 들으려고도 하지 않았다.

하루는 남자가 일을 마치고 돌아오자 아내가 말했다.

"오늘 친구 소개로 유명한 점성가를 만났어. 그가 내 별자리를 살펴보더니 지금까지 나한테 일어난 일들을 전부 알아맞히는 것이 아니겠어. 너무 놀라워서 미래에 대해서도 물었더니 내가 이 집에서 40년은 더 산다는 거야. 그 말을 들으니 고민이 되어 아무 일도 할 수 없었어. 어떻게 이 집에서 40년을 더 살 수 있겠어?"

아내의 말을 이해하지 못한 남자가 그녀를 쳐다보았다. 아내가 계속해서 말했다.

"이 집에서 내가 40년 동안 할 일을 생각해 봐. 차파티를 만들기 위해 날마다 3킬로그램의 밀가루를 반죽해야만 해. 이것은 내가 매달 90킬로그램의 밀가루를 반죽해야 함을 의미하고, 일 년이면 1,080킬로그램을 반죽해야 하는 거야. 그리고 40년이면 나는 무려 43,200킬로그램의 밀가루와 씨름해야만 해. 오, 신이시여! 내가 어떻게 그 많은 밀가루를 반죽할 수 있겠어? 생각만 해도 끔찍해."

아내는 더욱 심각한 어조로 말했다.

"그리고 나는 매일 크고 작은 그릇들을 30개 정도 설거지해야만 해. 한 달이면 900개의 그릇을 씻어야 하고, 일 년이면 10,800개야. 그러니까 40년 동안 이 집에서 432,000개의 그릇을 설거지해야 하는 거지. 당신은 내가 그 많은 그릇과 씨름할 기운이 있다고 생각해?"

아내는 울먹이는 목소리로 말을 이었다.

"그것만이 아냐. 날마다 감자 10개의 껍질을 벗겨야 하고, 한 달이면 300개, 일 년이면 3,600개, 40년이면 무려 144,000개의 감자를 깎아야 해. 나한테 그 정도 체력이 있어 보여? 40년은커

녕 넉 달도 못 살고 지쳐서 죽을 거야."

인내심을 갖고 아내의 어처구니없는 계산을 듣던 남자가 마침내 말했다.

"당신, 머리가 어떻게 된 거 아냐? 그 일들을 하루에 전부 다 해야 하는 것도 아닌데 그토록 심각하게 고민하다니 말이 돼? 그것들은 일상적인 일들이니까 매일 조금씩 하면서 마음을 평화롭게 가지면 되잖아. 당신이 이토록 어리석은 여자인 줄 몰랐어. 왜 복잡한 40년 치의 계산을 미리 해서 스스로를 괴롭히는 거야?"

그러자 아내가 말했다.

"당신도 마찬가지 아냐? 당신은 왜 아직 일어나지도 않은 일을 가지고 그토록 우울해해? 우리 딸의 신랑감 찾는 일과 지참금 문제는 때가 되었을 때 해결하면 되잖아. 누가 알아, 신이 좋은 배우자를 보내줄지? 그리고 우리가 백만장자도 아닌데 결혼식 비용 때문에 고민할 이유가 뭐야? 더구나 우리 딸은 이제 다섯 살밖에 안 됐어."

그대가 지나가는 곳에 그대는 반드시 흔적을 남긴다.

그 자국들이 그대의 삶이라는 작품을 이룬다.

눈이 안 보이는 사람만이 볼 수 있는 것

델리의 비르바드라 왕이 사냥을 나갔다가 왕궁으로 돌아오는 길에 목이 몹시 마르고 허기가 졌다. 그때 길가에서 수박밭을 발견한 일행은 기대에 부풀었다. 목마른 사람에게 수박보다 더 좋은 것이 어디 있겠는가? 왕은 수행원들에게 잘 익은 수박을 몇 개 따 오라고 지시했다.

그들이 수박밭으로 향해 가고 있을 때, 어디선가 웃음소리가 들렸다. 일제히 그 웃음소리가 나는 쪽으로 고개를 돌려 보니 한 장님이 바위에 앉아 있었다. 왕이 그를 불러 물었다.

"왜 웃었는가?"

눈먼 남자가 대답했다.

"왕께서는 잘 익은 수박을 따 오라고 지시했습니다. 하지만 그 밭에 수박은 없습니다. 그래서 저도 모르게 웃음이 나온 것입니다."

왕이 다시 물었다.

"그대는 눈이 보이지 않는데 어떻게 밭에 수박이 없다는 사실을 아는가?"

눈먼 남자가 말했다.

"왕이시여, 모든 것을 알기 위해 반드시 눈이 필요한 것은 아닙니다. 지금은 수박 철이 끝났습니다. 잘 익은 수박들은 이미 다 따 갔고, 썩은 수박 몇 개만 밭에 버려져 있을 것입니다."

밭에 갔던 수행원들이 빈손으로 돌아와 남자가 말한 그대로 보고했다.

왕은 눈먼 남자의 통찰력에 깊은 인상을 받았다. 그래서 그를 왕국의 수도로 데려가기로 결정했다. 어쩌면 나라의 문제들을 해결하는 데 그 남자의 지혜가 조금은 도움이 될지도 모를 일이었다.

눈먼 남자에게는 도시 외곽의 작은 오두막이 주어졌다. 그리고 날마다 밥 두 그릇이 제공되었다. 그렇게 해서 그는 새로운 삶을 시작하게 되었다.

한번은 보석상이 왕궁으로 진귀한 보석들을 가지고 왔다. 대신들은 왕에게 섣불리 결정하지 말고 최고 품질의 보석만 살 것을 조언했다. 하지만 영리한 보석상은 왕궁 안의 누구도 진품 보석과 모조 보석을 구별할 식견을 갖고 있지 않음을 간파했다.

그는 한 손에는 진짜 다이아몬드를, 다른 손에는 가짜를 올려놓고 말했다.

"여기 진짜 다이아몬드와 가짜 다이아몬드가 있습니다. 진짜 다이아몬드의 값은 10만 루피입니다. 그리고 가짜 다이아몬드는 형태만 같을 뿐 유리 조각에 불과합니다. 여러분 중에 가장 영리한 사람이 앞으로 나와서 진짜 다이아몬드를 고르기 바랍니다. 단, 한 가지 조건이 있습니다. 일단 고르고 나면, 설령 그것이 가짜 다이아몬드라고 해도 진품 다이아몬드 값을 지불해야만 합니다."

그 말을 듣고 대신들은 꿀 먹은 벙어리가 되었다. 누구도 감히 왕에게 더 이상 조언을 하지 못했다. 상황을 지켜보던 왕은 당장에 눈먼 남자를 불러오게 했다.

"그가 진짜와 가짜 다이아몬드를 구별하는 능력을 갖고 있는지 시험해 보자."

대신들은 서로의 얼굴을 보며 비웃는 미소를 지었다. 눈먼 장님이 어떻게 진품과 모조품을 식별할 수 있겠는가? 시력이 온전히 살아 있고 높은 학식을 갖춘 자신들조차 불가능한 일을.

이윽고 눈먼 남자가 도착하고, 왕의 집사가 그에게 상황을 설명했다.

눈먼 남자는 보석상에게, 자신의 양쪽 손바닥에 진품 다이아몬드와 모조 다이아몬드를 각각 올려놓아 달라고 부탁했다. 보석상은 그의 요구대로 해 주었다. 그렇게 그는 햇빛이 비치는 곳에서 손바닥을 펴고 한동안 서 있었다.

잠시 후 눈먼 남자는 그중 하나를 왕에게 내밀며 말했다.

"이것이 진짜 다이아몬드입니다."

보석상은 자신의 눈을 의심하지 않을 수 없었다. 눈먼 남자가 정확히 진품을 구별해 낸 것이다.

보석상에게 다이아몬드 값을 지불하고 나서 왕이 눈먼 남자에게 물었다.

"어떻게 진품을 구별해 낼 수 있었는가?"

눈먼 남자가 말했다.

"다이아몬드와 유리 조각에 햇빛을 비추고 있으면 유리 조각은 따뜻해지지만 다이아몬드는 그렇지 않습니다."

눈먼 남자의 설명에 만족한 왕은 그날부터 그에게 하루에 밥 세 그릇을 제공했다.

하루는 궁정 재판소에 재산 다툼을 벌이는 형제가 찾아와 왕의 판결을 요청했다. 그들의 부친이 세상을 떠나면서 넓은 토지를 유산으로 남겼는데, 토지의 절반은 비옥하지만 나머지 절반은 척박한 야산이었다. 또한 토지 안에 있는 연못들과 숲과 강 때문에 유산을 공평하게 나누는 것이 어려웠다. 그래서 다투다가 왕의 재판소로 판결을 받기 위해 온 것이다.

토지에 대한 모든 설명을 들은 대신들은 그것을 공정하게 나누는 것이 불가능함을 깨달았다. 어떻게 해도 한쪽의 원망을 들을 가능성이 컸다. 그래서 왕은 또다시 눈먼 남자를 데려오게 했다. 대신들은 경험 많은 정상인들도 궁지에 몰려 있는데 앞 못 보는 자가 어떻게 까다로운 토지 분배 문제를 해결할 수 있다는 것인지 이해할 수 없었다.

모든 설명을 들은 눈먼 남자는 미소를 지으며 말했다.

"형제 중 한 명에게 전체 토지를 둘로 나누게 하십시오. 그런 다음 나머지 한 형제에게 자신이 원하는 부분을 선택하게 하면 됩니다. 누가 토지에 금을 긋고, 누가 선택권을 가질지는 제비뽑기로 결정하면 됩니다."

두 형제 모두 그 결정을 기꺼이 받아들였다. 그토록 고민했던 문제가 쉽게 해결된 것이다.

그렇게 눈먼 남자는 도시 변두리의 작은 오두막에 살면서 왕국에 복잡한 문제나 논쟁이 발생할 때마다 왕에게 올바른 해결 방법과 조언을 제시해 주었다.

어느 날 오후, 심심함을 느낀 왕이 집사를 시켜 눈먼 남자를 데려오게 했다.

왕이 흥미 삼아 물었다.

"그대는 더없이 현명하고, 지적이고, 식견이 깊다. 아무리 어렵고 까다로운 문제라도 그대의 날카로운 통찰력 앞에서는 쉽게 풀린다. 지금까지 그대는 다양한 상황에서 나를 만나 왔다.

그럼에도 내가 이 왕좌를 합법적으로 물려받은 것이 아니라 불법적으로 찬탈한 것이라는 사실을 아직까지 알아차리지 못한다는 것이 놀랍지 않은가?"

그러자 눈먼 남자가 평온한 목소리로 말했다.

"저는 그것을 처음부터 알고 있었습니다."

"어떻게 그것을 알았지?"

호기심을 느낀 왕이 물었다.

눈먼 남자가 말했다.

"왕족의 고귀한 기품을 지닌 사람이라면, 가장 어려운 문제들을 누군가의 도움으로 해결했을 때, 그를 도시 변두리의 방한 칸짜리 오두막에 살게 하면서 하루에 세 그릇의 밥만 던져줄 만큼 몰인정하지는 않기 때문입니다."

왕은 창피함으로 고개를 들 수 없었다. 탐욕과 인색함은 내면에 감춰지는 것이 아니라 얼굴과 행동에서 드러난다. 눈먼 사람도 그것을 느낄 수 있다.

---

*본문의 '꿀 먹은 벙어리'라는 표현은 인도의 시인 까비르의 시에서 유래한 것이다. 까비르는 시에서 진리를 '달콤한 꿀'에 비유하며, 꿀을 맛본 이가 꿀맛에 대해 설명할 수 없어서 벙어리가 되듯이 진리를 체험한 자 역시 벙어리가 될 수밖에 없다고 노래했다.

뱀의 오해

한 무리의 마을 사람들이 산속 동굴에서 명상을 하고 있는 남자를 찾아왔다. 수년에 걸친 명상 수행으로 남자는 어떤 문제든 해결할 수 있는 지혜를 얻었다. 숨을 헐떡이며 산을 올라온 사람들은 그에게 두려움 섞인 불만을 호소했다.

"성자님, 부디 우리를 도와주소서. 마을을 공포에 떨게 하는 커다란 독사가 있습니다!"

성자는 대답하지 않았다. 그는 여전히 깊은 명상에 잠겨 있었다. 마을 사람들은 서로를 쳐다보더니 비공식적인 대변인을 떠다밀어 다시 말하게 했다.

"뱀이 쉿쉿거리는 소리를 수 킬로미터 떨어진 곳에서도 들을 수 있습니다. 뱀은 자신이 위협을 받든 아니든 상관없이 길에 지나는 사람들을 무자비하게 뭅니다. 누구라도 자신의 영역에 들어오는 것을 용납하지 않습니다. 아무리 재빠르게 도망쳐도 금방 따라잡습니다. 뱀에게 물려 목숨을 잃은 사람이 한두 명이 아닙니다. 그 결과 우리는 밭에 가는 것마저 두려워하다 보니 농작물이 말라 버렸습니다. 뱀독이 우리를 죽이는 유일한 것은 아닙니다. 우리는 굶주림으로도 죽어 가고 있어요! 제발 우리를 도와주십시오."

대부분의 영적인 사람들이 그렇듯이 성자는 자비로웠다. 이야기를 듣고 사태의 심각성을 이해한 그는 짚으로 만든 자리에서 일어났다.

"그 뱀을 만나 봅시다."

그의 말이 끝나기가 무섭게 마을 사람들은 희망에 가득 차 환호했다. 그들은 강력한 독을 지닌 적을 찾아 성자의 뒤를 따라갔다.

한때 그들의 거주지였으나 지금은 유령의 땅처럼 변한 곳으로 다가가자 뱀의 쉿쉿거리는 소리가 사방에서 울려 퍼졌다. 뱀은 쇠스랑이나 횃불에 아랑곳하지 않고 빠른 속도로 마을 사람들에게 다가왔다. 그리고 독을 뿜어 댈 자세를 취하며 생각했다.

"누가 감히 내 영역에 들어왔지?"

사람들은 겁에 질려 뒷걸음쳤지만 성자는 자신을 공격하러 온 혀 갈라진 생물에 구애받지 않고 가만히 서 있었다.

뱀이 미끄러지듯 움직이자 녹색과 검은색의 비늘이 물결처럼 올라갔다 내려갔다 하며 햇빛에 어른거렸다.

'정말 아름답군!'

성자는 생각했다. 성자가 다른 먹잇감들처럼 도망가지 않자 뱀은 혼란스러워져서 잠시 멈추고 그를 쳐다보았다.

"더 가까이 오너라, 참으로 아름다운 놈."

성자가 소리쳤다. 지금까지 그런 친절한 말을 경험해 본 적이 없는 뱀은 이 여섯 단어에 넋을 잃었다. 성자의 말에 담긴 온기가 뱀 안에 활활 타오르던 분노의 온기를 대체했다. 뱀은 자신의 모든 흉악한 공격성을 잃고 성자에게 미끄러지듯 다가가 존경의 표시로 그의 발 앞에 온순하게 똬리를 틀었다. 나무 뒤에 숨어 있던 마을 사람들은 성자와 뱀의 대화를 들을 수 없었다. 다만 자신들의 눈을 믿을 수 없어 하며 멀찌감치에서 구경할 뿐이었다.

"너의 아름다움에 나는 큰 감동을 받았다."

성자는 마치 오랜 친구처럼 뱀에게 말했다.

"그런데 왜 너는 마을 사람들을 괴롭히지?"

뱀은 아무 말도 못 하고 머리를 조아렸다.

"너의 공격적이고 파괴적인 방식을 버리고, 가난한 마을 사람들을 공포에 떨게 하지 말라. 이제부터는 누구라도 절대 물지 말라. 그들은 너의 상대가 안 된다. 숲에는 네가 먹을 것이 이미 충분하다."

기품 있고 다정한 성자의 명령에 감동받은 뱀은 고개 숙여 성자에게 절하며 마을 사람들을 더 이상 해치지 않기로 굳게 서약했다.

누구든 새로운 서약을 함으로써 새로운 삶을 시작할 수 있다. 뱀도 그렇게 했다. 누구에게도 해를 끼치려 하지 않았으며, 순수하게 새로운 삶을 시작하겠다는 약속을 양심적으로 지켰다. 뱀은 완전히 변했다. 그날부터 마을 사람들은 행복을 되찾았고, 수확량은 두 배가 되었으며, 그들의 소는 불안해하지 않고 풀을 뜯었다. 아이들은 숲에서 맘껏 뛰어놀았다. 성자는 다시 동굴로 돌아가 자신의 내면 여행을 계속했다. 행복한 결말처럼 들리지만, 안심하기엔 아직 이르다.

몇 달 후 성자는 겨우 목숨을 부지할 만큼의 음식을 얻기 위해서 산에서 내려왔다. 마을을 다니다가 그는 바로 그 뱀이 나무뿌리 근처에 웅크리고 누워 있는 것을 발견했다. 뱀은 짓이겨져 거의 죽은 것처럼 보였다. 비늘이 떨어져 나가고, 쇠약해져 있었으며, 부상을 입어 온몸이 아파 보였다.

성자가 애정 어린 목소리로 물었다.

"사랑하는 친구여, 무슨 일이 있었던 건가?"

뱀이 대답했다.

"이것이 선하게 살아온 결실이지요."

독은 바싹 말랐지만 뱀은 쓰디쓰게 말을 내뱉었다.

"나는 당신의 명령에 복종해 공격적인 생활을 포기했어요. 마을 사람들이 어떤 식으로 나를 해코지해도 내버려 두었어요. 그 결과 나에게 무슨 일이 일어났는지 보세요. 모두가 내게 돌을 던지고 막대기로 때리고 심지어 아이들까지 나를 놀리며 무자비하게 내 꼬리를 끌고 다녔어요. 나는 이제 웃음거리에 불과해요. 하지만 끝까지 당신과의 약속을 지켰어요. 그 결과 이런 몰골이 되었어요."

성자는 웃으며 말했다.

"아, 착한 뱀아. 너는 내가 부탁한 대로 했지만 내 의도를 충분히 이해하지 못했구나. 나는 네게 사람들을 물지 말라고 했지, 쉿쉿거리며 겁을 주지 말라고는 하지 않았다. 너 자신을 무방비 상태로 내버려 두라고는 하지 않았다. 사람들을 공격하는 것은 옳지 않지만, 너 자신을 지키고 보호할 줄은 알아야 한다. 네가 충분히 강하다는 사실을 잊었느냐?"

뱀은 그제야 몸을 일으키며 자신이 어떻게 해야 하는지 이해했다. 마을 사람들은 쉿쉿거리는 소리가 악몽처럼 되돌아오자 접근을 조심했다. 그때부터 마을 사람들과 뱀은 모두 안전하게 살았다.

바위

지평선 너머까지 펼쳐진 아름다운 평야의 비옥한 땅에 한 농부가 농사를 지으며 살고 있었다. 그는 자신을 그 지역에서 가장 운 나쁜 사람으로 여겼다. 다른 밭들은 완벽하게 평평해 농사일을 쉽게 할 수 있었지만, 그가 소유한 밭은 한 가지 문제가 있었다.

밭을 갈 때마다 그는 밭 한가운데 있는 바위와 늘 맞닥뜨렸다. 땅속에 묻혀 뾰족하고 날카로운 끝부분만 조금 드러낸 채 그 바위는 언제부터인지도 모르는 긴 세월 동안 그곳에 박혀 있었다. 밭에서 일하는 동안 농부는 튀어나온 바위 끝에 발이 걸려 번번이 부상을 입었다. 농기구들도 바위에 부딪혀 여러 차례 손상되었다.

농기구를 끄는 소도 바위에 발굽을 다쳐 절뚝거린 적이 몇 번인지도 모른다. 농부의 아내가 음식을 들고 오다가 걸려 넘어져 다리가 거의 부러질 뻔한 적도 있었다.

하지만 농부는 그 바위 끝이 사실 땅속에 묻힌 거대한 바위의 윗부분이라고 추정했기 때문에 바위를 파내는 것은 거의 불가능하다고 생각했다. 설령 파내는 작업을 시작한다 하더라도 굉장한 노력과 인력, 많은 시간이 요구될 것이며, 바위의 크기가 어느 정도인지 가늠할 수가 없으니 성공 여부를 확신할 수가 없었다. 바위가 너무 크면 모든 노력과 시도가 수포로 돌아갈 것이고, 그 과정에서 시간과 돈과 에너지를 낭비할 수도 있었다.

그래서 수십 년 동안 농부는 그곳에 박혀 있는 바위를 파내려는 어떤 시도도 하지 않았다. 긴 기간 동안, 걸림돌이 되는 그 장애물을 그냥 견디며 지냈다. 단지 바위를 자신도 어찌할 수 없는 운명이라 믿고, 상황을 바꾸기 위해 자신이 할 수 있는 일은 아무것도 없다고 여겼다.

어느 날, 밭을 가는 동안 새로 구입한 농기구가 또다시 튀어나온 바위에 부딪혀 완전히 망가졌다. 그동안에는 참고 지내왔지만 그날만큼은 화가 너무 나서 농부는 무슨 수를 써서라도 바위를 파내기로 결심했다.

그는 자신을 도와줄 마을 사람들을 여러 명 불렀다. 그간 농부의 이야기를 들은 바 있는 그들은 흔쾌히 도와주겠다며 힘을 합해 바위를 파내기 시작했다. 처음에 그들 역시 바위가 크고 깊이 박혀서 쉽지 않을 것이라고 생각했다.

그러나 막상 파내다 보니 모두가 깜짝 놀랄 일이 벌어졌다. 바위는 예상했던 것보다 훨씬 작았다. 바위라고 부르기도 어색했다. 불과 반 시간 만에 바위는 뿌리째 들어내어져 밭 밖으로 던져졌다.

농부는 당황스러웠다. 이만한 크기의 바위 때문에 자신들을 모두 불렀냐는 사람들의 시선에 부끄럽기까지 했다. 다른 사람들의 도움 없이 혼자서도 충분히 제거할 수 있는 크기였다. 바위가 매우 클 것이라는 잘못된 상상과 확인해 보지 않은 사실에 대한 믿음 때문에 농부와 가족은 오랜 시간 견디면서 몸에 부상까지 당해야 했고, 수없이 농기구를 바꿔야만 했었다. 그런데 실제로 시도해 보니 싱거우리 만치 작은 문제였다.

문제에 맞서기보다 회피했을 때 문제는 더 커지고 단단해져 우리를 위협한다. 자갈과 모래 정도의 문제를 바위의 크기로 스스로 만들고 있지는 않은가.

수도승과 전갈

물가에 서 있던 전갈이 개구리에게 자신을 업고 강 건너편으로 데려다 달라고 부탁했다. 그러자 개구리가 물었다.

"네가 나를 독침으로 찌르지 않는다는 걸 어떻게 믿지?"

전갈이 말했다.

"너를 찌르면 나도 익사할 텐데 내가 왜 그렇게 하겠어?"

잠시 고민하던 개구리는 전갈의 말이 옳다고 판단하고 전갈을 업고 강을 건너기 시작했다. 하지만 강 중간쯤에서 전갈이 개구리의 등에 독침을 박았다. 둘 다 물속으로 가라앉는 와중에 개구리가 숨을 몰아쉬며 물었다.

"왜 나를 찔렀지? 너도 죽을 텐데."

전갈도 숨을 몰아쉬며 말했다.

"그것이 내 본성이니까."

북인도 알라하바드는 야무나강(인도 북부 갠지스강의 최대 지류)과 갠지스강, 상상 속 신비의 강인 사라스와티강이 합류하는 힌두교의 대표 성지이다. 이 강에서 목욕을 하면 지금까지의 악업뿐 아니라 앞으로 지을 죄까지 미리 씻어 윤회의 고통에서 벗어난다고 사람들은 믿는다.

어느 날 아침, 한 수도승이 이곳에 목욕을 하러 왔다. 강둑에 오렌지색 수도복과 말라(염주 목걸이)를 벗어 놓고 물속으로 걸어 들어간 그는 먼저 태양을 향해 기도를 올렸다. 그런 다음 몸에 물을 뿌리다가 우연히 물에 빠져 허우적거리는 전갈 한 마리를 발견했다. 전갈은 헤엄칠 능력이 없기 때문에 그냥 두면 익사하리라는 걸 그는 알았다.

집게발을 버둥거리며 물속으로 가라앉는 전갈을 보면서 연민심을 느낀 수도승은 조심스럽게 전갈을 집어 손바닥에 올려놓았다. 그런 다음 강가 모래사장에 전갈을 데려다주기 위해 물살을 헤치고 걸음을 옮기기 시작했다.

익사 직전에 가까스로 구조된 전갈은 정신을 차리자마자 자신도 모르게 꼬리의 독침을 수도승의 손바닥에 꽂았다. 뜻밖의 일격을 당한 수도승은 참을 수 없는 통증에 비명을 질렀다. 그는 본능적으로 손을 흔들어 전갈을 떼어 냈고, 전갈은 다시 물에 빠졌다.

잠시 후, 통증에서 회복된 수도승은 물속에서 버둥대는 전갈을 보고 또다시 연민심이 일어 그 독충을 다시 부드럽게 집어 손바닥 위에 올려놓았다. 그러나 물가에 닿기도 전에 전갈이 재차 독침을 찔렀다.

처음보다 더 강한 녹이 팔을 타고 올라왔다. 순간적인 통증에 손을 흔들자 전갈은 또다시 강에 빠졌고, 이번에도 수도승은 포기하지 않고 또다시 버둥거리는 전갈을 구조했다.

강둑에서 이 광경을 지켜보던 남자가 보다 못해 소리쳤다.

"전갈을 내려놓아요! 그렇지 않으면 계속 독침에 찔려 목숨이 위험해요. 전갈은 전갈의 운명에 맡기세요. 독충에게는 자비를 베푸는 것이 무의미해요. 전갈은 변하지 않을 거예요."

하지만 수도승은 그 충고를 무시하고 전갈을 손바닥에 올려놓은 채 계속 물가를 향해 걸어갔다. 물가에 거의 이르렀을 때 전갈이 세 번째로 독침을 박았다. 폐와 심장까지 통증이 퍼졌다. 수도승은 비틀거리며 물속으로 넘어지면서도 전갈이 물에 빠지지 않게 보호했다. 지켜보던 남자가 황급히 달려와 수도승을 물 밖으로 끌어올리자 수도승은 손을 뻗어 전갈을 강가 모래사장에 내려놓는 데 성공했다. 전갈은 뒤도 돌아보지 않고 재빨리 모래밭으로 사라졌다. 수도승은 그 모습을 보며 미소 지었다.

남자가 어처구니없어 하며 물었다.

"어떻게 이 상황에서 미소를 지을 수가 있죠? 저 위험한 놈 때문에 목숨을 잃을 뻔했잖아요. 전갈은 계속해서 당신을 찌를 게 뻔한데 왜 포기하지 않고 끝까지 구해 준 거죠?"

수도승이 말했다.

"당신 말이 옳소. 전갈은 계속해서 나를 찌를 것이오. 그러나 악의나 미움의 감정을 가지고 찌른 것은 아니오. 물의 본성이 젖게 하는 것이듯이, 전갈의 본성은 찌르는 것이오. 따라서 전갈은 자신의 본성을 충실히 따랐을 뿐이오. 전갈은 내가 자기를 안전한 곳으로 데려다주려고 한다는 걸 깨닫지 못했소. 그것은 전갈의 본성이 다다를 수 없는 의식 차원의 일이기 때문이오. 하지만 독침으로 찌르는 것이 전갈의 본성이듯이, 위험에 처한 생명체를 구해 주는 것이 수행자의 본성이오. 전갈은 자신의 본성에 충실했고, 나는 수행자의 본성에 충실했소. 여기에 잘못된 건 아무것도 없소. 전갈이 자신의 본성을 저버리지 않는데 내가 나의 본성을 포기할 이유가 무엇이오? 그래서 나는 미소 지은 것이오. 전갈과 나, 우리 둘 다 자신의 본성을 충실히 따랐소."

당신은 어떤 본성에 충실한가? 자기 안의 낮은 차원의 본성을 따르는가, 아니면 높은 차원의 본성을 따르는가? 어느 본성에 충실할 것인가는 자신의 선택에 달린 일이다.

왕과 학자

북인도 우타르프라데시 지역에 작다면 작고 크다면 큰 왕국이 있었다. 그 왕국에는 양쪽 끝이 위로 굽어 올라간 기다란 수염을 가진 왕과, 수염이 조금 짧긴 하지만 굽신거리거나 맞장구치는 데는 일가견 있는 한 무리의 대신들이 있었다. 그리고 그 대신들 중에는 여러 경전에 정통한 학자가 한 명 있었다.

이 궁정 학자의 한 가지 단점은, 왕의 조언자로서 뛰어난 학식을 갖췄음에도 불구하고 그 자신은 경전들의 가르침에 따라 살지 못하고 있다는 것이었다. 물론 영적 깨달음과도 거리가 멀었다. 하지만 해박한 지식과 말재주 때문에 왕은 모든 경우에 그의 조언에 귀를 기울였다. 왕의 후원 아래 학자는 작다면 작고 크다면 큰 집에서 부족함 없이 아내와 아들을 먹여 살릴 수 있었다.

이십 대에 접어든 그의 아들은 집에 거의 머물지 않았다. 식사 때만 들어왔다가 다시 나가서는 대부분의 시간을 숲속에 사는 성자와 함께 보냈다. 학자는 변덕 많은 왕의 기분을 맞추느라 분주해서 아들의 행방을 묻거나 관심사에 대해 대화를 나눌 틈이 없었다. 성자의 영향으로 아들은 명상의 세계에 끌렸고, 해 뜰 무렵부터 해 질 녘까지 대부분의 시간을 내면 탐구에 보냈다.

추운 겨울이 지나고 봄이 와, 서로에게 색색의 물감을 뿌려대는 홀리 축제를 한 달 앞둔 어느 날, 왕이 학자를 불러 수염 양쪽 끝을 번갈아 실룩이며 준엄하게 말했다.

"고대 쿠루왕국의 파리크쉬트 왕은 수크데브 현자의 강의를 듣고 단번에 정신적 해탈을 얻었다고 한다. 그렇게 되기까지 단 7일밖에 걸리지 않았다고 기록되어 있다. 나도 모든 속박으로부터 자유를 경험할 수 있도록 이제부터 한 달의 시간을 그대에게 주겠다. 만약 이 기간 안에 그대가 나에게 깨달음과 영적 자유를 선물할 강의를 준비하지 못한다면 그대의 지위를 박탈하고 재산을 몰수하겠다. 뿐만 아니라 그대의 가족 모두를 나라 밖으로 추방할 것이다."

난데없는 명령에 학자는 말할 수 없는 두려움과 불안에 빠졌다. 원숭이가 나무 꼭대기에서 떨어뜨린 커다란 야자열매에 머리를 정통으로 얻어맞은 충격에 비할 바가 아니었다. 그 자신도 파리크쉬트 왕이 해탈에 이른 이야기를 알고 있었다. 따라서 왕의 요구는 매우 부당한 것이었다.

"어떻게 나처럼 평범한 학자에게 그런 큰 기대를 할 수 있지? 수많은 승려들과 학자들이 7일 동안 경전을 읽어 주었지만 파리크쉬트 왕에게 모두 퇴짜를 맞았다는 사실을 모른단 말인가? 그래서 결국에는 천상계에 있는 수크데브 현자에게 도움을 청했지 않은가?"

하지만 수염처럼 꼬인 왕의 성격을 누구보다 잘 알기에 그 명령을 되돌릴 길이 없음을 모르지 않았다. 이제 학자는 그토록 좋아하는 단과자를 입이 써서 먹지도 못하고 나날이 고뇌가 깊어져 갔다.

홀리 축제가 코앞으로 다가온 어느 날이었다. 그날따라 우연히 가족이 함께 앉아 저녁을 먹고 있었다. 대개 아들은 밥을 따로 먹고 아버지를 거의 마주하지 않았었다. 이날, 아들은 아버지가 우울한 얼굴로 식사조차 제대로 못 하는 것을 알고 이유를 물었다.

학자는 아들을 쓸모없는 존재로 여겼기에 대답하고 싶어 하지 않았다. 그러자 어머니가 어깨로 흘러내린 사리 자락을 머리 위로 끌어올리며 아들에게 모든 사정을 이야기했다. 봄의 여신이 자신들에게 가난과 파멸을 가져다주기로 결정한 것에 학자의 아내는 기름 떨어진 등잔의 불꽃처럼 몸을 떨었다.

하지만 아들은 가족에게 닥칠 운명에도 전혀 동요하지 않고 차분한 목소리로 말했다.

"아버지, 아무 걱정하지 마세요. 내일 저를 데리고 왕궁으로 가세요. 그리고 왕에게 저를 잠시 구루로 받아들이고 저의 지시대로 따라 달라고 요청하세요."

터무니없는 이야기에 눈을 부릅떴지만, 달리 방법이 없었던 학자는 어쩌면 아들이 자신들을 위기에서 구할 수 있는 묘안을 가지고 있을지 모른다고 생각했다.

운명의 날이 밝자 학자의 아내는 집 안의 작은 신상 앞에 신선한 금잔화를 바치고 향을 올리며 점토로 만든 신도 감동할 만큼 정성껏 푸자를 드렸다. 흰색 터번을 새롭게 고쳐 쓰고 아들과 함께 왕궁에 도착한 학자는 왕에게 아들의 제안을 이야기했다.

왕은 그렇지 않아도 꼬인 수염 끝을 또다시 꼬며 의심스러운 눈으로 학자의 아들을 관찰했다. 학자는 몹시 불안했지만 아들은 왕 앞에서도 평정심을 잃지 않았다. 대신들이 지켜보는 앞에서 왕은 자신의 너그러움을 보여 줄 필요가 있다고 느꼈다. 그래서 짐짓 흔쾌히 제안을 수락하고 젊은이를 구루로 받아들였다.

모든 시선이 왕과 젊은 구루에게 향했다. 시중드는 하인들과 호위병들도 본분을 잊고 이 뜻밖의 상황에 주목했다. 무엇보다 놀라운 것은 학자의 아들이 왕에게 매우 튼튼한 밧줄을 가져오라고 지시한 것이었다. 학자는 불안감이 극에 달해 머리에 쓴 흰색 터번이 파랗게 물드는 기분이었다. 비현실적인 아들이 어느 정도까지 어리석은 짓을 할지 전혀 예측할 수 없었다. 아들을 데려온 자신의 무지를 탓해도 이미 늦은 일이었다.

왕이 호위병을 시켜 밧줄을 가져오자 학자는 불길한 상상에 몸을 떨었다. 아들이 그 밧줄로 누군가를 묶을지도 모른다는 생각이 퍼뜩 들었다. 가령 아들이 왕을 직접 묶는다면?

아니나 다를까, 아들이 호위병들에게 지시했다.

"왕을 묶어라. 어서 저 기둥에 왕을 묶도록 하라."

모두가 아연실색하고 호위병들이 긴장했다. 눈을 부라린 것인지 커진 것인지 모를 왕도 수염 양 끝이 미세하게 떨렸다. 하지만 이내 왕은 묶이는 것에 순순히 동의했다. 이제 와서 화를 내는 것은 옹졸한 모습만 보여 줄 뿐이었다. 상황의 결말이 어찌될지 그 자신도 궁금했다.

왕이 기둥에 묶인 다음, 아들은 밧줄 하나를 더 가져오게 해 이번에는 아버지에게 또 다른 기둥에 묶여 있을 것을 명령했다. 그래서 학자도 묶여 있게 되었다. 밧줄에 묶이면서 머리끝까지 화가 난 학자는 숨죽여 욕설을 퍼부으며, 왕이 처벌을 내리기 전에 자신이 먼저 아들에게 가혹한 벌을 내리리라고 별렀다. 그때 아들이 그에게 지시했다.

"아버지, 이제 왕을 풀어 주세요."

학자는 더 이상 화를 참지 못하고 몸이 묶인 채 격분해서 소리쳤다.

"바보 같은 녀석아! 내가 밧줄에 묶여 있는 것이 안 보이느냐? 스스로도 묶여 있는 사람이 다른 사람을 어떻게 풀어 줄 수 있단 말이냐? 그것이 불가능한 일이라는 걸 이해하지 못하느냐?"

그 순간, 놀라운 변화가 일어났다. 아들이 대답하기도 전에 왕이 조용하고 겸허한 목소리로 말했다.

"나는 이해했네. 세상일과 욕망에 묶여 있는 자는 다른 묶여 있는 사람을 풀어 줄 수 없다는 것을. 사실은 누구도 다른 사람의 속박을 깨뜨려 줄 수 없겠지. 자신의 힘으로 욕망과 환상을 떨쳐 내고 자유로워지지 않는다면 보이지 않는 밧줄로 스스로를 계속 묶고 있는 것과 마찬가지이니까."

학자도 숙연해지고, 대신들도 과장되게 맞장구치던 습관을 잊고 말없이 고개를 끄덕였다. 그렇게 왕과 학자가 서로의 기둥에 묶여 있는 동안 물감 축제가 다가왔다.

구원의 만트라

　12세기 힌두 사상가 라마누자는 남인도 출신으로, 지식이 해탈에 이르는 유일한 수단이라는 전통에 반대해 박티(신에 대한 순수한 헌신) 신앙을 주장했다. 지적인 앎은 해탈을 얻기 위한 하나의 수단일 뿐이며, 온 마음을 다해 신을 믿고 사랑하는 길이 구원에 이르는 가장 빠른 길이라고 그는 설파했다. 신 앞에서는 성별, 카스트, 종파의 구별 없이 모두 동등하며 누구든지 신의 품 안에서 안식처를 구할 수 있다고 가르쳤다.

　라마누자의 이 혁명적인 가르침은 인도 전역으로 퍼져 나가, 고급 산스크리트어를 구사하는 바라문 사상가들이 독점하던 '신에게 이르는 길'을 민중 차원으로 끌어내린 종교 운동의 출발이 되었다. 그는 천민 계급의 사원 출입을 불허하는 것에 반대하고 민중을 종교의 주체자로 끌어들임으로써 힌두교 사원

건축 양식에도 큰 변화를 불러왔다.

라마누자는 부모의 권유로 결혼했으나 곧 아내와 이별하고 출가수행자가 되어 많은 곳을 여행하며 스승들을 만났다. 그가 아직 자신의 길을 찾고 있을 때의 일이다. 한 스승의 제자로 입문하기 위해 그는 예법에 따라 무릎을 꿇고 코코넛을 바쳤다. 힌두교에서는 전통적으로 스승이 제자를 받아들일 때 제자에게 만트라를 말해 준다. 이 만트라는 평생 비밀로 간직하면서 마음속으로 암송해야 한다.

스승은 라마누자의 귀에 만트라를 속삭여 주며 말했다.

"매일 이 만트라를 마음속으로 암송하라. 누구에게도 발설하지 말고, 소리 내어 외지도 말며, 조용한 열정을 갖고 외도록 하라. 명심하라. 아무에게도 이 만트라를 들려주어선 안 된다."

라마누자가 물었다.

"왜 사람들에게 들려주면 안 되죠? 만약 내가 큰 소리로 이 만트라를 알려 주면 무슨 일이 일어나죠?"

스승이 말했다.

"이 만트라는 매우 강력한 힘을 갖고 있다. 이 만트라를 듣는 이들은 무지와 어둠에서 깨어나 곧 구원에 이르게 될 것이다. 그러나 신성한 만트라를 발설한 너 자신은 제자의 신분을 박탈당하고 무지 속에 고통스럽게 방황하게 될 것이다. 이것이 네가 만트라를 오직 네 마음속에만 간직해야 하는 이유이다."

그 말을 듣자마자 라마누자는 곧바로 시장 한복판의 가장 높은 지붕 위로 올라갔다. 그러고는 큰 소리로 사람들을 불러 모았다.

"모두 와서 들어보세요. 위대한 스승이 나에게 강력한 만트라를 가르쳐 주셨습니다. 여러분 모두를 구원에 이르게 하는 만트라입니다. 듣고 따라 해 보세요."

그리고 그는 모두가 들을 수 있도록 큰 소리로 스승이 준 만트라를 외쳤다. 시장에 모인 사람들 모두가 그의 말을 듣고 만트라를 함께 암송했다. 이 광경을 목격한 다른 제자들이 스승에게 달려가 스승의 지시를 따르지 않은 라마누자의 제자 신분을 박탈할 것을 요구했다.

스승이 라마누자를 불러 물었다.

"내가 주의를 주었는데도 왜 사람들에게 만트라를 들려주었는가?"

라마누자는 대답했다.

"이 만트라를 듣는 사람들이 모두 구원을 얻을 수 있다면 저는 천 번이라도 고통과 무지로 가득한 생을 방황할 준비가 되어 있기 때문입니다."

스승이 미소 지으며 말했다.

"그대에게는 내가 더 가르칠 것이 없다. 그대 자신이 이미 스승이다."

두 마리의 새

두 마리의 새가 한 나무에 앉아 있다. 똑같은 깃에 똑같이 생겼지만, 한 마리는 언젠가는 죽을 운명의 새이고 다른 한 마리는 불멸의 새이다. 죽을 운명의 새는 나무의 아래쪽 가지에 앉아 있고, 불멸의 새는 맨 위쪽 가지에 앉아 있다.

아래쪽 가지의 새는 쉼 없이 재잘거리며 이 가지 저 가지에 달린 열매를 따 먹는다. 열매가 쓰면 불행해하고, 달면 행복해한다. 늘 부족함을 느껴 더 많은 열매를 원하며, 다른 새들이 먼저 따 먹지 않을까 불안해한다. 잠시도 쉬지 않고 움직이면서 이 열매와 저 열매를 비교한다.

위쪽 가지에 앉은 새는 먹지 않고 세상을 다만 바라볼 뿐이다. 이 새에게는 아래쪽 새와 다르게 욕망도 배고픔도 없다. 좋음과 나쁨, 행복과 불행에 소란 피우지 않으며, 완전한 고요 속에 움직임 없이 앉아 있다.

한 마리의 새는 세상에 묶여 있고, 다른 한 마리의 새는 일체의 것으로부터 자유롭다. 한 마리의 새는 가지들 위를 뛰어다니며 분주히 시간을 쏟지만, 다른 한 마리의 새는 평화와 환희를 느낀다. 아래쪽 가지의 새는 열매를 찾느라 바쁘지만, 위쪽 가지의 새는 존재 자체로 행복할 뿐 열매가 달든 쓰든 관심이 없다. 스스로 만족해 더 이상 바라는 것이 없다.

쓰디쓴 열매를 맛보고 괴로워하던 어느 날, 아래쪽 가지의 새는 위쪽 가지에 앉은, 자기와 똑같이 생긴 새를 올려다본다.

'저 새는 뭐지? 나는 이렇게 분주하고 불행한데 왜 저토록 초연하지?'

이런 생각이 들자 그 새를 닮고 싶은 마음에 위쪽 가지를 향해 한 단계 올라간다. 그러나 이내 유혹에 못 이겨 또 다른 열매에 몰두한다. 열매가 쓰면 몹시 괴로워하면서 위쪽의 평온한 새를 올려다보고는 또다시 한 단계 올라간다. 그렇지만 또 금방 잊고 습관처럼 열매에 탐닉한다.

그렇게 수없이 반복한 끝에 아래쪽 새는 위쪽 새가 앉아 있는 맨 위쪽 가지에 이른다. 그 순간 모든 시야가 바뀌고, 자신이 본래 그 위쪽 새였음을 깨닫는다. 자신들이 서로 다른 두 마리의 새가 아니라 오직 한 마리의 새였음을. 그리고 아래쪽 나뭇가지에서 달고 쓴 열매를 따 먹으며 기뻐하고 슬퍼하던 일들이 다 환영이고 꿈이었음을 자각한다. 인도의 고대 철학서 『우파니샤드』에 나오는 우화이다.

이 가지 저 가지 움직이는 새는 나의 마음이고, 위쪽 가지에 고요히 앉아 있는 새는 나의 참 자아이다. 열매를 탐닉하는 새는 에고이며, 그것을 초연히 바라보는 새는 참나이다. 그 둘이 함께 앉아 있는 나무는 내 육체이다.

세상 차원의 새는 이 가지 저 가지 옮겨 다니며 끊임없이 즐거움을 추구하지만 고통의 열매를 맛보는 순간 그 기대가 헛된 것임을 깨닫고 위쪽 가지에 앉은 새에게 조금씩 다가간다.

아래쪽 새가 위쪽 가지의 새를 알아보는 순간, 고통으로부터의 자유가 시작된다. 유한한 자아가 무한한 자아를 향해 나아가는 것이다. 인생을 살아가면서 두 자아는 서서히 가까워져 마침내 하나가 된다. 그리하여 어느 날 그 무한한 자아가 곧 자신이었음을 깨달아 완전한 평화에 이른다고 『우파니샤드』는 말한다. 내 안에는 나만 있는 것이 아니라 나를 지켜보는 내가 있다. 그 나와 가까워져야 한다.

낙타를 너한테 묶어 놓지 말라

라자스탄 사막에 한 현자가 살았다. 그는 수피(이슬람 신비주의)의 현자로 유목민의 삶을 살면서 박애주의를 실천했다. 사방 멀리에서도 사람들이 그의 야영지를 찾아와 필요한 도움을 청하고, 다양한 문제에 대한 답을 구했다. 그럴 때마다 현자는 조언을 통해 영적으로 치유해 줄 뿐 아니라 자신이 가진 소유물들을 기꺼이 나눠 주었다. 무엇이든 도움을 주려는 그의 모습에 사람들은 감명받고 그를 마음으로부터 존경했다. 그리고 보답으로 사막에서 가장 유용한 동물인 낙타를 종종 선물했다. 몇 명의 제자들이 그와 함께 지내며 선물 받은 낙타들을 돌보았는데, 낙타들의 숫자가 점점 늘어나 나중에는 가난한 유목민들에게 나눠 주고도 50마리에 달했다.

어느 날 한 사람이 현자의 텐트를 찾아왔다. 겉으로 보기에도 몹시 혼란스러운 얼굴이었다. 나날의 삶에서 부딪치는 문제들을 감당할 수 없어 영구적인 해결책을 찾고자 현자를 만나러 온 것이다.

현자는 그의 문제를 귀 기울여 듣고서 그에게 물과 음식을 제공했다. 그런 다음 내일 답을 알려 줄 테니 그날 밤은 그곳에서 자신이 갖고 있는 낙타들을 돌봐 달라고 부탁했다. 남자가 흔쾌히 알겠다고 하자, 현자는 한 가지 지켜야 할 사항이 있다고 말했다. 낙타들이 모두 앉아서 쉴 때까지 잠들면 안 된다는 것이었다. 낙타는 일반적으로 오랫동안 계속 서 있다가 한동안 앉아서 쉰다. 하지만 일단 완전히 쉬고 나면 다시 일어나 사료를 먹곤 한다.

남자는 밤새도록 자지 않고 낙타를 지켰다. 어떤 낙타들은 앉아 있었지만 다른 낙타들은 서 있었다. 몇 마리는 야영지 주위를 배회하고 있었고, 또 다른 몇 마리는 서 있는 자세로 사료를 먹느라 분주했다. 얼마 후에는 앉아 있던 낙타 중 몇 마리가 일어나서 천천히 주위를 돌며 움직이기 시작했고, 좀 전에 서 있던 낙타들 중 몇 마리는 앉아서 휴식을 취했다.

자정까지 남자는 모든 낙타가 앉아서 잠들기만을 기다리며 낙타들을 계속 주시했다. 현자의 지시에 따라 모든 낙타가 앉은 다음에야 잠을 잘 생각이었다. 하지만 모든 낙타가 일제히 앉아 있는 순간을 밤새도록 한 번도 발견할 수 없었다. 온 밤

내내 낙타 몇 마리는 다른 낙타들이 앉아 있는 동안 서 있거나 돌아다녔다. 서 있는 낙타들을 앉히려고 이리저리 노력해 보았지만 실패로 돌아갔다.

결국 그는 밤새도록 잠을 이룰 수 없었다.

다음 날 그가 현자 앞에 나타나자, 현자가 물었다.

"밤에 잘 잤는가?"

남자는 투덜거리며 밤사이에 있었던 일을 현자에게 전했다.

"모든 낙타가 한 마리도 남김없이 앉아서 쉴 때까지 잠들지 말라는 당부 때문에 계속 지켜보았습니다. 하지만 밤새도록 몇 마리는 앉아 있었고 몇 마리는 서 있었습니다. 서 있는 낙타들이 앉기를 계속 기다렸는데, 그 낙타들이 앉아서 휴식을 취하자 이번에는 조금 전까지 앉아 있던 낙타들이 일어났습니다. 똑같은 상황이 계속 반복되었고, 결국 모든 낙타가 앉아 있는 경우는 한순간도 없었습니다."

따라서 그는 밤새도록 그 모습을 지켜보며 잠을 잘 수 없었다고 말했다.

현자는 남자의 말을 사려 깊게 듣고 나서, 그가 일상생활에서 겪는 문제들의 근본 원인이 낙타들의 행동과 매우 비슷하다고 설명했다.

낙타들이 서 있거나 또는 앉아 있는 것처럼, 삶의 문제들은 일어났다가 사라지기를 반복한다. 우리가 한 문제의 해결책을 발견하고 행복해지려고 노력하는 동안 또 다른 문제가 일어나 우리를 수렁에 빠뜨리곤 한다. 낙타 한 마리가 앉아 있을 때 다른 낙타가 일어나는 것과 같다. 이 문제가 발생하고 해결되면 또 다른 문제가 발생하는 것, 이러한 순환은 우리가 살아 있는 동안 계속 맞닥뜨릴 수밖에 없다. 결코 우리 인생에서 모든 낙타가 앉는 순간은 오지 않는다.

문제로부터의 영원한 해방은 존재하지 않는다. 언제나 문제들은 우리가 해결해 주기를 기다리며 그곳에 존재할 것이다. 따라서 우리는 문제들을 신중하게 다뤄야 하지만, 그것들로 인해 잠들지 못해서는 안 된다. 낙타를 자신에게 묶어 놓았기 때문에 자신도 낙타에게 묶인 것이다. 문제들에 맞닥뜨리면서도 깊이 휴식할 수 있어야 한다. 낙타들이 앉아 있든 서 있든 방해받지 않고, 기나긴 사막을 건너기 위해 밤에는 휴식을 취하는 유목민들처럼. 여행자를 지치게 만드는 것은 앞에 놓인 길이 아니라 신발 속 모래이다.

샤바 샤바

    세상을 재창조하기 위해 파괴의 역할을 맡은 시바 신은 인도인들에게는 가장 인정 많은 신으로 알려져 있다. 산스크리트어로 '시바'는 '친절하고, 다정하고, 자애롭고, 은총을 베푸는 이'라는 뜻이다. 순수한 기도로 다가가면 이 신의 마음을 얻는 일이 매우 쉽다고 사람들은 믿는다. 그래서 '쉽게 기분 좋아하는 이'라는 뜻의 아슈토쉬나 '단순하고 순진하다'는 뜻의 볼레나트라는 이름으로도 불린다. 복잡한 의식을 거행하지 않아도 누구든지 단순한 존경심을 갖거나 벨 나뭇잎(아유르베다에도 언급되는 실용적인 약용 식물이자 신성한 나무) 하나만 바쳐도 기뻐하며 은총을 내리는 신이다.

    반면에 경전에 대한 지식을 자랑하며 시바 신에게 올리는 의식 절차나 만트라를 정확히 알고 있다고 자부하는 성직자나 종교학자들은 종종 그 신으로부터 접근을 거부당했다.

시바 신을 숭배하는 한 소년이 있었다. 소년은 동네 사람들이 시키는 허드렛일을 하며 가난하게 살았다. 낮은 계급 출신이어서 학교를 다닐 기회도 주어지지 않았고, 자유롭게 사원을 드나드는 일도 용납되지 않았다. 그 대신 소년은 일을 하면서 마음을 시바 신에게 항상 고정시켰다. 그래서 언제 어디서나 기도문처럼 "샤바, 샤바, 샤바!" 하고 암송했다.

한번은 지나가던 성직자 계급의 바라문이 소년의 암송하는 기도문을 들었다. "샤바, 샤바, 샤바!" 하는 말을 듣고 그는 경악을 금치 못했다. 그는 소년을 움켜잡고 말했다.

"이 바보야! 네가 지금 무슨 단어를 중얼거리는지나 알고 있느냐?"

소년이 겁을 집어먹으며 말했다.

"저는 그냥 신의 이름을 불렀을 뿐이에요."

"천치 같으니!"

바라문이 소리쳤다.

"너는 지금 '시바, 시바, 시바!' 대신 '샤바, 샤바! 샤바, 샤바!' 하고 읊조리고 있어. '샤바'는 시체라는 뜻이야. 신의 이름이 '시바'라는 것조차 모른단 말이냐?"

가련한 소년은 그 사실을 듣고 두려움에 질렸다.

바라문이 다시 소리쳤다.

"시바 신이 이것 때문에 반드시 너를 벌할 거야."

소년은 이제 공포에 질려 바라문에게 용서를 빌며 애원했다.

"제가 어떻게 해야 하는지 말씀해 주세요."

"이제부디 너는 속죄하는 마음을 담아 시바 신의 이름을 매일 십만 번씩 암송해야만 한다. '시바, 시바! 시바, 시바!' 이렇게 말야. '샤바, 샤바!'가 아니야."

바라문은 그렇게 혼을 내고 떠났다.

한 가엾은 영혼을 구원하고 자신의 의무를 다한 것에 만족해하며 성직자는 집으로 돌아와서 시바 신에게 예배를 드렸다. 그날 밤 잠이 들었을 때 그는 꿈을 꾸었다. 꿈에서 그는 자신의 집에 마련된 기도실에서 시바 신과 이야기를 나누고 있었다.

그가 시바 신에게 말했다.

"저는 가끔 사람들의 무지에 무척 놀라곤 합니다. 오늘 낮에도 글조차 모르는 소년이 당신의 신성한 이름을 부르는 대신 '샤바, 샤바.'라고 암송하고 있었습니다. 어떻게 그럴 수가 있을까요? 하지만 제가 아이의 잘못을 일깨워 주었습니다. 영혼을 구원해야 하는 저의 의무를 다해 매우 행복합니다. 이제 아이는 당신의 이름을 정확하게 외울 것입니다. 제가 당신의 헌신자여서 더없이 기쁩니다."

그러자 시바 신이 화를 내며 말했다.

"그 소년은 그대보다 훨씬 진실한 헌신자이다."

바라문이 놀라서 수염을 실룩거리며 물었다.

"왜 그렇습니까, 신이시여?"

시바 신이 말했다.

"나에게는 '샤바, 샤바.'든 '시바, 시바.'든 중요하지 않다. 어차피 그것은 인간들이 나에게 붙인 이름에 불과하다. 소년이 어떤 단어를 사용하든 그 단어 뒤에는 나를 큰 소리로 부르는 순수하고 진실한 감정만 있었다. 그에게는 다른 의도가 없었다. 하지만 그를 바로잡아 준 그대의 진짜 의도는 자신의 우월성을 증명하고 소년의 무지를 지적하려는 데 있었다. 그 결과 그 가련한 소년은 내 이름을 잘못 발음해 내 노여움을 살까 두려워하며 이제 더 이상 내 이름을 부르지 않는다. 그대가 소년의 순수한 헌신을 빼앗아 그것을 두려움으로 바꿔 놓았다! 이게 무슨 헌신인가?"

내 안에는 나만 있는 것이 아니라 나를 지켜보는
내가 있다. 그 나와 가까워져야 한다.

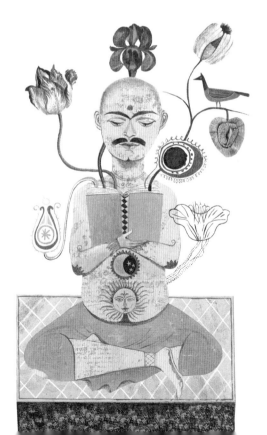

왕의 인생 수업

번영하는 왕국의 강력한 군주이자 지배자가 있었다. 그의 통치하에 예술과 과학이 꽃피어나고 경제가 발전했다. 대신들도 지혜롭고 헌신적이었다. 왕비도 성품 좋은 미인이었으며, 자녀들은 영민하고 순종적이었다. 그의 군대는 모든 적을 궁지에 몰아넣을 만큼 강했다. 그는 어떤 분야든 탐구할 시간적 여유가 있었으며, 이해가 빨라 단시간에 많은 것을 배우곤 했다. 이 세상에서 그가 소유하지 못한 것은 아무것도 없었다.

하지만 그는 자신에게 무엇인가 결여되어 있음을 느꼈다. 평온함은 그를 피해 다녔고, 밤에는 불면증이 괴롭혔다. 그 불안감을 치유할 수 있는 현자를 꼭 만나고 싶었다. 그는 먼 도시에 위대한 지혜와 깨달음을 성취한 현자가 있다는 소문을 들었다.

그는 지체 없이 그 현자를 만나러 갔다. 현자는 몸이 수척하고 여러 날 동안 씻지도 않은 것처럼 보였다. 긴 머리는 지저분하고, 옷차림은 나체에 가까웠다. 하지만 두 눈은 범상치 않은 빛이 났다. 소문대로 그가 위대한 존재임을 알 수 있었다.

왕이 절실한 어조로 물었다.

"말해 주세요, 구루지. 당신은 진정으로 행복합니까?"

현자가 대답했다.

"물론이지. 내가 어떻게 행복하지 않을 수 있겠는가?"

왕은 그의 말이 진실하다는 것을 느끼고 왕궁에 와서 자신에게 가르침을 베풀 것을 간청했다. 현자는 왕의 요청을 받아들였지만 한 가지 조건을 내세웠다. 자신의 행동에 대해 조금이라도 문제를 삼으면 즉각적으로 떠나겠다는 것이었다.

왕궁에 거처를 마련한 현자는 곧바로 무분별한 사치와 향락의 생활을 시작했다. 이발사와 마사지사가 매일 아침 그의 피로를 풀어 주었으며, 식사 때마다 최고급 음식을 즐겼다. 최고의 재단사가 옷을 만들어 바치고, 마술사와 광대들이 즐거움을 선사했다. 조각가들은 그를 모델로 큰 조각상을 만들었다.

예상하지 못한 변신에 왕은 놀라지 않을 수 없었다. 하지만 자신이 한 약속을 지키기 위해 신하들에게 현자의 요구에 따르라고 지시했다. 신하들은 드러나게 볼멘소리를 내며 왕이 이성을 상실했다고 느끼면서도 명령을 따를 수밖에 없었다.

저녁마다 한 시간씩 왕은 현자의 가르침을 받았다. 이때만큼은 현자는 완전히 다른 사람이 되어 있었다. 그가 하는 말들에는 진리의 울림이 담겨 있었고, 통치자는 국정 운영과 철학에 대해 많은 것을 배웠다.

하지만 다른 시간에는 절망하면서 왕은 자신이 내린 충동적인 초대를 후회했다. 그 침입자는 왕궁 안에서 담배를 발견하고는 굴뚝처럼 연기를 뿜어 댔다. 술도 아무 때나 마시고 궁 안의 여자들을 쫓아다니기 일쑤였다.

마침내 더 이상 참지 못한 왕이 분개해서 현자에게 자신의 모습을 돌아보라고 말했다. 얼마나 천박한 상태에 추락해 있는가를. 왕은 주장했다.

"당신과 나 사이에 무슨 차이가 있소? 이런 당신이 나에게 무엇을 가르친다고 할 수 있겠소?"

현자가 즐거운 표정으로 말했다.

"그대가 언제 폭발할지 궁금했다. 그대가 약속을 어겼으니 나는 떠나겠다. 그대와 내가 차이가 없다는 말은 틀렸다. 우리 사이에는 큰 차이가 한 가지 있다. 그 차이를 이해하기 전까지 그대는 지금처럼 번뇌와 고통에서 벗어나지 못할 것이다."

왕이 소리쳤다.

"무슨 차이가 있단 말이오? 당신은 나와 하나도 다를 바 없이 세상의 쾌락에 빠져 있고 나보다 더 열심히 즐거움을 추구하고 있소."

현자가 조용히 말했다.

"그대가 아직 모르는 사실이 있다. 어쨌든 나는 떠나겠다. 하지만 그대는 좋은 사람이며, 그대의 의도는 존중받을 만했다. 따라서 작별 선물로 그대와 니의 치이를 기르쳐 주겠디. 그러나 이 왕궁 안에서는 그것을 말해 줄 수 없다. 그대 혼자서 보름 동안 나를 따라와야 한다."

그래서 두 사람은 길을 떠나 멀리까지 여행했다. 왕이 몇 차례 답을 요구했으나 현자는 미소만 지을 뿐이었다. 얼마 후 그들은 국경에 도착했지만 현자는 계속해서 나아갔다.

왕이 걸음을 멈추고 항의했다.

"나는 국경을 넘을 수 없소. 여기서 돌아가야 하오. 그리고 해결해야 할 일들이 쌓여 있소. 다시 당신에게 걸려든 것이 후회스럽소. 어서 나에게 그 차이를 말해 주고 갈 길을 가시오."

현자가 걸치고 있던 옷을 벗어 던지며 말했다.

"그 차이는 이것이다. 나는 편하고 사치스럽게 지냈으나 아무 미련 없이 떠난다. 내게는 한순간의 아쉬움도, 애착도 없다. 즐거웠던 시간은 이제 과거가 되었다. 다른 모든 일들과 마찬가지로 그것들은 왔다가 갈 뿐이다. 나는 조금의 동요도 없이 완전한 평정 속에 이 진리를 받아들인다."

그가 말을 이었다.

"반면에 그대는 왕의 자리에 너무 사로잡혀 있기 때문에 그것을 내려놓지 못한다. 그것을 위해서는 언제든 영적 추구를 포기할 준비가 되어 있다. 이것이 장애물이다. 그대가 찾는 것이 바로 앞에 있지만, 그대가 움켜쥐고 있는 것을 내려놓아야만 그대가 찾는 것에 다가갈 수 있다. 이것이 우리 두 사람의 차이이며, 이 차이는 거대한 협곡처럼 깊다. 그대의 왕궁으로 돌아가라. 현명하게 나라를 통치하라. 언젠가 그대가 스스로 이 진리를 깨닫게 되기를 기도하겠다."

왕의 눈에서 비늘이 떨어졌다. 그는 저녁마다 현자에게서 얼마나 많은 것을 배웠는지 기억했다. 그는 진실되게 용서를 구하며 현자에게 다시 왕궁으로 돌아갈 것을 간청했다.

현자가 미소 지으며 말했다.

"만약 내가 다시 돌아가면 그대는 내가 스승의 가면을 쓴 자인지 아니면 진정한 스승인지 끝없이 의심할 것이다. 이제 나는 그대에게 가르쳐 줄 것이 더 이상 없다. 어서 그대의 왕국으로 돌아가라."

현자는 말을 마치고 떠났다. 결코 뒤돌아보지 않은 채.

왕은 왕궁으로 돌아와 다시 통치를 시작했다. 전과 달라진 것은, 현자가 한 말을 늘 머릿속에 기억하며 살아갔다는 것이었다. 세상 속에서 최선을 다해 살되 언제든 내려놓을 수 있어야 한다는 진리를 깨달을 때까지.

위험한 지식

한 마을에 어린 시절부터 친구로 지낸 네 명의 청년이 있었다. 모두 귀족 가문 출생으로, 장차 높은 관직에 오르거나 왕의 고문이 될 것으로 사람들은 기대하고 있었다. 그 기대에 부응하기 위해 그들은 각자 다른 분야를 전공하기로 했다. 그리고 공부를 마치면 다 같이 만나서 서로 어떤 수준에 이르렀는지 보여 주기로 했다.

도시의 학교로 간 세 명은 각자 자신들이 선택한 학문에 매진해 얼마 안 가 나라에서 가장 학식 있는 학자들에 버금가는 지식을 얻었다. 그러나 현실에 대해서는 거의 알지 못했다.

나머지 한 청년은 도시로 간 친구들과 달리 어느 정도 나이가 들자 세상을 탐구하러 떠났다. 그는 책에서 배우는 것만이 절대적으로 중요하다고 생각하지 않았고, 대신에 여행 중에 세상에 대해 많은 것을 보고 들었다. 집에 돌아왔을 때쯤에는 어떤 일을 하는 것이 좋고 어떤 일이 그렇지 않은지 분간할 만큼 현명해졌다. 인생에 필요한 상식이 풍부해진 것이다.

몇 년 후 그들은 약속한 대로 한자리에 모였다. 도시의 학교로 갔던 세 친구는 자신들이 얼마나 힘들게 학문을 닦았으며 그렇게 해서 얼마나 뛰어난 지식을 갖게 되었는지 자랑했지만, 세상을 돌다 온 친구는 단지 현실에 필요한 상식만 약간 배웠을 뿐이라고 겸허하게 말했다.

토론 끝에 세 친구는 한 가지 결론에 이르렀다.

"왕을 만나러 가자. 경전과 학문에 대한 우리의 지식을 알면 분명 높은 관직을 내릴 거야."

그러나 출발하기 전에 한 학자 친구는 속으로 생각했다.

'왕은 많은 책을 읽고 공부한 사람에게만 직책을 주지, 그저 상식만 갖고 있다고 채용하지는 않아. 학문을 닦은 우리 셋만 가야지, 세상을 돌고 온 저 친구는 아니야.'

하지만 세 학자는 잠시 논쟁을 주고받은 끝에 나머지 한 친구도 함께 데려가는 것이 좋겠다는 데 의견을 모았다. 그래서 네 명 모두 숲길을 따라 왕궁으로 향했다.

얼마 가지 않아 그들은 커다란 나무 밑에서 사자의 뼛조각들을 발견했다. 세 학자는 생각했다.

'우리 셋이 갖고 있는 위대한 지식이라면 이 생명체를 얼마든

지 되살릴 수 있어!'

첫 번째 학자가 자신의 실력을 과시하며 자랑했다.

"나는 해부학을 전공했기 때문에 바다에 흩어진 이 뼈들을 올바른 순서로 제사리에 맞추는 법을 알아!"

이번에는 두 번째 학자가 나섰다.

"나는 의학을 전공했기 때문에 살과 피를 만들 수 있고 원래처럼 가죽으로 짐승을 감쌀 수 있어!"

세 번째 학자도 지지 않았다.

"나는 아타르바베다(재앙을 물리치고 행운을 부르는 주술을 담은 경전)를 배웠기 때문에 그 짐승이 숨 쉬게 하고 다시 살아나게 할 수 있어!"

그래서 첫 번째 학자는 골격을 맞췄고, 두 번째 학자는 살과 피부를 재창조하고 가죽을 씌웠다. 마지막으로 세 번째 학자가 신령한 주문을 외워 생명의 숨결을 불어넣으려는 찰나, 학문적인 전문 지식은 갖추지 못했으나 유일하게 상식이 있는 친구가 소리쳤다.

"저것이 사자라는 걸 모르겠어? 너희가 그 짐승을 되살리면 우리를 잡아먹을 거야!"

하지만 그 경고에 아랑곳하지 않고 세 학자는 잘난 체하며 사자를 되살리는 일을 중단하지 않았다. 그러면서 네 번째 친구에게 말했다.

"너는 우리처럼 많은 지식을 배우지 않았어. 그러니 우리가 하는 일에 참견하지 말고 구경이나 해."

그러자 상식을 가진 네 번째 친구가 말했다.

"너희가 내 말을 듣지 않고 분별없이 행동한다면 나는 이 나무에 올라갈 거야."

할 수 없이 상식을 가진 네 번째 친구만이 나무 위 안전한 위치로 올라갔다. 그리고 아래를 내려다보며 세 학자 친구들이 자신들의 지식과 능력을 동원해 사자를 소생시키는 것을 지켜보았다. 첫 숨을 내뱉은, 생각보다 훨씬 거대한 짐승은 천천히 땅에서 일어났고 세 학자를 둘러보았다. 그러고는 즉각 그들 모두를 덮쳐 오랫동안 허기졌던 배를 채웠다.

이름이 나인가, 내가 이름인가

간다라 문화의 중심 도시이며 당시 인도에서 가장 부유한 곳
이었던 탁샤실라(그리스어 명칭은 '탁실라')는 도시 전체가 인류
최초의 국제 대학이었다. 세계 무역로였던 실크로드의 요지여
서 중국, 그리스, 아라비아, 이집트, 시리아, 터키, 메소포타미아
의 바빌로니아에서 온 학생들로 넘쳐났다.

이곳에 세계적으로 이름난 스승이 있었다. 그는 수준 높은
제자들만 받아들여 신성한 지식을 전수했다. 그런데 그중 한
학생이 부모에게서 받은 이름이 무슨 이유에선지 '나쁘다'는 뜻
의 '파파카'였다.

파파카는 생각했다.

"사람들이 나에게 '이리 와, 나쁜 애.', '저리 가, 나쁜 친구.',
'이 일을 해, 나쁜 친구.'라고 말할 때마다 나 자신에게 좋지 않

을 뿐 아니라 그렇게 내 이름을 부르는 사람에게도 좋을 리 없다. 수치스럽고 불길한 느낌을 줄 뿐이다."

그래서 파파카는 스승을 찾아가 행운을 가져다줄 좋은 이름을 부탁했다. 심사숙고한 끝에 스승이 말했다.

"여행을 떠나라. 그대가 원하는 곳이면 어디든 가서 행운을 가져다주는 이름을 발견하라. 돌아오면 내가 공식적으로 그 이름을 너의 새 이름으로 공표하겠다."

파파카는 탁샤실라를 떠나 마을들을 여행한 끝에 큰 도시에 이르렀다. 그곳에서는 방금 세상을 떠난 한 남자의 장례식이 열리고 있었다. 파파카는 죽은 자의 이름을 물었다.

사람들이 이름을 알려 주었다.

"고인의 이름은 지바카라네."

지바카는 '살아 있는 자'라는 뜻이었다. 파파카가 놀라서 물었다.

"살아 있는 자가 죽었단 말인가요?"

사람들이 말했다.

"이름이 '살아 있는 자'든 '죽은 자'든, 때가 되면 죽을 수밖에 없네. 이름은 단지 어떤 사람을 가리키기 위한 단어일 뿐이야. 바보가 아니라면 모두가 아는 사실이지."

그 말을 듣고 파파카는 그동안 가졌던 자신의 이름에 대한 감정을 떠올렸다. 이제 파파카에게 그 이름은 더 이상 불쾌한 것도 유쾌한 것도 아니었다.

도시를 계속 걷는데, 부모의 빚 때문에 노예로 팔려온 처녀가 거리에서 주인에게 매를 맞고 있었다. 파파카가 이유를 묻자 남자가 말했다.

"이 아이는 빌린 돈을 갚을 때까지 종으로 일해야 하네. 이자가 밀려서 일을 해도 보수를 받을 수 없어."

파파카가 처녀의 이름을 묻자 남자가 '다나팔리'라고 알려 주었다. '다나팔리'는 부자라는 뜻이었다.

파파카가 놀라서 물었다.

"이름이 부자인데도 이자조차 갚을 돈이 없다는 말인가요?"

남자가 말했다.

"이름이 부자이든 빈자이든 돈이 없는 걸 어떻게 하겠나? 이름은 단지 그 사람을 가리키기 위해 사용하는 단어에 불과할 뿐 진짜 모습이 아니야. 오직 바보만 이 사실을 모를 뿐이지."

그 말을 듣고 파파카는 자신의 이름을 바꾸는 것에 대한 흥미가 줄었다. 도시를 벗어나다가 이번에는 길을 잃고 헤매는 한 남자를 만났다.

파파카가 그에게 물었다.

"당신은 이름이 무엇인가요?"

남자가 말했다.

"내 이름은 판타카라네."

파파카가 놀라서 물었다.

"판타카는 여행안내자라는 뜻인데, 여행안내자도 길을 잃을 수 있나요?"

그러자 남자가 말했다.

"내 이름이 여행안내자이든 여행자이든 관계없이 나는 지금 길을 잃었네. 이름은 단지 어떤 사람을 가리키기 위한 하나의 단어일 뿐이야. 그 사람의 실체가 아니잖은가. 바보가 아니라면 이것을 모를 리 없지."

이제 자신의 이름에 대해 어떤 문제도 느끼지 않게 된 파파카는 스승에게 돌아왔다. 탁샤실라의 스승이 물었다.

"좋은 이름을 발견했는가?"

파파카는 말했다.

"이름이 '살아 있는 자'여도 죽을 수밖에 없고, '부자'라는 이름을 가졌어도 돈이 한 푼도 없을 수 있고, '여행 안내자'라 해도 길을 잃을 수 있습니다. 이제 저는 이름이라는 것이 단지 어떤 사람을 가리키기 위해 사용하는 단어에 불과하다는 사실을 압니다. 중요한 것은 이름이 아니라 그 사람의 내면이며 행위입니다. 그것이 그의 진정한 이름입니다. 저는 제 이름에 만족하기 때문에 이름을 바꿀 이유가 사라졌습니다."

위대함이라는 환상

마케도니아의 알렉산드로스 대왕은 페르시아 군과 싸워 대승을 거둔 후 기원전 326년 인더스강을 건너 거침없이 인도를 침략했다. 목표를 '땅끝까지'에 두고, 당시 가장 번영한 왕국이었던 탁샤실라를 향해 진격하는 그의 군대를 막을 이는 아무도 없었다. 인도인들은 마케도니아 군대가 한 번도 구경하지 못한 100마리가 넘는 전투 코끼리 부대를 동원해 맞섰지만 막강한 군사력과 숙련된 작전에 속아 패배할 수밖에 없었다. 마케도니아의 강력한 통치자에 대한 소문이 인도 대륙의 크고 작은 왕국들에 물결처럼 퍼져 나갔다.

하지만 병사들에게 지독한 열병이 퍼지고 자신도 전투 중에 화살을 맞아 폐를 다친 알렉산드로스는 곧 바빌론(현재 이라크 바그다드 남쪽의 고대 도시)을 거쳐 자기 나라인 마케도니아로 돌아가야만 했다.

인도를 떠나기 전에 그는 길에서 우연히 한 파키르('가난한 자'라는 뜻의 수피 수행자)를 만났다. 장엄한 행렬을 이루며 알렉산드로스가 오고 있는 것을 보고 파키르는 터져 나오는 웃음을 참지 못했다.

스승 아리스토텔레스에게 들어서 인도의 기이한 수행자와 철학자들에 대해 어느 정도 알고는 있었지만, 미친 듯이 웃어 대는 파키르에게 알렉산드로스는 심한 모욕감을 느꼈다. 그는 분노를 참지 못하고 소리쳤다.

"내가 누구인지 모르는가? 아니면 알면서도 나를 모욕함으로써 스스로 죽음을 부르는가? 내가 세계의 정복자 알렉산드로스 대왕이라는 사실을 모른단 말인가?"

이 말을 듣고 파키르는 더 크게 웃으며 알렉산드로스에게 말했다.

"그대 안에는 어떤 위대함도 보이지 않는다. 나는 그대 안에서 단지 힘없고 가난한 자를 볼 뿐이다."

그렇지 않아도 장맛비와 모기떼와 열병 때문에 짜증이 난 알렉산드로스는 더욱 화가 나서 소리쳤다.

"나는 인도를 포함해 최초로 세계를 정복했다. 이 나라의 모든 사람이 나를 알고 나의 위대함에 대해 이야기하고 있다. 누구나 아는 사실조차 모르고 있다니 제정신인가? 고행을 너무 오래 해서 머리가 어떻게 되었단 말인가?"

파키르가 말했다.

"나에게 그대는 그저 평범한 인간처럼 보일 뿐이다. 세계의 정복자를 자처한다 해도 다른 평범한 인간들과 하나도 다를 바 없다. 그럼에도 그대가 여전히 다른 사람과 다르다고 고집한다면 내 질문에 대답해 보라."

그러면서 강렬한 눈으로 알렉산드로스의 눈을 들여다보며 물었다.

"그대가 사막에서 오도 가도 못 하고 있고, 그대 주변의 수십 킬로미터 안에는 물이 있을 만한 우물도, 녹지대나 오아시스도 없다고 가정해 보라. 그런 절망적인 상황에서 갈증을 풀고 목숨을 구하기 위해 그대는 물 한 잔과 그대 왕국에 있는 무엇을 교환하겠는가."

알렉산드로스는 잠시 생각하다가 그런 상황에서는 죽음을 확실히 벗어날 수 있는 물 한 잔을 위해 왕국의 절반을 내주겠다고 말했다.

파키르가 다시 물었다.

"만약 물 한 잔을 위해 그대가 제안한 왕국의 절반을 내가 거부하고 더 많은 것을 요구한다면 어떻게 하겠는가?"

알렉산드로스가 대답했다.

"그런 상황이라면 내 왕국 전체를 주겠다."

파키르가 다시 웃음을 터뜨리며 말했다.

"보라, 그대 왕국의 가치는 단지 한 잔의 물에 불과하다. 그런데도 여전히 그대는 자신의 업적을 자랑으로 생각하고 있다. 그대여, 자만하지 말라. 일생 동안 획득한 모든 부와 왕국이 물한 잔을 사기에도 충분하지 않는 상황을 언제 어디서 맞닥뜨리게 될지 누구도 모른다. 그런 상황에서는 그대가 아무리 알렉산드로스 대왕이라고 외쳐도 그대의 부름에 답할 자는 아무도 없을 것이다."

숙연해진 알렉산드로스에게 파키르는 다음의 말을 남기고 떠났다고 기록되어 있다.

"기억하라, 지금 그대의 위대함은 모두 환상이라는 것을."

알렉산드로스는 난데없이 길에서 만난 인도인 파키르가 준 교훈을 마음에 간직하고 기원전 324년 인더스강을 다시 건너 자기 나라로 돌아갔다. 그리고 불과 일 년 후 33세의 젊은 나이로 생을 마쳤다. 건강 악화로 인한 망상 증세와 알코올중독이 세계 제왕을 꿈꾸었던 한 인간의 사망 원인이었다. 그의 제국도 여러 갈래로 갈라져 종말을 고했다.

삶의 우선순위

일흔 살쯤 된 노인이 버스를 올라탔다. 그가 자리에 앉는 사이에 그의 주머니에서 지갑이 빠져나와 바닥에 떨어졌다. 버스 안내원이 승차권을 발부하기 위해 승객들 사이로 이동하던 중 지갑을 발견하고 집어서 자신의 가방 안에 넣었다.

잠시 후 노인은 지갑이 없어진 것을 알았다. 그는 소매치기가 지갑을 빼 간 줄 알고 몹시 당황했다. 안내원에게 지갑이 분실된 사실을 말하며 서둘러 조치를 취해 줄 것을 요청하자 안내원이 말했다.

"지갑은 내가 주워서 가지고 있소. 하지만 당신에게 넘겨주기 전에 먼저 그 지갑이 당신의 것인지부터 확인해야겠소. 그러니 지갑 안에 무엇이 들어 있는지 말해 보시오. 내용물이 정확히 맞으면 지갑을 돌려 드리겠소."

노인은 지갑 속에 얼마를 넣고 다녔는지 확실히 알지 못해 정확하게 액수를 말할 수 없지만, 지갑이 매우 낡았으며 자신이 숭배하는 시바 신의 사진이 들어 있다고 대답했다.

남자 안내원은 쉽게 물러서지 않았다. 힌두교 신자라면 누구라도 지갑에 시바 신 사진을 넣고 다닐 수 있기 때문에 그 사실이 그가 지갑 주인이라는 설득력 있는 증거가 될 수 없다는 것이었다.

노인이 말했다.

"당신 말이 맞소. 시바 신을 숭배하는 신자라면 당연히 지갑 속에 신의 사진을 넣고 다닐 수 있소. 하지만 내가 사진을 지니고 다니는 데는 그럴 만한 이유가 있소."

안내원이 물었다.

"그 이유가 무엇이란 말이오?"

노인이 대답했다.

"이 지갑은 내가 젊었을 때부터 갖고 다니던 것이오. 그때 나는 매우 잘생겼었고, 그래서 지갑에 내 사진을 넣고 다녔소. 지갑을 열 때마다 그 잘생긴 사진을 보면 기분이 좋아지곤 했소. 시간이 흘러 나는 아름다운 여성과 결혼했고, 지갑에 있던 내 사진을 사랑하는 아내의 사진으로 교체했소. 곧이어 첫아이가 태어나자 아내의 사진은 아이의 사진으로 바뀌었소. 세월이 흘러 아이는 자라서 자신의 꿈을 이루기 위해 외국으로 떠났소.

아내는 세상을 떠났고 나 혼자 남았소."

허리춤에 벨트 가방을 찬 안내원은 물론 앞뒤 승객들까지 노인의 말에 귀를 기울였다.

"나는 이제 나이가 들었고, 삶에서 절내자의 중요성을 깨닫고 있소. 내가 결국 의지할 대상은 신이라는 것도. 신은 결코 우리를 떠나지 않으며 일생 동안 늘 나와 함께하는 유일한 동반자라는 사실도. 하지만 그동안 나는 좀처럼 신의 존재를 깨닫지 못하고 외롭거나 고통스러울 때만 그를 떠올렸소."

버스가 덜컹거리며 달리는 동안 노인이 말을 이었다.

"살아오는 동안 나의 우선순위와 중심이 계속 변했고, 그것은 내 지갑 안의 사진에 그대로 반영되었소. 처음에는 나 자신이었고, 그다음에는 내 아내, 그다음에는 자식……. 모두 차례차례 내 곁을 떠났고 이제는 나 혼자 남았소. 결코 나를 떠나지 않는, 변함없는 유일한 동반자인 신의 존재를 깨닫는 데 오랜 시간이 걸렸소. 내가 지갑에 시바 신의 사진을 넣고 다니는 이유가 그것이오."

모두가 말없이 고개를 끄덕이고, 안내원이 가방에서 지갑을 꺼내 노인에게 건네주었다.

지금 당신의 인생 시계가 몇 시를 가리키고 있든, 지금 당신 삶의 우선순위는 무엇인가?

문신

힌디어로 '당갈'이라 부르는 레슬링은 고대 인도에서부터 대중의 인기를 누려 온 스포츠로, 고대 서사시 『마하바라타』의 주인공 중 한 명인 비마(판다바 형제의 둘째)는 무적에 가까운 레슬러였다. 또 다른 서사시 『라마야나』에도 레슬링 이야기가 나오는데, 원숭이 형상의 신 하누만이 당대의 뛰어난 레슬러로 묘사되고 있다.

오리사주의 주도 부바네슈와르에 라구 람이라는 이름의 목짧은 레슬링 선수가 살았다. 역시 레슬러인 아버지의 몸을 물려받아 선천적으로 근육질인 데다가 후천적인 근육까지 키워, 어깨를 으스대며 걸을 때면 천하장사라도 등장한 듯 골목이 비좁았다. 분별없는 소와 부딪혀 뒤로 벌렁 넘어진 경우를 제외하면 행인들이 알아서 벽에 달라붙어 몸을 피했다. 그래서 사람들은 그를 '으스대는 라구'라고 불렀다.

하지만 레슬러로서의 명성은 아직 반경 10킬로미터를 넘지 않는다는 사실을 스스로도 알기 때문에 그 범위를 과감하게 두 배로 넓힐 필요가 있다. 그래서 스스로 자신감을 가질 겸 상대방 레슬러들에게 위압감을 주기 위해 몸에 문신을 새기기로 결심했다.

특별히 점성술사에게 길일을 점지받은 그는 문신 기술자로 소문난 동네 이발사를 찾아가 등에서 오른쪽 어깨까지 커다란 문신을 새겨 달라고 부탁했다.

"등 전체에 용맹하고 웅장한 사자를 한 마리 그려 줘. 사자 머리는 오른쪽 어깨로 넘어오게 해서 입이 내 가슴팍에 오게 하고, 근육에 힘을 줄 때마다 입이 쩍 벌어지도록 해 줘. 모두가 두려움에 떨도록 말야."

그러면서 라구는 이발사에게, 사자 문신을 하려는 이유는 자신의 탄생 별자리가 사자자리이기 때문이라고 덧붙였다.

"더 말하지 않아도 이해하겠지? 사자의 영향을 받아 태어났으니 나는 천성적으로 용맹할 수밖에 없어."

얼굴은 못생겼으나 다행히 코가 복코라서 제법 이발 단골들과 문신 손님이 많은 이발사는 자칭 프로답게 레슬러가 원하는 것을 금방 파악했다. 그는 하나뿐인 바늘을 신중하게 꺼내 문신 시술 준비를 했다.

이발사가 바늘을 들어 나름 용의주도하게 피부를 찌르는 순간, 웃통을 벗고 시술대가 꽉 차도록 엎드려 있던 라구가 헉! 하고 숨을 멈추며 소리쳤다.

"잠깐, 잠깐! 지금 뭐 하는 거야?"

이발사는 사자의 꼬리부터 새기려는 중이라고 대답했다. 그러자 라구는 아픔을 참느라 그런 것이지만, 짐짓 엎드려 있어서 그런 것인 양 특이하게 억눌린 목소리로 말했다.

"왜 사자의 꼬리를 그리려고 하지? 유행의 첨단을 걷는 사람들이 애완견의 꼬리를 자른다는 걸 자네는 모르나? 꼬리 없는 사자가 훨씬 강하게 보일 거야. 꼬리는 그릴 필요 없어."

이발사가 말했다.

"알겠어. 그럼 꼬리는 생략하기로 하고 사자의 다른 부분들을 그리겠네."

이발사는 다시 바늘을 들어 오른쪽 어깨 쪽을 찔렀다. 이번에도 라구는 통증을 참을 수 없었다. 그는 얼굴을 찡그리며 다시 항의 조로 물었다.

"이번에는 뭘 하려는 거지?"

이발사가 말했다.

"사자의 귀를 먼저 새기는 중이네."

라구가 말했다.

"이발사 친구, 아직도 몰랐어? 유행을 아는 사람들은 강아지의 귀도 자른다는 걸? 긴 귀는 품위가 없다고 좋아하지 않아. 귀 없는 사자가 최고라는 걸 여태 모르고 있었군."

이발사는 레슬러를 옆으로 눕게 한 뒤 가슴 위쪽에 살짝 바늘을 꽂았다. 하지만 살짝이나마나 아프긴 매한가지였다. 라구는 자신도 모르게 이발사의 손을 밀치며 소리쳤다.

"이번에는 또 뭘 하려는 거야?" 이발사가 말했다.

"사자의 머리를 그리는 중이야."

레슬러가 다시 말했다.

"생각해 보니 사자의 머리가 앞으로 넘어올 필요는 없겠어. 나는 가슴팍이 특히 예민하거든. 그리고 내가 이미 사자자리인데 굳이 앞쪽까지 새겨 과시할 필요가 뭐 있겠어? 문신은 등에만 새기도록 해 줘."

하지만 바늘을 아무리 살살 찔러도 라구는 매번 아픔을 견디지 못하고 소리쳤다.

"이번에는 또 어디를 그리려는 거야, 이발사 친구?"

이발사가 연거푸 찌르며 말했다.

"지금 사자의 허리를 새겨 넣는 중이야, 레슬러 친구."

그러자 라구가 이를 악물며 말했다.

"자네는 시를 읽지도 않아? 우리 인도의 시인들이 사자에 대해 묘사하는 시를 읽은 적 없느냐고? 사자들은 언제나 매우 짧고 가는 허리를 가진 날렵한 동물로 묘사되잖아. 그러니 대충 허리가 있다는 것만 암시하면 되는 거야."

이발사는 단골이 될지도 모를 고객의 요청을 들어주려고 최대한 노력했지만 바늘이 꽂힐 때마다 질러 대는 비명과 외침과 눈물을 견디기 힘들었다. 결국 정서적으로 탈진한 이발사 겸 타투이스트는 바늘과 물감을 던지듯 내려놓으며 문신 작업이 끝났다고 선언했다.

이루 말할 수 없는 고통을 견딘 자신을 뿌듯해하며 거울에 자신의 등을 비춰 본 라구는 큰 충격을 받았다. 등에는 작은 생쥐 문신이 새겨져 있었다.

그는 이발사에게 소리쳤다.

"대체 무슨 짓을 한 거야! 내가 분명히 용맹하고 웅장한 사자 문신을 새겨 달라고 했지? 그런데 이게 뭐야? 나한테 한번 혼나 보겠어?"

레슬러의 외침에도 복코 이발사는 평정을 잃지 않고 말했다.

"굳이 용맹한 사자를 그릴 필요는 없다고 당신이 계속 주문하지 않았어? 단지 암시만 해 달라는 당신의 요구에 따라서 문신을 새겼을 뿐이야."

지금 우리는 사자와 생쥐 중 어떤 문신을 새기며 살아가고 있는가?

오렌지 다섯 개에 자신을 팔 뻔한 남자

삶에 대해 의문을 품고 해답을 찾아다니던 젊은이가 성자 나나크를 찾아와 물었다.

"저의 존재 가치가 무엇인가요?"

나나크가 젊은이에게 보석 하나를 주며 말했다.

"이것을 시장으로 가지고 가서 값을 알아보라. 하지만 팔지는 말라."

시장으로 간 젊은이는 과일 가게에 보석을 보여 주며 물었다.

"값을 얼마나 쳐주실 건가요?"

보석을 살펴본 가게 주인이 말했다.

"오렌지 다섯 개를 주겠네."

젊은이는 미안하다며 스승님이 가격만 물어보고 팔지는 말라고 했다고 설명했다.

다음으로 그는 채소 가게에 가서 보석을 보여 주며 가격을 문의했다. 채소 상인은 보석을 잠시 들여다보고는 말했다.

"감자 한 자루를 주겠네."

젊은이는 다시 양해를 구하고 가게를 나왔다. 그리고 성자 나나크에게 돌아와 말했다.

"과일 가게 주인은 오렌지 다섯 개를 주고 채소 가게 주인은 감자 한 자루를 주겠답니다. 그것이 이 보석의 최고 가치인 듯합니다."

나나크가 말했다.

"이번에는 그 보석을 보석상에게 가져가 값을 물어보라."

젊은이는 시내의 가장 큰 보석 상점으로 가서 보석을 보이며 값을 물었다.

보석 감정기로 면밀히 살펴본 후 보석상이 말했다.

"이 보석을 어디서 구했는가? 이것은 값으로 따질 수 없는 진귀한 보석이다. 이 가게 안의 어떤 보석보다 높은 가치를 지녔다."

그러면서 그는 만약 보석을 팔겠다고 하면 다른 가게보다 훨씬 좋은 값을 쳐주겠다고 제안했다.

젊은이는 놀라서 성자 나나크에게 돌아와 말했다.

"돈으로 따질 수 없는 귀한 보석이랍니다. 어떤 보석과 비교해도 손색이 없답니다."

나나크가 말했다.

"그대 자신이 이 보석과 같다. 그대는 자신을 오렌지 다섯 개에 팔 수도 있고, 감자 한 자루에 팔 수도 있다. 혹은 최고의 보석으로 자신의 가치를 매길 수도 있다. 자신이 누구인가에 대한 그대의 정의가 자신의 가치를 결정한다."

그러면서 성자 나나크는 삶의 기준 세 가지를 말해 주었다.

첫째, 자신이 진귀한 보석이라는 사실을 잊지 말 것. 그것을 인정하지 않는 사람들의 말은 무시할 것.

둘째, 자신을 오렌지 다섯 개에 팔지 말 것. 세상의 기준대로 자신의 가치를 매기지 말 것.

셋째, 보석의 가치를 알아보는 보석 전문가를 만날 것. 보석을 알아보지 못하는 사람이 그 보석의 가치를 결정하게 하지 말 것.

시인 잘랄루딘 루미는 노래한다.

진주 하나가 경매에 올랐다.

아무도 그것을 살 만큼 돈이 충분하지 않았다.

그래서 진주는 자신을 사 버렸다.

운명

위대한 고행자이며 현자이고 많은 힘을 가진 구루에게 열 살밖에 안 된 뛰어난 제자가 있었다. 그토록 총명하고 재능 있는 제자를 둔 적이 없었던 스승은 소년에 대해 염려하며 어떤 해악으로부터든 소년을 보호할 방법을 끊임없이 생각했다.

매일 아침 그는 자신이 위대한 스승이자 헌신적인 고행 실천자가 된 것 외에도 뛰어난 점성술사가 된 행운에 감사해하며 눈을 떴다. 아침 수행을 마친 후에는 자신의 재능 있는 제자의 그날 운세를 살펴보았다. 그리고 별과 행성들이 상서롭게 배열되어 있는 것을 보고 크게 안도했다.

그런 식으로 하루하루가 지나가자 마침내 스승은 어린 제자의 운명이 아무런 부정적인 파동을 품고 있지 않다고 굳게 확신하며 소년의 앞날을 계획하기 시작했다. 먼저 제자의 눈부신 미래를 상상하며 인생 전반에 걸친 별자리 차트를 살펴보았다. 그러다가 소년이 고작 열두 살까지밖에 살지 못할 운명이라는 것을 깨달았다.

밀힐 수 없이 불안해진 그는 운명의 항로를 바꾸는 일에 착수했다. 그리고 당연히 자신이 그 일을 할 수 있다고 믿었다. 자신은 수십 년 동안 엄격한 금욕 실천과 명상 수행을 통해 천상의 존재들과 직접 소통하는 힘을 얻은 위대한 고행자였기 때문이다.

그는 제자를 데리고 우주의 창조자인 브라흐마 신에게 다가가 어린 제자에게 더 긴 수명을 허락해 달라고 간청했다.

"브라흐마 신이시여, 당신은 이 세상을 아름다움으로 창조하셨습니다. 여기, 겨우 열두 살에 세상을 떠날 운명인 어린 소년을 데리고 왔습니다. 한편으로는 소년이 비범한 목표를 달성할 것이라고 하고, 다른 한편으로는 그렇게 할 시간이 거의 주어지지 않을 것이라고 별들은 말합니다. 모든 창조물의 아버지시여, 부디 이 아이의 잔인한 운명을 바꿔 주십시오!"

브라흐마가 말했다.

"그대의 마음을 이해한다. 그 아이는 총명해서 인류에게 많은 도움을 줄 수 있다. 하지만 나의 일은 창조하는 것이다. 이 일은 비슈누에게 부탁해야 할 것 같다."

도움이 되어 주기 위해 브라흐마가 직접 그들과 동행해 파란색 얼굴을 한 비슈누 신을 만나러 갔다. 하지만 비슈누는 자신의 역할은 오직 천지만물을 유지하는 일이라서 시간의 수레바퀴에 개입해 소년의 생명을 연장해 주는 것이 불가능하다고 말했다. 그러면서 시바에게 가 보라고 조언했다.

브라흐마와 비슈누는 스승과 제자와 함께 파괴자인 시바 신을 만나러 갔다. 최고의 명상 수행자인 시바는 그 문제에 대해 깊이 생각하고는 자신의 일은 단지 자연의 법칙에 따라 파괴하는 것이라고 대답했다. 시간의 수레바퀴를 멈추기 위해 자신의 힘을 사용하는 것은 적절하지 않다는 것이었다. 그러면서 시바 신은 자연이 계획하고 있는 대로 펼쳐지게 하라고 스승에게 조언했다.

스승은 동의하지 않고, 자신의 상황을 죽음의 신 야마라자에게 탄원할 수 있도록 함께 가 달라고 신들에게 요청했다.

그렇게 해서 스승과 제자는 성스러운 삼위일체인 세 명의 신들과 함께 야마라자에게 갔다. 야마라자는 각각의 살아 있는 존재들이 반드시 법칙에 의거해 죽게 하는 일을 책임지고 있는 신이다.

그러는 동안 2년이 지나 소년은 어느덧 열두 살이 되었다. 야마라자의 궁전에 도착하자마자 소년은 갑자기 죽었다. 브라흐마, 비슈누, 시바, 그의 구루, 그리고 야마라자가 있는 앞에서.

소년의 스승이 놀라서 외쳤다.

"가장 강력한 신들이 여기에 계십니다. 내 제자가 어떻게 지금 당신들 앞에서 죽을 수 있습니까?"

야마라자는 소년의 죽음의 원인을 알아내기 위해 소년에 대한 기록을 살펴보고는 믿을 수 없다는 듯 고개를 저었다.

소년의 스승이 물었다.

"무슨 일이 일어난 건가요?"

야마라자가 말했다.

"특별한 재능을 가진 이 소년은 위대한 일을 할 운명이었다. 사실 그를 붙잡아 오는 것은 내 능력 밖의 일이었다. 왜냐하면 그는 오직 브라흐마, 비슈누, 시바, 그리고 그의 스승과 함께 내 거처로 나를 찾아올 때에만 죽을 수 있었기 때문이다. 그것은 실제로는 일어날 수 없는 일이었다. 그대가 그의 점성학 차트를 살펴보지 않았다면 나의 일은 불가능했을 것이다."

운명을 염려하고 피하려 할 때 오히려 운명과 맞닥뜨리게 된다. 지금 이 순간을 충실히 사는 것, 그 길만이 운명을 바꿀 수 있다.

상상 속 소가 일으키는 문제

　왕실에 고용된 공식 익살꾼이자 뛰어난 재치로 소문난 고팔은 사람들의 문제를 해결해 주는 데도 일가견이 있었다. 사람들은 종종 자신들의 고민을 듣고 와서 그에게 조언을 구하곤 했다. 우연히도 고팔 옆집에 살고 있는 부부는 조금 어리석은 사람들이었다. 게다가 남편과 아내 둘 다 늘 공상을 즐겼다. 자신들의 현재를 개선하기 위해 노력하기보다는 미래에 대한 꿈을 꾸는 데 많은 시간을 보냈다.

　어느 날 그 집 남편은 아내에게 우유를 사다 먹을 필요 없이 직접 많은 우유를 얻을 수 있도록 암소 한 마리를 갖고 싶다고 말했다. 부부는 비싼 암소를 살 계획을 세우기 시작했고, 이내 공상의 나래를 펼치기 시작했다.

　한참 이야기를 나누던 그들은 조금만 더 돈을 모으면 곧 암소 주인으로 자부심을 갖고 살 수 있다는 결론을 내렸다. 물론 현실은 그렇지 않았다. 저축이라고 하기도 어려울 만큼 아주 적은 돈만 모았기에 암소를 살 수 있으려면 갈 길이 멀었다.

공상에는 비용이 들지 않는다. 그래서 그들의 대화는 계속되었다. 그들은 조금 더 비용이 들더라도 크고 튼튼한 소를 사기로 했다. 또한 소는 색깔이 검을 것이니까 '까맣다'는 뜻의 '깜리'로 부르기로 했다.

남편은 가능한 한 빨리 깜리를 위한 헛간을 짓기 시작해야겠다고 결심했다. 경쟁심 많은 아내도 깜리에 대한 자신의 애정을 보여 주기 위해 무엇인가를 해야 한다고 생각했다. 그녀는 당장 우유 넣을 통 몇 개를 사겠다고 말했다.

신이 난 나머지 그녀는 그날로 시장에 가서 좋은 통을 구하러 돌아다녔다. 마음에 드는 통을 찾는 데 많은 시간을 보냈고, 마침내 긴 흥정 끝에 통 다섯 개를 샀다.

그녀는 남편에게 자랑스럽게 우유 담을 통들을 보여 주었다. 그러면서 첫 번째 통에는 깜리로부터 얻은 우유를 넣고, 두 번째 통에는 우유로 만들 버터를, 세 번째 통에는 버터를 만드는 동안 부산물로 얻게 될 버터밀크를, 네 번째 통은 버터로 만들 기(무염 버터를 끓여 물을 증발시킨 다음 정제해 만든 순수 기름)를 넣을 것이라고 말했다. 남편은 암소 한 마리로 그렇게 많은 것을 얻을 수 있으리라는 생각에 다다르자 매우 만족스러웠다.

그들은 다시 깜리를 어떻게 돌볼 것인가에 대해 이야기하기 시작했다. 아내는 깜리를 매일 목욕시켜 주고 좋은 사료를 먹일 것이라고 말했다. 그렇게 하면 깜리는 하루에 두 번씩 많은 양의 우유를 줄 것이었다. 남편은 날마다 직접 깜리에게 먹일 좋은 사료를 구해야겠다고 말했다. 남는 우유와 기를 내다 팔면 곧 부자가 될 것이라고 그들은 확신했다.

이야기를 하던 중 남편은 다섯 번째 통이 남아 있는 것을 발견하고 아내에게 그 통이 무슨 용도인지 물었다. 아내는 머뭇대는 말투로 자신의 여동생 집에 남는 우유 일부를 갖다줄 통이라고 대답했다. 이 말을 듣고 남편은 격분했다. 처제를 별로 좋아하지 않았기 때문이다. 그는 아내에게 소리쳤다.

"어떻게 당신은 여동생에게 우유를 갖다줄 생각을 할 수 있지? 그것도 내 허락 없이?"

아내가 쏘아붙였다.

"이 일에 대해선 당신 허락이 필요하지 않아. 깜리 살 돈을 모으는 사람은 나니까. 깜리를 돌보고 깜리에게 먹이를 줄 사람은 나이고, 깜리의 우유를 짤 사람도 나야. 그러니 나는 남는 우유로 내가 원하는 것은 무엇이든 할 권리가 있어."

그 말이 남편의 화를 더욱 부채질했고, 그는 다시 소리쳤다.

"내가 하루 종일 땀 흘려 가며 번 돈으로 당신은 그 돈을 모았어. 나는 깜리가 먹을 풀을 베는 사람이야. 그런데 지금 당신은 당신의 못된 여동생에게 내 노력의 일부를 주고 싶어 한단 말이지? 게다가 그 여자는 우리에게 결코 아무것도 주지 않아."

싸움은 계속되었고, 두 사람은 상대방의 요구에 조금도 굴복하지 않았다. 한참을 싸우다가 남편은 자신을 통제하지 못하고 통들을 하나씩 바닥에 집어던져 모두 박살 냈다. 그러고 나서 아내에게 물었다.

"이제 남은 통이 없네. 어떻게 우유를 여동생 집에 갖다줄 거지?"

창문 너머로 이 모든 다툼을 듣고 있던 고팔은 더 이상 참을 수 없었다. 그는 부부에게 가서 무슨 일이냐고 물었다.

남편이 즉시 말했다.

"이 여자가 깜리가 우리에게 주는 우유의 일부를 여동생에게 주고 싶어 해요."

고팔이 다시 물었다.

"깜리? 당신이 말하는 그자가 누구요?"

"아, 당신은 모르지요. 깜리는 우리 소 이름이에요."

남편이 대답했다.

그들 집에서 소를 본 적이 없는 고팔은 놀라며 말했다.

"당신 소? 그 소가 어디에 있지?"

남편은 여전히 자신의 어리석음을 깨닫지 못하고 말했다.

"나는 우리가 충분히 돈을 모으면 사려고 계획하는 소에 대해 말하는 겁니다. 우리는 곧 많은 우유를 줄 건강한 소를 갖게 될 것이오. 내 아내는 남는 우유를 모두 여동생에게 주고 싶어 하오. 하지만 나는 남는 우유를 팔아 돈을 벌고 싶소."

아내가 남편의 말을 끊으며 말했다.

"우유 전부가 아니라 조금만이에요. 어쨌든 우리는 아주 많은 우유를 갖고 있으니까요."

부부의 이야기를 듣던 고팔은 그들에게 지금 우유는 한 방울도 없으며 암소 한 마리를 산 후에야 우유를 조금 얻게 될 것이라는 사실을 상기시켰다.

아내와 남편이 펄쩍 뛰며 동시에 말했다.

"그것은 시간문제일 뿐이오. 우리는 소를 살 돈을 저축하고 있으니 곧 깜리가 우리와 함께할 것이오."

고팔은 그들에게 얼마나 많은 돈을 모았는지 물었다. 어이없게도 그들이 바로 그날부터 돈을 모으기로 결심했다는 사실이 밝혀졌다. 고팔은 어리석은 이웃이 또다시 공상 속에서 살고 있음을 알아차렸다. 고팔은 그들의 병을 완전히 치료해 주기로 결심했다. 그는 갑자기 외쳤다.

"이제야 내 채소밭에서 그동안 무슨 일이 일어나고 있었는지 알겠군!"

그렇게 말하며 고팔은 남편의 머리를 막대기로 힘껏 때렸다.

느닷없이 얻어맞은 남편은 화를 내며 고팔에게 왜 자신을 때리는지 물었다. 고팔이 대답했다.

"당신 소가 줄곧 내 채소밭에서 콩과 오이를 먹어 치웠소."

그러면서 남편을 다시 한 번 세게 후려쳤다.

남편은 고팔에게 그런 밭이 없다는 사실을 알기에 그에게 따져 물었다.

"무슨 콩? 무슨 오이? 당신에게 무슨 밭이 있소? 어느 밭을 이야기하고 있는 거요?"

"내가 곧 채소들을 심을 밭."

고팔이 대답했다.

"나는 곧 우리 집 옆의 비어 있는 땅에 콩과 오이를 기를 작정이오."

이 모든 상황을 지켜보고 있던 아내는 갑자기 고팔이 무슨 말을 하려는 것인지 깨닫고는 자신들의 어리석음에 웃음을 터뜨렸다. 남편도 서서히 현실을 분명하게 인식하기 시작했다. 그렇게 해서 두 사람은 공상 속 문제에서 비로소 깨어났다.

고팔은 그들이 더 이상 무의미한 공상 속 세계로 되돌아가지 않기를 바랐다. 일어나지 않은 일에 대한 걱정은 필요 없는 상상일 뿐이다. 고팔의 막대기로 인해 현실 속 남자의 머리에 생긴 두 개의 큰 혹이, 아름답지만 상상에만 존재하는 깜리를 오랫동안 상기시켜 주기에 충분했다.

마음의 독

　고대의 어느 강력한 왕국에 갸노다야라는 이름의 왕이 있었다. 왕위에 오르면서 그는 높은 덕을 쌓기 위해 '지혜'와 '자비'의 뜻이 담긴 그 이름을 선택했다. 갸노다야는 이름 그대로 지혜롭고 평화롭게 나라를 다스려 시민들에게 안정과 기쁨을 가져다주었다. 시민들은 그를 좋아했으며, 그가 통치하는 시기가 최고의 시대라고 칭송했다.

　하지만 어느 날부턴가 왕의 행동이 갑자기 달라졌다. 매사에 참을성이 없어지고, 때로는 공격적이 되었으며, 어리석고 성급한 결정을 내렸다. 왕국의 시민들은 그 변화를 이해할 수 없었다. 그래서 그 이유를 찾기 위해 최선을 다했다.

　마침내 그들은 왕이 심각한 복통으로 고통받고 있으며, 시민들에게 불필요한 걱정을 안겨 주지 않기 위해 그 사실을 비밀로 하고 있다는 것을 알아냈다. 그동안 왕은 아유르베다(5천 년 역사를 가진 인도의 전통 의학 체계)의 최고 전문의들에게서 몰래 처방전을 받아 사람들이 알기 전에 복통을 치료하고자 했다.

하지만 두 해가 흘러도 고통이 조금도 나아지지 않았다. 그래서 왕은 이상한 행동을 하기 시작했고, 신하들에 대한 인내심과 긍정적인 태도를 완전히 잃어 성마르고 공격적이 되었다.

왕은 아무 효과 없는 아유르베다에 넌더리가 난 나머지 아유르베다에 속하는 서적들을 모조리 불살라 버리기로 결정했다. 그는 나라 안의 의학서를 전부 수거해 한 무더기로 쌓아 놓고 횃불을 가져오게 했다. 누구도 감히 그를 말리지 못했다. 그 순간, 의학의 신 단반타리가 늙은 성직자로 변신해 가노다야 앞에 나타났다.

단반타리는 왕에게 왜 그토록 많은 책을 불태우려고 하는지 이유를 물었다. 왕이 분노에 찬 목소리로 이유를 설명하자, 단반타리는 여러 달 동안 왕이 먹어 온 바로 그 약들을 써서 복통을 완전히 치료해 주겠다고 약속했다.

그는 먼저 왕의 목에 긴 고무관을 삽입하고, 고무관 바깥쪽 끝에 깔때기를 고정했다. 그다음 왕이 가져온, 오랫동안 아무 효과 없이 복용해 온 물약을 깔때기와 고무관을 통해 직접 왕의 목 안으로 주입했다.

약물이 곧장 위 속으로 들어가자 불과 30분 만에 기적적으로 복통이 사라졌다.

갸노다야가 놀라워하자 단반타리가 말했다.

"완벽한 의학과 약 못지않게 그것을 받아들이는 환자 자신의 상태가 중요합니다. 지금 당신의 입안에는 세균으로 가득한 충치가 몇 개 있습니다. 따라서 약을 먹어도 세균에 오염되어 독으로 변하기 때문에 아무 효과가 없었던 것입니다. 지금 나는 오염되지 않은 고무관을 통해 목구멍에 직접 약을 부었고, 그 약들은 즉시 효과를 나타내었습니다."

자신의 행동에 부끄러움을 느낀 갸노다야는 마음속으로 생각했다.

'약을 독으로 바꾼 것은 내 입안의 세균이 아닌가. 그러면서도 약을 비난하고 의학서들을 불태우려고 했으니, 내 마음의 독으로 인한 어리석음이 얼마나 컸던가.'

인도 우화에서는 같은 강물을 마시는 세 존재에 대해 말한다. 한 존재는 신으로, 그는 아므릿(신들이 마시는 음료수)을 마신다. 다른 하나는 인간으로, 그는 단순히 물을 마신다. 그리고 세 번째는 악마로, 그는 오물을 마신다. 동일한 강물이지만 마시는 사람의 의식 상태에 따라 흡수하는 것이 다른 것이다.

염려하고 피하려 힐 때 오히려 운명과 맞닥뜨린다.

지금 이 순간을 사는 것, 그 길만이 운명을 바꾼다.

멧새와 원숭이

어느 숲에 멋쟁이새 한 마리가 식구들과 함께 살았다. 다른 모든 수컷 멋쟁이새와 마찬가지로 이 새도 예쁜 아내와 새끼들을 위해 멋진 둥지를 지었다. 멧새과의 작고 예쁜 멋쟁이새는 복잡하고 정교한 둥지를 짓는 새로 유명하다. 둥지는 나뭇가지 끝에 주머니처럼 매달려 있지만 매우 튼튼해서 폭우나 강풍에도 견딘다. 짝짓기 철에 맞춰 수컷 새가 암컷 새를 유혹하기 위해 둥지를 지으며, 암컷은 많은 구혼자 중에서 가장 튼튼하고 매력적인 둥지를 골라 짝을 맺는다.

이 멋쟁이새도 자신이 지은 둥지에 대해 자부심이 컸다. 모양이 아름다울 뿐 아니라 봄철의 태풍과 우기의 폭우를 충분히 견딜 만큼 튼튼하고 정교했다. 그 안락한 둥지에서 여름의 뜨거운 태양과 겨울의 살을 에는 추위로부터 짝과 새끼들을 보호하며 행복하게 살 수 있었다.

같은 나무에 원숭이 한 마리가 살았다. 원숭이는 낮 동안에는 맛있는 열매와 부드러운 잎사귀를 찾아 돌아다니거나 배가 고프지 않을 때는 이 나무 저 나무 뛰어다니며 즐겁게 놀았다. 그리고 저녁이면 돌아와 나뭇가지 하나에 엎드려 잠을 잤다. 다른 원숭이들과 다르지 않은 태평스러운 삶이었다. 이따금 불쾌하고 나쁜 일이 닥쳐도 상황이 달라지기만 기다렸다. 다른 동물들이 낮 동안 무슨 일을 하고 어떻게 살아가는지에 대해서는 관심이 없었다.

매우 큰 나무여서 충분한 그늘을 제공해 주었지만 비와 추위로부터는 원숭이를 보호해 주지 못했다. 겨울철이면 혹한에 떨고, 우기에는 털 속까지 다 젖었다. 하지만 원숭이는 모든 나쁜 상황은 곧 지나가기 마련이고 다시 순조로운 삶이 시작될 것이라는 철학을 갖고 있었다.

원숭이의 애처로운 처지를 지켜본 멋쟁이새는 그런 무책임하고 무계획적인 삶을 이해할 수 없었다.

'어떻게 저렇게 무책임할 수가 있지? 매년 똑같은 기후가 반복된다는 사실을 모르는 것도 아닐 테고.'

멋쟁이새는 그토록 활동적이고 건강한 원숭이가 왜 추위와 비를 피할 집을 짓지 않는지 의아했다. 며칠째 폭우가 계속되던 어느 날, 원숭이는 흠뻑 젖어 추위에 떨고 병까지 걸렸으며 기분도 불쾌했다.

딱한 원숭이의 처지를 더 이상 외면할 수 없었던 멋쟁이새가 둥지에서 고개를 내밀고 말했다.

"내 말을 들어 봐, 원숭이야. 나는 작은 부리로 나뭇가지와 풀잎들을 물어다가 이 둥지를 지었어. 둥지가 완성될 때까지 힘들고 여러 날이 걸렸지만 포기하지 않았어. 너는 나보다 훨씬 크고 힘도 센데 왜 자신을 위해 집을 짓지 않니? 하루 종일 놀면서 건설적인 일은 아무것도 안 하잖아. 비록 나는 너보다 작고 약하지만 열심히 노력해서 그 결과로 햇빛과 바람과 비로부터 나 자신과 내 식구를 보호할 수 있게 되었어. 너도 게으름 피우지 말고 머리를 써서 더 나은 삶을 살도록 해. 목적 없이 밀림을 배회하면서 시간을 허비하지 말고. 너를 위해 작은 집이라도 지으면 지금처럼 비와 추위에 떨면서 비참하게 살지는 않을 거야."

특히 우기 때 자신의 안락한 삶과 원숭이의 비참한 삶을 비교하면서 멋쟁이새는 원숭이에게 실질적인 조언을 아끼지 않았다. 멋쟁이새로서는 진심에서 한 말이었다. 하지만 속털까지 비에 젖어 가뜩이나 우울했던 원숭이는 새의 조언을 듣고 몹시 기분이 상했다. 새가 열심히 사는 삶의 이득을 이야기하며 게으른 자신의 생활을 지적하자 원숭이는 짜증이 났다. 한낱 새가 영장류인 자신을 무시하고 가르치려 든다는 생각이 들었다.

오랜 장맛비로 몸이 쇠약해져 있었지만 새의 계속되는 조언에 불끈 분노의 힘이 솟았다. 그리고 자신도 놀랄 정도로 원숭이는 순식간에 나뭇가지 끝으로 몸을 날려 멋쟁이새의 둥지를 홱 낚아챘다. 그것도 모자라 바닥에 내팽개친 다음 발로 밟아 아름다운 둥지를 산산조각 내 버렸다. 깜짝 놀란 멋쟁이새는 소리를 질러 댔지만, 이미 둥지의 형체는 사라진 후였다. 둥지를 잃은 가련한 새는 새로운 둥지를 다시 지을 때까지 폭풍우 속에서 새끼와 짝을 데리고 떠돌아야 했다. 상대방이 원하지도 않는 조언을 해 준 것을 후회했지만 때는 늦은 일이었다.

이 이야기를 바탕으로 한 힌디어 노래가 있다.

받아들일 자세가 된 이에게
조언을 하고
원숭이에게는 조언하지 말게.
멋쟁이새처럼 집을 잃을 테니.

어둠을 물리치는 법

히말라야 어느 곳에 원시인 마을이 있었다. 불을 한 번도 사용해 본 적 없는 자들이었다. 말린 생선을 먹고 살며, 햇빛을 이용하는 것 외에는 음식을 요리한 적도 없었다. 저녁이 되기 전에 잠자리에 들고, 태양과 함께 일어났다. 그래서 어둠과 접촉할 기회가 거의 없었다.

그들이 사는 곳 근처에 큰 동굴이 있었다. 이 원시인들은 자신들의 조상 일부가 그 동굴에 산다고 믿었다. 그래서 동굴을 신성하게 여겼지만 어둠과 어울리는 일이 익숙하지 않았기에 이들에게 동굴 속 어둠은 없애고 싶은 거대한 괴물이었다. 사실 그들의 조상 중에는 어두운 동굴 속에 들어갔다가 진흙에 갇히거나 뾰족한 동굴 벽에 머리를 부딪혀 죽은 이도 있었을 것이다.

그러던 중 누군가가 숭배 의식을 거행하면서 다가가면 동굴 속 괴물이 떠날 것이라고 말했다. 그래서 그들은 여러 해 동안 동굴 앞에 가서 엎드려 있곤 했지만 괴물은 어떤 숭배를 해도 동굴을 떠나지 않았다. 그 후 누군가가 괴물을 괴롭히거나 맞서 싸우면 괴물이 떠날 것이라고 주장했다. 그들은 화살과 막대기와 돌 등 온갖 종류의 무기를 동원해 어둠을 공격하기 시작했다. 그러나 어둠은 움직이지도 않고 떠나지도 않았다.

또 다른 누군가가 말했다.

"금식이야, 금식. 금식을 하면 어둠이 동굴을 떠날 거야. 그동안 우리가 한 일들은 올바른 방법이 아니었어. 금식이 필요해."

가련한 사람들은 금식을 하고 또 했다. 그렇게 아무리 희생해도 어둠은 떠나지 않았고, 괴물은 여전히 동굴 속에 남아 있었다. 그때 또 다른 누군가가 자선 행위를 실천한다면 어둠을 떨쳐 버릴 수 있을 것이라고 말했다. 이번에도 사람들은 그 주장을 받아들여 자선을 행했다. 하지만 자신들이 가진 모든 것을 나눠 주었음에도 괴물은 꿈쩍도 하지 않았다.

사람들이 지쳐 모든 희망을 포기하고 있을 때쯤 한 남자가 마을에 나타났다. 괴물에 대한 이야기를 들은 그는 와서, 자신의 조언을 따르면 괴물이 동굴에서 사라질 것이라고 말했다. 사람들이 더 이상 믿지 않는다고 하자 그가 자신 있게 말했다.

"긴 대나무 막대 몇 개와 대나무 막대들을 묶을 넝쿨 줄기와 약간의 물고기 기름을 갖다주시오."

지푸라기나 해진 천 같은 태울 만한 것도 가져오게 했다. 그런 다음 긴 대나무 끝으로 그것을 누르고 돌을 부싯돌에 쳐서 막대기 끝에 있는 짚에 불을 붙였다.

불이 타오르기 시작하자 사람들이 놀라서 물러났다. 처음으로 불을 보았기 때문이다. 남자는 그들에게 불붙은 대나무 막대기를 들고 동굴로 들어가 만약 어둠이라는 괴물을 만나면 괴물의 귀를 움켜잡고 밖으로 끌고 나오라고 말했다. 처음에 사람들은 남자의 주장을 믿지 않았다. 조상들이 가르친 대로 동굴 앞에 엎드리고, 금식을 행하고, 자선을 베풀었지만 괴물은 동굴을 떠나지 않았기 때문이다. 그들은 소리쳤다.

"이 사람은 낯설고 위험한 주장을 하고 있다. 그의 조언은 생각해 볼 가치도 없다. 우리는 그의 말을 듣지 않을 것이다."

그러면서 그 불을 껐다. 그러나 그중에는 그다지 편견이 없는 이들도 있었다. 그들이 불을 들고 동굴로 들어가자, 괴물은 그곳에 없었다. 동굴이 매우 깊어 계속 안으로 들어갔지만 괴물을 찾지 못했다. 그러자 그들은 괴물이 동굴 속 구멍에 숨어 있는 게 틀림없다고 생각했다. 그래서 구멍마다 일일이 불을 비춰 보았지만 어디에도 괴물은 없었다. 마치 괴물이 그곳에 있었던 적이 전혀 없는 것처럼.

무엇을 위해 싸우는가

귀신의 출몰로 고통받는 마을이 있었다. 잊을 만하면 마을 뒤 큰 산에서 귀신이 내려와 사람들을 혼비백산하게 하고 공포에 떨게 만들었다.

사람들의 피해를 두고 볼 수 없어 마을 촌장이 두 팔을 걷고 나섰다. 그는 귀신과 담판을 짓기 위해 산으로 향했다. 산 중턱쯤에서 낯선 남자를 한 명 만났는데, 그 남자가 물었다.

"어디에 가시오?"

촌장이 말했다.

"귀신을 찾으러 갑니다. 그놈을 없애야만 마을 사람들이 평화로울 수 있기 때문입니다."

그러자 남자가 말했다.

"내가 바로 당신이 찾고 있는 그 귀신이오."

그 말이 끝나자마자 촌장은 힘껏 주먹을 날렸고, 급소를 얻어맞은 귀신은 신음하며 바닥에 쓰러졌다. 촌장이 올라타 다시 주먹으로 때리려 하자 귀신이 손을 내저으며 다급하게 한 가지 제안을 했다.

"만약 나를 살려주면 매일 아침마다 당신 머리맡에 20루피를 가져다 놓겠소."

그 순간 촌장은 미소 지으며 생각했다.

'이렇게 나한테 죽을 만큼 얻어맞았으니 다시는 마을에 내려와 소란을 피우지 않을 거야. 그러니 죽일 필요까지야 뭐 있겠어. 놈을 살려주고 나는 그 대신 돈을 벌면 되겠어. 그것이 서로 이득이야.'

그러고는 한 번 더 찍어 눌러 겁을 준 후 귀신을 놓아주었다. 귀신은 뒤도 돌아보지 않고 달아났다.

다음 날 아침 눈을 떠 보니 머리맡에 20루피가 놓여 있었다. 그다음 날도 역시 돈이 놓여 있었다. 촌장은 매우 흡족했다. 그런데 사흘째 되는 날에는 귀신이 돈을 갖다 놓지 않았다. 그다음 날도 마찬가지였다.

촌장은 머리꼭지까지 화가 치밀었다. 약속을 지키지 않고 자신을 조롱한 녀석을 반드시 찾아내 혼내 주어야겠다고 마음먹었다. 그는 주먹을 불끈 쥐고 귀신을 잡으러 다시 산으로 올라갔다.

아니나 다를까, 산 중턱에서 귀신이 내려오고 있었다. 가까이 다가간 촌장은 말을 주고받을 사이도 없이 귀신의 얼굴을 향해 힘껏 주먹을 날렸다. 그런데 이번에는 귀신이 날쌔게 피했고, 촌장이 휘청거리는 사이 뒤에서 그를 껴안고 번쩍 들어 내동댕이쳤다. 바닥에 나동그라진 촌장을 귀신이 재빨리 올라타 위에서 찍어 눌렀다.

제대로 저항 한 번 못하고 귀신 밑에 깔린 촌장이 손을 내저으며 물었다.

"죽기 전에 한 가지만 물어보자. 지난번에는 나한테 꼼짝을 못했으면서 이번에는 어떻게 네가 이길 수 있게 되었지?"

귀신이 웃으며 말했다.

"지난번에 당신은 마을의 정의를 위해 싸웠지만, 오늘은 자신의 이익 때문에 싸웠으니까."

길을 아는 사람과 그 길을 걷는 사람

북인도 사왓띠에 사람들이 붓다의 가르침을 들으러 오는 넓은 장소가 있었다. 매일 저녁 한 젊은이가 이곳에 와서 붓다의 설법을 듣곤 했다. 그는 여러 해 동안 붓다의 말씀을 들으러 왔지만 그 가르침을 실천에 옮기지는 않았다.

어느 날 저녁, 이 남자는 여느 때보다 조금 일찍 와서 붓다가 혼자 있는 것을 보았다. 그는 붓다에게 다가가 말했다.

"선생님, 제 마음속에 의문이 한 가지 있습니다. 계속 의심을 하게 하는 문제입니다."

붓다가 말했다.

"아, 그런가? 진리의 길에는 어떤 의심도 없어야 하네. 어떤 의심이든 분명하게 해결해야 하지. 그대의 의문이 무엇인가?"

젊은이가 말했다.

"지금까지 저는 오랫동안 당신의 가르침을 들으러 왔고, 당신 주변에 많은 수행자가 있는 것을 봐 왔습니다. 추종자들도 많이 있었습니다. 그들 중 몇몇은 저처럼 몇 년 동안 당신의 가르침을 들으러 왔습니다. 제가 보기에 그들 중 몇 사람은 확실히 깨달음의 최종 단계까지 도달한 것 같습니다. 분명 영적인 해탈을 얻은 듯합니다. 삶에서 약간의 변화를 경험한 사람들도 보입니다. 완전히 자유로워졌다고 말할 수는 없지만 이전보다 그들의 삶은 더 나아졌습니다."

붓다는 진지하게 젊은이의 말에 귀를 기울였다.

젊은이가 말을 이었다.

"그러나 선생님, 저를 포함해 많은 사람들은 여전히 전과 같거나 때로는 상황이 더 나빠졌습니다. 당신의 가르침을 몇 년째 들어도 전혀 바뀌지 않고, 더 나은 방향으로 나아가지도 않습니다. 이유가 뭘까요? 사람들은 완전한 깨달음을 얻은, 무한한 자비심을 가진 당신을 찾아옵니다. 그런데 왜 당신은 당신의 능력과 자비심을 발휘해 그들 모두를 해방시켜 주지 않습니까?"

붓다가 미소 지으며 물었다.

"젊은이여, 그대는 어디에 사는가?"

"저는 여기 코살라국의 수도 사왓띠에서 살고 있습니다."

"그렇군. 그러나 그대의 얼굴 모습을 보니 이 지역 출신이 아닌 것 같은데, 본래 어디에서 왔는가?"

"원래는 마가다국의 수도 라자가하 출신입니다. 몇 년 전 이곳 사왓띠에 와서 정착했습니다."

"그럼 라자가하와 모든 관계를 끊었는가?"

"아닙니다. 그곳에는 친척들이 있고, 친구들도 있습니다. 그곳에서 사업도 합니다."

붓다가 다시 물었다.

"그럼 사왓띠에서 라자가하로 자주 가겠군?"

젊은이가 대답했다.

"그렇습니다. 매년 여러 번 라자가하를 방문하고 사왓띠로 돌아옵니다."

붓다가 고개를 끄덕이며 물었다.

"이곳에서 라자가하로 가는 길을 그렇게 많이 다녔으니 분명히 그 길을 아주 잘 알겠군?"

"아, 그렇습니다, 선생님. 저는 그 길을 완벽하게 압니다. 눈을 가려도 라자가하로 가는 길을 찾을 수 있을 정도입니다. 여러 번 다녔으니까요."

"그러면 그대의 친구들이나 그대를 잘 아는 사람들은 그대가 라자가하 출신이며 최근에 이곳에 정착했다는 것을 분명히 알겠군? 그대가 자주 라자가하를 방문하고 이곳에서 라자가하로 가는 길을 완벽하게 안다는 것도 알고 있겠지?"

"아, 그럼요. 저와 가까운 사람들은 모두 제가 라자가하에 자주 가고 그 길을 완벽하게 안다는 것을 알고 있습니다."

"그렇다면 그들 중 어떤 이는 그대에게 와서 그 길을 알려 달라고 요청하는 일이 분명 있겠군. 그때 그대는 자신이 아는 사실을 숨기는가, 아니면 가는 길을 명확히 설명해 주는가?"

"제가 숨길 게 뭐가 있겠습니까, 선생님? 저는 가능한 한 명확하게 설명해 줍니다. 동쪽으로 걷다가 바라나시를 향해 계속 가다 보면 가야에 이르고, 거기서 더 가면 라자가하에 이른다고요."

붓다가 다시 물었다.

"그대의 설명을 들은 사람들은 모두 라자가하에 도착하는가?"

젊은이가 말했다.

"어떻게 그럴 수 있겠어요? 끝까지 걷는 자만이 라자가하에 도착할 것입니다."

붓다가 미소 지으며 말했다.

"그것이 바로 내가 그대에게 설명하고 싶은 바이네. 사람들은 내가 해탈에 이르는 길을 걸었으며 그래서 그 길을 완벽히 아는 사람이라는 걸 알고 나를 계속 찾아온다네. 그들은 내게 와서 묻지. '궁극의 깨달음에 이르는 길, 해탈에 이르는 길은 무엇입니까?' 그러면 숨길 게 뭐가 있겠나? 나는 그들에게 분명하게 설명해 주지. '이것이 바로 그 길이다.'라고. 만약 누군가가 그저 고개를 *끄*덕이며 '동감이다. 전적으로 옳은 말이다. 아주 좋은 길이다. 하지만 나는 그 길에 한 걸음도 내딛지 않을 것이다. 아주 멋진 길이지만 그 길을 수고스럽게 걸어가지는 않을 것이다.' 라고 생각한다면 그런 사람이 어떻게 최종 목표에 도달할 수 있겠는가?"

젊은이의 얼굴이 숙연해졌다.

붓다가 말을 이었다.

"나는 누구도 최종 목표에 데려가기 위해 내 어깨에 그 사람을 짊어지고 가지는 않는다네. 누구도 다른 사람을 어깨에 짊어지고 목적지로 데려갈 수는 없네. 사랑과 연민의 마음으로 이렇게 말할 수 있을 뿐이지. '이것이 바로 그 길입니다. 그리고 이것이 내가 그 길을 걸은 방법입니다. 당신도 해 보세요. 당신도 걸어 보세요. 최종 목표에 도달할 것입니다.' 그러나 각자는 스스로 그 길을 한 걸음 한 걸음 밟아가야 하네. 그 길을 한 걸음 내디딘 사람은 목적지에 한 걸음 더 가까워진 것이지. 100걸음을 걸은 사람은 목적지에 100걸음 더 가까워진 것이고. 그 길을 모두 걸은 사람은 최종 목적지에 도착하지. 그대도 스스로 길을 걸어야 하네."

힘은 어디서 오는가

고대 인도의 찬란한 문명을 꽃피운 간다라 문명의 중심지 탁샤실라 국제 대학에서 정치학과 외교학을 가르친 차나키아는 2천 년이 지난 오늘날까지도 인도 역사에서 가장 뛰어난 관료이자 책략가로 꼽히는 인물이다. 그는 숲에서 왕 놀이를 하던 아이들 사이에서 왕 역할을 하는 찬드라굽타의 가능성을 알아보고 그를 왕으로 키워, 그리스인을 몰아내고 마우리아왕조를 세워 최고 전성기를 맞이했다.

왕이 된 찬드라굽타의 면역력을 키우기 위해 차나키아가 매일 왕의 음식에 소량의 독을 가미한 것은 유명한 일화이다. 어느 날 실제로 누군가가 독을 넣은 음식을 왕에게 올려 왕비는 사망했으나 찬드라굽타는 생명을 건졌다.

왕의 일급 참모가 되기 전, 차나키아에게도 시련의 시기가 있었다. 어렸을 때 차나키아는 날카로운 송곳니를 가지고 있었다. 그것은 왕권의 상징으로 어느 날인가 통치자가 된다는 것을 의미했다. 어머니는 장차 아들이 왕이 되면 자신을 무시할지도 모른다고 걱정했다. 그러자 차나키아는 어머니를 안심시키기 위해 송곳니를 모두 부러뜨렸다.

당시 북인도 지역을 지배한 다나 난다 왕이 바라문 승려 계급에게 공양을 베푸는 종교의식을 열었다. 성인이 된 차나키아도 바라문 자격으로 행사에 참가했다. 차나키아는 부러진 송곳니뿐 아니라 두 발도 안쪽으로 구부러져 있었다. 그런 용모가 마음에 들지 않은 다나 난다는 차나키아를 추하다고 조롱하며 쫓아내라고 지시했다. 다나 난다의 왕자들도 못생긴 원숭이라고 놀렸다.

분노한 차나키아는 바라문의 상징인 몸에 두른 실을 그 자리에서 끊어 버리고 무례한 모욕에 복수하는 날 다시 실을 두르겠다고 선언했다. 왕이 체포를 명령하자 차나키아는 친구의 도움을 받아 밀림 속으로 달아났다. 숲에서 놀던 찬드라굽타를 발견한 것도 이때의 일이다. 찬드라굽타를 보고 무자격자인 왕에게 복수하기 위한 훌륭한 도구임을 직감한 차나키아는 찬드라굽타를 탁샤실라로 데려가 자신을 포함한 여러 명의 교수에게 수년간 교육을 받게 했다.

그 후 여러 지역을 돌며 군사를 모은 그들은 마침내 한 사람은 육체적인 도구가 되고 또 한 사람은 두뇌가 되어 난다 왕국의 수도를 공격했다. 이 전투는 단순히 차나키아 개인의 복수를 위한 것만이 아니었다. 난다 왕조의 왕들은 원래 무식한 노상강도였다가 권력을 손에 넣은 자들로, 성격이 포악하고 잔인하며 왕국의 주민들에게 마음대로 세금을 거둬 원성이 자자했다. 바라문들에게 공양을 베푸는 의식을 연 것도 자신의 나쁜 이미지를 좋게 위장하기 위함이었다. 따라서 차나키아와 찬드라굽타의 공격은 폭정에 시달리는 사람들을 해방시키려는 목적도 컸다.

하지만 전투가 시작되자마자 찬드라굽타의 군대는 금방 패하고 말았다. 다나 난다는 주변의 여러 소왕국들을 정복해 방대한 제국을 건설한 자였다. 따라서 강력한 병사들과 전차와 수천 마리의 코끼리 부대를 가지고 있었다. 간신히 후퇴해 변장을 하고 시내를 돌아다니던 두 사람은 우연히 오두막 안에서 어머니가 아들을 혼내는 소리를 들었다.

둥근 차파티를 가운데부터 뜯어 먹는 아이에게 여인이 이렇게 말하는 것이었다.

"너는 마치 찬드라굽타가 전투를 벌이는 방식으로 차파티를 먹고 있구나."

아들이 물었다.

"찬드라굽타가 어떤 식으로 전투를 벌였는데요?"

차나키아가 온통 귀에 정신을 모았다.

여인이 말했다.

"너는 차파티를 가운데만 먹고 가장자리는 바닥에 던져 버리잖아. 찬드라굽타는 왕이 되려고 하면서 왕국의 주변 마을과 도시들을 먼저 정복하지 않고 곧바로 중앙에서 싸움을 시작했거든. 그러니 포위되어 전투에 질 수밖에 없었지."

여인의 말을 들은 차나키아와 찬드라굽타는 큰 깨달음을 얻었다. 그 후 그들은 인내심을 갖고 먼저 수도 주변에 있는 지역들을 하나씩 자기 편으로 만들어 나갔다. 그리고 머지않아 파탈리푸트라로 진군해 들어가 다나 난다의 세력을 몰아낼 수 있었다.

세상일이든 정신적 추구이든 우리는 중심부로 달려가 곧바로 성취의 자리에 오르기를 원한다. 그러나 그 중심에 도달하기까지 주변에서 얼마나 오래 인고의 세월을 보냈는가가 진정한 힘의 원천이다.

성스러운 물은 어느 방향으로 뿌려야 하는가

어느 날 성자 나나크가 충실한 동행 마르다나와 함께 히말라야 기슭의 도시 하리드와르를 찾았다. 그곳은 갠지스강이 히말라야를 흘러 내려와 최초로 평지와 만나는 장소로, 태초부터 힌두교도들은 그 힘센 강에게 경배하기 위해 그곳을 중요한 순례지로 정했다.

강둑 어디에나 성직자와 순례자들이 있었다. 그들은 서로를 밀치며 물속으로 들어가 두 손 가득 물을 뜨기 위해 소동을 일으켰다. 몇 명은 밀집한 군중을 헤치고 들어가 무릎까지 올라오는 강물 속에 서서 둥글게 오므린 손바닥에 성스러운 물을 모아 태양이 떠오르는 동쪽으로 물을 흩뿌렸다. 같은 의식을 치르기 위해 자신의 차례를 기다리는 사람들은 사람들 틈에서 조바심을 쳤지만 어쨌든 기다리는 수밖에 없었다.

성자 나나크와 마르다나는 잠시 그 자리에 서서 그 모든 광경을 놀라워하며 지켜보았다. 마침내 사람들에게 떠밀려 그들 차례가 되었을 때 성자 나나크는 양손을 오므려 물을 조금 떠서 들어올렸다. 그러고는 다른 사람들이 하듯이 물을 공중에 흩뿌렸다. 하지만 태양과는 반대 방향으로 그렇게 했다.

그 자리에 함께 있던 순례자들은 공포에 질린 눈으로 그를 바라보았다.

"저자는 누구지?"

"지금 무슨 짓을 한 거야?"

군중 사이에 술렁임이 번졌다. 그러나 성자 나나크는 침묵한 채 또다시 같은 의식을 되풀이했다.

순례자들은 그를 조용히 지켜보았지만 눈은 두려움으로 가득 차 있었다. 하지만 성직자들은 달랐다. 더 이상 참을 수가 없었다. 그들은 불경스러운 행동에 반응하고 경솔하게 행동하는 사람을 가르쳐야겠다고 생각했다.

성직자 한 명이 나나크에게 비난조로 질문을 던졌다.

"지금 무얼 하고 있는 거요?"

다른 성직자들도 가세했다.

"왜 물을 서쪽으로 바치는 거요? 제정신이오?"

성자 나나크가 반문했다.

"당신들은 왜 물을 동쪽으로 바치는 겁니까?"

그들이 대답했다.

"고인이 된 우리 조상들의 갈증을 풀어 주기 위해서요. 이건 누구나 아는 상식이오."

성자 나나크가 말했다.

"나는 서쪽에 있는 내 논에 물을 대려고 그쪽으로 물을 뿌리는 겁니다."

"정말 바보가 따로 없군."

성직자들이 이구동성으로 말했다.

"당신은 정말로 그 물이 서쪽에 있는 당신 논에 닿는다고 생각하오?"

그러면서 그들은 웃음을 터뜨렸다.

성자 나나크가 차분한 어조로 의문을 제기했다.

"왜 안 되죠? 당신들이 뿌리는 물이 죽어서 우리가 모르는 곳으로 사라진 조상에게 가닿을 수 있다면 왜 내 물이 불과 몇백 킬로미터 떨어진, 더 가까운 곳에 있는 내 논에 도달할 수 없을까요?"

성직자들은 순간 성자의 말에 담긴 의미를 이해했다. 그가 한 말이 사실이라는 것도. 그들은 그를 바보라고 부른 것을 부끄러워하며 자신의 어리석음을 인정했지만, 이후 그들이 정말로 자신들의 방식을 바꾸었는지는 알 수 없다.

꿈풀이

　한 왕이 이상한 꿈을 꾸었다. 꿈속에서 왕은 왕실 정원을 산책하고 있었다. 그 정원에는 거대한 나무가 한 그루 있었다. 그곳을 거니는 동안 왕은 이상한 현상을 목격했다. 나무의 잎사귀들이 하나씩 하나씩 떨어지기 시작하는 것이었다. 잠깐 사이에 연이어 빠르게 잎사귀들이 계속 떨어지더니 잎 하나만 나무에 덩그러니 남아 있었다.

　하나 남은 잎사귀를 제외하고는 잎이 다 떨어진 나무를 올려다보다가 잠에서 깨어났다. 아무리 생각해도 평범한 꿈이 아니었다. 왕은 이리저리 꿈을 재구성해 보며 논리적으로 해몽해 보려고 곰곰이 생각했다. 꿈의 의미를 풀려는 노력이 실패로 돌아가자 안절부절못하며 하루 종일 불안한 상태로 지냈다.

　마침내 꿈을 해석하기 위해 왕은 왕실 점성술사를 불러 자신을 굉장히 불안하게 만든 지난밤의 꿈을 자세히 설명했다. 그리고 납득할 만한 의미를 물었다.

점성술사는 꿈의 모든 측면을 숙고한 뒤 왕에게 꿈에 대한 매우 솔직하고 직설적인 해석을 내놓았다.

"왕실 정원에서 보신 큰 나무는 폐하의 왕국을 상징합니다. 큰 나무의 잎사귀들은 폐하의 가족 구성원과 가문의 가까운 일가친척을 나타냅니다. 나뭇잎이 하나씩 떨어지는 것은 폐하의 가족 구성원과 가까운 일족의 죽음을 의미합니다. 나무에 온전하게 남아 있는 유일한 잎은 결국 폐하를 상징합니다. 고귀하신 폐하, 간단히 말하면 꿈은 폐하가 돌아가시기 전에 폐하의 가족이 모두 죽을 것이라고 예언하고 있습니다. 결국에는 소중한 사람들은 다 죽고 폐하만 남을 것입니다."

이 말을 들은 왕은 격분해 점성술사를 즉시 나라 밖으로 추방하라고 소리쳤다. 왕실 점성술사에게 추방 명령이 내려졌다는 소식을 듣고 그 순간 궁정에 함께 있던 다른 점성술사가 나아가 왕에게 꿈에 대한 정확한 해몽을 해 보겠다고 요청했다. 불쾌한 말을 듣고 마뜩찮았던 왕은 그의 꿈풀이를 허락했다.

두 번째 점성술사가 말했다.

"폐하, 그 꿈은 폐하께서 무병장수하리라는 것을 예언하고 있습니다. 폐하께서는 살면서 맞닥뜨리게 될 온갖 역경을 견뎌 내고 모든 어려움을 이겨 내실 것입니다. 폐하의 가문과 일족 그 누구도 폐하에 대해 음모를 꾸밀 수 없으며 평생 폐하를 권좌에서 몰아내는 일에 성공하지 못할 것입니다. 폐하께서는 그 모든 이보다 더 오래 사실 것입니다."

왕은 꿈에 대한 새로운 해석을 듣고 매우 기뻐하며 마음의 위로가 되고 기운을 북돋아 주는 해몽을 한 그 점성술사에게 상을 내리고 싶어 했다. 그는 점성술사에게 소원을 얘기하면 들어주겠다고 했다.

두 번째 점성술사는 두 손을 모으고 왕에게 상급자인 왕실 점성술사를 용서하고 추방 명령을 거둬 달라고 간청했다.

"폐하, 그 점성술사와 저는 사실을 정직하게 말했지만 꿈을 해석하는 방식이 달랐습니다. 왕실 점성술사는 가족과 친족의 죽음에 대해 초점을 맞춘 반면, 저는 폐하가 다른 사람들보다 더 오래 산다는 장수의 징조로 해석했습니다. 폐하의 가족 모두가 정해진 운명대로 오래 살겠지만 폐하는 그 모든 이들 중에서도 가장 오래 살 복을 받으셨습니다."

자신의 복 받은 운명을 충분히 깨달은 왕은 기꺼이 왕실 점성술사를 사면했다.

진실을 말하되 올바른 단어와 적절한 문장을 사용하는 것이 지혜이다. 특히 진지한 문제에 대해 말할 때는 듣는 이의 감성과 감정을 상하게 하는 단어나 구절을 사용하지 말아야 한다.

감사할 많은 것들

사막에 위치한, 벽과 지붕이 온통 파란색으로 칠해진 도시 입구에 커다란 님 나무(인도인들이 신이 선물해 준 나무라고 여길 정도로 많은 효능을 가진 상록수)가 있었다. 그 나무 아래에는 한 방랑 사두가 살고 있었다. 그는 사방이 트이고 누구에게도 방해받지 않는 그곳이 좋았지만, 이따금 님 나무 아래를 떠나 타르 사막(인도 북서부에서 파키스탄 동부까지 이어지는 넓은 사막. 타르는 '모래의 황무지'라는 뜻) 속으로 방랑을 떠나곤 했다.

이날도 그는 뜨거운 태양 아래를 고행하듯이 혼자서 걷고 있었다. 햇빛이 몸을 검게 그을리고, 모래에 숨은 가시들이 맨발을 찔렀다. 제대로 먹지 못한 지가 벌써 며칠째인지도 모르게 허기에 지쳐 있었다.

하지만 순수하고 진실한 사두답게 그는 두 가지를 잊지 않았다. 하나는 신에 대한 감사의 마음이고, 다른 하나는 세상에 대한 긍정적인 태도였다.

어느 날, 그는 흔적조차 희미한 길을 따라 걷다가, 먼저 지나간 행인이 길가에 내던진 텅 빈 과일 자루를 발견했다. 사두는 큰 소리로 기도했다.

"신이시여, 배고픈 자에게 텅 빈 과일 자루를 주셔서 감사합니다."

그러고는 자루를 주워 어깨에 걸쳐 메고는 계속 걸어갔다.

조금 더 걸은 뒤 이번에는 줄이 끊어진 낡은 사냥용 활을 발견했다. 사두는 다시 소리 내어 기도했다.

"신이시여, 배고픈 자에게 줄이 끊어진 사냥용 활을 주셔서 감사합니다."

길을 조금 더 내려가자 죽어서 열매를 맺지 못한 고목나무가 보였다. 사두는 마른 나뭇가지를 몇 개 부러뜨려 자루에 넣고는 다시 크게 말했다.

"신이시여, 배고픈 자를 죽은 과일나무에게로 인도해 주셔서 감사합니다."

좀 더 걸어가니 찌그러진 요리용 냄비가 눈에 들어왔다. 사두는 땅에 떨어진 낡은 냄비를 주워 안에 묻은 먼지를 입으로 불어 날리고는 그것도 자루 안에 넣었다. 그리고 다시 큰 소리로 기도했다.

"신이시여, 배고픈 자에게 먼지투성이의 찌그러진 낡은 냄비를 주셔서 감사합니다."

계속 걸어가다가 땅바닥에서 낚싯바늘을 발견했지만 낚싯대는 없었다. 시두는 낚싯바늘을 주워 자루에 넣고는 다시 큰 소리로 선언했다.

"신이시여, 배고픈 자에게 낚싯대 없는 낚싯바늘을 주셔서 감사합니다."

마침내 하루 종일 걸은 끝에 사두는 반대쪽을 볼 수 없을 정도로 넓은 강에 다다랐다. 길은 거기서 끊어졌다. 사두는 강가에 무릎을 꿇고 큰 소리로 기도했다.

"신이시여, 배고픈 자를 너무 크고 넓어서 건너기를 바랄 수도 없는 강으로 인도해 주셔서 감사합니다."

기도를 마친 그는 사냥용 활의 끊어진 줄에 낚싯바늘을 묶고 그것을 낚싯대 삼아 스스로 물고기를 잡았다. 그런 다음 마른 나뭇가지로 불을 피워 그 위에 낡은 냄비를 올리고 물고기를 요리했다. 그리고 마지막 기도를 잊지 않았다.

"신이시여, 배고픈 자를 배부르게 해 주셔서 감사합니다!"

그물에 걸리지 않는 메추라기

어느 산속에 수천 마리의 메추라기 무리가 살고 있었다. 그들이 가장 두려워한 것은 새잡이였다. 영리한 새잡이는 메추라기 노랫소리를 흉내 낼 줄 알아서, 마치 진짜 메추라기가 도움을 청하는 소리처럼 착각을 일으켰다. 그 소리에 속아서 메추라기들이 모여들면 그는 큰 그물로 모조리 사로잡곤 했다. 그러고는 바구니에 담아 시장에 내다 팔았다.

메추라기 중에 현명한 새가 있었다. 그는 새잡이의 행동을 잘 관찰하고는 어느 날 모든 메추라기를 모아 놓고 말했다.

"우리는 지금 큰 위험에 처해 있다. 우리 형제자매들이 영리한 새잡이에게 잡혀 시장으로 팔려 나가고 있다. 나한테 한 가지 계획이 있다. 앞으로 새잡이가 우리에게 그물을 던지면 모두 그물코 밖으로 목을 내밀고 일제히 그물을 들어 올려 하늘로 날아가자. 그런 다음 가시나무 숲에다 그물을 집어 던지자. 그러면 새잡이가 우리를 잡을 수 없을 것이다."

다음 날 새잡이가 메추라기 꾀는 소리를 내어 또다시 메추라기들을 유혹했다. 메추리기들이 몰려들기 시작했다. 하지만 그가 그물을 던지자 새들은 일제히 목으로 그물을 들어 올려 멀리 날아가서는 가시나무 숲에 그물을 내던졌다. 새잡이는 한마리도 잡지 못했을 뿐 아니라 가시나무에서 그물을 떼어 내느라 하루를 허비해야 했다.

다음 날도 그는 가시나무에서 그물을 걷느라 시간을 다 보냈다. 아무 수확 없이 집에 돌아오자 아내가 독설을 퍼부었다.

"메추라기 판 돈과 우리가 먹을 메추라기들을 가지고 오더니 이제는 빈손으로 들어오는군. 하루 종일 어디서 뭘 하고 보낸 거야? 숨겨 둔 여자가 있는 게 분명해. 나 대신 그 여자가 메추라기 고기를 즐기고 있겠군."

새잡이가 말했다.

"요즘은 메추라기들이 단합을 해서 잡을 수가 없어. 한데 뭉쳐 목으로 그물을 들어 올려서 가시나무 숲에다 버린단 말야. 하지만 걱정할 필요 없어. 지금 당신과 내가 논쟁하듯이 그들도 조만간 서로 다툼을 벌일 테니까. 그 틈을 타서 내가 그물을 던지면 돼. 그때까지 인내심을 가지고 기다리면 돼."

그러던 어느 날, 새잡이가 메추라기 꾀는 소리를 내는 순간 메추라기 한 마리가 잘못해 다른 메추라기의 머리를 밟았다. 머리가 밟힌 새는 즉각적으로 화를 내며 꽥꽥거렸고, 옆에서 말리던 메추라기들에게까지 싸움이 번지더니 급기야 모든 메추라기가 두 편으로 갈라져서 큰 싸움을 벌였다.

말다툼이 점점 더 격렬해지자 현명한 메추라기가 말했다.

"서로 싸워서 얻는 것은 아무것도 없다. 이런 식으로 계속 다투다가는 위험에 처할 것이다."

하지만 꽥꽥거리는 새들의 귀에는 그 말이 들리지 않았다. 현명한 새는 결국 설득을 포기하고 자신을 따르는 무리를 데리고 그곳을 탈출했다.

이때를 놓칠세라 새잡이는 남아 있는 새들 위로 그물을 던졌다. 하지만 새들은 힘을 합해 그물을 들어 올릴 생각은 하지 않고 계속해서 싸웠다.

"우리는 너희를 위해 그물을 들어 올릴 마음이 없어."

한쪽 무리가 소리치자 다른 쪽 무리도 맞받아쳤다.

"우리라고 너희를 위해 그물을 들어 올릴 줄 알아? 천만의 말씀이야."

결국 모든 메추라기가 그물에 잡히고 말았다. 새잡이는 새들을 바구니에 가득 담아 시장에 내다 팔고 몇 마리는 저녁상 준비할 아내를 위해 가져갔다.

소와 당나귀가 된 두 판디트

두 판디트(학자이며 교사)가 여러 해 동안 힌두교의 중심지 바라나시에서 경전들에 대한 고차원적인 지식과 종교적 이론을 배웠다. 과정을 성공적으로 마친 두 사람은 함께 고향으로 돌아가는 여정을 시작했다.

그 시절에는 교통이 발달하지 않아서 걷거나 수레를 타고 며칠 혹은 몇 달씩 걸려 이동해야 했다. 여행 도중에는 부유한 사람이나 신심 깊은 사람들이 제공하는 숙소나 아쉬람(수행 공동체)에 묵곤 했다. 밤에는 그 장소들에서 머물고 날이 밝으면 다시 길을 나섰다.

두 판디트도 비슷한 방식으로 여행을 해 나갔다. 한번은 두 사람 다 어느 도시의 부유한 집에서 하룻밤을 묵게 되었다. 너그러운 집주인은 여행에 지친 두 학자에게 기꺼이 음식과 숙소를 제공했다. 하인들이 분주히 저녁 식사를 준비하는 동안 집 주인은 두 판디트를 각각 다른 방으로 안내하고 일상적인 대화를 나누었다.

집주인은 세속적으로 성공한 사람이었지만 또한 현명했다. 이내 그는 두 판디트가 경전에 대한 지식은 얻었지만 매우 자기중심적이라는 사실을 알아차렸다. 이기적일 뿐 아니라 그 둘은 서로를 질투했고, 각자 자신이 상대방보다 더 우월하다고 내심 생각했다.

"함께 공부하는 동안 저 친구는 아무것도 혼자서 이해하지 못했어요. 언제나 내가 설명해 줘야 했어요. 아마 소에게 춤을 가르치는 것이 차라리 더 쉬웠을 거예요."

"저 친구에 대해선 말도 마세요. 당나귀의 뇌를 가진 자가 어떻게 학자의 길을 걷겠어요? 저 친구의 머리는 그냥 끄덕이라고 어깨 위에 놓여 있을 뿐이에요."

그들은 그렇게 상대방을 헐뜯었고, 말하는 내내 서로를 비하했다. 집주인은 너무도 아쉽고 안타까웠다. 두 사람 모두 성스러운 도시 바라나시에서 그토록 오랫동안 높은 지식을 얻었음에도 불구하고 여전히 다른 사람을 존중하고 공감하는 법을 배우지 못했다고 느꼈다.

이윽고 저녁 먹을 시간이 되어 집주인은 두 판디트를 최대한 존중하며 식사 공간으로 안내했다. 그런데 한 판디트의 접시에는 소가 먹는 사료가 제공되었고, 반면에 다른 판디트의 접시에는 풀이 담겨 있었다. 이를 본 두 판디트는 몹시 충격을 받았다. 그들은 화를 내며 집주인에게 자신들을 사료와 풀을 먹는 동물로 생각하느냐고 따지며 소리쳤다.

"당신은 우리를 모욕하고 있소. 우리는 고차원적인 경전 지식을 갖춘 학자들이오."

집주인이 매우 정중하게 대답했다. 그는 두 사람에게 제공한 음식은 전혀 잘못 제공된 것이 아니라고 말하면서, 자신이 그들 각자와 나눈 대화를 그들에게 상기시켰다.

"내가 당신들에게 서로에 대해 물었을 때 당신들 중 한 명은 다른 사람을 황소라 불렀고, 다른 한 명은 상대방을 당나귀라고 불렀소. 이 음식들은 당신들이 서로에 대해 설명한 것에 맞게 준비한 것이오."

두 판디트는 더 이상 아무 말도 할 수 없었다. 그들은 자신들의 어리석은 행동에 대해 집주인에게 사과했으며, 상대방 동료에게도 나쁜 감정을 품었던 것을 반성하며 사과했다.

힘든 직업

　북인도 야무나강 부근의 소도시 마투라는 모든 인도인의 사랑을 한 몸에 받는 크리슈나 신의 탄생지이다. 크리슈나는 비슈누 신의 화신으로 숭배되기 때문에 마투라는 중요한 힌두교 성지일 뿐 아니라 적색 사암을 소재로 한 아름다운 조각 예술 작품들의 보고이다. 매년 8~9월 크리슈나 탄생일인 잔마스타미 축제가 되면 인도 전역에서 온 수많은 순례자와 걸인과 소매치기가 줄을 잇는다.

　한 사두가 마투라의 작고 오래된 크리슈나 사원을 맡아 운영해 나가고 있었다. 중심지의 인기 있는 사원은 아니지만 나름의 분위기가 있는 경건한 곳이어서 매일 푸자를 드리러 오는 사람들도 많았다. 작은 신상 앞에서 명상을 하고, 노래하고, 깨달음을 얻어 가는 이들도 있었다.

세월의 비바람뿐 아니라 원숭이들의 등쌀에도 무너진 곳이 많아 사두는 젊은 석공을 한 명 고용해 사원의 손상된 부분을 며칠 동안 수리하게 했다. 마침 잔마스타미 기간이어서 석공은 날마다 순례객들이 찾아와 사두에게 헌금 바치는 것을 관찰했다. 매일 저녁이면 사두의 무릎 앞에 지폐와 동전과 과일이 수북이 쌓였다. 석공의 눈에 사두가 하는 일이라고는 그저 하루 종일 가부좌를 하고 앉아서 사원 참배객들의 머리에 축복을 내리는 것이 전부였다. 반면에 자신은 아침부터 저녁까지 돌먼지를 들이마시며 힘들게 돌을 쪼고 벽돌을 나르는데도 일당이 고작 50루피(850원)에 불과했다.

어느 날, 석공은 더 이상 참을 수 없어 사두에게 항의했다.

"나는 하루 종일 허리가 휘도록 일해 고작 50루피를 버는데, 당신은 아무 일도 하지 않고 그저 가만히 앉아서 수백 루피를 벌어들이는군요. 너무 불공평하다고 생각하지 않으세요?"

사두가 미소 지으며 말했다.

"나 자신을 위해 쓰는 돈은 거의 없다. 소박한 음식과 짜이 몇 잔이 전부이고, 나머지는 전부 사원 관리에 들어간다. 하지만 그대의 질문은 일리가 있다. 그럼 이렇게 해 보자. 내일은 다른 석공을 데려와 사원 보수하는 일을 맡기자. 그대에게는 두 배의 일당을 받을 수 있는 다른 일을 주겠다."

석공은 기뻐하며 사두의 말에 동의했다.

이튿날 아침, 석공은 자신보다 어리숙해 보이는 다른 인부를 데리고 사원에 나타났다. 그리고 사두에게 가서 말했다.

"돌 일하는 친구를 한 명 데려왔어요. 저보다 머리가 조금 나쁘긴 하지만 일을 더 잘할 거예요. 이제 저에게 새로운 일자리를 주세요."

사두가 말했다.

"그대는 내가 앉아 있던 이 자리에 앉아 있으라. 그렇게 하면 일당을 두 배로 주겠다. 다른 일은 아무것도 하지 않아도 된다. 단, 명상하는 자세로 똑바로 앉아서 절대로 움직이거나 다른 행동을 하면 안 된다. 자세가 흐트러지면 참배객들이 너를 의심하고 이 만디르(힌두교 사원)를 신뢰하지 않을 것이다."

석공이 의아해하며 물었다.

"그것이 전부예요?"

사두가 고개를 끄덕이며 말했다.

"그것이 전부이다."

석공은 짙은 눈썹을 움직이며 기뻐했다.

"돌 일에 비하면 이건 아무것도 아니죠. 너무 쉬운 일이에요. 얼마 동안 앉아 있어야 하죠?"

"하루 종일."

"하루 종일요? 그럼 다른 일을 전혀 하지 않아도 일당을 두 배로 주겠단 말이죠? 아무래도 이 일이 저의 천직처럼 느껴지는데요."

석공은 돌먼지를 뒤집어쓰지 않아도 되는 그 일이 무척 마음에 들었다. 그래서 사두가 마련해 준 오렌지색 복장을 입고 신상 앞 지정된 자리에 가부좌 자세를 하고 앉았다. 그리고 지시받은 대로 허리를 펴고 심호흡을 하며 움직이지 않았다.

오랜만에 맛보는 평화였다. 새소리도 신선하게 들리고, 다른 석공이 분주히 일하는 사원 벽면으로 아침 햇살이 번지자 그때까지 노동 현장으로만 여겼던 곳이 신비롭게 느껴졌다.

처음 일 분 동안 그렇게 고요하게 앉아 있다가 문득 두 배의 일당으로 무엇을 할지 구상하기 시작했다. 일단 샌들을 하나 사야겠다고 마음먹었다. 그리고 내일은 바지를……. 갑자기 파리가 이마에 날아와 앉아 몹시 가려웠지만 움직이지 말아야 한다는 사두의 지시가 떠올라 간신히 참았다. 예상했던 것보다 빨리 어깨가 경직되고 등이 쑤셔 왔다. 이렇게 부동자세로 앉아 있는 것이 과연 무슨 의미가 있는지 의아했다. 그것이 신을 추구하는 것과 무슨 관련이 있는지도.

새로 데려온 석공은 이곳에서 일하는 것이 무척 마음에 드는 듯했다. 순간 자신도 모르게 불안한 웃음이 터져 나왔다. 잘못하다가는 그에게 일자리를 빼앗길지도 모를 일이었다. 그런 식으로 생각이 한 가지 주제에서 다른 주제로 쉴 새 없이 건너다녔다. 생각을 멈추려고 노력하면 할수록 더 많은 잡념과 망상이 밀려왔다.

이제 석공은 자신이 이토록 생각이 많은 이유에 대해 생각하기 시작했으며, 그다음에는 생각에 대해 생각하는 것이 무슨 의미가 있는지 생각했다. 피가 통하지 않아 다리에 쥐가 났지만 다리를 폈다가는 일당이 사라지기 때문에 그렇게 할 수도 없었다. 상황에 익숙해지기를 바랐지만 조금도 나아지지 않았다.

마침내 한계에 도달한 석공은 참을성을 잃고 자리에서 일어나며 소리쳤다.

"더 이상 앉아 있을 수가 없어요! 제가 몇 시간이나 앉아 있었죠?"

사두가 조용히 말했다.

"아마 20분 정도 됐을 거야."

"그럴 리가 없어요! 적어도 한 시간은 지난 것 같아요."

사두는 아무 말도 하지 않았다.

석공이 물었다.

"이것 말고 제가 할 수 있는 더 의미 있는 일이 없을까요?"

"믿기 어렵겠지만, 그곳에 명상하며 앉아 있는 것만큼 의미 있는 일은 없다."

"하지만 이렇게 앉아 있다간 온갖 생각들로 머리가 터져 버릴 것 같아요."

"그럼 한 가지에 전념하도록 해 보라. 예를 들어, 호흡에 집중하는 것도 한 가지 방법이다. 숨이 들어오고 나가는 것에 의식을 집중하는 것이지." 석공은 다시 자리에 앉아 사두가 가르쳐 준 대로 하기 시작했다. 처음 1분간은 호흡에 집중하는 것이 가능했다. 하지만 이내 또다시 수많은 생각들이 밀려왔다. 반 시간 앉아 있는 동안 수백 번도 넘게 집중에서 벗어났다. 이 생각 저 생각과 씨름하느라 지칠 대로 지쳤으며, 정신적으로 더할 수 없이 피로해졌다. 공허하고 고통스럽기까지 했다.

석공은 다시 자리를 박차고 일어나 외쳤다.

"이건 불가능한 일이에요!"

근처에 앉아 명상 중이던 사두가 눈을 뜨고 물었다.

"무엇이 불가능하다는 건가?"

"호흡에 집중하는 일 말예요. 이런 종류의 집중은 가능하지 않아요."

사두가 말했다.

"불가능한 일은 없다. 그대가 보다시피 나는 이곳에서 매일 호흡에 집중하며 앉아 있다. 그대는 이제 고작 한 시간 앉아 있었을 뿐이다. 일당을 받으려면 아직 여덟 시간이나 남았다는 것을 잊지 말라. 어서 다시 자리에 앉으라."

석공이 다시 외쳤다.

"안 돼요! 제발 이 일만은 시키지 마세요. 여덟 시간을 더 앉아 있다간 머리가 돌아 버릴 거예요. 이것은 저의 천직이 아닌게 분명해요. 다른 할 일을 주세요."

사두가 말했다.

"이곳에서 다른 할 일은 사원 보수하는 일밖에 없다. 새로 온 석공이 하고 있는 일 말이다. 그대도 알다시피 그 일은 일당이 절반밖에 안 된다."

석공이 황급히 말했다.

"그 일을 할게요! 꼼짝 않고 앉아 있는 일만 아니면 무엇이든 좋아요."

사두가 말했다.

"이제 이해하는가? 그대는 내가 아무 일도 하지 않고 하루 종일 가만히 앉아 있다고 생각했지만, 수행자의 삶이 얼마나 어려운지 이해하겠는가? 아무 데도 가지 않고 온전히 자기 자신 안으로 추구해 들어가는 것이."

석공이 말했다.

"충분히 이해해요. 하루 종일 움직이지 않고 앉아 있는 당신의 인내심을 높이 평가해요. 저는 얼른 석공 일로 돌아가야겠어요. 그것이 저에게는 가장 쉬운 일이에요. 이런 식으로 더 앉아 있다가는 머리가 이상해지겠어요."

석공은 서둘러 사원의 허물어진 벽으로 달려갔으며, 사두는 다시 자세를 바로 하고 앉아 자신의 내면에 집중했다.

침대 위에 걸린 칼

왕을 만나러 간 어느 수행자에 관한 오래된 이야기가 있다. 그 수행자는 전에 왕국이 처한 위기를 지혜로 해결해 준 성자의 제자이기 때문에 왕이 나와서 직접 그를 맞이하고 왕궁에서 하룻밤 묵고 가라고 권했다.

수행자는 왕에게 귀빈 대우를 받고 여독을 풀어 주는 즐거운 연회에다 왕족에 버금가는 식사 대접을 받았다. 밤이 되자 왕은 수행자가 궁전에서 가장 호화롭고 안락한 자신의 침실에서 잠을 잘 수 있도록까지 배려했다. 부드러운 쿠션에 둘러싸인 유난히 편안한 침대가 침실 한가운데 놓여 있었다.

고행을 실천하는 성자의 제자로서 단순하고 소박한 생활을 해 왔기에 그런 화려하고 사치스러운 분위기가 익숙하지 않았지만, 성자에게 입은 은혜를 생각해 특별 대접을 해 주는 왕의 호의를 거절하는 것은 예의가 아니라고 생각했다.

그런데 침대에 눕자마자 수행자는 화들짝 놀랐다. 침대 위에 긴 칼 하나가 매달려 있었다. 칼집에 들어 있지도 않는 칼이 그의 두 눈 사이를 똑바로 가리키며 번쩍였다. 세상에서 가장 안락하게 느껴지는 방과 침대임에도 불구하고 수도자는 한숨도 잠을 이룰 수 없었다. 머리 위에 걸려 있는 날카로운 칼에 의식이 온통 집중되어 있었다.

아무리 해도 마음이 그 정체불명의 칼에서 벗어나지 못하자 그는 생각했다.

'이 얼마나 잔인한 장난인가! 왕은 내게 믿을 수 없을 정도로 환대를 베풀고 이 나라에서 가장 안락한 방을 제공해 주었지만 머리 위에는 긴 검을 매달아 나를 겨냥하게 하다니!'

칼에서 잠시도 마음을 뗄 수 없었고 날이 밝도록 깨어 있을 수밖에 없었다. 아침에 왕이 활기찬 목소리로 잘 잤는지 묻자 수행자가 말했다.

"한순간도 그 칼에서 마음을 뗄 수가 없었습니다. 어떻게 잠을 잘 수 있었겠습니까? 폐하께서 너무나 잔인한 장난을 치셨습니다."

그러자 왕이 진지한 얼굴로 말했다.

"하룻밤 동안 칼집 없는 칼이 침대 위에서 자신을 겨냥하고 있는 것이 당신에게는 잔인한 장난이군요. 하지만 나는 매일 밤과 매일 낮 죽음이 내 위에서 번쩍이는 칼날처럼 나를 겨누고 있소. 즐겁게 먹고 마시고 세상의 모든 호화로움을 누리고 있을 때조차도 내 마음은 죽음을 자각하고 있소. 내가 죽음을 생각하지 않을 때조차도 누군가가 니에 대해 거짓말을 퍼뜨리고 내게 등을 돌릴 가능성이 언제나 있소. 이웃 나라의 왕이 내 왕좌를 차지하기 위해 언제 군대를 보낼지 알 수 없소. 아니면 나 스스로 몰락을 가져올 현명하지 못한 결정을 내릴지도 모르오. 어쩌면 믿어 의심치 않던 나의 대신들 중 하나가 내 권력을 시기해 나를 해치려 할 수도 있소. 내가 아무리 행복하고 즐거울지라도, 내 마음이 무분별하게 안락과 화려함에 물들어 있을지라도, 칼집 없는 칼처럼 죽음이 언제든 나를 겨냥하고 있음을 자각하기 위해 칼을 내 침대 머리맡에 걸어 둔 것이오."

자신이 아니라 지금 앞에 서 있는 왕이 누구보다 진정한 수행자임을 깨닫고 성자의 제자는 겸손하게 머리를 숙였다.

우리는 중심부로 달려가 성취의 자리에 오르기를 원한다.

그러나 주변에서 얼마나 세월을 보냈는가가 힘의 원천이다.

생명의 가치

　마가다 왕국(비하르주 남부를 중심으로 번영했던 옛 도시국가)의 위대한 왕 빔비사라가 대신들에게 물었다.

　"나라의 식량 문제를 해결할, 가장 적은 비용이 드는 선택은 무엇인가?"

　대신들은 적절한 답을 찾기 위해 숙고를 거듭했다. 쌀, 보리, 밀 같은 곡물들에서 해결책을 찾아보았지만 왕이 바라는 값싼 선택은 아니었다. 농업을 바탕으로 한 식량 생산은 논밭을 갈고, 씨를 뿌리고, 시기적절하게 물을 대고, 또한 새들로부터 농작물을 지켜야 하는 등 많은 힘든 일을 필요로 했다.

　그뿐만 아니라 농사는 비에 의존하기 때문에 제때 비가 오지 않으면 힘들게 일한 것이 모조리 허사가 될 수 있다. 또 비가 필요 이상으로 내리면 논밭이 침수되어 농작물이 썩게 된다. 이 모든 어려움과 예상되는 자연재해를 고려할 때 농산물은 결코 저비용 고효율의 선택이 될 수 없었다.

그때 사냥을 좋아하는 고위 대신이 말했다.

"폐하, 선택 가능한 최고의 식량은 고기를 먹는 것입니다."

자신의 주장을 뒷받침하기 위해 그는 고기를 구하는 것이 그다지 힘든 일이 아니며, 육류나 육류 제품을 먹는 것은 건강을 보장하는 식단이라고 말했다. 채식주의자인 수상 차나키아를 제외하고 모두가 그 제안을 지지했다.

왕이 차나키아에게 그 제안에 대한 의견을 물었다.

차나키아가 대답했다.

"내일 이 시각, 이 자리에서 제 의견을 제시하겠습니다."

밤이 되자 차나키아는 값싼 식량으로 고기를 제안한 대신의 집을 찾아갔다. 한밤중에 차나키아가 문 앞에 서 있는 것을 보고 대신은 당황해서 늦은 시각에 찾아온 이유를 물었다.

차나키아가 말했다.

"저녁나절 왕이 갑자기 심각한 병에 걸렸는데, 주치의가 이상한 처방을 제시했소. 고결한 사람의 가슴에서 떼어 낸 20그램의 살을 먹으면 왕의 생명을 구할 수 있다는 것이오. 왕은 나에게 가장 고결한 사람의 가슴살을 필요한 만큼 구해 달라고 부탁했소. 그렇다면 적임자가 당신 말고 누가 있겠소? 그래서 부탁하러 온 것이오. 이에 대한 보답으로 왕은 만 개의 금화를 주셨소. 부디 금화를 받고 친애하는 왕의 생명을 구할 수 있게 당신 가슴살을 20그램만 떼어 주시오."

이 말을 들은 대신은 차나키아의 발 아래 엎드려 살려 달라고 간청했다. 살려만 준다면 치니키이에게 만 개의 금화를 더 얹어 줄 테니 그 돈으로 다른 대신의 가슴살을 구입해 달라고 애원했다.

차나키아는 차례대로 모든 대신을 찾아가 만 개의 금화를 주고 그들의 가슴살 20그램을 사겠다고 제안했다. 누구도 응하지 않았고, 자신의 목숨을 구하기 위해 각자 만 개의 금화를 차나키아에게 주었다.

차나키아는 그런 식으로 20만 개의 금화를 모았다.

다음 날 약속된 시간에 궁정에 나타난 차나키아는 왕에게 20만 개의 금화를 보여 주었다. 왕이 이유를 묻자 차나키아는 하룻밤에 그 많은 금화를 모을 수 있었지만 그것으로도 인간의 살 20그램을 얻을 수 없었다고 설명했다.

마지막으로 차나키아는 말했다.

"이제 폐하께서 스스로 결정하십시오. 살아 있는 생명체의 살이 과연 값싼 것인지를. 우리의 생명이 우리에게 소중하듯이 다른 모든 생명체에게도 생명이 소중하다는 것을 잊지 말아야 합니다."

바보가 되려면 큰 바보가 되라

어느 밀림 속에서 다양한 동물들이 서로 도와 가며 사이좋게 살고 있었다. 불필요한 의견 충돌이나 다툼 없이 밀림 속 상황과 바깥 세상에 대한 소식을 알려 주며 평화롭게 지냈다. 어느 날 사소한 충돌이 일어나기 전까지는.

사건은 호랑이가 당나귀와 대화를 나누면서 우연히 시작되었다. 처음에 두 동물은 이런저런 일상사에 대해 이야기를 주고받았다. 그러다가 둘은 갑자기 풀의 색깔에 대해 논쟁을 벌이기 시작했다.

그 논쟁이 어떻게 촉발되었는지 아는 이는 아무도 없다. 다만 당나귀가 먼저 한 어떤 말에 짜증이 난 호랑이가 "풀은 초록색이야!" 하고 큰 소리로 외치는 것이 들렸을 뿐이다.

당나귀는 모두가 깜짝 놀랄 정도로 더 큰 소리로 외쳤다.

"아니야, 풀 색깔은 파란색이야!"

그 후 "초록색!", "아니야, 파란색!", "초록색이라니까!", "파란색이라니까!" 하고 연거푸 고성이 오갔고 시간이 가도 논쟁은 멈추지 않았다.

둘의 논쟁에 다른 동물들도 덩달아 편이 갈려 '초록색!', '파란색!'을 외쳐 댔다. 상황이 점점 심각해져, 이런 식으로 가다가는 그동안 이어져 온 동물들 간의 좋은 관계가 큰 위기를 맞이할 것이 분명했다. 호랑이는 이미 포식 동물의 본능에 충실하게 공격성을 드러냈고, 반면에 당나귀는 자신의 타고난 약점을 완전히 잊은 채 위험한 적수를 계속 자극하고 있었다. 일촉즉발의 상태였다.

마침내 동물들은 밀림의 왕 사자를 찾아가 판결을 내려 달라고 부탁했다.

논쟁의 현장에 나타난 사자는 먼저 당나귀의 주장을 귀 기울여 들었다. 그러고 나서 호랑이의 주장을 들었다. 잠시 심사숙고한 후, 사자는 당나귀의 주장을 지지하기로 결정했다. 그는 그 자리에 모인 동물들에게 호랑이가 틀렸다고 엄숙하게 선언했다.

밀림의 왕 사자의 권위 있는 판결에 따라 호랑이는 소란을 일으킨 벌로 1년 동안 밀림에서 추방되어야 했다. 밀림을 떠나기 전에 호랑이는 마지막으로 사자를 찾아가, 풀이 초록색이라는 사실을 온 세상이 다 아는데 왜 당나귀에게 유리한 판결을 내리고 자신을 벌했느냐며 하소연했다.

사자가 말했다.

"물론 나도 풀이 초록색이라는 사실을 알고 있다. 하지만 어리석은 자와 논쟁을 벌였기 때문에 너를 벌한 것이다. 논쟁이 논쟁다워지려면 적어도 자신보다 지식과 지혜가 높은 자와 토론해야 한다. 어리석은 자와 무의미하게 논쟁함으로써 너는 소중한 시간과 기운을 낭비하고 세상을 시끄럽게 만들었다. 그것이 네가 벌을 받는 진짜 이유이다."

지금이 아니면 언제인가

홍수로 부모를 잃은 소년이 고아가 되어 집도 보호자도 없이 홀로 남겨졌다. 하지만 아버지로부터 많은 것을 배웠기 때문에 삶을 살아나갈 길을 찾는 데 오래 걸리지 않았다.

어느 날 소년은 시장으로 가서 가장 작고 저렴한 가게를 임대했다. 그리고 자신이 가진 적은 돈으로 종이와 펜을 샀다. 그런 다음 가게 입구에 '지혜를 팝니다'라는 팻말을 세워 놓았다.

물건과 생필품을 사러 온 사람들은 그 가게를 지나면서 소년을 비웃었다.

"만약 네가 지혜롭다면, 왜 그런 낡은 옷을 입고 손바닥만 한 가게에 앉아 있지?"

하지만 소년은 흔들리지 않았다. 가게에 앉아 손님이 오기를 참을성을 갖고 기다렸다.

하루는 큰 상인의 아들이 지나가다가 지혜를 판다는 말에 호기심을 느꼈다. 그는 부자였지만 또한 어리석었다. 소년이 무엇을 팔고 있는지 이해조차 하지 못했으며, 지혜가 먹을 수 있거나 만질 수 있는 것이라고 생각했다. 그는 소년에게 킬로그램당 가격이 얼마인지 물었다.

소년이 설명했다.

"지혜는 무게 단위로 팔지 않아요. 지혜는 가치로 팔아요."

상인의 아들이 1루피를 내며 말했다.

"무슨 말인지 알겠어. 1루피어치(17원)의 지혜만 줘."

소년은 1루피를 주머니에 넣고 상인 아들에게 앉으라고 했다. 그리고 진지한 눈으로 그의 얼굴을 바라보다가 하늘을 쳐다보았다. 그런 다음 종이 한 장을 꺼내 심호흡을 하고 잠시 눈을 감았다가 뜨고는 문장 하나를 적었다.

'두 사람의 싸움을 구경하는 것은 지혜롭지 못하다.'

상인의 아들은 무척 흥분해 지체 없이 집으로 달려갔다. 아버지에게 자신이 구매한 놀라운 것을 얼른 보여 주고 싶었기 때문이다. 아버지는 아들이 들고 온 종이쪽지에 적힌 글귀를 보고는 자신의 눈을 믿을 수가 없었다. 그것은 자신이 상상할 수 있는 한계를 넘어서는 일이었다. 어떻게 자신이 이런 멍청한 자식을 낳았을까!

화가 난 상인은 아들에게 누가 그 쓸모없는 종이 나부랭이를

1루피에 팔았는지 물었고, 아들이 한 소년의 '지혜를 파는 가게'에 대해 이야기하자 즉시 그곳으로 달려갔다. 그는 소년에게 호통을 치며 자신의 아들이 아무 가치 없는 종이 나부랭이에 지불한 1루피를 즉각적으로 환불해 달라고 큰 소리로 요구했다. 그러면서 소년을 사기꾼이라고 외치며 종이 쪼가리를 소년에게 집어던졌다.

소년은 침착하게 돈을 돌려주겠다고 약속했다. 하지만 그 전에 종잇조각뿐만 아니라 자신이 판 상품을 돌려줘야만 한다고 설명했다. 상인이 방금 물건을 돌려줬다고 우기자 소년은 자신이 돌려받은 것은 단지 종이 한 장일 뿐 종이와 함께 판 지혜는 아니라고 재차 설명했다.

소년은 주장했다.

"돈을 돌려받고 싶으면 당신 아들이 '절대로 내 조언을 사용하지 않을 것이며 두 사람이 싸우는 것을 언제나 지켜보겠다.'고 적힌 서류에 서명해야 합니다."

상인은 소년에게 아무것도 넘겨줄 마음이 없었기에 점점 더 크게 소리쳤다. 곧 다른 가게 주인들이 주위에 모여들었고, 몇몇 손님도 몰려와 소년 편을 들었다. 상인은 서류에 서명하지 않을 수 없었다.

얼마 후 왕의 두 부인의 하녀 두 명이 시장에 왔다. 그들은 자신들의 두 여주인처럼 모든 것을 두고 계속 싸웠다. 이날도 그들은 같은 멜론을 서로 사려다가 싸움이 붙었고, 그 싸움이 너무 거칠어서 멜론 장수는 겁을 먹고 달아났다. 두 여자는 가게 밖으로 뛰어나와 서로의 머리카락을 잡아당기며 치고받았다. 마침 상인의 아들이 지나가다가 하녀들이 싸우는 소리를 듣고는 아버지가 자신에게 지시한 대로 걸음을 멈추고 그 싸움을 구경했다.

그때 하녀 중 한 명이 상인의 아들을 보고는 자기편 증인이 되어 달라고 부탁했다. 그러자 다른 하녀도 그에게 똑같은 부탁을 했다. 그들은 다시 소란스럽게 싸우기 시작했지만 불현듯 자신들의 여주인이 기다리고 있다는 사실을 떠올리고 즉시 옷에 묻은 흙먼지를 털고 구입한 물건을 챙겨 서둘러 왕궁으로 돌아갔다.

그들은 각자 자신들의 여왕에게 싸움의 자초지종을 털어놓았다. 여왕들은 당연히 화가 났고 왕에게 가서 불평했다. 하녀들은 또한 싸움을 곁에서 지켜본 증인에 대해 이야기했다. 왕은 신하를 상인의 집에 보내 상인 아들을 데려오라고 명령했다.

목숨을 잃을까 두려워하며 상인과 그의 아들은 작은 가게로 달려가 소년에게 이 불가피한 상황에서 벗어날 방법을 물었다. 소년은 500루피를 내면 지혜 하나를 주겠다고 제안했다. 상인은 주저 없이 500루피를 지불했다. 소년은 진지한 얼굴로 심호흡을 하고 잠시 눈을 감았다가 뜨고는 말했다.

"왕궁으로 불려가면 미친 척을 하세요. 아무것도 이해하지 못하는 척하세요."

증인으로 왕궁에 불려간 상인의 아들은 소년이 알려 준 대로 행동했다. 결국 왕은 그 미치광이를 더 이상 참지 못하고 왕궁에서 내쫓아 버렸다. 하지만 상인은 행복하지 않았다. 이제 자신의 아들이 죽을 때까지 항상 미친 척을 해야 하기 때문이었다. 그렇지 않으면 왕이 적발해 아들의 머리를 벨 것이었다.

그래서 상인과 그의 아들은 지혜를 좀 더 구입하기 위해 다시 소년의 가게로 갔다. 그리고 500루피를 더 내고 왕이 기분 좋은 때를 골라 왕에게 다시 가서 자초지종을 털어놓으라는 조언을 구입했다.

상인의 아들은 소년의 조언을 따랐고, 다행히 왕이 아주 기분이 좋을 때 왕을 만날 수 있었다. 모든 이야기를 하고 자신의 어리석은 짓에 대해 용서를 빌자 왕은 그 이야기가 매우 재미있다고 생각하며 그를 용서했다. 누구든 가끔은 실수를 하니 걱정하지 말라는 위로도 곁들이면서.

상인의 아들이 떠난 후 혼자 앉아 그 이야기에 대해 생각하던 왕은 지혜를 판다는 소년의 흔치 않은 재능에 호기심이 생겼다. 그래서 소년을 불러 자신에게 팔 만한 지혜가 있는지 물었다.

소년이 말했다.

"물론입니다. 팔 지혜는 많습니다. 특히 한 나라의 왕에게는 요. 하지만 저의 지혜는 저렴하지 않습니다. 10만 루피는 지불하셔야 합니다."

왕은 망설이지 않았다. 왕이 흔쾌히 10만 루피를 내자, 소년은 다시 진지한 얼굴이 되어 심호흡을 하며 눈을 감았다 뜨고는 왕실의 특별한 종이 위에 문장 하나를 적었다.

종이 위에 적힌 글귀를 왕이 읽었다.

'지금이 아니면 언제인가.'

왕은 그 조언이 매우 지혜롭다고 생각하고 그 글귀를 왕실의 모든 접시와 컵에 황금색 글씨로 새기게 했다. 왕실의 모든 거울에도 새겼으며, 왕의 고급 베개와 침대 시트에도 수를 놓았다. 누구도 그것을 절대로 잊지 않도록.

몇 달 후, 왕이 가장 아끼는 아들이 갑자기 병을 앓다가 죽고 말았다. 슬픔을 이기지 못한 왕은 우울증이 깊어져 아예 방 안에서 나오지 않았다. 세상에 대한 흥미를 잃었고, 국가의 중대사들은 방치되었다. 왕이 부재하는 동안 갑자기 권력을 갖게 된 대신들은 서로 싸우기에 바빴다. 이 모든 일이 일어나는 동안 왕은 눈을 뜨는 것조차 귀찮아져서 무겁게 커튼을 드리운 어두운 방에서 꼼짝도 하지 않았다.

어느 날, 새로 온 궁녀가 왕의 방으로 아침 식사를 들고 왔다. 제대로 지시를 듣지 못했는지 그녀는 음식이 차려진 쟁반을 탁자 위에 내려놓은 뒤 창문 쪽으로 가서 얼른 커튼을 모두 제쳤다. 예상치 못한 행동이라서 왕이 제지할 겨를이 없었다. 왕이 소리를 지르려 했지만 이미 늦었다. 봄의 화창한 아침 햇살이 창으로 쏟아져 들어와 우울한 어둠을 한순간에 몰아내었다. 새들이 지저귀는 소리가 무겁던 방 안 공기를 바꿔 놓았다.

왕은 부신 눈을 가까스로 뜨고서 대체 누가 왕의 명령을 어겼는지 알기 위해 궁녀를 쳐다보았다. 그러나 그의 눈에 먼저 들어온 것은 궁녀의 얼굴이 아니라 창문 옆 커다란 거울에 새겨진 한 줄의 글귀였다.

'지금이 아니면 언제인가.'

똑같은 구절이 베개와 침대 시트에도, 아침 식사가 담긴 접시와 쟁반에도 새겨져 있었다. 목을 축이기 위해 집어 든 황금 잔에도 아름다운 글씨체로 그 글귀가 새겨져 있었다.

왕은 깨달았다. 그동안 자신이 그 단순한 지혜를 잊고 있었다는 것을. 그날부터 왕은 국정으로 돌아가 매일매일이 마지막 날인 것처럼 열정을 다해 일했다. 나라는 질서를 되찾았으며, 전보다 더 풍요로워졌다.

'아비 나히 카비 나히.'

'지금이 아니면 언제인가.'라는 뜻의 힌디어 속담이다.

누구에게 인사하는가

　한 남자의 일화에 주목할 필요가 있다. 이것은 우리 모두의 일이기도 하기 때문이다. 그 남자를 랄두라는 흔한 이름으로 부르도록 하자. 실제로 그는 인도 대륙에서 흔하디흔한 천민이었으며, 너무 흔해서 랄두라고 부르든 핀두라고 부르든, 혹은 얼굴이 검어서 깔루라고 부르든 아무도 거들떠보지 않는 그런 사람이었다. 게다가 그의 신분이 자루 왈라(거리의 청소부 계급)여서 그에게 인사를 건네는 이조차 드물었다. 존재하지만 존재하지 않는 사람이었으며, 이름이 있지만 무명의 인간이었다. 행여 누군가가 그에게 말을 하는 일이 있다면 청소를 제대로 하지 않는다거나 게으르다거나 앞을 가로막지 말고 비키라거나 하는 험악한 고함뿐이었다.

　아무도 그에게 정답게 인사하지 않았다. "나마스테(안녕)!" 하는 사람도 없었고 "수프라밧(좋은 아침)!" 하는 사람도 없었으며 "압 틱혜(잘 지내요)?"하고 묻는 사람은 더더욱 없었다. 그는 그저 투명 인간이거나 벽에 어른거리는 그림자에 불과했다. 그의 존재 가치는, 정치인에게는 투표 때 행사하는 한 표―선거 다음 날 가치가 잊혀지는―이거나 다바(간이식당) 주인에게는 싸구려 탈리(쟁반에 밥과 커리와 반찬이 함께 제공되는 기본 정식)를 사먹는 손님―그것도 구석 자리에 앉아야 하는―이었다.

그러나 랄두는 천성이 부지런하고 성실한 사람이었으며, 온갖 궂은일을 마다하지 않은 끝에 조금씩 부를 축적하기 시작했다. 처음에는 부라고 할 것도 없이 도시의 단칸방에 세 든 것에 불과했으나 노천에서 담요 한 장으로 버티던 것에 비하면 큰 발전이었다. 몇 년 후에는 더 넓은 셋방으로 옮겼으며, 더 몇 년 후에는 작지만 자신의 집을 소유하게 되었다.

이제는 거리의 쓰레기를 치우지 않아도 되었고, 이유 없이 사람들의 욕구불만의 표적이 될 필요도 없었으며, 더 몇 년 후에는 행운까지 겹쳐 두 개 상점의 주인이 되어 있었다. 위상이 달라지자 이제 그가 지나가면 사람들은 저마다 인사를 건넸다. 그는 더 이상 칠 벗겨진 벽의 얼룩진 그림자가 아니었다.

인도는 좋은 인사말이 많은 나라이다. 나마스테는 '내 안의 신성이 당신 안의 신성에게 경배합니다.'의 뜻이고, 하리옴은 '당신의 고통을 신이 제거해 주기를!'의 뜻이다. '옴 나마 시바야'는 '나쁜 일들을 시바 신이 파괴하기를!'의 뜻이며, '마하데브'는 '모두의 안에 있는 최고의 신'을 부르는 인사이다. 그리고 '자이 람'은 '당신이 승리하도록 신이 힘을 주기를!'의 뜻이다.

이제 랄두가 지나는 길마다 신성한 인사말들이 울려 퍼졌다.

"나마스테! 하리옴!"

"옴 나마 시바야!"

"마하데브! 자이 람!"

어른이나 존경받는 사람에게 주로 하는 인사말인 "프라남(당신 안의 좋은 본성을 나도 닮게 되기를)!" 하고 외치는 이들도 있었다. 그리고 그의 이름 뒤에 '님'을 뜻하는 존칭어 '지'를 붙이는 것도 잊지 않았다.

"나마스테, 랄두지!"

"하리옴, 랄두지!"

그런데 사람들이 그렇게 인사할 때마다 랄두는 별로 반가워하는 기색이 아니었다. 다만 어색하게 미소 지으며 이렇게 말할 뿐이었다.

"전해 주겠소."

사람들은 영문을 몰라 했지만, 그렇다고 물어볼 용기까지는 나지 않았다. 어떤 이는 자신의 인사가 마음에 들지 않는 것이라고 생각했고, 또 어떤 이는 그가 사업에 골몰하느라 자신의 인사말을 잘못 들은 것이라고 해석했다. 어쨌든 그것은 이제 그와 사람들 사이에 어김없이 반복되는 인사가 되었다.

"당신 안의 신에게 인사드립니다, 랄두지!"

"전해 주겠소."

"당신의 문제와 고통을 신께서 다 제거해 주기를 기원합니다!"

"전해 주겠소."

"당신 안의 좋은 본성을 나도 닮게 되기를!"

"전해 주겠소."

이 이상한 인사법을 더 이상 모른 체할 수 없었던 가까운 친구가 하루는 그에게 물었다.

"자네가 그 이상한 인사법을 계속하는 이유가 무엇인가? 궁금해서 견딜 수 없네. 그 의미가 대체 무엇인가?"

친구의 거듭된 질문에 하루는 랄두가 말했다.

"나를 따라오게. 해답을 알려 주지."

친구는 그를 따라 그의 집으로 갔다. 집에는 강력한 자물쇠로 잠긴 방이 하나 있었다. 랄두는 문을 열고 친구를 그 안으로 초대했다. 방 안에는 철제 금고가 있었다. 그는 금고 문을 열고 안에 든 거액의 현금과 보석과 재산 문서들을 보여 주었다. 그러고는 친구에게 말했다.

"자네도 알다시피 나에게는 무척 가난했던 시절이 있었네, 싸구려 탈리조차 먹지 못할 때도 많았지. 그 시절엔 나한테 인사를 하는 사람이 아무도 없었어. 시선을 던지는 사람조차 없었지. 내 더러운 몸이라도 닿을까 봐 멀리서부터 피할 준비를 했지. 그러나 내가 이 많은 재산을 갖게 된 지금, 그 똑같은 사람들이 나와 친해지려고 하고 나에게 일부러 다가와 신성한 인사를 하지. 나는 그 인사들이 나에게 하는 것이 아니라 내가 가진 돈과 재산에게 하는 것이라는 걸 잘 알아. 나를 존경해서가 아니라 내가 가진 돈과 부를 존중해서 열렬히 인사를 하고 미소를 보내는 것이지. 그래서 나는 그들에게 답하는 것이네. 그 인사말과 미소를 여기에 있는 금고 안의 내 재산에게 전해 주겠다고. 저녁마다 나는 여기에 돌아와 금고 앞에 서서 사람들의 인사말을 전한다네. 그리고 내가 존재하지 않는 사람처럼 취급당하던 시절을 잊지 않지."

친구는 그 진실의 말을 듣고 숙연해졌다.

우리는 상대방의 존재 그 자체에게 인사하는가, 아니면 그의 지위와 재산과 권력에게 인사하는가? 그런 것과 관계없이 진심으로 마음을 열고 상대방의 존재 자체에 인사하는 것이 바로 여러 인사말이 가진 진정한 의미이다. 서로의 안에 있는 존재 혹은 신이 서로에게 인사하며 절하는 것이다.

아르주나는 어떻게 최고의 궁수가 되었나

대서사시 『마하바라타』에 나오는 이야기이다. 드로나차리아는 두 중심 가문의 105명 왕자의 교육을 책임지고 있었다. 그는 제자들 가운데 판다바 형제 중 셋째인 아르주나에게 특히 많은 관심과 애정을 기울이는 것처럼 보였다. 그래서 모두가 아르주나를 질투했다. 이를 알아차린 스승은 제자들에게 교훈을 주기로 계획을 세웠다.

하루는 스승 드로나차리아가 왕자들을 모두 데리고 강으로 목욕을 하러 갔다. 커다란 바니안나무 아래 걸음을 멈춘 스승은 아르주나에게 목욕한 후에 갈아입을 여분의 도티(인도 남자들이 허리에 둘러 입는 긴 천으로 된 옷)를 잊고 왔으니 아쉬람에 가서 가져다 달라고 부탁했다.

스승 드로나차리아는 범상치 않은 인물이었다. 성직자 계급인 바라문이면서도 무사 계급인 크샤트리아만 배울 수 있는 궁술과 각종 무기 다루는 기술을 다 익혔다. 하지만 경건한 바라문의 생활 방식을 버리지 않고 금욕적이고 영적인 수행을 하며 아쉬람에서 살았다.

아르주나가 옷을 가지러 뛰어간 사이, 스승은 그곳에 남은 제자들에게 활과 철퇴의 힘을 설명하면서 특별한 만트라와 함께 무기를 사용하면 그 힘이 몇 배나 강력해진다고 말했다.

"만트라를 암송하면서 화살을 쏘는 사람은 그것이 지닌 엄청난 힘을 실감할 것이다. 예를 들어, 만트라의 힘을 실어 화살을 날리면 단 한 개의 화살로 이 바니안나무의 모든 잎을 뚫을 수 있다."

그렇게 말하고 나서 그는 지팡이로 땅바닥에 만트라 하나를 새겼다. 그리고 그 만트라의 힘을 실어 화살 하나를 당겼다. 화살은 순식간에 날아가 나무의 모든 잎사귀에 정확히 구멍을 내고는 멀리 사라졌다. 제자들은 경탄하며 놀란 입을 다물지 못했다.

스승은 시범을 다 마친 후 제자들과 함께 목욕을 하러 강으로 내려갔다. 그 사이 아쉬람으로 달려갔던 아르주나가 스승의 도티를 들고 돌아왔다. 나무의 잎사귀마다 뚫린 구멍을 본 그는 의문에 사로잡혔다.

"내가 옷을 가지러 떠날 때는 이 잎들이 멀쩡했었다. 이 구멍들은 대체 어떻게 해서 생긴 걸까? 왜 모든 잎마다 관통이 되어 있을까? 내가 없는 사이에 스승이 어떤 비밀의 가르침을 준 것이 아닐까? 만약 그렇다면 이곳 어디엔가 어떤 암시나 표시가 있을 것이다."

아르주나는 주위를 이리저리 살펴보다가 땅바닥에 적힌 만트라를 발견했다. 만트라가 가진 힘을 잘 아는 그는 즉시 그 만트라를 중얼거리며 외우기 시작했다. 그리고 그 효과를 시험하기 위해 만트라를 암송하면서 화살 하나를 쏘아 날렸다. 그의 활을 떠난 화살은 모든 잎사귀마다 정확하게 두 번째 구멍을 내었다. 아르주나는 자신이 없는 동안 스승이 다른 제자들에게 전수한 지식을 자신도 터득하게 되어 너무도 기뻤다.

목욕을 하고 나온 스승과 제자들은 나무의 모든 잎사귀에나 있는 또 하나의 구멍을 보고 놀라움을 감추지 못했다. 스승은 누가 잎사귀를 또다시 관통시켰는지 물었지만 제자들은 알 길이 없었다.

마침내 스승이 아르주나에게 물었다.

"네가 했느냐?"

아르주나는 덜컥 겁이 났다. 그는 스승에게 용서를 구하며, 땅바닥에 적힌 만트라를 외워서 스승의 허락 없이 그 효과를 시험해 보았노라고 대답했다. 스승이 이미 다른 제자들에게 그것을 가르쳐 주었으니 자신 역시 배워도 될 것이라 생각했다고 말했다. 그렇게 되면 자신에게 또다시 설명하느라 스승이 소중한 시간을 쏟지 않아도 될 것이라 여겼다고. 그러면서 아르주나는 재차 잘못을 빌었다.

스승 드로나차리아가 말했다.

"사랑하는 아르주나여, 너는 호기심과 인내심과 배우려는 욕망을 가지고 있다. 다른 제자들은 내가 가르치고 시범까지 보인 만트라를 배우고 실험해 보려는 의지가 약했다. 그저 놀라워하기만 했을 뿐이다. 하지만 너는 그 앎을 직접 시도해 보고 통달하려는 열의와 욕구를 보여 주었다. 바로 그것이 앞으로 너를 다른 이들과 차이가 있는 특출한 사람으로 만들 것이다."

그제야 아르주나는 자신이 잘못하지 않았음을 알고 안도의 숨을 내쉬며 스승에게 절을 올렸다. 다른 제자들 역시 스승의 말에 고개를 숙였다. 그 후 아르주나는 모든 시대를 통틀어 최고의 궁수로 자리매김하게 되었다.

상상 속 문제

어느 오래된 궁전에 수세기 동안 닫혀 있는 문이 있었다. 그 문은 한 번도 열린 적이 없었다. 그 나라에는 그 문과 관련된 한 가지 전설이 전해 내려오고 있었다. 수세기 전에 그 궁전을 지은 왕이 문에 수학 방정식 문제 하나를 새겨 놓았는데, 그 방정식을 푸는 사람만이 문을 열게 해 놓았다는 것이었다. 그리고 그 문을 연 사람만이 왕국의 정당한 계승자가 될 것이라고 선언했다는 것이었다.

그 후 수많은 이름난 수학자, 과학자, 철학자들이 찾아왔지만 결국 방정식을 풀지 못하고 돌아갔다. 누구도 문제를 이해하지 못했다. 왕이 후계자 없이 사망한 후에도 오랜 세월에 걸쳐 많은 수학 천재들이 문제에 도전했으나 실패했다. 문은 굳게 잠긴 채 열리지 못했다. 그렇게 왕국은 쇠락의 길을 걸었다. 오직 옛 궁전만이 과거의 아름다움과 영광을 간직한 채 폐허 한가운데 굳게 닫혀 있었다. 가끔씩 근처를 지나가는 여행자나 부근 마을에 사는 주민들이 멀리서 새들이 내려앉은 궁전 지붕을 감상할 뿐이었다.

어느 여름, 한 이방인이 그 지역을 찾아왔다. 자유로운 정신과 상식을 갖춘 사람이었다. 그가 궁전을 가리키며 마을 사람들에게 물었다.

"저곳이 소문 속 그 궁전인가요?"

한 주민이 대답했다.

"그렇소. 오직 특별한 사람만이 저 궁전의 문을 열 수 있소."

이방인이 다시 물었다.

"지금까지 아무도 문을 열 시도를 한 적이 없고요?"

마을 사람이 고개를 저었다.

"내가 알기로는 없었소. 우리는 평범한 사람들인데 어떻게 문을 열 시도를 하겠소? 많은 유명한 학자들과 천재들이 시도했는데도 실패했소. 우리 같은 사람들은 저 문 가까이 갈 수도 없소. 오직 매우 특별한 위인만이 문을 열 수 있소. 어쩌면 그 위인은 아직 태어나지 않았을지도 모르오."

이방인이 그들을 둘러보며 말했다.

"그렇다면 당신들은 특별한 사람들이 아니오?"

"그런 질문 자체가 말도 되지 않소. 우리는 그저 평범한 사람들일 뿐이오."

그 순간 이방인이 궁전 문을 향해 성큼성큼 걸어갔다. 그리고 문 앞에서 잠시 심호흡을 한 뒤 한 손으로 문의 손잡이를 돌려 부드럽게 안으로 밀었다. 그러자 놀라움 속에 모두가 쳐다보는 가운데 문이 활짝 열렸다.

순식간에 소문이 퍼져 한 번도 열린 적 없는 신비의 문을 보기 위해 수많은 군중이 몰려왔다. 한 사람이 이방인에게 소리쳐 물었다.

"그 난해한 문제를 어떻게 풀었소?"

이방인이 말했다.

"나는 수학자도 아니며 문제를 풀지도 않았습니다. 다만 마음속에서 한 가지 목소리를 들었습니다. 그 음성은 내게 방정식 문제와 문을 여는 것은 상관이 없을지도 모른다고 말했습니다. 어쩌면 문제는 애초부터 존재하지 않는 것인지도 모른다고. 내면의 목소리를 믿고 나는 문을 열어 보았고, 문이 열렸습니다. 따라서 문에 새겨진 수학 문제는 실제로는 문을 여는 것과 관계없는 것이었습니다, 단지 우리가 문제를 푸는 데만 열중하고 문을 열어 보지도 않은 것일 뿐입니다. 아름다운 궁전의 문은 그냥 닫혀 있었을 뿐이지 잠겨 있지 않았습니다."

원숭이와 신발

깊은 밀림에 원숭이가 한 마리 살았다. 평화로운 분위기 속에 날마다 나무를 타고 다니며 삶을 즐겼다. 비바람 치는 날도 있었지만 크게 부족한 것이 없었다. 나무 위로 올라가면 언제든지 손에 잡히는 열매를 마음껏 따 먹을 수 있었다.

원숭이가 사는 숲속에 맛있는 열매가 많다는 소문을 듣고 여우는 어떻게 하면 그 열매들을 차지할 수 있을지 궁리를 거듭했다. 그리고 어느 날 자루를 하나 메고 원숭이를 찾아갔다.

낮잠을 즐기고 있던 원숭이는 자기를 부르는 소리에 잠이 깨었다. 여우가 정중하게 절을 하며 말했다.

"방해해서 죄송합니다. 당신이 바로 잘생기고 능력 있다고 소문난 그 원숭이님이신가요?"

원숭이가 물었다.

"나를 아시오? 영리한 여우께서 여기에 웬일이오?"

"알다마다요. 이 나라에 당신만큼 유명한 원숭이가 어디 있습니까? 모두가 당신의 뛰어난 외모와 훌륭한 성품을 부러워한답니다."

그렇게 침이 마르도록 찬사를 늘어놓던 여우는 갑자기 원숭이를 위아래로 훑어보며 고개를 갸우뚱거렸다. 이상한 낌새를 챈 원숭이가 단도직입적으로 물었다.

"왜 그러시오? 나한테 뭔가 잘못된 점이 있소?"

여우가 망설이다가 마지못해 입을 열었다.

"당신은 모든 면에서 완벽한데 한 가지가 부족합니다. 아마도 밀림 속에 혼자 떨어져 사느라 바깥세상에서 일어나는 일들을 잘 몰라서인 듯합니다."

여우의 말에 원숭이는 기분이 나빠졌다.

"내가 무엇이 부족하다는 거요? 무엇을 모르고 있다는 건지 말해 보시오."

여우가 손을 내저으며 말했다.

"아, 제가 말실수를 했습니다. 부족하다기보다는 이 한 가지마저 갖추시면 한결 더 멋진 원숭이가 될 거라는 뜻입니다."

원숭이는 답답해하며 재차 물었다.

"그러니까 그 부족하다는 것이 무엇이냐는 말이오."

여우는 잠시 고민하는 척하더니 이렇게 물었다.

"혹시 신발 신을 생각을 해 보신 적은 없으신가요?"

"신발을? 내가 왜 신발을 신어야 하지? 나는 태어나서 한 번도 신발을 신어 본 적도 없고, 신을 필요도 없소."

"그러신 것 같습니다. 하지만 오늘날 바깥세상의 현대적인 동물들은 모두 신발을 신고 생활합니다. 표정을 보니 처음 듣는 소식이신 듯한데, 이제는 신발을 신지 않은 동물은 미개인 취급을 당한답니다."

원숭이가 여우의 의도를 의심하며 물었다.

"그것이 정말이오? 필요하지도 않은 신발을 신지 않았다고 해서 미개인 취급을 당한다고?"

"그렇습니다. 아무 모자람 없는 원숭이님께서 미개하다고 무시당해서야 되겠습니까? 마침 제게 여분의 신발 한 켤레가 있으니 기꺼이 선물로 드리겠습니다."

여우는 등에 진 자루에서 알록달록한 신발 한 켤레를 꺼내어 원숭이에게 주었다. 원숭이가 어색해하며 신발을 신자 여우가 입에 침을 바르며 소리쳤다.

"너무 멋지십니다. 신발을 신으니 더할 나위 없이 멋지고 현대적이십니다! 완벽한 원숭이님이 되신 것을 축하드립니다!"

여우의 찬사와 아첨에 원숭이는 다시 기분이 좋아졌다.

"고맙기는 하지만, 내게는 신발을 살 돈이 없소."

"이렇게 만난 것도 영광입니다. 신발은 우정의 표시로 드리는 것이니 아무 부담 갖지 마십시오. 다만 앞으로 저와 친구로 지내시기만 하면 됩니다."

그렇게 말하고 여우는 꼬리를 흔들며 사라졌다.

원숭이는 처음 신은 신발이 거추장스럽고 발에 익숙하시 않았지만, 신발 신은 자신의 멋진 모습을 숲속 동물들이 부러운 시선으로 바라보는 상상을 하며 불편함을 참았다. 돌밭이나 가시덤불을 달릴 때는 발바닥을 보호해 주어서 좋은 점도 있었다. 한두 달이 지나자 오히려 몸의 일부인 양 신발을 벗을 수 없게 되었다. 어쩌다 신발 한 짝을 잃어버리기라도 하면 불안해서 견딜 수 없었다.

원숭이는 덤불과 나무 위로 늘 부산하게 돌아다니는 성격이어서 석 달도 채 안 지나 신발이 해지고 끈이 떨어졌다. 때마침 여우가 숲 사이로 걸어오는 것이 보였다.

"멋진 원숭이님, 그동안 어떻게 지내셨어요? 신발은 잘 신고 계시죠?"

원숭이가 반기며 말했다.

"어서 오시오. 당신이 선물한 신발 덕분에 매우 편하게 지내고 있소."

여우가 짐짓 놀라는 척하며 말했다.

"오, 정말인가요? 그렇잖아도 새 신발을 한 켤레 가지고 왔습니다. 이제쯤 낡았을 것 같아서요."

원숭이는 기뻐하며 새 신발을 받았다. 보답으로 여우에게 도토리와 잣 한 줌을 주려고 했으나, 여우는 공손하게 사양했다.

"부담 가지실 필요 없습니다. 저는 얼마든지 새로 만들 수 있으니까요. 우리 사이에 이 정도는 나눌 수 있지 않습니까?"

여우는 또다시 꼬리를 흔들며 사라졌다. 처음에 그런 여우의 본심을 의심한 것이 미안할 정도였다.

새 신발을 신고 내려다보니 어쩐지 자신이 더 새롭고 세련되게 느껴졌다. 원숭이는 보란 듯이 뛰어올라 새 신발을 자랑하며 나무에서 나무로 날아다녔다. 이제 그에게 신발 없는 삶은 미개한 원숭이의 삶 그 자체였다.

다시 몇 달이 지났다. 신발이 다 닳아서 해졌는데도 여우는 나타나지 않았다. 떨어진 가죽끈을 넝쿨 줄기로 대신했지만 누추하기 이를 데 없었다. 발이 이미 신발에 익숙해져서 굳은살도 사라졌기 때문에 맨발로 돌아다니는 것은 불가능할 뿐 아니라 고통스러웠다. 이제 신발 없는 삶은 상상조차 할 수 없었다. 그렇다고 새 신발을 직접 만들 재주가 원숭이에게 있는 것도 아니었다. 나뭇가지에 앉아 헐렁해진 신발을 대롱거리며 여우가 올 날을 기다리는 것이 일과였다.

한 달쯤 더 지났을 때 마침내 기다리던 여우가 모습을 나타내었다. 여우는 원숭이의 반가운 인사를 받는 둥 마는 둥하며 우울한 표정을 지었다.

원숭이가 눈치를 살피며 말했다.

"그렇잖아도 여우님을 기다리고 있었소. 신발이 다 낡아서 신을 수 없게 되었소. 새 신발을 얻을 수 있겠소?"

여우가 슬픈 얼굴로 말했다.

"신발에 대해 안 좋은 소식이 있습니다. 이제는 너도나도 새 신발을 원하기 때문에 신발 만드는 재료의 값이 폭등했습니다. 지금까지는 제가 어떻게 마련했지만 이제는 많은 열매를 지불해야만 재료를 살 수 있습니다."

원숭이가 조바심을 냈다.

"내 신발을 만드는 일인데 그 정도는 내가 할 수 있소. 열매가 어느 정도나 필요하시오?"

"신발 한 켤레에 구아버 열매 500개와 야자열매 500개는 있어야 합니다."

"헉! 그렇게나 많이?"

"열매를 많이 가져다줄수록 세련된 신발을 구할 수 있습니다. 원숭이님에게 구식 신발을 신겨 드릴 수는 없으니까요."

그렇게 해서 원숭이는 석 달마다 새 신발을 얻기 위해 쉬지 않고 열매를 모아야만 했다. 꿈을 이루어 주는 여우가 매기는 신발 가격이 시간이 흐를수록 비싸져 가고 있다는 것은 또 다른 문제였다.

마중물

　지도 만드는 남자가 타르사막에서 길을 잃고 마실 물마저 떨어졌다. 서둘러 물을 구하지 않으면 자신도 낙타도 목숨이 위태로운 상황이었다. 탈진한 몸을 이끌고 모래언덕을 넘는데 멀리 오두막 하나가 나타났다. 신기루일지도 모르지만 다른 선택이 없었기 때문에 낙타를 이끌고 마지막 힘을 내어 오두막으로 향했다.

　가까이 가서 보니 환영이 아니라 실제로 존재하는 오두막이었다. 그는 마실 물을 구할 수 있다는 기대를 안고 서둘러 안으로 들어갔다.

　오두막은 텅 비어 있었다. 사용하지 않은 지 꽤 되어 보였다. 그런데 놀랍게도 오두막 한쪽에 지하에서 물을 퍼 올리는 펌프가 있었다! 드디어 목마름을 해결할 수 있게 된 것이다. 남자는 기쁨에 넘쳐 쇠로 된 손잡이를 잡고 필사적으로 펌프질을 시작했다. 하지만 아무리 해도 물이 나올 기미가 보이지 않고 메마른 소리만 공기를 가를 뿐이었다.

결국 그는 포기하고 바다에 쓰러졌다. 마지막 남은 기운마저 헛되이 써 버린 것이다. 이제 그곳에 누워 죽음을 맞이해야만 하는 운명이었다. 그때 오두막 구석에 놓인 병 하나가 눈에 들어왔다. 자세히 다가가 보니 물이 가득 들어 있었다! 증발을 막기 위해 병은 마개로 단단히 봉해져 있었다.

기쁨의 환성을 지르며 서둘러 마개를 뽑고 물을 마시려는 순간, 병에 붙은 쪽지가 눈에 띄었다. 거기에는 손글씨로 이렇게 적혀 있었다.

'이 물을 펌프 물을 길어 올리는 마중물로 사용하시오. 그리고 다음 사람을 위해 병에 물을 가득 채워 놓는 것을 잊지 마시오.'

이제 그는 갈등에 빠졌다. 지시를 믿고 병의 물을 펌프에 부어 물을 길어 올릴 것인가? 아니면 무시하고 그냥 마셔서 자신의 급박한 갈증을 해결할 것인가? 만약 물을 부었는데 펌프가 작동하지 않으면 어떻게 할 것인가? 하지만 지시가 옳을 수도 있지 않은가? 병의 물을 그냥 마셔 버리면 다음 조난자는 갈증으로 죽을지 모른다. 위험을 무릅쓸 것인가, 아니면 안전을 선택할 것인가?

물론 지도 만드는 사람은 믿음 쪽을 선택했다. 그 병에 물이 들어 있다는 것은 누군가가 펌프에서 물을 길어 올렸음을 의미하기 때문이었다. 그는 떨리는 손으로 병의 물을 펌프에 붓고, 간절히 기도한 다음, 맹렬히 펌프질을 시작했다. 놀랍게도 꾸룩꾸룩 하는 소리가 나더니 물이 솟구쳐 나오기 시작했다. 그는 갈증이 해소될 때까지 그 신선한 물을 마음껏 마신 후 낙타에게도 물을 먹이고 자신의 수통도 채웠다. 오두막 안의 그 병에도 다시 물을 가득 채우고 마개를 봉했다. 그리고 연필을 꺼내 지도에 오두막 위치를 표시한 다음, 병에 적힌 지시문 아래에다 이렇게 적었다.

'이 말을 믿으시오!'

우리가 어떤 일을 하든 세상에는 우리 안의 힘과 창조성을 길어 올려 주는 마중물과 같은 이들이 존재한다. 그들과 함께할 때 우리는 자신 안에서 퍼 올린 물로 자기 자신과 세상의 목마름을 채울 수 있다. 그리고 세상의 사막에서 길을 잃은 또 다른 누군가에게도 마중물이 되어 줄 수 있다. 이 말을 믿으라.

빈손 바바

인도 중부의 작은 마을 샹카푸르는 오리사주의 푸리에 있는 유명한 사원 스리 자가나트 템플로 가는 길목에 있어서 수행 탁발승과 순례자들로 늘 북적였다. 사원으로 가려면 큰 강을 건너야 하기 때문에 강이 범람할 때면 며칠씩 사람들이 머물곤 했다.

마을의 순례자 숙소를 이따금 찾는 순례객 중에 '빈손 바바'라는 이름의 탁발승이 있었다. 그는 어떤 것도 몸에 지니고 다니지 않았다. 누군가가 그를 위해 배낭이나 가방을 들고 다니지 않겠느냐고 의심할 수도 있지만, 그는 어떤 목적지를 향하든 홀로 갈 뿐 아무도 동행하지 않았다. 이름 그대로 무소유의 삶을 사는 수도승이었다.

모두가 그를 좋아했다. 사람들은 종종 그의 손에 필요한 물건들을 쥐어 주곤 했다. 하지만 그는 어떤 것도 들고 다니지 않았다. 먹을 것이 필요할 때 누군가가 음식을 주면 기뻐하며 받아먹었다. 그 외에는 다음에 배고플 때를 대비해 음식을 모으거나 보관하는 법이 없었다.

사람들이 그에게 묻곤 했다.

"바바지, 내일을 대비하는 것이 잘못인가요?"

대개 그는 미소를 지을 뿐 질문을 피했다. 그러나 때로는 드물게 대답이 필요한 사람들에게만 말하곤 했다.

"그것은 옳고 그른 문제가 아니오. 나는 하나의 수행 방식을 따르는 것일 뿐, 다른 사람에게도 그 길을 따르라고 요구하지 않소. 내 수행 방식에 따라 나는 순간에서 순간으로, 오늘에서 오늘로 살아가는 것이오. 나는 과거와 현재와 미래가 지금 이 순간에 다 존재한다고 믿소. 그러니 미래를 걱정할 이유가 무엇이오?"

그의 사상을 다 받아들이기는 어려웠지만, 그에게는 어떤 매력이 있었다. 아마도 그것은 그가 신에게 모든 것을 내맡기고 삶을 철저히 신뢰하기 때문이었을 것이다. 많은 사람이 그에게 끌렸지만, 그는 누구에게도, 혹은 어떤 것에도 집착을 갖지 않았다.

그 마을에 좀부다스라는 성공한 상인이 있었다. 아들이 사업을 물려받을 만큼 성장하자 그는 세속적인 장사에서 손을 떼었다. 충분히 부를 모았기 때문에 이제 영적인 추구를 조금 시도해도 되지 않을까 생각했다.

그는 재미 삼아 빈손 바바에게 말했다.

"이제부터 당신을 따르겠습니다."

빈손 바바는 호기심 어린 시선으로 그를 바라보고는 애정을 담아 말했다.

"내 삶의 방식이 마음에 든다면 그 방식을 따르는 것은 아무래도 좋소. 하지만 나를 따를 필요는 없소."

좀부다스는 자신이 어느 쪽에 끌리는지 확신할 수 없었다. 빈손 바바인지, 아니면 그의 사상인지. 그래서 잠시 생각한 후에 사상을 따르는 것보다 빈손 바바 개인을 따르는 것이 더 쉽겠다는 결론을 내렸다.

하지만 빈손 바바는 자신의 여행길에 추종자가 따라다니는 것이 내키지 않았다. 그래서 말했다.

"당신은 내 방식대로 따라 할 수 없을 것이오. 지금까지의 습관과 삶을 대하는 자세 때문에 그것이 불가능할 것이오."

좀부다스가 주장했다.

"해 보지도 않고 어떻게 알겠소? 내가 당신을 따를 수 있다는 것을 증명할 기회를 적어도 한 번은 줘야 할 것 아니오?"

빈손 바바가 말했다.

"그렇다면 좋소. 하지만 나처럼 행동하는 데 한 번이라도 실패하면 그때는 나를 방해하지 마시오."

좀부다스는 그렇게 하겠다고 약속했다.

빈손 바바는 다음의 목적지를 향해 출발했다. 그곳이 어딘지도 모른 채 좀부다스도 뒤를 따라나섰다. 물론 빈손 바바와 동행하긴 했지만 몇 가지 필요한 물건들을 가방 하나에 챙기는 것은 잊지 않았다.

그들은 몇 시간 동안 걸어 한 여인숙에 도착했다. 여인숙 주인은 빈손 바바를 잘 알고 있었다. 그래서 기쁜 마음으로 두 사람에게 잠잘 곳과 먹을 것을 제공했다.

아침에 좀부다스는 여인숙 너머로 드넓게 펼쳐진 들판을 보고 빈손 바바에게 물었다.

"우리가 이 들판을 가로지르게 되나요?"

"그렇소."

좀부다스가 다시 물었다.

"아무래도 가는 길에 음식을 발견하기는 어려울 것 같은데, 먹을 것을 조금 챙겨 가야 하지 않을까요?"

빈손 바바가 말했다.

"내가 아무것도 몸에 지니고 다니지 않는다는 걸 잘 알 텐데? 필요할 때가 되면 신이 우리에게 먹을 것을 줄 것이오."

들판을 둘러보며 좀부다스가 말했다.

"하지만 이 들판에서 우리에게 먹을 것을 주려면 신이 기적이라도 행해야 할 것 같군요! 열매 달린 나무조차 전혀 눈에 띄지 않아요."

빈손 바바가 평온한 어조로 말했다.

"그렇다면 신이 기적을 행하실 것이오."

해가 뜨는 것을 바라보며 그들은 다시 길을 나섰다. 몇 시간이 지나 정오가 되었다. 좀부다스는 기적이 일어나기를 기다렸지만 희망이 서서히 옅어졌다.

그는 빈손 바바에게 물었다.

"배고프지 않으세요?"

빈손 바바가 고개를 끄덕였다.

"배고플 시간이 되었소."

좀부다스가 빙그레 웃으며 말했다.

"그렇다면 이리 오시오."

그는 어깨에 멘 가방을 풀어 출발하기 전 여인숙 주인에게서 얻은 음식 덩어리 두 개를 꺼냈다.

그들은 연못가에 앉아 그것을 먹었다. 그때 의기양양한 웃음을 웃으며 좀부다스가 말했다.

"신중하게 행동하면 결국은 보상을 얻기 마련이오. 이 들판에서 아무것도 발견하지 못하리라는 걸 나는 알았소. 지금까지 줄곧 당신이 희망하는 신의 기적이 일어나기를 기다렸지만, 내가 보기에 신은 우리를 전혀 신경 쓰지 않았소."

빈손 바바가 좀부다스를 응시하며 말했다.

"신은 우리를 신경 쓰셨소. 당신이 내게 건네준 이 음식이 바로 신이 나를 위해 행하신 기적이오. 하지만 당신은 그것으로 인해 수행이 실패하고 말았소. 음식을 가지고 다님으로써 내가 하는 대로 따라 하는 데 실패한 것이오."

좀부다스는 말을 잃고 얼굴이 붉어졌다.

"이제 당신은 당신의 길을 가시오. 나는 내 길을 가겠소."

빈손 바바는 좀부다스를 홀로 남겨 둔 채 들판 너머를 향해 걸어갔다.

진정한 자아를 발견하기 위해 오랜 세월 수많은 추구자가 수많은 실험을 하고 수많은 길을 시도해 왔다. 모든 길은 혼을 담아 여행을 하면 언젠가는 진리로 데려다준다. 겉모습에 홀려 누군가를 따르는 사람은 결국 길을 잃을 뿐 아니라 그 누군가에게 문제가 있다고 원망하며 길 잃은 자신을 합리화한다. 사람을 따르지 말고 그 사람이 걷는 길을 따라야 한다.

모든 길은 혼을 담아 여행하기만 하면

언젠가는 진리로 데려다준다.

태도는 사물과 사람을 가리지 않는다

한 인도인 수도자의 이야기이다. 수도자가 되기로 결심하기 전에 그는 중산층 가정에서 자란 평범한 소년이었다. 대부분의 아이들처럼 어머니가 음식이며 옷이며 모든 것을 챙겨 주었다. 따라서 그가 수도자가 되기로 마음먹었을 때 어머니는 걱정이 앞섰다. 누가 그를 위해 음식을 해 주고, 청소를 해 주고, 빨래를 해 줄 것인가?

그 질문에 대한 답은 이러했다. 요리는 공동으로 했지만 그 밖의 모든 것은 혼자 힘으로 해야만 했다. 배우는 데 많은 시간과 노력이 들었다. 생전 처음, 그것도 거의 매일 옷을 빠는 것은 시련이었다. 세탁기도 없고, 고작 양동이 두 개와 한 줌의 세제만 있을 뿐이었다. 옷을 세제와 함께 30분 동안 물에 담갔다가 깨끗한 물 한 양동이로 헹군 다음 흠뻑 젖은 옷을 힘껏 비틀어

물을 짜냈다. 덕분에 이두박근이 커졌다.

어느 날, 비눗물에 담가 놓은 옷을 빨러 가면서 마음이 매우 바빴다. 할 일이 밀려 있는데 지금 옷 헹구는 일이 시간을 잡아먹고 있었다. 그는 수도꼭지를 튼 다음 물이 쏟아지는 파이프 밑으로 양동이를 걷어찼다.

그때였다. 뒤에서 심각한 목소리가 물었다.

"지금 뭘 한 건가?"

그보다 나이가 한참 많은 고참 수도자였다.

그는 공손하게 대답했다.

"옷을 빨고 있었어요."

고참 수도자가 다시 물었다.

"그건 나도 알아. 그런데 방금 뭘 하고 있었지?"

"그냥 옷을 빨고 있었습니다."

"그래, 그건 안다. 하지만 방금 뭘 했느냐고?"

고참 수도자가 한 마디 한 마디 또박또박 말하자 신참 수도자는 참을성을 잃고 쏘아붙였다.

"뭐가 문제죠?"

그렇지 않아도 다음 중요한 일정에 늦을 판이었다.

고참 수도자가 물었다.

"왜 양동이를 걷어찼지?"

"이건 그저 양동이일 뿐이에요. 수도꼭지 아래로 빨리 밀어

넣어야 했어요. 별일 아니에요."

"별일 아니라고?"

고참 수도자가 이의를 제기했다. 그러고는 말을 이어 갔다.

"이것은 큰 문제다. 관계에 대해 말하고 싶구나. 우리가 양동이나 다른 소유물 같은 무생물들을 무례하고 둔감하게 대할 때 이런 자세는 사람들을 대할 때도 똑같이 반영된다. 내가 인생에서 어느 순간 많은 친구들을 잃은 것 같았을 때, 나 역시 나의 선배로부터 이 조언을 들었다. 무신경하고 둔감한 것이 우리의 일반적인 태도가 되었을 때 우리의 본능은 사물과 사람을 차별하지 않는다. 그렇기 때문에 우리가 사물을 무례하게 대할 때 사람과의 관계에서도 그런 태도가 서서히 파고드는 것을 알 수 있지."

그런 다음 고참 수도자는 후배의 등을 부드럽게 토닥여 주고는 떠났다. 신참 수도자는 존경하는 마음으로 합장을 하고 수도꼭지를 잠갔다. 그리고 고개를 숙이고 잠시 생각했다. 태도는 사물과 사람을 가리지 않는다는 것을.

주위의 모든 사물과 사람은 우리 삶의 일부분으로 연결되어 있다. 사물을 무신경하게 대할 때 사랑하는 사람들에게도 똑같이 행동하기 시작하게 된다. 삶의 모든 면은 연결되어 있기 때문이다. 나는 사물을 어떻게 대하고 있는가.

마음을 다해 들을 때 일어나는 일

　문화에 대한 감각도 관심도 없는 남자가 매우 교양 있는 여자와 결혼했다. 그녀는 남편이 인생의 더 차원 높은 것들에 관심을 갖도록 여러 가지 방법을 시도했지만 그는 그저 무관심할 뿐이었다.

　한번은 뛰어난 이야기꾼이 마을에 왔다. 매일 저녁마다 그는 대서사시 『라마야나』의 이야기를 노래와 해설을 곁들여 흥미진진하게 들려주었다. 마을 전체가 축제인 것처럼 많은 사람들이 그 1인 공연을 구경 갔다.

　교양 없는 남자와 결혼한 여자는 남자가 그 공연에 관심을 갖기를 바랐다. 그녀는 그에게 잔소리를 하며 억지로 가서 듣게 했다. 그는 늘 그랬듯 투덜거렸지만 그녀의 비위를 맞춰 주기로 하고 저녁에 가서 맨 뒷자리에 앉았다.

공연이 밤새도록 이어지자, 남자는 졸려서 도저히 깨어 있을 수가 없었다. 그는 사람들 눈에 띄지 않게 관객들 등 뒤에 숨어 잠을 잤다.

아침 무렵 공연이 끝나고 이야기꾼이 마지막 노래를 부를 때 관습에 따라 스위트(인도인들이 즐겨 먹는 단맛의 과자)를 나눠 주었다. 누군가가 잠든 남자의 입에도 스위트 하나를 넣어 주었다. 깜짝 놀란 남자는 곧바로 정신을 차리고 집으로 갔다.

여자는 남자가 밤새 공연장에 있었던 것을 기뻐하며 『라마야나』의 이야기가 얼마나 재미있었는지 이야기해 달라고 했다.

"매우 달콤했어."

여자는 그 말을 듣고 행복했다.

다음 날 여자는 남자에게 다시 서사시를 들으러 가라고 재촉했다. 남자는 하는 수 없이 또다시 공연장으로 가서 벽에 기대어 앉았고, 오래지 않아 깊이 잠들었다. 사람들로 만원이고 장소가 비좁았기 때문에 한 어린 소년이 남자의 어깨에 편안히 올라앉아 흥미진진한 이야기에 귀를 기울였다. 아침에 그날 밤의 이야기가 끝나자 모두 일어났고 남편도 잠이 깨었다. 소년은 더 일찍 떠났지만 남자는 밤새도록 짓눌린 무게로 인해 통증을 느꼈다.

남자가 돌아오자 아내는 기뻐하며 그에게 공연이 어떠했는지 물었다.

"아침이 되자 점점 더 무거워졌어."

남자의 대답에 여자가 공감을 표시했다.

"그 이야기는 그런 이야기야."

여자는 남자가 마침내 서사시의 정서와 깊이를 깨닫기 시작했다는 사실에 행복했다.

사흘째 되던 날 남자는 여전히 붐비는 인파 가장자리에 앉았고 너무 졸려 바닥에 드러누워 코까지 골았다. 이른 아침, 개 한 마리가 안으로 들어와 그의 얼굴에 오줌을 누었다. 곧바로 그는 잠에서 깨어 집으로 갔다.

여자가 여지없이 공연이 어떠했는지 묻자 남자는 입을 한쪽으로 일그러뜨려 얼굴을 찌푸리며 말했다.

"끔찍해. 너무 짧어."

여자는 뭔가 잘못되었다는 것을 알아차리고 그에게 정확히 무슨 일이 있었는지 캐물었다. 그녀가 엄격한 얼굴로 계속 추궁하자 결국 남자는 매일 밤 공연장에서 잠에 곯아떨어진 사실을 실토했다.

나흘째 되는 날, 여자는 남자와 함께 공연장으로 갔다. 여자는 남자를 맨 앞줄에 앉게 하고 무슨 일이 있어도 깨어 있어야 한다고 엄하게 일렀다. 그래서 남자는 앞줄에 예의 바르게 앉아 귀 기울여 듣기 시작했다. 곧바로 그는 위대한 서사시가 펼치는 흥미진진한 모험과 등장인물들에 휩쓸렸다. 그날 이야기꾼은 계모의 계략에 의해 밀림으로 추방당한 라마 왕자를 돕는 원숭이 하누만의 활약을 실감 나게 전개해 청중을 매료시켰다. 악마에게 납치당한 왕자의 아내 시타를 구하기 위해 하누만이 라마의 도장이 새겨진 반지를 들고 바다를 건너는 대목에 이르렀을 때였다. 도장이 그만 하누만의 손에서 미끄러져 바다로 떨어졌다. 하누만은 당황해서 어떻게 해야 할지 몰랐다. 청중들도 발을 구르며 조마조마했다. 반지를 빨리 되찾아 악마의 왕궁에 잡혀 있는 시타에게 가져다줘야만 했다.

하누만이 어쩔 줄 몰라 하며 두 손을 움켜쥐고 있는 동안 맨 앞줄에서 넋을 잃고 듣고 있던 남자가 소리쳤다.

"걱정 마, 하누만! 내가 찾아다 줄게!"

남자는 벌떡 일어나 바다로 뛰어들어 해저에서 반지를 찾아 하누만에게 가져다주었다.

공연자는 물론 그곳에 있는 모두가 깜짝 놀랐다. 그들은 이 남자가 정말로 라마와 하누만의 축복을 받은 특별한 사람이라고 생각했다. 그 이후로 남자는 마을에서 지혜로운 원로로 존경받았고 그 자신 또한 지혜로운 원로처럼 행동했다. 이것이 온 마음을 다해 이야기를 들을 때 일어나는 일이다.

꽃나무

어느 도시에 가난한 여인이 두 딸과 함께 살았다. 그녀는 미천한 일들을 해서 두 딸을 키웠다. 두 딸이 성년이 되었을 때 하루는 둘째 딸이 첫째 딸에게 말했다.

"언니, 내가 생각을 해 봤는데, 어머니가 우리를 위해 힘들게 일하시잖아. 어머니를 도와드리고 싶어. 내가 꽃나무로 변신할 테니, 언니가 그 꽃들을 따서 좋은 가격에 팔도록 해."

언니가 놀라서 물었다.

"네가 어떻게 꽃나무로 변신한다는 거니?"

동생이 말했다.

"나중에 설명해 줄게. 언니는 먼저 집을 깨끗이 쓸고 닦아 줘. 그리고 목욕을 한 다음 우물로 가서 두 주전자 가득 물을 떠다 줘. 단, 물에 손톱을 담그지 않도록 조심해야 해."

언니는 주의 깊게 들은 뒤 동생이 말한 대로 집 안을 깨끗이 쓸고 닦은 후 목욕을 하고 두 주전자의 물을 떠 왔다. 그들의 집 바로 앞에는 큰 나무 한 그루가 있었다. 그 나무 아래도 깨끗이 쓴 다음 자매는 그곳으로 갔다.

동생이 말했다.

"내가 이 나무 아래 앉아 명상을 할 거야. 언니가 한 주전자의 물을 내 몸 전체에 고루 부어 줘. 그러면 나는 꽃나무로 변할 거야. 그때 언니가 원하는 만큼 많은 꽃을 따도록 해. 하지만 가지를 부러뜨리거나 잎을 찢으면 안 돼. 꽃을 따고 나면 두 번째 주전자의 물을 내 위에 부어 줘. 그렇게 하면 내가 다시 사람이 될 거야."

동생이 나무 아래 앉아 신에 대해 명상하는 동안 언니가 첫 번째 주전자의 물을 그녀의 몸 전체에 고루 부었다. 그 즉시 그녀는 큰 꽃나무로 변했다. 나무가 얼마나 큰지 땅에서 하늘까지 닿아 보였다. 가지마다 아름다운 꽃이 피어 있었다. 언니는 가지와 잎에 상처를 내지 않으면서 조심스럽게 꽃을 따 모았다. 한 바구니 가득 꽃을 딴 후 꽃나무 위에 두 번째 주전자의 물을 붓자 꽃나무가 다시 사람으로 변하면서 동생이 그 자리에 앉아 있었다. 그녀는 머리카락의 물을 털며 일어났다.

자매는 꽃바구니를 집 안으로 가져와 예쁜 꽃다발을 만들었다. 꽃향기가 진동했다.

언니가 물었다.

"이 꽃을 어디에 팔지?"

동생이 말했다.

"왕궁으로 가져가면 어떨까? 그곳에선 값을 잘 쳐줄 거야. 돈을 모아 놨다가 나중에 어머니를 놀래켜 드리자."

언니가 꽃바구니를 머리에 이고 왕궁 앞으로 가서 외쳤다.

"꽃 사세요, 꽃을 사세요! 꽃 필요한 사람 없어요?"

어린 공주가 밖을 내다보고 왕비에게 말했다.

"엄마, 꽃향기가 너무 좋아. 저 꽃을 갖고 싶어."

왕비가 불러 값을 묻자 꽃 파는 처녀가 말했다.

"저희는 가난한 사람이에요. 주시고 싶으신 대로 주세요."

왕비는 한 움큼의 동전을 건네주고 꽃을 모두 샀다. 언니가 꽃 판 돈을 가지고 돌아오자 동생이 말했다.

"이것을 어머니한테는 말하지 말자. 돈을 숨기고, 누구도 알게 하면 안 돼."

두 딸은 그런 식으로 며칠 동안 꽃을 팔아 제법 많은 돈을 모았다.

어느 날 왕의 아들이 그 꽃들을 보았다. 향기가 진동했다. 어디서도 그런 꽃을 본 적이 없었다. 왕자는 궁금했다.

'이 꽃이 무슨 꽃이지? 어디서 자라며, 어떤 꽃나무일까? 누가 이 꽃을 왕궁에 가져오는 걸까?'

왕자는 꽃을 팔러 오는 처녀를 관찰했다가 하루는 그녀를 미행해 집까지 따라갔다. 하지만 그곳 어디에서도 꽃나무를 발견할 수 없었다. 그래서 호기심이 더해 갔다.

다음 날 새벽, 날이 밝기도 전에 왕자는 다시 그 집으로 가서 집 앞 나무 뒤에 몸을 숨겼다. 그날도 자매는 나무 아래를 쓸고 닦은 뒤 평소대로 동생이 꽃나무가 되었다. 그리고 언니가 꽃들을 딴 후 꽃나무는 다시 젊은 처녀로 변했다. 왕자는 눈앞에서 벌어지는 이 놀라운 일들을 모두 지켜보았다.

왕궁으로 돌아온 왕자는 자신의 방으로 가서 침대에 얼굴을 묻고 누웠다. 왕과 왕비가 와서 무슨 일이냐고 물었지만 아무 말도 하지 않았다. 친구인 대신의 아들이 와서 물었다.

"원하는 게 뭐야? 나한테는 말할 수 있잖아."

왕자가 마침내 꽃나무로 변신하는 처녀에 대해 말했다.

"그게 전부야?"

대신의 아들은 그렇게 말하고는 왕에게 가서 자초지종을 이야기했다. 왕이 곧바로 대신을 시켜 그 가난한 여인을 데려오게 했다. 여인이 두려움에 떨며 도착했다. 그녀는 낡은 옷을 입고 문가에 서 있었다. 여러 번 설득한 끝에야 의자에 앉았다.

왕이 그녀를 진정시킨 후 부드럽게 물었다.

"너에게 두 딸이 있는 걸 안다. 한 명을 우리에게 주겠느냐?"

여인은 두려움이 더 커졌다.

'왕이 어떻게 내 딸들에 대해 알지?'

그녀는 간신히 나오는 목소리로 더듬거리며 말했다.

"물론입니다, 폐하. 저처럼 가난한 여자는 폐하께서 요구하신 대로 딸 하나를 내주는 것이 그렇게 큰일이 아닙니다."

왕은 즉시 그녀에게 은쟁반에 놓인 빤(베텔 잎에 각종 향신료를 첨가한 일종의 씹는 담배) 하나를 내밀었다. 그것은 전통적으로 약혼의 상징이었다. 여인은 두려운 나머지 선뜻 집어 들지 못했다. 하지만 왕이 반강제로 손에 들려 집으로 돌려보냈다.

집에 돌아온 여인은 빗자루로 딸들을 때리며 꾸짖었다.

"이것들아, 어딜 쏘다닌 거야? 왕이 너희에 대해 물었어."

가련한 딸들은 무슨 일인지 영문을 몰라 울면서 물었다.

"어머니, 왜 우릴 때리는 거예요? 우리가 무얼 잘못했죠?"

"그럼 내가 누굴 때리란 말이냐? 어딜 갔었는지 어서 말해. 왕이 어떻게 너희를 알지?"

겁에 질린 딸들은 그동안 있었던 일을 하나씩 고백하지 않을 수 없었다. 둘째 딸이 어떻게 꽃나무로 변신했으며, 어머니를 놀래켜 드리기 위해 어떻게 꽃을 팔아 돈을 모았는지를. 그리고 그동안 번 다섯 움큼의 동전을 꺼내 보여 주었다.

어머니가 말했다.

"나 몰래 그런 일을 벌이다니, 사람이 나무로 변한다는 건 무슨 얼토당토않는 소리냐? 나보고 그런 황당한 말을 믿으라고?

네가 어떻게 나무가 될 수 있는지 내 눈앞에서 보여 봐."

어머니는 소리를 지르며 더 세게 빗자루를 휘두르기 시작했다. 어머니를 진정시키기 위해 둘째 딸은 전부 사실대로 보여줘야만 했다. 그녀는 어머니가 보는 앞에서 꽃나무로 변신했다가 다시 정상적인 사람으로 돌아왔다.

왕궁에서는 지체 없이 결혼식 준비가 진행되었다. 왕실은 하늘처럼 넓은 예식 장소에 땅처럼 넓은 천막을 세우며 화려하게 결혼식을 준비했다. 모든 친척도 함께했다. 그렇게 경사스러운 날, 꽃나무로 변신할 줄 아는 처녀는 왕자와 혼인을 맺었다.

결혼 의식이 끝난 후, 사람들은 신랑과 신부를 독립된 거처에 두고 떠났다. 하지만 왕자는 그녀에게 거리를 두었으며, 그녀도 마찬가지였다. 그렇게 이틀 밤이 지났다. 그가 먼저 말을 걸겠지, 하고 그녀는 생각했다. 그 역시 그녀가 먼저 말을 시작하겠지, 하고 생각했다. 그렇게 두 사람은 침묵을 지켰다.

셋째 날 밤, 그녀가 왕자에게 큰 소리로 물었다.

"왜 한마디도 하지 않죠? 나와 결혼한 게 기쁘지 않아요?"

왕자가 무뚝뚝하게 대답했다.

"내가 원하는 걸 들어줘야만 대화를 할 거야."

그녀가 말했다.

"내가 왜 남편이 바라는 걸 안 해 주겠어요? 뭘 원하는지 말해 봐요."

왕자가 말했다.

"당신은 꽃나무로 변신하는 법을 알고 있잖아. 그렇지? 내 앞
에서 보여 줘. 그렇게 하면 우리는 꽃 위에서 잘 수 있고, 꽃으
로 우리를 덮을 수 있어. 그럼 너무 멋질 거야."

놀란 그녀는 애원하듯이 말했다.

"나는 귀신이 아니고, 여신도 아니에요. 다른 사람들처럼 평
범한 사람이에요. 사람이 어떻게 나무가 될 수 있겠어요?"

왕자가 화를 냈다.

"나는 이런 식의 거짓말과 속임수를 좋아하지 않아. 저번 날
당신이 아름다운 꽃나무로 변하는 걸 내 눈으로 분명히 봤어.
나를 위해 꽃나무가 되어 주지 않는다면, 누구를 위해 그렇게
할 거야?"

신부는 사리 끝으로 눈물을 닦으며 말했다.

"나한테 화내지 말아요. 그토록 원한다면 당신이 하라는 대
로 할게요. 물 두 주전자를 떠다 줘요."

왕자가 물을 떠 왔다. 그녀는 그 물에 신의 이름을 불어넣었
다. 그러는 동안 왕자는 모든 문과 창문을 닫았다.

그녀가 말했다.

"이것을 잊으면 안 돼요. 당신이 원하는 만큼 꽃을 따도 되지
만, 가지를 부러뜨리거나 잎을 뜯으면 안 돼요."

그런 다음 그녀는 자신이 방 한가운데 앉아 신에 대해 명상하는 동안 언제 어떻게 물을 부어야 하는지 설명해 주었다. 왕자가 그녀의 몸에 한 주전자의 물을 부었다. 그녀는 금세 한 그루의 아름다운 꽃나무로 변신했다. 꽃향기가 방 안을 가득 채웠다. 왕자는 원하는 만큼 꽃을 딴 후 다른 주전자의 물을 나무 위에 부었다. 나무는 다시 신부가 되었다. 그녀는 긴 머리카락을 털고 미소 지으며 일어났다.

두 사람은 꽃을 바닥에 깔고 꽃으로 자신들을 덮은 뒤 잠자리에 들었다. 여러 날 동안 밤마다 그렇게 했다. 그리고 아침이면 시든 꽃들을 모두 창밖으로 버렸다. 창밖에는 꽃 무더기가 산처럼 쌓였다.

어느 날, 왕의 어린 딸이 시든 꽃 무더기를 보고 왕비에게 말했다. "엄마, 저것 좀 봐. 오빠와 새언니가 엄청나게 많은 꽃을 사용하고 밖에다 버려. 두 사람이 버린 꽃이 산처럼 쌓여 있어. 그런데도 나한테는 한 송이도 준 적 없어."

왕비가 딸을 위로하며 말했다.

"속상해하지 마라. 내가 네 새언니에게 너한테도 꽃을 주라고 말할게."

하루는 왕자가 잠시 왕궁 밖으로 외출을 했다. 그러자 그동안 염탐을 해서 꽃나무의 비밀을 알아낸 왕의 어린 딸이 친구들을 불러 말했다.

"과수원으로 그네 타러 가자. 내가 새언니를 데리고 갈게. 새 언니가 꽃나무로 변신할 거야. 그러면 너희에게 내가 향기 나는 꽃을 선물해 줄게."

이린 공주는 왕비에게 허락을 얻어 오빠의 아내를 데리고 과수원으로 갔다. 그들은 커다란 나무에 그네를 묶었다. 다들 즐겁게 그네를 타고 있을 때, 공주가 놀이를 중단시키고 그네 아래로 모두 모이게 했다. 그러고는 오빠의 아내에게 위협적으로 다가가 말했다.

"새언니는 꽃나무로 변신할 수 있지 않아? 여기 모두를 봐. 머리에 꽃을 꽂은 사람이 아무도 없어."

새언니가 화를 내었다.

"누가 그런 말도 안 되는 이야기를 했지? 나는 너희들과 똑같은 사람이야. 그런 이상한 말은 하지 말아 줘."

공주가 비웃으며 말했다.

"오, 그래? 나는 당신에 대해 다 알고 있어. 내 친구들 머리에 꽃을 꽂이 필요해서 꽃나무가 되어 달라고 부탁하는데, 그렇게 내숭을 떨 거야? 우리를 위해 꽃나무가 되기 싫은 거지? 당신의 연인을 위해서만 그렇게 하려는 거지?"

계속되는 공주의 위협과 비난에 그녀는 꽃나무가 되는 데 동의할 수밖에 없었다. 마음이 슬펐지만 그녀는 두 주전자의 물을 떠 오게 한 후, 물에 신의 이름을 불어넣었다. 그리고 여자

아이들에게 언제 어떻게 물을 부어야 하는지 가르쳐 주고 자리에 앉아 명상에 들었다. 철없는 여자아이들은 진지하게 듣지 않았다. 그들은 그녀의 몸 여기저기에 아무렇게나 물을 부었다. 그녀는 나무로 변했지만 단지 절반만 나무가 되었다.

이미 저녁이 되었고 천둥 번개와 함께 비가 내리기 시작했다. 서로 욕심을 부리며 꽃을 따느라 여자아이들은 가지들을 부러 뜨리고 잎사귀들을 찢었다. 그리고 빨리 집에 돌아가기 위해 두 번째 주전자의 물을 아무렇게나 붓고 달아나 버렸다. 나무에서 사람으로 다시 변했을 때 그녀에게는 손과 발이 없었다. 오직 절반만 사람이었다. 상처 입은 몸통에 불과했다.

그녀는 강풍과 폭우 속을 간신히 기어서 배수로 속으로 흘러 들어갔다. 그렇게 왕궁에서 멀리 떨어진 곳에서 움직이지도 못 하고 있었다.

다음 날 아침, 목화를 가득 실은 짐수레를 끌고 가던 마부가 배수로에서 신음하는 어떤 물체를 발견했다. 마부는 수레를 멈추고 다가가 살펴보았다. 반인간 형태의 물체가 그곳에 쓰러져 있었다. 오직 얼굴만 아름다운 여성이었다. 옷도 걸치고 있지 않았다.

"아, 가련한 여인이로다!"

마부는 불쌍한 마음이 들어 머리에 쓰고 있던 터번을 풀어 그녀의 몸을 덮어 주었다. 그리고 자신의 수레에 태워 데리고 갔다. 얼마 후 그들은 한 도시에 도착했다. 마부는 다 쓰러져가는 정자에 그 '물체'를 내려놓으며 말했다.

"누군가가 발견하면 먹을 걸 주겠지. 살아남기를 빌겠다."

그런 다음 수레를 몰고 떠났다.

한편, 딸이 혼자 왕궁으로 돌아오자 왕비가 물었다.

"새언니는 어디에 두고 혼자 왔니?"

딸은 아무 생각 없이 대답했다.

"내가 어떻게 알겠어? 우리 모두 각자의 집으로 잘 돌아왔잖아. 새언니가 어디로 갔는지 내가 알게 뭐야?"

당황한 왕비는 진실을 밝혀내기 위해 딸을 추궁했다.

"어떻게 그렇게 말할 수 있니? 너의 오빠가 불같이 화를 낼 거야. 어서 무슨 일이 있었는지 말해?"

딸은 머리에 떠오르는 대로 아무렇게나 대답했다. 결국 왕비는 아무것도 알아내지 못했다. 단지 자신의 딸이 어리석은 짓을 했다는 의심만 할 수 있을 뿐이었다.

한참 기다린 끝에 왕자가 어머니에게 물었다.

"내 아내에게 무슨 일이 일어난 거예요? 그네 타러 과수원에 갔는데 아직도 돌아오지 않고 있어요."

왕비가 태연히 둘러댔다.

"뭐라고? 난 그 애가 지금까지 너와 침실에 함께 있다고 생각했다. 그런데 왜 이제야 나한테 묻는 거니?"

왕자는 생각했다.

'그녀에게 무엇인가 불길한 일이 일어난 게 틀림없어.'

왕자는 슬픔에 잠겨 자신의 방으로 가서 누웠다. 닷새가 지나고, 엿새가 지났다. 보름이 지났지만 아무 소식이 없었다. 어디서도 그녀를 발견할 수 없었다.

"그 못된 여자아이들이 그녀를 저수지에 빠뜨린 게 아닐까요? 아니면 우물에 던진 게 아닐까요? 여동생은 그녀를 좋아한 적이 없어요. 어리석은 여자아이들이 그녀에게 무슨 짓을 한 걸까요?"

왕자가 부모와 하인들에게 물었지만 그들은 아무 말도 하지 못했다. 그들 역시 걱정스럽고 두렵기는 매한가지였다. 역겨움과 절망 속에 왕자는 고행자의 옷으로 갈아입고 왕궁을 떠나 세상 속으로 갔다. 그는 그저 걷고 또 걸었다. 자신이 어디로 가고 있는지도 상관하지 않은 채.

그러는 사이, 이제 '물체'가 된 그녀는 어찌어찌하여 왕자의 누나가 사는 도시에 이르렀다. 왕자의 누나는 그 지역의 왕과 결혼해 살고 있었다. 왕궁의 하녀들이 매일 아침 물을 긷기 위해 지나갈 때마다 '물체'처럼 생긴 그녀를 보았다. 그들은 서로 말하곤 했다.

"저 여자의 얼굴은 왕의 딸처럼 빛이 나."

마침내 그들 중 한 명이 그들의 왕비에게 알렸다.

"왕비님, 그녀는 왕비님의 남동생 아내와 똑같이 생겼어요. 망원경으로 한번 보세요."

하녀의 말대로 망원경으로 살펴본 왕비는 그녀의 얼굴이 이상하게도 낯익었다.

하녀가 물었다.

"제가 그녀를 왕궁으로 데려올까요?"

하지만 왕비는 그 말에 시큰둥했다.

"왕궁으로 데려오면 우리가 시중을 들어줘야 하고 먹여 줘야 해. 그만 잊어버려."

이튿날 하녀가 다시 중얼거리며 투덜거렸다.

"정말 예쁘고 사랑스러운 얼굴이에요. 그녀는 왕궁의 등불 같을 거예요. 이곳에 데려오면 안 될까요?"

할 수 없이 왕비가 명령했다.

"좋다, 원한다면 데려와도 좋아. 하지만 너희가 그녀를 돌봐야 하고, 왕궁 일도 게을리해선 안 된다."

하녀들은 그렇게 하기로 약속하고 그 '물체'를 왕궁 안으로 데려왔다. 그들은 향료로 그녀를 목욕시켜 왕궁 안의 문 옆에 앉혀 놓았다. 그리고 날마다 몸에 난 상처에 약을 발라 주었다. 하지만 그녀를 완전한 몸으로 만들어 줄 수는 없었다. 그녀는 여전히 절반은 나무 둥치이고 절반은 여성의 몸이었다.

이 무렵, 여러 나라를 떠돌아다니던 왕자가 자신의 누나가 사는 왕궁 앞에 당도했다. 그는 미친 사람처럼 보였다. 수염과 머리가 온통 헝클어져 있었다. 물 길으러 나온 하녀들이 그를 발견하고는 궁 안의 왕비에게 가서 고했다.

"왕비님, 어떤 사람이 왕궁 앞에 앉아 있는데, 왕비님의 남동생과 매우 닮았어요. 망원경으로 한번 보세요."

별 관심 없이 테라스로 가서 망원경으로 바라본 왕비는 소스라치게 놀랐다.

'맞아, 내 남동생과 너무도 닮았어. 무슨 일이 일어난 걸까? 동생이 방랑 고행승이 된 걸까? 그럴 리가 없어.'

왕비는 하녀들을 보내 그를 궁 안으로 데려오게 했다.

하녀들이 그에게 가서 말했다.

"왕비님이 당신을 만나고 싶어 하십니다."

그는 그들을 무시하며 들은 척도 하지 않았다.

"왜 왕비가 나를 만나고 싶어 하겠느냐?"

"아닙니다. 왕비님은 정말로 당신을 만나길 원하세요. 부디 안으로 들어오세요."

하녀들이 계속 고집을 피운 끝에 마침내 그는 안으로 들어왔다. 그를 살펴본 왕비는 그가 정말로 자신의 남동생이라는 걸 알아차렸다. 그녀는 하인들에게 향료와 뜨거운 물을 준비시켜 그를 목욕시켰다. 그리고 직접 그를 돌보고 간호했다. 날마다 새로운 음식을 먹이고, 새 옷을 입혔다. 하지만 어떻게 하든 그는 누나에게 한 마디도 하지 않았다. 심지어 '당신은 누구인가? 나는 어디에 있는가?'라고도 묻지 않았다. 이때쯤 왕자도 그녀가 자신의 누나라는 걸 알았다.

왕비는 이해가 가지 않았다. 매사에 세심하게 돌보고 배려해도 왕자는 아무 반응이 없었다.

'내가 이토록 헌신적으로 시중을 드는데도 동생은 왜 나에게 말을 하지 않는 걸까? 이유가 무엇일까? 마녀의 주문에라도 걸린 걸까?'

마침내 하녀들이 왕궁 안의 문 옆에 앉아 있는 그 '물체'에게 예쁜 옷을 입혔다. 그리고 못마땅해하는 왕비의 허락을 구해 '그것'을 왕자의 침대에 가져다 놓았다. 그는 '그것'을 쳐다보지도, 말을 걸지도 않았다. 하지만 밤이 되었을 때 '그것'이 뭉툭한 팔로 그의 다리를 지압하고 주무르기 시작했다. '그것'은 이상한 신음 소리를 내며 그의 발치에 앉아 있었다. 왕자는 잠시 동안 '그것'을 바라보다가 '그것'이 자신의 잃어버린 아내임을 알아차렸다.

왕자는 놀라서 그녀를 껴안으며 그동안 어디에 있었으며 무슨 일이 있었는지 물었다. 지난 몇 달 동안 언어를 잃었던 그녀가 갑자기 말을 쏟아내기 시작했다. 그녀는 그에게 자신이 누구의 딸이었으며, 누구의 아내이고, 자신에게 무슨 일이 일어났는지 전부 이야기했다.

왕자가 물었다.

"이제 우리가 어떻게 해야만 하지?"

그녀가 말했다.

"우리가 할 수 있는 일은 많지 않아요. 단지 시도해 볼 수 있을 뿐이에요. 물 두 주전자를 떠다 줘요. 단, 손톱을 물에 담그지 않도록 조심해야 해요."

그날 밤, 왕자는 아무도 몰래 두 주전자의 물을 떠 왔다. 그녀는 물에 신의 이름을 불어 넣은 뒤 그에게 지시했다.

"이 주전자의 물을 내 위에 부으면 내가 꽃나무로 변신할 거예요. 꺾인 나뭇가지가 있으면 바로잡아 줘요. 찢긴 잎이 있으면 다시 잘 붙여 줘요. 그런 다음 두 번째 주전자의 물을 나무에 골고루 부어 줘요."

그러고 나서 그녀는 눈을 감고 명상에 들었다.

왕자는 온 마음을 다해 그녀에게 한 주전자의 물을 부었다. 그녀는 나무가 되었다. 하지만 가지가 꺾이고 잎이 찢겨 있었다. 그는 정성스럽게 각각의 가지와 잎을 원래대로 묶고 붙인 뒤 두 번째 주전자의 물을 나무 위에 부드럽게 부었다.

그제야 그녀는 다시 온전한 인간 존재가 되었다. 그녀는 머리의 물을 털며 자리에서 일어났다. 그리고 감사의 표시로 남편의 발에 절했다. 그런 다음 시누이인 왕비에게 가서 절을 하면서 놀라워하는 왕비에게 그동안의 일들을 낱낱이 이야기했다. 왕비는 눈물을 흘리며 그녀를 껴안았다. 그러고는 두 사람을 신랑과 신부처럼 왕궁 한가운데 앉게 하고 축하 의식을 베풀어 주었다. 그렇게 한 달 넘게 자신의 왕궁에 머물게 한 후, 수레 가득 실은 선물과 함께 아버지의 왕궁으로 돌아가게 했다.

잃어버렸던 아들과 며느리가 돌아오자 왕은 기쁨에 넘쳤다. 도시 입구까지 마중 나와 두 사람을 맞이했으며, 그들을 코끼리 가마에 태우고 화려한 행진 속에 왕궁으로 인도했다. 왕궁으로 돌아온 두 사람은 왕과 왕비에게 자신들에게 일어난 모든 일을 이야기했다. 왕은 악한 행동을 한 어린 공주에게 심한 벌을 내렸다. 그것을 본 모든 사람이 중얼거렸다.

"마침내 모든 잘못된 일들이 바로잡아졌다."

인도의 많은 우화와 설화 중에서 가장 문학적이고 아름다운 이 이야기 속에는 많은 상징이 담겨 있다. 모든 여성은 자신을 꽃나무로 변신시킬 수 있으며, 그 꽃은 독특한 향기를 지니고 있다. 그러나 그 나무는 소중히 다루지 않으면 안 된다. 이야기 속 여인은 꽃나무로 변신할 때마다 자신을 부드럽게 대해 줄 것을, 필요한 꽃을 따는 것 외에는 가지와 잎에 상처 주지 말 것을 부탁한다. 그래서 이 설화는 여성과 자연의 강한 연결을 담은 에코페미니즘의 이야기로 읽힌다. 자연과 여성을 동일시하고, 두 존재를 함부로 다루지 말아야 한다는 메시지를 담고 있기 때문이다.

여성은 '물체'나 '그것'이 아닌 아름다운 존재이다. 이 설화가 구전되는 칸나다어에는 '여성을 만지려면 손을 씻어야만 한다.'는 속담이 있다. 여성과 꽃나무는 부주의하게 대하면 회복하기 힘들 정도로 상처 입는다.

또한 이 이야기의 주인공은 드물게도 여성이다. 전 세계 거의 모든 나라의 설화 속에서 여성은 부수적이고 이차적인 역할밖에 맡지 못한다. 남성은 추구의 주인공이고, 여성은 수동적이고 희생적이며 왕국의 절반과 함께 주어지는 상품에 불과하다. 혹은 주인공 남성이 영웅이 되는 데 도움을 주는 역할일 뿐이다. 그리고 결혼으로 끝을 맺는다. 하지만 이 이야기 속에서는 여성이 주인공이며, 그녀는 창조적으로 자신을 꽃나무로 변신시킬 수 있고, 역경을 헤쳐 나가고, 당당하게 자신의 목소리를 내어 악을 물리친다.

이야기를 말하지 않는 죄

인도 남서부 카르나타카주는 칸나다어가 공용어이다. 칸나다어는 기원전 1300년경 아리아인들이 인도로 넘어오기 전에 수백 년 동안 찬란한 인더스 문명을 꽃피운 드라비다인(인도 대륙의 원주민)이 사용하던 언어와 계통이 같다. 시인이며 민속학자인 A. K. 라마누잔이 수집한, 칸나다어로 구전되어 내려오는 민담 중에 다음의 이야기가 있다.

한 여인에게 자신이 삶에서 겪은 이야기가 있었다. 그녀는 그 이야기를 바탕으로 노래도 만들었다. 하지만 그녀는 그것들을 혼자서만 간직했다. 아무에게도 이야기를 들려주지 않았으며, 노래도 불러 주지 않았다.

그녀 안에 갇힌, 아무에게도 들려주지 않은 이야기와 불리지 않은 노래는 숨이 막히고 갑갑했다. 밖으로 나가 사람들 사이를 자유롭게 돌아다니고 싶었다. 그래서 이야기와 노래는 달아나기로 결심했다.

어느 날 저녁, 그녀가 입을 벌리고 잠깐 잠든 사이에 이야기가 밖으로 나와 한 켤레의 신발 모습을 하고 현관에 앉았다. 노래 역시 서둘러 따라나가 남자의 외투 모습을 하고 벽의 못에 걸려 있었다.

집에 돌아와 여인의 남편이 낯선 외투와 신발을 보고 아내에게 물었다.

"누가 왔지?"

여인은 말했다.

"아무도 안 왔어."

"그럼 이 외투와 신발은 누구의 것이지?"

그녀가 대답했다.

"나도 몰라."

만족스럽지 못한 그녀의 해명에 남편은 의심에 찬 시선을 그녀에게 던졌고, 대화가 점점 불쾌해졌으며, 불쾌감은 심한 언쟁으로 이어졌다. 화가 난 남편은 담요를 집어 들고 근처 사원으로 가서 잠을 청했다.

여인은 무슨 일이 일어난 것인지 도무지 이해할 수 없었다. 홀로 방 안에 앉아 그녀는 밤늦도록 똑같은 물음을 스스로에게 던졌다.

"이 외투와 신발은 대체 누구의 것이지?"

혼란과 불행에 빠진 그녀는 밤이 깊어서야 등불을 끄고 잠자리에 들었다.

칸니다어족 사람들의 믿음에 따르면, 모든 등불은 일단 꺼지면 불꽃들이 그냥 사라지는 것이 아니라 사원으로 가서 밤을 지새며 서로의 이야기를 나눈다. 그러다가 다음 날 저녁 각자의 집 등불로 돌아간다는 것이다. 이날 밤, 모든 집의 불꽃들이 사원에 모였으나 밤늦게 꺼진 불꽃 하나만 느지막이 도착했다.

다른 불꽃들이 늦게 온 불꽃에게 물었다.

"오늘 밤은 왜 이렇게 늦었지?"

그 불꽃이 말했다.

"오늘 밤 우리 집에서 부부 싸움이 일어났어."

"왜 싸웠지?"

늦게 온 불꽃이 사건을 설명했다.

"남편이 집에 돌아왔는데 낯선 신발이 집 밖 현관에 놓여 있고 남자 외투가 못에 걸려 있었어. 남편이 아내에게 그것들이 누구 것이냐고 물었고, 아내는 모른다고 대답했어. 그래서 말다툼이 생겼어."

다른 불꽃들이 물었다.

"그 외투와 신발은 어디서 온 건데?"

"우리 집 여자는 자기만 간직한 이야기와 노래를 가지고 있어. 그녀는 누구에게도 그 이야기를 말해 주지 않았고, 노래 역시 아무한테도 불러 주지 않았어. 이야기와 노래는 그녀 안에서 숨이 막히고 답답했어. 그래서 그녀가 입을 벌리고 잠깐 잠을 자는 사이 밖으로 나와서 외투와 신발 모습을 하고 있었던 거야. 아무래도 자신들을 가두고 있던 여자에게 분풀이를 하려고 한 것 같아. 하지만 여자는 이 사실을 전혀 모르고 있어."

사원 안에서 담요를 뒤집어쓰고 누워 있던 남편은 자기 집 불꽃이 하는 설명을 귀 기울여 들었다. 의심이 풀린 그는 새벽에 집에 돌아와 아내에게 물었다.

"당신이 감추고 있는 이야기와 노래를 나에게 들려줘."

여인이 영문을 몰라 하며 말했다.

"무슨 이야기? 무슨 노래?"

슬프게도 그녀는 자신의 이야기와 노래를 잃어버린 것이다.

모든 이야기와 노래는 한 가슴에서 다른 가슴으로, 한 영혼에게서 다른 영혼에게로 여행을 하고 싶어 한다. 삶을 말하고, 진실을 전하고, 상처를 치유하기 위해. 우리 자신은 각자 이야기이고 노래이다. 말하지 않은 이야기와 부르지 않은 노래는 우리 안에서 숨 막혀 하고, 따라서 우리 존재도 어두워진다. 자신의 이야기와 노래를 다른 가슴과 나눌 때 우리의 가슴도 자유로워진다.

과녁을 맞힐 것인가, 과녁을 그릴 것인가

남인도 마두라이 지역의 유명한 여왕 라니 망감말 앞에 외국인 포로가 한 명 끌려와 무릎 꿇려졌다. 여왕은 분노에 차서 명령했다.

"당장 처형하라!"

상황을 예상하고 있던 포로는 그때까지 아무 말도 하지 않았지만 막상 죽음이 확실해지자 모든 희망을 포기하고 자신의 모국어로 가장 천박한 말들을 사용해 여왕에게 저주와 욕설을 퍼부었다. 고양이가 눈앞의 개와 싸우듯이 침을 튀기며 소리를 질러 댔다.

여왕은 그 언어를 전혀 알지 못했기에 포로가 무슨 소리를 지르는지 이해하지 못했다. 하지만 그녀의 대신 중 한두 명이 포로가 사용하는 언어를 잘 안다는 사실은 알고 있었다. 그래서 그들에게 물었다.

"저 자가 무슨 말을 하는 거지?"

대신들은 머뭇거리며 서로를 바라보았다. 그러다가 선한 성품을 지닌 한 사람이 대답했다.

"여왕님, 이 자는 성스러운 코란 경전을 인용하고 있습니다."

"정말인가?"

여왕이 물었다.

"어느 구절에서지?"

대신이 말했다.

"신은 선의를 가진 사람을 사랑하기에, 자신의 분노를 다스리고 용서하는 사람들이 가게 될 천국에 대해 말하는 구절입니다."

"그렇군."

여왕은 잠시 생각에 잠겼다. 잠시 후 그녀는 지금은 입을 다물고 있는 포로에게 몸을 돌렸다. 그리고 말했다.

"나에게 그것을 상기시켜 준 것은 잘한 일이다. 나는 내 분노를 다스릴 것이다. 그리고 기꺼이 너를 용서할 것이다. 너를 풀어 주겠노라."

그때 여왕의 질문에 대답한 첫 번째 대신과 경쟁 상대인 다른 대신이 불만 섞인 말을 했다.

"참으로 부끄러운 일이오. 우리 같은 지위에 있는 사람들은 진실만을 말해야 하오. 특히 여왕 앞에서는.”

그 말이 여왕의 귀에까지 들렸다. 여왕이 물었다.

“그게 무슨 말이오?”

두 번째 대신이 한 걸음 앞으로 나오며 말했다.

“여왕님! 아뢰옵기 황송하오나 이 대신은 여왕님께 거짓말을 했습니다. 포로는 결코 코란 구절을 인용하지 않았습니다. 저 자는 상스러운 욕설과 추잡하고 모욕적인 말을 여왕님께 퍼부 었습니다. 단연코 이것이 진실입니다!”

그 말을 들은 여왕이 이마를 찌푸렸다. 그러고는 말했다.

“그렇다면 나는 그대의 진실보다 그의 거짓말이 더 좋다. 내 가 느끼기에 그대의 진실은 나쁜 마음에서 나왔다. 하지만 그 의 거짓말은 선한 마음에서 나왔고, 그대도 보았듯이 그 결과 또한 선한 것이 되었다.”

이 책에 내가 모은 인도의 우화와 이야기들 중 어떤 것은 누 군가가 지어낸 허구의 것일 수도 있고 사실과 다른 것일 수도 있다. 결말을 원본과 다르게 맺은 것도 있을 것이다. 삶의 결말 이 언제나 긍정적이고 낭만적이지만은 않으니까. 어떤 이야기는 현실적이지 않게 들릴 것이고, 어떤 내용은 신과 영웅과 전설적 인 성자에게만 해당하는 진리로 여겨질 것이다.

하지만 책의 저자인 나는 선한 마음이 결국에는 승리한다는 것을 믿는다. 우리 각자는 삶의 문제들을 해결해 나가며 진실과 진리를 향해 여행하는 영웅들이라는 사실도.

작가는 스토리텔러이면서 샤먼에 가까운 존재이다. 흥미진진한 이야기를 들려주는 사람이면서 상처 입은 영혼의 치유사인 것이다. 이 이야기들을 갠지스 강가나 히말라야에서 인도의 현자에게 듣듯이 삶의 속도를 늦추고 천천히, 그리고 충분히 음미하기 바란다. 이 이야기들을 읽으면서 미소 짓게 되기를, 각각의 이야기들이 당신의 선한 의지와 지혜를 일깨워 당신이 행복하기를. 이야기들의 주인공이 당신이 되기를.

아, 하마터면 한 가지 이야기를 빼놓을 뻔했다.

한 이름난 스승에게 제자가 물었다.

"매번 주제에 딱 맞는 예화를 찾아내시는데 비결이 무엇인지 궁금합니다."

스승이 말했다.

"그것이 알고 싶은가? 그럼 한 가지 이야기를 예로 들어 설명해 주겠네."

그러면서 다음의 예화를 들려주었다.

한 청년이 소총 사격술을 배우기 위해 군사학교에 입학했다. 4년 후 청년은 사격술의 이론과 실기를 모두 익히고 우등으로 졸업했다. 졸업장과 우등 상장을 들고 고향의 부모님 집으로 향하던 그는 어느 낡은 창고 벽에서 백묵으로 그려진 여러 개의 작은 원들을 발견했다. 가까이 다가가 보니 각각의 원마다 정중앙을 관통한 자국이 나 있었다.

청년은 경이에 찬 눈으로 그 원들을 바라보았다. 대체 누구이길래 이토록 뛰어난 사격 실력을 가진 걸까? 단 한 방도 과녁 중잉에서 빗어난 곳이 없었다. 어느 군사학교에서 배웠으며 어떤 성적으로 졸업했길래 이런 놀라운 실력이 가능한 걸까?

한참을 탐문한 끝에 그 명사수를 찾을 수 있었다. 놀랍게도 맨발에 때묻은 옷을 입은 시골 소년이었다.

청년 군인이 소년에게 물었다.

"누구에게서 이 훌륭한 사격술을 배웠니?"

소년이 말했다.

"아무한테서도 안 배웠어요."

청년은 더욱 놀랐다.

"그렇다면 어떻게 이 정도로 뛰어난 사격 실력을 가질 수 있게 되었지?"

소년이 설명했다.

"비결은 간단해요. 먼저 벽에 대고 새총을 쏘는 거예요. 그런 다음 총알 자국 둘레에 백묵으로 원을 그리면 돼요."

이야기를 들려주고 나서 스승은 미소 지으며 말했다.

"나의 비결도 이것이다. 특정한 주제에 알맞은 예화를 찾는 것이 아니라 좋은 이야기나 일화를 발견하면 그것을 마음속에 잘 보관해 둔다. 그러면 머지않아 그것에 어울리는 주제가 나타난다.”

　우리가 삶에서 발견하는 '의미'도 이와 같을 것이다. 의미를 찾아다니는 것이 아니라 모든 것 속에서 의미를 발견하는 것이다. 작가는 어느 특정한 곳에 있는 소재가 아니라 모든 것과 모든 만남 속에서 글의 주제를 발견하는 사람이듯이.

　당신 또한 완벽하게 태어나지는 않았을 것이다. 태어나면서부터 모든 과녁에 적중하지는 않았을 것이다. 그러나 우리를 완전하게 만들어 줄 선물을 기다리는 대신 삶이 주는 모든 것에서 선물을 발견하고 긍정의 동그라미를 치는 것, 그것이 자신을 완전한 자아로 만들어 나가는 길이다. 매 순간 자기만의 과녁을 그려 나가는 어린 소년처럼.

　덧붙임― 이야기를 들려주는 것은 작가이지만, 과녁을 맞히는 소년의 일화를 포함해 이 책에 실린 모든 이야기 속에서 주제를 재발견하는 것은 당신의 몫이다.

본문 중에서 '꽃이 피면 알게 될 것이다'는 류시화 산문집 『좋은지 나쁜지 누가 아는가』(더숲출판사)에, '내일은 없다'와 '수도승과 전갈'은 산문집 『새는 날아가면서 뒤돌아보지 않는다』(더숲출판사)에, '원숭이가 공을 떨어뜨린 곳에서 다시 시작하라'는 인도 여행기 『지구별 여행자』(연금술사)에 실린 글을 재수록하였습니다.

그림_ 올라프 하젝 Olaf Hajek

독일에서 활동 중인 세계적인 일러스트레이터. 독일 뒤셀도르프에서 그래픽 디자인 전공 후 프리랜서 예술가로 활동하기 시작했다. 올라프는 색상의 마술사이자 훌륭한 이야기꾼이라는 평가를 받는다. 자연과 인공물이 얽힌 매혹적인 시각적 패턴과 장면들, 창의적인 캐릭터를 섬세한 디테일과 생생한 색상으로 창조해 낸다. 인도 사원 예술, 아프리카와 남미 민속 미술이 그의 초현실적인 예술 작품 속에서 새로운 방식으로 표현됨으로써 우리는 세상의 또 다른 이야기를 만나게 된다. 지금은 주로 베를린에 거주하며 작품 활동을 이어나가고 있으며, 작품들이 여러 나라 에이전트를 통해 전 세계에 소개되고 있다.
www.olafhajek.com

류시화

시인. 경희대학교 국문과를 졸업하고 한국일보 신춘문예에 시가 당선되어 문단에 나왔다. 〈시운동〉 동인으로 활동하다 인도, 네팔, 티베트 등지를 여행하기 시작했다. 이 시기부터 오쇼, 지두 크리슈나무르티, 바바 하리 다스, 달라이 라마, 틱낫한, 무닌드라, 에크하르트 톨레 등 영적 교사들의 책을 번역 소개해 왔다.

시집 『그대가 곁에 있어도 나는 그대가 그립다』 『외눈박이 물고기의 사랑』 『나의 상처는 돌 너의 상처는 꽃』 잠언 시집 『지금 알고 있는 걸 그때도 알았더라면』 『사랑하라 한번도 상처받지 않은 것처럼』 '인생 학교에서 시 읽기' 첫 시리즈 『시로 납치하다』를 냈으며, 산문집 『삶이 나에게 가르쳐준 것들』 『새는 날아가면서 뒤돌아보지 않는다』 『좋은지 나쁜지 누가 아는가』를 썼다. 인도 여행기 『하늘 호수로 떠난 여행』 『지구별 여행자』 인디언 추장 연설문 모음집 『나는 왜 너가 아니고 나인가』를 썼으며, 하이쿠 모음집 『한 줄도 너무 길다』 『백만 광년의 고독 속에서 한 줄의 시를 읽다』를 발표했다.

그가 번역해 큰 반응을 불러일으킨 책들로는 『성자가 된 청소부』(바바 하리 다스), 『마음을 열어주는 101가지 이야기』(잭 캔필드·마크 빅터 한센), 『티벳 사자의 서』(파드마삼바바), 『용서』(달라이 라마), 『인생수업』(엘리자베스 퀴블러 로스), 『조화로운 삶』(헬렌 니어링·스코트 니어링), 『술 취한 코끼리 길들이기』(아잔 브라흐마), 『삶으로 다시 떠오르기』(에크하르트 톨레) 등이 있다.

신이 쉼표를 넣은 곳에 마침표를 찍지 말라

1판　1쇄 발행　2019년 12월　6일
1판 10쇄 발행　2019년 12월 27일

지은이　류시화
펴낸이　김기중
펴낸곳　도서출판 더숲

주　간　신선영
편　집　오하라 고은희 박소현 양희우
일러스트　© Olaf Hajek
디자인　행복한물고기Happyfish

마케팅　김태윤 김은비
경영지원　홍운선

주소　서울시 마포구 동교로150, 7층 (04030)
전화　02-3141-8301~2 ｜ 팩스　02-3141-8303
이메일　info@theforestbook.co.kr
페이스북·인스타그램　@theforestbook
출판신고　2009년 3월 30일 제2009-000062호

ISBN 979-11-90357-08-1 (03810)

이 도서의 국립중앙도서관 출판예정도서목록(CIP)은 서지정보유통지원시스템 홈페이지
(http://seoji.nl.go.kr)와 국가자료공동목록시스템(http://www.nl.go.kr/kolisnet)에서
이용하실 수 있습니다. (CIP제어번호: CIP2019047335)